La hacienda

LA HACIENDA

Isabel Cañas

Traducción de Noemí Sobregués Arias
y Mª del Puerto Barruetabeña Díez

Título original: *The Hacienda*

Primera edición: septiembre de 2022

© 2022, Isabel Cañas
Publicado por acuerdo con Berkley, un sello de Penguin Publishing Group, una división de Penguin Random House LLC.
Todos los derechos reservados, incluido el derecho de reproducción total o parcial en cualquier formato.
© 2022, Penguin Random House Grupo Editorial, S. A. U.,
Travessera de Gràcia, 47-49. 08021 Barcelona
© 2023, Penguin Random House Grupo Editorial USA, LLC
8950 SW 74th Court, Suite 2010
Miami, FL 33156

© 2022, Noemí Sobregués Arias, por la traducción
© 2022, Mª del Puerto Barruetabeña Díez, por la traducción

Impreso en Colombia - *Printed in Colombia*

ISBN: 978-1-64473-7279

23 24 25 26   10 9 8 7 6 5 4 3

Para mi madre, la primera persona
que me dio la libertad de escribir.
Y para mi marido, que me da
el valor para no dejar de hacerlo

1

ANDRÉS

Hacienda San Isidro
Noviembre de 1823

Al sur, el horizonte era una línea perfecta que ni siquiera alteraba el borrón de caballos sacudiendo la cabeza en la distancia. El camino, vacío, bostezaba.

El carruaje se había ido.

Yo estaba de espaldas a las puertas de la hacienda San Isidro. Detrás de mí, los altos muros de estuco blanco surgían de la tierra oscura y agrietada y se elevaban como los huesos de un monstruo muerto hacía mucho tiempo. Más allá de los muros, más allá de la casa principal y de las tumbas recién excavadas detrás de la capilla, los tlachiqueros llevaban sus machetes a los puntiagudos campos de maguey. De niño, vagar por los campos me enseñó que la carne del agave no cede como la del hombre. Los tlachiqueros levantan los machetes y los bajan una y otra vez, y con cada golpe sordo buscan la dulce savia del corazón, se familiarizan más íntimamente con la cesión de la carne bajo el metal, con la cosecha de corazones.

Una brisa serpenteaba hacia el valle desde las colinas oscuras. El frío seco hacía que me picaran las mejillas y se me humedecieran los ojos. Había llegado el momento de dar media vuelta. De regresar a mi vida. Pero la idea de darle la espalda, de contemplar en soledad las pesadas puertas de madera de San Isidro, hacía que me sudaran las palmas de las manos.

Tiempo atrás había apretado la mandíbula y cruzado el umbral de San Isidro por una razón. Había atravesado las puertas como un joven temerario de leyendas de viajes a los infiernos por una razón.

Esa razón se había ido.

Y yo seguía en medio del camino de tierra que conducía lejos de San Isidro, lejos de Apan, con los ojos fijos en el horizonte y el fervor de un pecador ante su santo. Como si la fuerza de mi dolor bastara para trascender la voluntad de Dios y traer de vuelta ese carruaje. Traer de vuelta a la mujer que me habían arrebatado. El eco de los cascos y las nubes de polvo que levantaban se enroscaban en el aire como el incienso de copal y se burlaban de mí.

Dicen que la vida mortal está vacía sin el amor de Dios. Que el dolor de las heridas de la soledad se atenúa obedeciéndolo, porque sirviendo a Dios encontramos el amor perfecto y nos sentimos completos.

Pero si Dios es Padre, Hijo y Espíritu Santo, si es tres en uno en la Trinidad, entonces Dios no sabe nada de la soledad.

Dios no sabe nada de estar de espaldas a una mañana gris ni de caer de rodillas en el polvo. De que se te hundan los hombros bajo el peso de saber lo que significaba no estar solo y de la aguda consciencia del vacío en el pecho.

Dios no sabe nada de la soledad, porque Dios nunca ha sentido la compañía como los mortales, aferrándose unos a otros en una oscuridad tan completa y punzante que desgarra la carne de los huesos, confiando unos en otros incluso cuando el cálido aliento del diablo les roza el cogote.

Las piedras afiladas me atravesaron los pantalones gastados y se me clavaron en las rótulas cuando me arrodillé. Me costaba respirar y estaba demasiado agotado para llorar. Sabía lo que sentía el maguey. Conocía el gemido del machete. Sabía que mi pecho cedía bajo el peso de su caída. Sabía lo que era que se cosechara mi corazón y que el dulce aguamiel dejara rastros húmedos en mi pecho hueco. Mis heridas eran estigmas pecaminosos que se encogían de dolor y supuraban al sol.

Dios no sabe nada de la soledad.

La soledad es arrodillarse en el polvo mientras contemplas un horizonte vacío.

Al final, lo que me rompió no fueron las sombras resbaladizas ni la risa disonante de San Isidro. No fue el miedo lo que me abrió el pecho en canal.

Fue perderla.

2

BEATRIZ

Septiembre de 1823
Dos meses antes

La puerta del coche chirrió cuando la abrió Rodolfo. Parpadeé mientras mis ojos se ajustaban a la luz que se derramaba sobre mi falda y mi rostro, y cogí con toda la elegancia que pude la mano que Rodolfo me ofrecía. Las horas que había pasado encerrada en el carruaje por los caminos rurales accidentados me habían dejado con ganas de salir de esa caja sofocante y aspirar una bocanada de aire fresco, pero me contuve. Conocía mi papel de esposa delicada y dócil. Interpretarlo ya me había alejado de la capital y del tormento de la casa de mi tío y me había traído al valle de Apan.

Me trajo aquí y me dejó ante una gran puerta de madera oscura encajada entre paredes de estuco blanco; entrecerré los ojos bajo la luz cegadora del cielo azul de septiembre, con los hombros anchos y las manos firmes de don Rodolfo Eligio Solórzano a mi lado.

A la luz del sol, sus rizos brillaban como el bronce, y sus ojos eran casi tan claros como el cielo.

—Esto es San Isidro —me dijo.

La hacienda San Isidro. Recorrí con los ojos la pesada puerta, los bordes de hierro forjado, los altos picos oscuros en las paredes y la buganvilla marchita que serpenteaba por ellas, con flores y espinas descoloridas y agonizantes.

No era exactamente lo que esperaba, porque me había criado en los jardines verdes y exuberantes de una hacienda de Cuernavaca, pero era mi nueva conquista. Mi salvación.

Era mía.

Cuando conocí a Rodolfo, en un baile para celebrar la fundación de la República, me dijo que su familia era propietaria de una hacienda que producía pulque desde hacía casi doscientos años.

«Ah —pensé mientras observaba las agudas facciones de su rostro bien afeitado coquetear con las sombras del salón de baile, iluminado por velas—. Por eso su familia no perdió su dinero durante la guerra». La industria crecerá y se hundirá, los hombres quemarán la tierra y se matarán entre sí por emperadores o repúblicas, pero siempre querrán beber.

Bailamos la siguiente canción, y la siguiente. Me miraba con una intensidad que supe que era una herramienta impagable.

—Háblame de la hacienda —le dije.

Me contó que era una casa grande que se extendía sobre las colinas bajas al norte de Apan, con vistas a campos espigados de maguey. Varias generaciones de su familia habían vivido allí antes de la guerra de independencia de España, cultivando agave y produciendo pulque, una cerveza amarga, que enviaban a los mercados sedientos de la capital. Me dijo que había jardines llenos de aves del paraíso, que las golondrinas invadían el aire y que tenía amplias y bulliciosas cocinas para alimentar a todos los tlachiqueros, a los criados y a la familia. Celebraban las festividades en una capilla de la propiedad, adornada con cuadros de santos y con un altar tallado por el vástago de la familia en el siglo XVII y cubierto de oro por generaciones posteriores, más ricas.

—¿La echas de menos? —le pregunté.

No me contestó directamente. Lo que hizo fue describir las puestas de sol en el valle de Apan: primero de un dorado intenso que iba oscureciéndose hasta convertirse en ámbar y después, rápidamente, la noche se apoderaba del sol como si una vela se apagara. La oscuridad en el valle era tan profunda que parecía casi azul, y cuando las tormentas se deslizaban por encima de las escarpadas colinas hacia el valle, los relámpagos se derramaban como mercurio sobre los campos de maguey y le conferían un tono plateado a las puntas afiladas de las plantas, que parecían los cascos puntiagudos de los conquistadores.

«Será mía», pensé entonces. Una repentina intuición que me llevó con el brazo fuerte y confiado de un amante a los siguientes pasos de baile.

Y fue mía.

Por primera vez desde marzo, tenía una casa.

¿Y por qué no me sentí segura cuando la enorme puerta de la hacienda San Isidro se abrió con un gemido y Rodolfo y yo entramos al primer patio de la finca?

Un delicado temblor, como el de las alas de una mariposa, revoloteó en la parte posterior de mi garganta mientras contemplaba la hacienda.

Los edificios eran sólidos y desgarbados, como extremidades torpemente separadas de un monstruo congelado en plena adolescencia. La temporada de lluvias estaba terminando. A esas alturas de septiembre, el jardín debería haber sido de tonos esmeralda, pero la escasa vegetación que crecía en el patio exterior era tan marrón como la tierra. Los magueyes silvestres se esparcían como malas hierbas, colgaban a ambos lados de una capilla gris —que alguna vez debió de ser blanca— y salpicaban el césped que conducía a la casa. Unas aves del paraíso en descomposición se apiñaban en lechos dispersos, con la cabeza inclinada con sumisión ante nosotros mientras nuestras botas crujían por el camino de grava. El aire parecía más pesado dentro de los muros de San Isidro, más denso, como si hubiera entrado en un sueño extraño y silencioso donde el estuco engullía incluso el canto de los pájaros.

Pasamos por delante de la capilla hasta un patio interior. Allí, Rodolfo hizo un gesto a dos filas de criados que se cuadraron delante de sus aposentos y la cocina y nos esperaban para saludarnos. Antes de que agacharan la cabeza, doce pares de ojos negros y brillantes me miraron, fríos y evaluadores.

Después de explicarme que los tlachiqueros estaban en los campos hasta el anochecer, Rodolfo hizo las presentaciones: José Mendoza, que había sido la mano derecha del capataz Esteban Villalobos, al que habían despedido, llevaba más de diez años ocupándose del registro. Era la máxima autoridad cuando Rodolfo estaba en la capital. Mendoza se quitó el sombrero manchado y se lo colocó sobre el pecho. Tenía las manos deformadas por la edad y el trabajo. Parecía lo bastante mayor para ser mi abuelo.

Ana Luisa, el ama de llaves, era una mujer de unos cincuenta años, con el pelo gris peinado con una severa raya en medio y dos trenzas ceñidas alrededor de la cabeza formando una corona solemne. Su hija, Paloma —la doble de Ana Luisa, con el pelo negro azabache y las mejillas más redondas—, estaba a su lado. Otros nombres pasaron sobre mí como el agua. Los escuché, pero no recordé ninguno, porque me llamó la atención una figura en una puerta arqueada en la entrada más alejada del patio de los criados.

Una mujer se acercó a nosotros, alta como un soldado y con la misma arrogancia. Llevaba una falda azul descolorida lo bastante corta para dejar al descubierto unas botas de montar de cuero manchadas de sudor. Un sombrero de ala ancha le colgaba de la espalda sujeto con un cordón alrededor del cuello, pero, a juzgar por su tez, rara vez lo utilizaba. Tenía la piel bronceada y el pelo con mechas doradas por las largas horas al sol.

«Mantente alejada del sol o nunca encontrarás marido», me susurró una vez mi tía Fernanda sarcásticamente, pellizcándome el dorso de la mano. Aunque ella nunca había conocido a mi padre, y mi madre se negaba a revelar información sobre cuán mezclada era su herencia, a mi tía Fernanda no le importaba. Mi pelo y mi rostro le daban suficiente munición para considerarme despreciable. Para negarse a dejarme estar junto a sus hijas, cuya piel pálida era de color crema, en el baile en el que conocí a Rodolfo.

Al final, el comportamiento de Fernanda hizo que yo encontrara un marido de oro, y sus hijas no. El destino había sido cruel conmigo, pero a veces su mezquindad jugaba a mi favor.

La mujer se detuvo directamente frente a mí. Sus ojos claros eran el espejo de los de Rodolfo y su pelo era del mismo color, dorado por el sol y alborotado. Me dirigió una mirada rápida y franca, desde mis brillantes zapatos negros —que acumulaban polvo deprisa— hasta mis guantes y mi sombrero.

—Llegáis temprano —dijo—. ¿Es esta mi nueva hermana?

Mis labios se separaron por la sorpresa. ¿Quién? Rodolfo solo había mencionado a una hermana una vez de pasada. Se llamaba Juana. Me dijo que era unos años menor que él, que tenía veintiocho, una edad que me llevó a suponer que estaba casada. Nunca la había mencionado cuando hablaba de San Isidro.

—Parece disgustada —me dijo Juana con cierto tono de diversión después de que Rodolfo me presentara. No fue cálido—. ¿No le advirtió Rodolfo de mi existencia? —Tenía los labios secos y más delgados de lo que se consideraba atractivo. Desaparecieron del todo cuando sonrió. Sus dientes eran demasiado brillantes, nivelados y de color marfil, como las teclas de un piano—. No se preocupe, me mantengo sola. Ni siquiera me cruzaré en su camino. Vivo allí. —Señaló con su barbilla afilada por encima de la fila de criados, hacia un grupo de edificios bajos entre la casa y la capilla.

¿No vivía en la casa de la familia?

—¿Por qué? —le pregunté.

El rostro de Juana cambió y se recompuso.

—En la casa hay muchas corrientes de aire en esta época del año —me contestó en tono ligero—. ¿No es así, Rodolfo?

El rostro de Rodolfo pareció un poco tenso cuando asintió y le devolvió la sonrisa. Me sorprendió darme cuenta de que se avergonzaba de ella. ¿Por qué? Juana era diferente, sin duda, pero había en ella una franqueza que me recordaba a la actitud práctica de mi padre. Una autoridad sencilla y relajada que atraía la atención de todos los criados.

Casi sentía que el aire que me rodeaba se desplazaba hacia ella y su innegable gravedad. Rodolfo no era el dueño de esa casa.

La dueña era Juana.

Un miedo asfixiante se desplegó en mi pecho. Reaccioné enderezándome y echando los hombros hacia atrás, como solía hacer mi padre. No había nada que temer. Esa hacienda era mía. Me había casado con el patrón, y Juana había decidido vivir entre los criados. Debía alegrarme de que Rodolfo se avergonzara tanto de Juana que apenas hablaba de ella. No era una amenaza para mí. Que se quedara en ese patio central, en las casas de los criados. La casa principal la dirigiría yo. Mis dominios.

Estos pensamientos calmaron la sacudida inquietante de mi estómago mientras charlábamos con Juana y al rato, dejamos a los criados con su trabajo y cruzamos la puerta arqueada hacia el patio interior.

Rodolfo me había preguntado dos veces si quería quedarme en la capital, en el viejo piso barroco de su familia, pero me negué. Quería la casa. Quería llevarme a mi madre lejos de tía Fernanda, traerla aquí y enseñársela. Quería demostrarle a mi madre que casarme con Rodolfo había sido lo correcto. Que mi elección nos abriría una puerta a una nueva vida.

Y ahora, cuando por fin me enfrentaba a la casa, a la inclinación de su techo desportillado, a sus ventanas oscuras y sus paredes de estuco blanco desgastadas por el tiempo, un sentimiento salvaje se apoderó de mí.

«Atrás».

La columna vertebral se me quedó rígida. Quería alejarme del patio de un salto, como si me hubiera quemado.

Pero me negué a flaquear. Apreté con más fuerza la mano de Rodolfo y desterré esa sensación. Era una tontería. Juana me había cogido desprevenida, pero no era razón para huir. No cuando había ganado tanto.

Cuando no tenía adónde ir.

El aire era denso y silencioso, y solo se oían nuestros pasos cuando llegamos a unos escalones bajos y anchos que conducían a la puerta principal. Subí el primero y me quedé inmóvil. Un grito ahogado me robó el aliento de los labios.

Había una rata muerta tirada en el tercer escalón, con la cabeza inclinada hacia atrás en un ángulo fracturado y la lengua rígida le sobresalía entre los dientes amarillentos. Quizá se había caído del techo, pero tenía el cráneo abierto, como si la hubieran lanzado desde mucha altura con una fuerza increíble. Los sesos brillantes derramados por el escalón de piedra formaban una mancha podrida de color rosa totalmente cubierta de moscas negras.

Rodolfo soltó un débil grito de sorpresa y tiró de mí hacia atrás.

La risa de Juana sonó por encima de nuestras cabezas. Estaba detrás de nosotros y se colocó a mi lado.

—Oh, aquí los gatos exageran un poco —dijo alegremente, como si estuviera dando explicaciones a un sobrino problemático—. ¿Le molestan los gatos?

3

El tour que me hizo Rodolfo por la casa principal fue breve. Me dijo que el ama de llaves, Ana Luisa, me enseñaría su funcionamiento con más detalle más tarde. Aunque había pasado su infancia en esa casa y tenía muchos buenos recuerdos de ella, durante la guerra iba y venía con demasiado poca frecuencia como para entender tan bien como ella cómo funcionaba.

Las paredes de la casa eran gruesas, estucadas y encaladas, y aunque fuera brillaba el sol, unas sombras frías cubrían los pasillos. El edificio estaba dispuesto en forma de U alrededor de un patio central y tenía dos pisos solo en esta zona, la más grande. La parte sur albergaba la cocina y las despensas, y era el dominio de Ana Luisa. En el extremo norte del ala central, una escalera conducía a un piso superior formado por dormitorios, la suite del patrón y varios salones vacíos.

Mientras Rodolfo y yo volvíamos a la planta baja, vi un pasaje estrecho a la derecha del pie de la escalera. Habían tapiado apresuradamente la puerta con maderas disparejas y clavos oxidados.

—Juana me dijo que había daños en el ala norte —me dijo Rodolfo al darse cuenta de que me había detenido porque la puerta me había llamado la atención. Me cogió suavemente de la mano y me apartó de ella—. Un terremoto, o una inundación, no lo recuerdo. Haré que Mendoza se ocupe de las reparaciones.

Cuando entramos en un comedor de gala, levanté la barbilla

y seguí con la mirada los azulejos moriscos importados de la península por sus antepasados, que llegaban hasta el alto techo. Una cornisa estrecha recorría la circunferencia de la habitación, a unos tres metros y medio del suelo.

Rodolfo siguió mi mirada.

—Cuando mis padres celebraban fiestas aquí, los criados subían candelabros a la cornisa —me dijo—. Era tan luminoso como una ópera. —Al recordarlo, su sonrisa se desvaneció y una sombra le cruzó el rostro—. No subas ahí. Una vez se cayó una criada.

Sus palabras golpearon el aire desafinadas, distantes y ligeramente disonantes.

Me estremecí. A diferencia de lo que había dicho Juana, «corriente de aire» no era el término que yo habría elegido para describir el frío que hacía en la casa. Se me hundía en los huesos como garras. El aire quieto olía a rancio, como un almacén subterráneo. Quería abrir todas las ventanas para que entrara el aire fresco y la luz.

Pero Rodolfo me hizo avanzar rápidamente y cerró de golpe la puerta tras de sí.

—Esta noche cenaremos en algún lugar más cómodo —me dijo.

«Mañana», le prometí a la habitación. Mañana arrojaría luz en todos sus rincones sombríos y ordenaría que mezclaran pintura para arreglar el estuco manchado de hollín.

Desde detrás de la puerta, la habitación se rio de mí.

Me quedé inmóvil. Rodolfo siguió andando y mi mano se soltó de la suya.

¿Había oído mal? ¿Me lo estaba imaginando? Estaba segura de haber oído una risa ligera y burbujeante, como la de un niño travieso, atravesar la pesada puerta de madera.

Pero estaba vacía. Sabía que la sala al otro lado de esa puerta estaba vacía. Acababa de verla.

—Vamos, querida. —La sonrisa de Rodolfo era demasiado forzada—. Hay mucho que ver antes de la cena.

Y lo había. Jardines, cuadras, habitaciones del servicio doméstico, el pueblo, donde vivían los tlachiqueros y los trabajadores del campo, el almacén general, la capilla... San Isidro era un mundo en sí mismo.

Rodolfo me dejó al cuidado de Ana Luisa para que me mostrara el resto de la casa y de inmediato deseé que no lo hubiera hecho. Era brusca y sin sentido del humor.

—Este es el salón verde —me dijo señalando una habitación, pero sin entrar.

Tenía una sola chimenea manchada de hollín. Las paredes eran blancas, y las tablas del suelo estaban rayadas y desgastadas.

—No es verde. —Mi voz sonó hueca en el espacio vacío.

—La alfombra antes lo era —se limitó a contestarme Ana Luisa.

Como su voz, la casa estaba desprovista de color. Blanco, marrón, sombras, hollín... Así era la paleta borrosa de San Isidro. Cuando el sol empezaba a ponerse y Ana Luisa había terminado de mostrarme el patio de los criados y la pulcra capilla, yo estaba agotada. La casa y los terrenos estaban en diversos estados de deterioro. El enorme esfuerzo que supondría prepararlos antes de que viniera mi madre me intimidaba. Pero mientras Ana Luisa y yo volvíamos a la casa, la contemplé desde el patio, desde la siniestra puerta oscura hasta las tejas rotas del tejado, y no pude evitar que me subiera a la garganta un aleteo de emoción.

Esa casa era mía. Aquí estaba a salvo.

Hace siete meses, salté de la cama en plena noche. Unos golpes en algún lugar de la casa y los gritos desde la calle me habían despertado. Con el corazón en la garganta, me tambaleé hacia el pasillo oscuro, agarré el picaporte de la puerta del salón con manos sudorosas y tropecé con la alfombra. Luces y sombras bailaban burlonamente en las sillas refinadas, el delicado papel de las paredes y el viejo mapa de las batallas de mi padre, clavado en la pared opuesta a las ventanas del segundo piso.

Corrí hacia las ventanas. El fuego invadía la calle. Había decenas de hombres con uniforme militar blandiendo antorchas y mosquetes oscuros coronados con largas bayonetas cuyo acero sonreía con avidez a la luz de las llamas.

Uno de ellos golpeó la puerta gritando el nombre de mi padre.

¿Dónde estaba mi padre? Seguramente sabría lo que significaba...

Y entonces mi padre abrió la puerta. Estaba entre ellos, despeinado y con una bata alrededor de su cuerpo nervudo. Parecía más cansado de lo que jamás lo había visto. Las sombras acentuaban la delgadez de su rostro.

Pero sus ojos ardían de odio cuando miró a los hombres que lo rodeaban. Empezó a hablar, pero, aunque yo hubiera pegado la oreja a la ventana, no habría podido oírlo, ni desde tan arriba ni con el estruendo de los gritos. Me quedé paralizada mientras los hombres agarraban a mi padre por los brazos y lo arrastraban desde la casa hasta la calle. Parecía tan débil y frágil...

«Traidor». Una sola palabra se elevaba por encima del estruendo. «Traidor».

Después se marcharon.

Solo un grupo pequeño se quedó atrás. Con el rostro ensombrecido, cogieron las culatas de los mosquetes y las golpearon contra las ventanas de la primera planta. Los cristales se hicieron añicos. Los hombres lanzaron un líquido brillante y antorchas a través de los fragmentos irregulares de los cristales rotos. Después se dispersaron en la noche y no pude moverme, ni siquiera cuando el olor a madera quemada invadió mi habitación y las tablas del suelo se calentaron bajo mis rodillas.

Mi padre no era un traidor. Aunque el hombre que se convirtió en emperador y mi padre empezaron la guerra en bandos diferentes —mi padre, con los insurgentes y Agustín de Iturbide, con los españoles—, al final trabajaron codo con codo. Mi padre luchó por la independencia. Por México. Todas las batallas que él y yo marcamos en su mapa con tinta roja eran por México, todas.

El grito de mi madre me atravesó el cráneo. Me aparté de golpe de la ventana. Se me enganchó el talón con la pata de una silla y acabé tirada en la alfombra. El calor me quemaba los pulmones y hacía denso el aire. El humo se elevaba en delicadas columnas a través de las tablas del suelo mientras me arrastraba a cuatro patas.

El mapa. Me levanté dando tumbos, me dirigí a la pared, alcancé los alfileres que lo sujetaban y resoplé cuando se me chamuscaron las yemas de los dedos.

—¡Beatriz!

Lo arranqué y lo doblé con manos temblorosas mientras corría hacia la voz de mi madre. Me picaban los ojos por el humo y la tos me oprimía las costillas.

—¡Mamá!

No veía nada ni podía respirar mientras bajaba la escalera hacia la puerta trasera. Mi madre me agarró y me arrastró a la calle. El calor hacía que la espalda nos sudara y que nos salieran ampollas. Tosíamos, descalzas y aturdidas por el frío de la noche.

Mi madre había ido a las habitaciones de los criados para despertar al personal de la casa, pero había encontrado las camas vacías y frías. ¿Lo sabían? ¿Lo sabían y habían huido para salvar el pellejo sin decirnos nada?

Debían de saberlo. Alguien debió de contarles lo que descubrimos a la pálida y frágil luz de la mañana siguiente: que habían depuesto a Agustín de Iturbide, emperador de México. Exiliado. En un barco a Italia. ¿Y sus aliados? ¿Incluso los que habían sido insurgentes, como mi padre? Detenidos y ejecutados.

—Les han disparado por la espalda por cobardes. Eso he oído —dijo mi prima Josefa, con los ojos llorosos, al otro lado de la mesa del desayuno, haciendo una mueca maliciosa por debajo de su nariz romana.

Como no teníamos adónde ir, mi madre se dirigió a la casa de la única familia que le quedaba en México, los únicos que siguieron hablando con ella después de casarse con mi padre, un hombre de casta inferior a la suya: la de Sebastián Valenzuela, el hijo del primo de su padre.

—Pero el tío Sebastián nos odia —gemí mientras caminábamos temblando, porque el sudor que nos había empapado con el calor de la casa se volvía gélido en la noche.

Rodeamos la pared de la parte trasera de la casa de mi tío y nos desplomamos en los escalones embarrados que daban a las habitaciones de los criados. El mapa de mi padre estaba arrugado contra mi camisón, porque lo había apretado entre el bíceps y el tórax para protegerlo mientras corríamos por los oscuros y sinuosos callejones de la capital. Mi madre dijo que no podía confiar en ningún amigo suyo ni de mi padre. No después de lo que había pasado. Tuvimos que ir allí.

—No tenemos otra opción —me dijo.

Pero Sebastián sí.

Su mujer, Fernanda, lo dejó perfectamente claro cuando nos acogió a mi madre y a mí. Podría habernos dejado en la puerta. Podría habernos rechazado, y Sebastián no habría cuestionado su decisión.

Era verdad, y yo lo sabía. Mi tío no nos quería, nunca nos había querido, y solo nos acogió por lo que le quedaba de lealtad infantil por una prima a la que la familia había repudiado hacía mucho tiempo.

Nos acogió, pero el primer día que pasamos en su casa, durante la cena, nos sermoneó en tono condescendiente asegurando que mi padre había tomado las decisiones equivocadas durante toda la guerra, primero apoyando a los insurgentes y, después, comprometiéndose y formando una coalición con los conservadores monárquicos.

Aunque estaba agotada y hambrienta, se me quitó el hambre. Observaba la comida, que se enfriaba en mi plato, inmóvil.

—Es una tragedia, pero tenía que pasar —reflexionó mi tío Sebastián con aires de experto.

Sus largas patillas canosas temblaban con cada bocado que daba con glotonería.

No sabía si la sensación que se apoderó de mi garganta significaba que iba a vomitar o a llorar. La humillación me abrasaba las mejillas. Mi padre arriesgó su vida por la independencia, y yo tenía un mapa que lo demostraba. Sus rivales debieron de traicionarlo o mintieron sobre él. Y lo asesinaron. Levanté la cabeza y miré fijamente a mi tío. Abrí la boca...

Un ligero codazo.

Mi madre. Nunca elevaba la voz por encima de un susurro, sus movimientos no eran sino elegantes y suaves, pero su mensaje estaba absolutamente claro: «No digas nada».

Me mordí la lengua. El filete sobre mi plato se emborronó cuando el calor de las lágrimas me escoció los ojos.

Mi madre tenía razón.

Si mi tío Sebastián decidía echarnos, mi madre y yo no tendríamos adónde ir. Darme cuenta de que nadie nos acogería fue como una bofetada. Nuestras vidas dependían de complacer al primo de mi madre y a su esposa mezquina y entrometida, que no dejaba de decirle palabras envenenadas.

Me obligué a meterme en la boca la comida, que se me pegaba a la garganta seca como pegamento.

Esa noche, acurrucada frente a mi madre en la única cama estrecha que mi tía Fernanda nos había dejado, lloré tanto que creí que se me iban a romper las costillas. Mi madre me apartaba el pelo sudoroso que se me pegaba a la frente y me besaba las mejillas calientes.

—Tienes que ser fuerte —me dijo—. Debemos sobrellevarlo con dignidad.

Con dignidad.

Quería decir en silencio.

No podía heredar la propiedad de mi padre. No podía trabajar. No podía cuidar de mi madre, que estaba cada vez más pálida y demacrada. Dependía de la caridad de mi tío y de la escasa buena voluntad de mi amargada tía. No tenía nada. Llevaba la ropa de mis primas y no me permitían estudiar ni salir por temor a que mi presencia redujera la estima del apellido Valenzuela a ojos de los demás criollos y peninsulares. Yo era un cuerpo sin voz, una sombra que se fundía con las paredes de una casa demasiado llena de gente.

Y entonces conocí a Rodolfo.

Cuando entró en ese baile en el que se celebraba la fundación de la República, cuando sus anchos hombros llenaron la entrada, una sensación de paz se apoderó de la sala. La atmósfera cambió y los murmullos se silenciaron. Él era sólido. De confianza. Tenía una voz autoritaria, profunda y como la miel, y su pelo broncíneo brillaba a la luz de las velas. Era delicado y sereno, con la autoridad silenciosa y segura de sí misma de un ídolo en su templo.

Se me cortó la respiración. No por su sonrisa torcida y relajada, ni por la coquetería casi tímida con la que se acercó a mí para pedirme un baile. No porque su juventud y su condición de viudo le otorgaran una reputación romántica y trágica entre Josefa y sus amigas, que se reían, nerviosas. Sino por el silencio en el que la sala lo observaba. Eso era lo que yo deseaba. Quería tener una sala en la palma de mi mano, decirle que no se moviera, que se callara.

Si Rodolfo era consciente de la fuerza de sus encantos, no se le notó. Por supuesto que no se le notaría. Era militar, un protegido de Guadalupe Victoria, uno de los generales que formaron el gobierno provisional que derrocó y sustituyó al emperador.

Al final de nuestro primer baile, me di cuenta de que un político como Rodolfo no pasaría por alto el legado de mi padre durante mucho tiempo. Si no lo asustó cuando nos presentaron, cuando le dijeron mis apellidos (Hernández Valenzuela, lo que señalaba el de mi padre y de mi madre), quizá lo asustaría más tarde.

Y a mis veinte años, el reloj avanzaba deprisa. O me casaba pronto, mientras aún se me veía fresca, virginal y deseable, o no me casaría nunca.

Así que cuando tuve claro que mi risa y mis ojos, los de mi madre, brillantes como el jade de Chiapas, le atraían como a las abejas el jarabe de piloncillo, lo aproveché.

Cuando le comuniqué a mi madre que iba a casarme con don Rodolfo Eligio Solórzano Ibarra, dejó sin gracia el bordado en su regazo, boquiabierta por la sorpresa. Los meses transcurridos desde la muerte de mi padre le habían pasado factura. Su piel pálida ya no recordaba a la porcelana fina, sino al papel descolorido y desmoronado. Unas sombras violetas colgaban bajo sus ojos, que habían perdido su vigor. Sus mejillas, una vez altivas, estaban hundidas y delgadas por el agotamiento.

—Tú... Solórzano —me dijo jadeando—. Es uno de los hombres de Victoria.

Crucé los brazos sobre mi pecho. Sí, sirvió a uno de los líderes del partido político que se había vuelto contra mi padre.

—Si quieres salir de esta casa y dejar de remendar las sábanas de la tía Fernanda, es la única opción. ¿No lo entiendes? —repliqué.

«Mira a tu alrededor», quería gritarle. Mi madre se casó por amor y quemó puentes a su paso. Yo no tenía ese privilegio. No podía permitirme su idealismo. Y menos cuando Rodolfo me había pedido que me casara con él y tenía la oportunidad de sacarnos de la casa de mi tía Fernanda. Podría asegurarnos una vida digna. El nombre de Rodolfo, su dinero y su tierra podrían darnos alas para volar.

Mi madre cerró la boca, bajó los ojos al bordado y no me dijo una palabra más. Ni entonces, ni en las semanas previas a la boda.

Pasé por alto que no viniera a la boda. Mantuve la cabeza alta bajo mi mantilla de encaje y no hice caso de los rumores sobre la familia de Rodolfo. Sobre líos amorosos pasados y enfermedades misteriosas que mi tía Fernanda, que tenía envidia, le contaba a todo el que la quisiera escuchar. Sus labios chasqueaban como botas en el barro y sus susurros me arañaban la nuca como unas uñas secas y demasiado largas.

«He oído decir que a su primera esposa la asesinaron unos bandoleros en el camino de Apan». «¿En serio? Yo he oído decir que murió de tifus». «He oído decir que la secuestraron unos insurgentes». «He oído decir que el cocinero la envenenó».

Rodolfo era mi salvación. Me aferré a él como un náufrago se agarra a una madera a la deriva en una inundación. Su solidez. Su apellido. Su título. Sus hombros, que se recortaban en el cielo cegador de Apan como las montañas que rodean el valle, y sus manos callosas y honestas, que me llevaron hasta la puerta de San Isidro.

Él era seguro. Él tenía razón. Yo había tomado la única decisión que garantizaba que me libraría del sombrío destino al que nos había condenado el asesinato de mi padre.

Solo rezaba para que un día mi madre viera mi decisión de casarme con él como lo que era: la llave hacia una nueva vida.

4

Rodolfo, Juana y yo volvimos a reunirnos para cenar en un pequeño salón cerca de la cocina que habían reconvertido en comedor. Las ventanas daban a la parte trasera de la casa, a una terraza rodeada de pilares y arcos desde la que se veía un jardín muerto con aves del paraíso marchitas y esqueletos negros de macizos de flores. Unas nubes bien cargadas habían cubierto el valle. Mientras nos sentábamos, la hija de Ana Luisa, Paloma, cerró los postigos de las ventanas para protegernos de la lluvia. Para los tres, el salón era más acogedor que el comedor de gala, pero no tardé en desear que no lo hubiera sido tanto.

—Te pido disculpas por el estado de las flores —me dijo Rodolfo. Su mirada recorrió los postigos mientras Paloma se alejaba tímidamente hacia la cocina—. Juana se preocupa más del maguey que de los jardines.

Juana resopló. Levanté la mirada de mi plato, sorprendida. Por más que me desagradaran mis primos en la casa de mi tío Sebastián, estaba acostumbrada a sus buenos modales. Así me criaron también.

—El maguey es resistente —dijo en tono inexpresivo—. Es un rasgo admirable.

Los ojos de Rodolfo se deslizaron por la mesa hacia ella. Su azul ya no era brillante, sino gélido.

—La belleza también es un rasgo admirable —le dijo. Una réplica en broma, pero que hizo sin la menor calidez—. Y el maguey carece de ella, creo.

—Será que no lo miras lo suficiente. —Su tono crispado dejaba claro lo poco que le importaba lo que él pensara sobre cualquier tema, tanto el maguey como cualquier otra cosa.

Con razón Rodolfo nunca me había hablado de su hermana. El ambiente entre ellos se cortaba con cuchillo.

—El jardín es hermoso, querido —mentí forzando una alegría en mi voz que sonó hueca en la sala. Rodolfo me miró de reojo, incrédulo. Apoyé la mano en su rodilla por debajo de la mesa y froté el pulgar contra la tela de sus pantalones en un intento calculado de acabar con la tensión—. Mi madre me enseñó algo de jardinería cuando vivíamos en Cuernavaca —añadí—. Dame algo de tiempo y cuando vuelvas no lo reconocerás.

En dos semanas, Rodolfo volvería a la capital. Me había acompañado a Apan para protegerme de los bandoleros, pero su labor política le impedía quedarse en el campo. El gobierno provisional tenía la intención de convocar elecciones para presidente, y si algo había aprendido fisgando furtivamente en la correspondencia de Rodolfo, era que su mentor, Guadalupe Victoria, quería ganarlas.

Rodolfo abrió la boca para contestar, pero su hermana lo interrumpió.

—No necesitamos jardines —dijo con dureza, sin molestarse en mirarme. Me despachó con tanta eficacia como si me hubiera dado una bofetada—. Lo que necesitamos es evitar que San Cristóbal saquee nuestra tierra.

—Yo decido lo que necesitamos y lo que no —replicó Rodolfo. Su repentino cambio de humor hizo que un temblor de sorpresa me recorriera la columna vertebral—. Si doña Beatriz quiere un jardín, tendrá un jardín. La palabra de mi esposa es la mía en esta casa, ¿entendido?

Si Juana lo había entendido, no lo dijo.

—Me retiro —anunció a la sala en general con una sonrisa falsa, y tiró la servilleta sobre la mesa con un ruido descortés.

Me quedé rígida mientras se alejaba de la mesa y, después, con un brusco «buenas noches», se marchó.

Si el rencor entre Rodolfo y Juana se enfrió durante las dos semanas que este pasó con nosotras en San Isidro, yo no lo vi. A ella no la vi en absoluto. Era como si se hubiera desvanecido entre las recias hileras de magueyes que cortaban los campos debajo de la casa principal, efímera como un fantasma.

No nos acompañó cuando Rodolfo y yo fuimos a Apan para la misa del domingo.

Era mi primera visita al pueblo y la primera vez que me verían los hacendados de las demás haciendas y sus esposas. Algo en el aire cambió cuando atravesamos las puertas de la hacienda y me relajé en mi asiento. Apoyé la cabeza en el hombro de Rodolfo y me mecí con el movimiento del carruaje, escuchando lo que me contaba sobre los hacendados a los que me presentaría después de misa.

—Su política cambia muy despacio, pero eran aliados de mi padre y seguirán siendo los nuestros, si su tolerancia con Juana es indicio de su paciencia. —Colocó mis manos enguantadas en su regazo y las sostuvo pasando el pulgar distraídamente por el encaje. Aunque yo tenía los ojos cerrados, imaginé su media sonrisa irónica al decirme, con un toque de diversión cómplice—: Además, la sociedad del campo es bastante incompetente comparada con la de la capital.

Tardamos una hora en llegar al centro de Apan. Cuando Rodolfo me ayudó a bajar del carruaje, me llamó la atención lo pequeño que era el pueblo. Rodolfo me dijo que allí vivían unas tres mil personas y quizá mil más repartidas por las haciendas de los alrededores, pero ¿qué era esa cantidad para mí, que me había acostumbrado a la densidad de la capital? Ahora lo veía con mis propios ojos. El pueblo en sí —la plaza de armas central frente a la parroquia, correos, el cuartel y varios otros edificios— era tan pequeño que podríamos haberlo atravesado en diez minutos en carruaje.

Unos cipreses enfermizos bordeaban el camino que conducía a la iglesia. Aunque su fachada delantera era sencilla, decorada solo con piedra tallada, sus paredes de estuco estaban impecablemente encaladas, tan luminosas contra el cielo azul como las nubes. Una campana sonó desde una sola torre anunciando el inicio de la misa.

Había elegido mi atuendo con colores recatados, gris claro y verde, y me alegré de haberlo hecho así cuando entramos. Aunque mi vestido en ningún caso era el más elaborado, era de lejos el de mejor calidad y atraía las miradas de los habitantes del pueblo mientras caminaba junto a Rodolfo por el pasillo de la iglesia. Mi mantilla revoloteaba suavemente contra mi mejilla mientras hacía una genuflexión y me sentaba en un banco reservado para nosotros y otros hacendados cerca del altar.

En la capital, yo había sido simplemente la hija de un general entre tantos otros; aquí era doña Beatriz de Solórzano, la esposa de uno de los hacendados más ricos, sofisticado y misteriosos. En los instantes de silencio previos a que empezara la misa, los susurros se extendían por los bancos a mis espaldas.

Lo disfrutaba. Acaricié ese poder y lo sostuve junto a mi pecho mientras empezaba el rito. San Isidro no era lo que había imaginado cuando me casé con Rodolfo, pero ese poder sí lo era. Esta era mi nueva vida. Esto era lo que había ganado.

La misa duró una hora larga de incienso y murmullos, de levantarse y sentarse. Todos nos movíamos, hablábamos y respondíamos como una sola persona. Tras tantos años repitiéndolos, los pasos de baile estaban grabados en nosotros como el ritmo de una canción de cuna. Los ritos latinos siempre me habían parecido, en el mejor de los casos, monótonos, pero, ahora que a mi alrededor había hacendados a los que observar, prestaba menos atención que de costumbre. En lugar de mirar al rechoncho sacerdote canoso y a su asistente mestizo con aspecto de cuervo, que estaban tras el altar, mi atención revoloteaba entre los bancos, de una cabeza a otra, como un colibrí. ¿Cuál de estos extraños sería un amigo? ¿Quién podría ser un enemigo?

Después de la misa, Rodolfo empezó con las presentaciones: Severo Piña y Cuevas y su esposa, Encarnación, de la hacienda

Ocotepec, un par de hermanos Muñoz de la hacienda Alcantarilla, y el anciano Atenógenes Moreno y su esposa, María José, de San Antonio Ometusco. Todas eran haciendas productoras de pulque y, a juzgar por la seda fina y las ropas majestuosas peninsulares de las esposas, habían sobrevivido a once años de guerra civil tan bien como la familia de Rodolfo.

—Qué bien que la hermana de su esposo ya no esté sola —me dijo doña María José Moreno cogiéndome la mano y colocándomela bajo su brazo cariñosamente mientras seguíamos a su esposo, Atenógenes, y a Rodolfo hacia la puerta de la iglesia. Tenía el pelo plateado debajo de la mantilla y la espalda ligeramente jorobada por la edad—. Hay viudas que dirigen sus haciendas, es cierto. Tengo que presentarle a la viuda del viejo Herrera. Ella también vivía en la capital y dirige la hacienda Buenavista desde hace casi diez años. Pero doña Juana... es un personaje curioso. Me alegro de que ahora tenga a una persona tan refinada como usted para que tome ejemplo.

Me dio unas palmaditas en la mano con el cariño distraído de una abuela, pero un toque de advertencia subrayaba la suavidad de su voz. Mantuve la expresión cuidadosamente inmóvil mientras guardaba esa información. Quizá los hacendados no fueran tan tolerantes con Juana como Rodolfo creía.

Doña María José levantó los ojos legañosos y los entrecerró al otro lado de su mantilla.

—Es usted casi tan hermosa como doña María Catalina, aunque bastante más morena. Quizá aguante el campo mejor que ella. Pobrecilla. Qué constitución tan delicada.

Las palabras me golpearon como agua helada en la cara. La primera esposa de Rodolfo. Por supuesto que la traerían a colación. Le dirigí una mirada de preocupación y asentí. Era la primera vez que me relacionaba con alguien que conocía a la esposa anterior de Rodolfo y que no se limitaba a compartir chismes maliciosos. Debería haberle preguntado la verdad sobre la muerte prematura de la primera señora de Solórzano.

Pero la idea me repugnaba. Menos hermosa o no, bastante más morena o no, ahora yo era la señora de Solórzano. Rodolfo y todo lo que fue suyo eran míos, ganados en una lucha justa.

El odio me picaba bajo la piel mientras miraba a doña María José. Las mujeres como ella se creían sensatas cuando daban consejos a las recién casadas, así que desvié la conversación de mujeres muertas y mi complexión haciéndole preguntas vacías sobre el matrimonio, asintiendo y sonriendo cuando sabía que debía hacerlo mientras me contestaba. Pero tenía la cabeza en otra parte.

«Es un personaje... curioso».

Ser curioso implicaba chismes, y los chismes —malintencionados o no— siempre brotaban de una semilla. Quizá era la irreverencia de Juana sobre su aspecto lo que inspiraba las habladurías. Quizá era su brusquedad. Sin duda, no despertaba la simpatía que su difunta cuñada suscitaba en sus conocidos.

Estos pensamientos me persiguieron hasta la noche y se enroscaban entre mis dedos mientras me trenzaba el pelo a la luz de las velas, sentada en una silla frente a mi tocador. No le conté a Rodolfo mi conversación con doña María José, aunque las preguntas se desplegaban en mi pecho como malas hierbas, y sus raíces se agarraban con fuerza a mis costillas.

Todavía no podía pedirle demasiado. Nuestra intimidad de recién casados era irregular. Conocía el cálido olor de su garganta y el ritmo de su respiración mientras dormía, pero no los pensamientos que se reproducían tras su rostro. Entre nosotros se extendían silencios desconocidos, largos y plagados de secretos. ¿Qué temía Rodolfo? ¿Por qué me había ocultado la existencia de Juana? Si tanto amaba San Isidro, ¿por qué evitarlo durante tantos años?

Tenía muchas preguntas por hacer, pero me mordí la lengua. Me volví y miré la cama, detrás de mí. Rodolfo ya respiraba profundamente, enredado en las sábanas blancas. Un mechón de pelo broncíneo le caía sobre la frente y la nariz recta y puntiaguda. Un príncipe durmiente bajo un delicado sudario.

Por guapo que fuera, yo no tenía inclinaciones románticas hacia Rodolfo cuando acepté su oferta. Aunque me cortejó con dulces letanías de mis excelentes cualidades —mi fuerza, mi sonrisa amable, mi risa y mis ojos—, no creía que se hubiera casado conmigo por quien yo era. Mi aspecto pudo convencerlo de mirar más allá de las ideas políticas de mi padre. Al fin y al cabo, yo era una recién llegada a la sociedad de la capital y sabía que era hermosa. Estas dos verdades me convirtieron en un misterio tentador para hombres con mentalidad de conquistador.

Pero yo era también una persona que no hacía caso de las murmuraciones ni de los rumores en torno a su viudez, y Rodolfo quería una esposa que no hiciera demasiadas preguntas. Decidí arriesgarme con sus secretos. Nuestra relación se basaba en una sola cosa: mi mundo era una habitación oscura y sin ventanas, y él era una puerta.

Me volví hacia el espejo y seguí trenzándome el pelo. Un dolor invadía poco a poco mi pecho, un dolor pesado y dulce, afilado como un cristal roto. Echaba de menos a mi madre. Echaba de menos a mi padre. Echaba de menos quién era antes de que lo perdiéramos todo, una persona que veía a sus padres bromear y reírse, que los veía cogidos de la mano leyendo junto al fuego por la noche o susurrando con complicidad detrás de una puerta que creían que estaba totalmente cerrada.

Yo solía ser una persona que quería eso. Que lo anhelaba. Quería lo que tenía mi madre cuando mi padre la besaba en la frente y le pasaba el pulgar por la mejilla antes de irse a la batalla. Fuera lo que fuese lo que hacía que mi madre mirara por la ventana, inquieta e incómoda, cada vez que él tenía que volver. Fuera lo que fuese lo que les hacía verse el uno al otro por lo que eran, no por su clase o su casta.

Mis padres lucharon por casarse a pesar de sus diferencias, a pesar de los prejuicios de la familia de mi madre, porque tenían eso por lo que luchar. Y eso era lo que yo quería. Alguien que no me viera más morena que otra persona, ni casi tan hermosa como otra persona. No la hija de alguien. No una pieza con la que jugar en una partida mayor. Alguien que me viera por lo que era y me valorara por ello.

¿Y qué tenía?

A un extraño cuyos labios me dejaban fría y el peso de cuyas caricias en la oscuridad no inspiraban ningún deseo en mí. Preguntas que se arremolinan sin respuesta en mi cabeza. Cartas a mi madre enviadas y sin respuesta. Una casa sin familia. Un vacío en el pecho que se abría, me desgarraba y crecía tanto como intentaba comprimirlo.

Me mordí el labio en cuanto empezó a temblar. Sí, me había apoderado del apellido Solórzano a pesar de que apenas conocía al hombre que lo llevaba. Sí, me había casado con un hombre que se interpuso entre mi madre y yo, un hombre al que no amaba.

Sacrifiqué ese sueño porque sobrevivir era más importante que sentirme sola.

Y ahora tenía un techo sobre mi cabeza. Una hacienda a mi nombre. Una renta arraigada en la tierra, firme y resguardada de las tempestades de la guerra y la peste.

Un futuro.

Agradecía a Rodolfo que me hubiera sacado de la oscuridad. Que me hubiera librado de la pobreza. Quizá, en los días que me sentía más tierna, incluso le tenía cariño por haberme cambiado la vida. Quizá algún día podría incluso aprender a amarlo por ello.

Un destello de color en el espejo me llamó la atención. Dos luces rojas me miraban desde una esquina oscura debajo de la ventana.

Parpadeé y habían desaparecido.

Se me erizó el pelo de la nuca. Una sensación extraña recorrió mis hombros.

Me observaban.

Me volví hacia la esquina con los ojos muy abiertos, desesperados, y escudriñé la oscuridad.

La luz de la vela moribunda apenas alcanzaba los pies de la cama. Unas sombras negras envolvían la habitación, más oscuras junto a las paredes.

En la habitación solo estaba Rodolfo, dormido. Allí no había nada.

Respiré hondo y exhalé con fuerza para aclararme las ideas.

Estaba agotada por el viaje a la ciudad y por haber conocido a tanta gente. Me abrumaba el enorme trabajo que iba a suponerme arreglar la casa. Me había imaginado los destellos rojos. Me había imaginado la sensación de que me observaban. Eso o había sido uno de los gatos de los que había hablado Juana cuando llegué a San Isidro.

Sí, tuvo que ser un gato.

Más tranquila con esta explicación, me volví de nuevo hacia el tocador y apagué la vela. Avancé a tientas por la húmeda oscuridad hasta la cama, me deslicé entre las sábanas y me dejé atraer por el calor de Rodolfo como una polilla por las llamas. Él se estremeció con el roce frío de mis pies y se acercó adormilado hacia mí. La paz de su sueño y de su solidez se apoderó de mí. Cerré los ojos.

Su peso sobre el colchón era muy diferente de cuando había compartido cama con mi madre en la casa de mi tía Fernanda. Por muy agradecida que estuviera, fantaseaba distraídamente con el momento en que se marchara a la capital y, por primera vez en muchos, muchos meses, tuviera una cama para mí sola. Y más cosas. Mi casa. Mi mundo. Frené estos pensamientos eligiendo colores de pintura para las diferentes habitaciones de la planta baja y tentar así al sueño a que me llevara con él.

Hasta mucho después, mientras me mecía en el oscuro umbral del sueño, no me di cuenta de que, desde que había llegado a la hacienda San Isidro, no había visto un solo gato.

5

ANDRÉS

Apan
Diciembre de 1820
Tres años antes

Mientras cabalgaba por el campo del distrito de Tulancingo, el valle de Apan me llamaba como el crepúsculo de verano. La constatación agridulce de que casi estaba en casa fue suave al principio, apenas rozaba mis sentidos, y después se apoderó de mí de golpe, rápida y totalmente. A unos kilómetros del pueblo les dije a mis compañeros de viaje que mi mula tenía una piedra en la herradura y que siguieran adelante. Me reuniría con ellos en breve.

Desmonté.

Durante siete años en el seminario de Guadalajara, la Inquisición se había cernido sobre mi hombro como el sudario de la muerte, siempre vigilante, con su aliento pegajoso en mi nuca. Desde los dieciséis años hasta que me ordené, sofoqué mis sentidos ahogándolos en latín, filosofía y penitencia. Recé hasta quedarme ronco. Recurrí al cilicio cuando me dijeron que me purificaría. Doblé las partes más oscuras de mí mismo y metí mi espíritu retorcido en una caja que permaneció cerrada.

Pero cuando mis pies tocaron la tierra del valle, el eje del mundo se desplazó. El campo invernal azotado por el viento y los cielos bajos y grises volvieron su mirada soñolienta hacia mí. Me vieron, me reconocieron y asintieron despacio y satisfechos, como los antiguos gigantes. Recorrí con la mirada las colinas oscuras que se enroscaban alrededor del valle como nudillos. Por primera vez en siete años sentí los espíritus que zumbaban por este pequeño rincón de la creación, incluso cuando ya nadie recordaba sus nombres.

El hecho de que el valle me reconociera me alcanzó como un rugido, como una ola, y temblé bajo el sarape, demasiado grande. Durante años me había escondido tras gruesos muros, solo. Mi secreto me separaba de los demás estudiantes del seminario. El miedo a que me descubrieran gobernaba cada uno de mis pensamientos y pasos. Me oculté hasta tal punto que viví a un pelo de la asfixia.

Ahora me veían.

Ahora, lo que más temía se extendía como una sombra en mi pecho. Aquí, lejos de los ojos de la Inquisición, las partes de mí que había metido en una caja empezaban a desplegarse, suaves y curiosas como columnas de humo, y tensaban la cerradura y la bisagra.

Las empujé hacia abajo.

«Dile que rezo por que vuelva a San Isidro. Los pájaros rezan por que vuelva a San Isidro».

La oración de mi abuela recibió respuesta. Estaba casi en casa. Pero ¿qué sería de mí ahora que lo estaba?

Mi llegada quedó engullida de inmediato por los preparativos para la festividad de la Virgen de Guadalupe. El padre Guillermo y el padre Vicente tenían una idea concreta para la procesión de la imagen de la Virgen y San Juan Diego por las calles de Apan, y me dejaron claro cuál era mi lugar: cargar a hombros el paso que llevaba a la Virgen y al santo junto con otros hombres del pueblo. El padre Guillermo era demasiado viejo para esas cosas, dijo el padre Vicente, y él, bueno, él estaría al frente de la procesión, ¿no?

Ese era mi lugar como sacerdote joven, un sacerdote sin destino, sin parroquia y sin esperanza de hacer carrera en una ciudad. Era el lugar adecuado para un sacerdote mestizo a ojos del padre Vicente. Tenía razón. Más de la que creía. Aunque yo hubiera sido un hombre ambicioso, aunque hubiera entrado en el sacerdocio con la intención de cubrir mi vida de plata y comodidad, como tantos hombres a los que conocí en el seminario, no podía cambiar lo que era.

Conocía al padre Guillermo desde antes de irme a Guadalajara. Cuántas veces me encontró dormido debajo de los bancos de la iglesia cuando era pequeño y me llevó de vuelta con mi madre al amanecer, acurrucado en sus brazos como un gatito somnoliento. Si Guillermo adivinó la razón por la que hui de casa en plena noche buscando el silencio de la casa de Dios, nunca lo dijo. Fue él quien escribió a Guadalajara y vio con buenos ojos mi traslado a la pequeña parroquia de Apan y, cuando llegué, polvoriento y agotado tras semanas de camino, fue él quien me abrazó. A pesar de su nerviosismo, su pompa y su deseo de complacer a los ricos hacendados que financiaban las reformas de la iglesia, confiaba en Guillermo. Pero él nunca había vivido en las haciendas, como yo de niño. Había muchas cosas que nunca podría entender.

Vicente era nuevo, sustituía al viejo padre Alejandro, que durante años había caminado junto al espectro de la muerte. En cuanto me encontré con la mirada de halcón de Vicente, una espiral de miedo me atenazó los huesos. No podía confiar en él, ni respecto de mí, ni de mis secretos, ni de las luchas de mi pueblo.

Los sacerdotes salieron de la iglesia por la parte de atrás para empezar la procesión, y yo me coloqué en mi lugar entre los otros tres vecinos elegidos para llevar el paso de la Virgen: el jefe anciano de correos, un panadero también canoso y su hijo, delgado como un junco, que no aparentaba más de doce años. Nueve años de insurgencia no habían dejado a ninguna familia ilesa. No había un ciudadano, ni un hacendado, ni un aldeano que no hubiera perdido a un hijo, un hermano o un sobrino en la flor de la vida. Si no en las batallas que destrozaron el campo y lo tiñeron de negro con sangre, por la tuberculosis, la gangrena o el tifus.

Me coloqué en mi sitio y levanté el paso de la Virgen sobre el hombro izquierdo. Estábamos desequilibrados, porque yo era más alto que el panadero, así que tendría que encorvarme para mantener a la Virgen en equilibrio.

«¿Todo bien, padre Andrés?».

Miré al hijo del panadero y gruñí que sí. Más allá de él estaban los bajos muros de piedra del cementerio. Volví la cara rápidamente.

Ahora había más miembros de mi familia bajo tierra que caminando por ella, pero no había presentado mis respetos a los que yacían detrás de la parroquia de Apan. Mis hermanos no estaban allí. Antonio e Hildo habían muerto en batalla en Veracruz y Guadalajara; solo el Señor sabía dónde descansaban. El tercero, Diego, había desaparecido en algún lugar cerca de Tulancingo el año anterior. Estaba vivo, lo sabía, retenido en alguna parte, pero ninguna de mis frenéticas cartas a todos los insurgentes que conocía tuvo respuesta. Mi abuela no estaba allí. La enterraron cerca de su casa, en el pueblo de la hacienda San Isidro. Habría querido que enterraran a mi madre cerca de ella, en la tierra donde había nacido, la tierra que era su hogar, la tierra donde su familia había vivido durante siete generaciones, pero estaba en el cementerio detrás de mí.

Iría pronto. Pero ahora no. Todavía no.

Por orden del padre Vicente, empezamos a rodear la iglesia en dirección a la plaza de armas. Apan tenía cuatro calles y una maraña de callejones, era gris y tranquilo la mayoría de los días, pero se desbordaba el día de la festividad de la Virgen. Los habitantes de las haciendas se habían desplazado al pueblo para la misa y la procesión. Se habían puesto sus mejores galas; los hombres, camisas almidonadas y las mujeres, bordados brillantes, pero a medida que avanzábamos despacio detrás de los padres Vicente y Guillermo, se hacía evidente lo descolorida y remendada que estaba su ropa. Había demasiados rostros demacrados, demasiados pies sin zapatos, aunque estábamos en pleno invierno. La guerra no dejó ninguna zona del campo intacta, pero dejó su marca más profunda en los que menos tenían.

Pero cada vez que miraba hacia arriba, veía unos ojos brillantes como un cielo otoñal. Ardiendo de curiosidad. Que no se dirigían a la Virgen y al apasionado Juan Diego, sino más abajo.

A mí.

Yo sabía lo que veían.

No veían al hijo de Esteban Villalobos, antaño capataz sevillano del viejo Solórzano en la hacienda San Isidro y, después, ayudante del caudillo, el militar local que mantenía el orden en Apan y las haciendas aledañas. Un matón y borracho que había vuelto a España hacía siete años.

No veían al recién ordenado padre Juan Andrés Villalobos, un sacerdote formado en Guadalajara, que solía rezar ante un retablo de catedral resplandeciente con más oro del que habían visto en su vida.

Veían a mi abuela. Alejandra Pérez, mi *sijtli*, a la que sus muchos nietos y buena parte de los habitantes del campo llamaban Titi.

Era poco probable que la vieran en mis rasgos, que eran más de mi padre español que de mi madre. No. Sabía que sentían la presencia de Titi. Quizá incluso sentían el movimiento de la tierra bajo sus pies y la atención de los cielos inclinándose hacia mí. «Ahí —decían—. Ese. Mirad».

Y miraron. Hicieron como que contemplaban a la Virgen y se santiguaron cuando los bendijo el incensario de oro oscilante del padre Vicente, pero yo sabía que me miraban a mí, que estaba debajo de las rodillas de madera de Juan Diego.

Mantuve la vista clavada en el camino polvoriento que tenía por delante.

Los habitantes de la hacienda San Isidro estaban agrupados casi al final de la procesión, delante de la iglesia. Levanté la cabeza y vi a mi prima Paloma con otras chicas de su edad. Cambió de postura, expectante, estiró el cuello y observó la procesión. Cuando sus ojos se encontraron con los míos, una sonrisa le iluminó el rostro como un rayo. Casi tropecé, como Cristo en el camino al Calvario, por el impacto de ver a alguien tan familiar después de tantos años separados. Había vuelto a Apan, sí, pero ahora, en presencia de Paloma, sentía que estaba en casa.

Estaban allí todos los habitantes de la hacienda, a los que conocía de toda la vida: mi tía y madre de Paloma, Ana Luisa, y el viejo capataz Mendoza, que había sustituido a mi padre después de sus indiscreciones. Me observaron con unos intensos ojos negros, por primera vez en siete años, reconociéndome como uno de los suyos.

Sabía que esperaban que ocupara el lugar de Titi.

Pero ¿cómo iba a hacerlo? Me había ordenado. Había seguido el camino que Titi y mi madre insistieron en que tomara. No había muerto en la última década de guerra, ni por gangrena ni por la bayoneta de un gachupín. Había eludido la vigilancia de la Inquisición y me había convertido en un hombre de la Iglesia.

«Te enseñarán cosas que yo no puedo enseñarte —me dijo Titi hace muchos años, cuando me dejó en el camino al seminario—. Además —añadió con un brillo astuto en los ojos y dándome palmaditas en el pecho, consciente de que la palma de su mano se apoyaba directamente en la oscuridad que rodeaba mi corazón—, ¿no estarás bien escondido?».

Los habitantes de San Isidro necesitaban algo más que otro sacerdote. Necesitaban a mi abuela. Yo la necesitaba. Echaba de menos su olor a jabón de pino, el dorso venoso de sus manos, tan suave al tacto, sus dedos nudosos y sus muñecas fuertes y seguras mientras se trenzaban el pelo blanco o molían hierbas en el molcajete para curar el dolor de estómago de un familiar. Echaba de menos el brillo travieso de sus ojos oscuros, que mi madre, Lucero, había heredado y que me habría gustado tener a mí. Echaba de menos incluso sus consejos, tan crípticos que resultaban exasperantes. Necesitaba que me mostrara cómo ser sacerdote y su heredero a la vez, cómo cuidar de su rebaño y desviar con calma las devastadoras sospechas del padre Vicente.

Pero estaba muerta.

Cerré los ojos mientras la procesión se detenía ante la puerta principal de la iglesia.

«Por favor. —La oración llegó hasta el cielo, a Dios y a los espíritus que dormían en el vientre de las colinas que rodeaban el valle. No sabía rezar de otra manera—. Guíame».

Cuando los abrí, vi al padre Vicente estrechando manos y bendiciendo a los miembros de un grupo de hacendados. Sus sedas y sombreros elegantes destacaban entre la multitud, chillones como pavos reales en plena hambruna. Los viejos patrones de la hacienda Ocotepec y Alcantarilla se quitaban el sombrero ante el padre Vicente, y sus mujeres e hijas, de pelo claro, le estrechaban la mano enguantada. Ni siquiera los hacendados habían escapado a los estragos de la guerra. Sus hijos habían ido a luchar por los gachupines, los españoles, y en el campo solo quedaron viejos y niños para defender las haciendas contra los insurgentes.

El único joven era uno de pelo castaño claro y penetrantes ojos azules, cuyo rostro beatífico parecía tallado y pintado para una estatua de un retablo bañado en oro. Estaba apartado de los demás y recibió el efusivo saludo del padre Guillermo con una media sonrisa calculada.

Tardé un momento en entender por qué me resultaba tan familiar.

—¡Don Rodolfo! —gritó el padre Guillermo.

Era hijo del viejo Solórzano. Seguramente ahora era el patrón de la hacienda San Isidro. Lo había visto de lejos en la propiedad cuando era pequeño. Sabía que a los niños del pueblo no les importaba, e incluso de vez en cuando jugaban con él a perseguir ranas en el arroyo junto a la casa. Ahora no podía ser más diferente de los aldeanos. Llevaba ropa elegantemente confeccionada que le marcaba la silueta. Le cogía del brazo una mujer criolla, a la que presentó al padre Guillermo como su nueva esposa, doña María Catalina.

Le dijo que la había traído de la capital para protegerla del tifus. De momento se quedaría en la hacienda San Isidro con su hermana.

—¿Quiere eso decir que usted volverá pronto a la capital, don Rodolfo? —le preguntó el padre Guillermo.

—Sí. —Volvió la cara para mirar a los demás hacendados y, a

continuación, se inclinó hacia el padre Guillermo y bajó la voz—. Las cosas están cambiando muy deprisa y la capital no es segura. —Bajó la voz aún más. Nadie habría podido oírlo entre la conmoción general de la multitud, pero mi abuela me había dejado muchos dones. Mi oído, acostumbrado desde hacía mucho tiempo a escuchar los estados de ánimo cambiantes de los campos y los cielos, era agudo como el de un coyote—. Debe velar por doña Catalina, padre —le dijo Rodolfo—. Ya me entiende... Mis ideas políticas no son populares entre los amigos de mi padre.

—Que en paz descanse —murmuró el padre Guillermo asintiendo sutilmente con la cabeza.

La curiosidad me agudizó los oídos, aunque me esforcé por mantener el rostro tan impasible como el de un santo. No ser popular entre los hacendados criollos conservadores, que se aferraban a su riqueza y a la monarquía, significaba que Rodolfo simpatizaba con los insurgentes y la independencia. No era raro que hijos de los hacendados le dieran la vuelta a la tortilla y apoyaran a los insurgentes, aunque no lo esperaba del hijo del antaño cruel Solórzano. Quizá Rodolfo era diferente de los demás criollos. Quizá, ahora que el viejo Solórzano estaba muerto, los habitantes de San Isidro sufrirían menos bajo la vigilancia del joven.

Miré a la mujer que lo cogía del brazo. Parecía salida de un cuadro. Su carita afilada estaba coronada por un cabello claro como el maíz. Sus ojos eran como los de una cierva, oscuros y separados. Cuando revolotearon en mi dirección, se deslizaron justo sobre mí. Pasaron por encima de los habitantes del pueblo, sin verlos, y volvieron a centrarse en el padre Guillermo.

Ay, eran de esos ojos que no se fijaban en rostros que no fueran peninsulares o criollos. Había muchos así entre los hacendados y sus familias. ¿Cómo una mujer así podría sobrevivir sin personas como ella, sola en el campo, en esa enorme casa en el centro de la hacienda San Isidro? Parecía hecha de caro azúcar blanco, como las mujeres a las que solo había visto en Guadalajara. Irreal como un fantasma pálido en la orilla de un río. Había visto a mujeres como ella en Guadalajara, mujeres ricas y piadosas, con manos suaves como un abrigo de piel de cordero para la primavera, absolutamente incapaces de trabajar. Estas personas no podrían sobrevivir mucho tiempo en el campo.

Me pregunté entonces si los cambios que insinuaba don Rodolfo acabarían por fin con la guerra. Estaba seguro de que, en cuanto acabara, su esposa de algodón de azúcar volvería a las comodidades de la capital, con tifus o sin él.

Qué equivocado estaba.

6

BEATRIZ

El presente

Una mañana, después de desayunar, Rodolfo ensilló su caballo y se despidió de mí a las puertas de San Isidro.

Me acunó la barbilla con una mano y analizó mi rostro.

—¿Estás segura?

Era la tercera vez que me preguntaba si iba a estar bien en San Isidro. Había dormido a ratos, me había despertado antes que él y me había quedado mirando las telarañas entre las vigas de cedro de Nicaragua de nuestro dormitorio. Había muchas cosas en el ambiente de la casa que me hacían sentir extraña.

Quizá era que varias generaciones habían vivido aquí antes que yo y habían dormido bajo las mismas vigas. Cada una la había hecho suya. Yo también la haría mía.

—Por supuesto, querido —le contesté—. Tengo que instalarme. Dejarla presentable para mi madre. Ya sabes cómo es con el orden en la casa. —No lo sabía. Aun así sonrió. Era un político, un actor, incluso con su mujer. Hice una pausa sopesando la sensatez de lo que estaba a punto de decir, pero seguí adelante de todos modos—. Prométeme que le entregarás mis cartas. En persona, si tienes tiempo.

Mi madre odiaba todo lo que representaba Rodolfo. No le daría la bienvenida, y menos si iba a entregarle mensajes de mi parte, su hija traidora. Pero tenía que intentarlo, aunque no hubiera respondido a ninguna de mis cartas.

—Por supuesto —me dijo, y me besó. Un roce de labios breve y casto. Su piel tenía un toque de cítricos de la loción para después del afeitado—. No dudes en escribirme si necesitas algo. Lo que sea.

Dicho esto, Rodolfo montó en su yegua baya y cabalgó hacia el sur. Esperé hasta que su oscuro sombrero no fue más que una mancha en el horizonte y volví sobre mis pasos a través de los patios, con el sol de media mañana calentándome el sombrero. Ahora que se había ido, había algo que tenía que hacer antes que nada.

Una vez dentro de la casa, me dirigí a la primera planta. La suite del patrón estaba dividida en cuatro habitaciones. La primera era una especie de salón, sin muchos muebles y llena de baúles con la ropa que había traído de la capital. Las únicas ventanas estaban situadas en lo alto de la pared y eran demasiado estrechas para mi gusto; no tenían cristales y estaban cubiertas con viejas contraventanas de cedro. Rodolfo me había explicado que así eran las casas de campo. Sería difícil adaptarme después de años cosiendo junto a los grandes ventanales acristalados del salón de mi madre en la capital.

La siguiente habitación era un salón, una especie de estudio. Rodolfo había dejado allí varios libros de sus años de formación: textos militares, una Biblia y la *República,* de Platón. Una puerta en el lado izquierdo conducía a la alcoba, que a su vez daba a la habitación para lavar la ropa.

Me arrodillé ante el primer baúl. La cerradura se abrió y levanté la pesada tapa. Encima de mi ropa de cama, ropa interior y medias había un pequeño cuadrado de papel doblado. Lo cogí, me lo acerqué a la nariz e inhalé profundamente. Había algo en el olor a papel que era mi padre. Era su mapa, lo único que pude arrancar de mi hogar antes de huir.

Lo llevé, junto con un puñado de alfileres, al estudio y lo clavé en la pared, por encima del escritorio de Rodolfo. Sí, la habitación todavía estaba llena de polvo y necesitaba desesperadamente que la ventilaran. Era demasiado oscura. Pero ahora mi padre estaba en la pared, dirigiendo ejércitos con sus X en rojo y el rastro del lápiz de carbón.

Esta diminuta parte de la casa era ahora mi hogar, y no descansaría hasta que el resto también lo fuera.

Hasta que llegara el primer envío de muebles de la capital, vería qué se podía hacer con los jardines. Me apreté las cintas del sombrero, saqué un par de guantes de un baúl y me dirigí a la terraza trasera. Mientras Rodolfo estuvo en la casa, me crucé de brazos y luché contra los impulsos de limpiarla yo misma. Rodolfo aún no sabía que se me habían endurecido las manos trabajando en la casa de mi tía Fernanda, y mi intención era seguir haciéndolo.

Atravesé los fríos pasillos y me dirigí al salón con las pesadas puertas dobles de cedro que daban a la terraza. Las abrí e inhalé profundamente la fresca mañana.

Estaba resentida con cada callo que me había hecho siguiendo las órdenes de mi tía Fernanda, con cada corte accidental en la cocina. Pero ¿aquí? El jardín que tenía delante era mío, podía arreglarlo y, aunque estaba marchito y marrón, surgió en mí un cariño feroz por él. Era mío e iba a arreglarlo para mi madre. Ya la imaginaba de pie junto a mí en esa terraza, con los ojos verdes levantados hacia el brillante cielo azul.

Pasé mis primeros años en una hacienda en Cuernavaca, en una gran plantación de azúcar con la familia numerosa de mi padre, la parte Hernández, la que tenía menos sangre andaluza, como eufemísticamente describía su tez más oscura y el tupido pelo negro. La casa principal de piedra cubierta de enredaderas se extendía perezosamente entre palmeras y fuentes de doscientos años de antigüedad, y estaba habitada por generaciones de primos, pero nosotros vivíamos en una casa más pequeña, separados de la mayor parte de la familia. Porque aunque su tía, la matriarca de la hacienda, quería a mi padre, solo ella toleró su decisión de unirse a la insurgencia contra España. Nuestra pequeña cabaña había sido de un capataz o jardinero fallecido hacía mucho tiempo y estaba conectada a la casa principal por arcos cubiertos de gruesas enredaderas de un verde exuberante acentuado por buganvillas colgantes. A mi madre no le importaba aquel aire descuidado. Le encantaba que el bullicioso crecimiento de los jardines amenazara con apoderarse de los edificios de la hacienda y envolverlos en un abrazo verdoso. Tenía muy buena mano con todo lo vivo y verde, y cuando mi padre estaba luchando, pasaba horas con su sombrero de ala ancha recorriendo la propiedad con el jardinero principal, hablando sobre riego y poda.

El clima árido y las hierbas muertas del césped frente a mí no eran exactamente la misma paleta con la que mi madre había trabajado en Cuernavaca, pero no tenía duda de que haría sus milagros en los jardines de San Isidro. Las hierbas altas susurraban unas contra otras y chismorreaban como tías mientras me dirigía hacia el muro trasero del jardín, donde había una escalera alta de madera apoyada. Aunque los peldaños inferiores estaban astillados y agrietados, los siguientes soportaron mi peso. Subí hasta que pude mirar por encima de la hilera de ladrillos que bordeaba la parte superior, mellada por el paso del tiempo.

San Isidro se construyó en un terreno elevado al noroeste del pueblo. La temporada de lluvias acababa de terminar. El verde que se extendía desde sus laderas hasta los límites del pueblo parecía tan suave como una de las alfombras de mi madre. Su tonalidad era más marrón y terrosa que los audaces trazos de Cuernavaca y su color solo quedaba interrumpido por los puntos blancos de las ovejas y las sobrias hileras de los campos de maguey de la hacienda.

Allí, en el rincón más alejado de los campos, las siluetas oscuras de los tlachiqueros blandían machetes en forma de arco o caminaban a zancadas entre las hileras de magueyes. De vez en cuando una voz masculina se elevaba entre ellos, un grito de sorpresa o una carcajada mientras drenaban el aguamiel que se acumula en el corazón de la planta de maguey y que se fermenta para hacer pulque.

Entrecerré los ojos contra el sol naciente. La silueta de una mujer caminaba entre ellos. Supe que era Juana por el balanceo decidido de la falda y el sombrero de ala ancha.

Quizá podría entender la intensa dedicación de Juana a la hacienda. Para Rodolfo, San Isidro era una fuente de ingresos garantizados durante la transición del poder entre España y México, entre el emperador y la república. Era un regalo del cielo. Pero ¿para Juana? El dinero que generaba para su familia le permitía ser libre. Vivía bien sin haberse casado, un privilegio envidiable en tiempos tanto de guerra como de paz. Hasta donde yo sabía, había vivido en la hacienda toda su vida. Y entonces ¿por qué en la cena con Rodolfo se mostró tan desdeñosa con mi deseo de mejorar los jardines? ¿Tan repugnantes eran mis intentos de revivir los terrenos marchitos?

«Juana, Juana».

Una voz sonó detrás de mí. Tan débil que podría haber sido la brisa serpenteando entre la hierba.

Volví la cabeza hacia la casa. El techo de tejas rojas parecía demasiado pesado para las paredes. El hecho de que el edificio estuviera situado en una suave pendiente le hacía parecer achaparrado. Las alas, apiñadas unas encima de otras, con los hombros superpuestos en varios ángulos y alturas, parecían una boca con demasiados dientes.

El peldaño de la escalera en el que tenía los pies apoyados se rompió con un frágil chasquido.

Mi aliento abandonó mis pulmones no en un grito, sino en un aullido mientras caía. Extendí los brazos, me agarré a la parte superior de la pared y gruñí al darme un golpe en la cara contra el estuco.

Madre de Dios.

Me quedé allí colgando un buen rato, con el corazón acelerado. No me iba a pasar nada. Una caída desde esa altura no podría hacerme daño. La pared era solo de la altura de Rodolfo, es decir, no muy alta.

Me preparé y me solté. Caí en cuclillas y me levanté. La brisa me escoció en la mejilla. Debía de haberme raspado la piel al rozar la pared.

—Buenos días, doña Beatriz.

Me di la vuelta hacia la puerta de la cocina.

Ana Luisa, canosa y vestida con una blusa blanca y una falda azul claro de aldeana, estaba en la puerta.

—¿Qué está haciendo aquí?

—Inspeccionando el terreno —le contesté levantando la barbilla y alisándome la falda. Recé para que no hubiera visto la caída ni notara el rasguño en la mejilla—. ¿Por qué el jardín está en este estado? —añadí con la esperanza de que mi pregunta la distrajera de mi estado de nervios.

—No me había dado cuenta, doña Beatriz —me contestó astutamente. Su tono era más seco que la hierba marrón que crujió bajo mis zapatos cuando me acerqué a ella. A medida que me acercaba, noté que su ropa desprendía un fuerte olor a incienso—. No he estado en este jardín en meses. Desde... —Algo en sus ojos se volvió distante, y estuve segura de que cambió el rumbo de la frase a la mitad—. Desde que el patrón estuvo aquí la última vez. Nos quedamos en nuestras casas y utilizamos la cocina de allí, y doña Juana cree que no vale la pena vivir en la casa sola.

Como ama de llaves, Ana Luisa ocupaba una posición elevada entre las personas que trabajaban en la hacienda, solo superada por el capataz José Mendoza. Como yo había trabajado con los criados de mi tía Fernanda, sabía que ese lugar en la jerarquía de una casa y contar con la confianza de la señora significaban autonomía. Libertad. Conocía ese deseo, tan intenso como un dolor de muelas, y había aprendido a reconocerlo en otras mujeres. Era un destello ardiente de anhelo en sus ojos cuando creían que nadie las miraba. La determinación de una mano apretada en un puño por debajo de la mesa. Con tantos hermanos y esposos, padres y patrones asesinados en la guerra, cada vez más mujeres en la capital podían desenvainar sus cuchillos y coger lo que ahora era suyo. Yo no era diferente. Y dudaba que las mujeres del campo lo fueran, ya fueran hijas o viudas de hacendados o amas de llaves como Ana Luisa.

Mi llegada había suplantado a Juana como autoridad natural y había sacudido la jerarquía de la hacienda. Quizá Ana Luisa me veía como una amenaza al cómodo orden de su mundo.

Quizá tenía razón.

—Tengo planes de volver a hacer habitable este lugar, y el jardín no es una excepción —le dije levantando la barbilla como había visto hacer mil veces a mi tía Fernanda—. Mi madre vendrá de la capital dentro de unas semanas y quiero que todo esté perfecto para su llegada.

Las oscuras cejas de Ana Luisa se alzaron ligeramente ante mi tono. Asintió una vez, solemnemente y sin adornos, y después cogió un trapo colgado de un gancho junto a la puerta de la cocina y siguió limpiando.

—Como usted diga, doña Beatriz.

El olor a incienso de copal se hizo más fuerte cuando entró por la puerta. Se me hizo un nudo en la garganta. No por el fuerte olor —que me pareció poco habitual, pero no desagradable—, sino por una súbita oleada de vergüenza.

Oí la voz de mi tía Fernanda al dar las órdenes. De repente estaba de vuelta en su casa, me cogía del brazo y me llevaba a la cocina, donde estaban haciendo los preparativos para una cena.

Una cena a la que sin duda no estaba invitada.

«Por supuesto, ya sabes que no pueden verte», me había dicho mi tía dejando la marca de unas medias lunas con las uñas en mi antebrazo. Me ardieron las mejillas, ya demasiado oscuras para ella. Había dado a conocer su opinión sobre la herencia de mi padre. No merecía la pena repetirlo. «Entretanto, tienes que ser útil —me dijo, y la dulzura empalagosa de su voz se deslizó por mi nuca—. Así quizá valgas algo».

Por más que intentara pasarla por alto, la voz de mi tía Fernanda permanecía allí, con un ligero olor a podrido que no podía desterrar. La oía cada vez que me ponía el sombrero de ala ancha y los guantes, y cada vez que comprobaba mi aspecto en el espejo. Gracias a ella, cada vez que cogía del brazo a Rodolfo, una pequeña parte de mí, herida, quería alejarse de él, de lo que era evidente que no merecía.

Y la oí en mi voz al darle una orden a Ana Luisa.

La vergüenza me picó en la parte posterior de la garganta.

Ahora que Rodolfo se había marchado, yo era la señora de

la casa. Llevaba semanas esperando ese momento, pero ahora que la autoridad era mía y solo mía, no sabía cómo ejercerla.

Le di la espalda a Ana Luisa y a la cocina y me dirigí al jardín delantero por el pasillo oscuro y húmedo. Una vez allí, apoyé las manos en las caderas y miré con el ceño fruncido las aves del paraíso marchitas, el maguey silvestre aislado y la maleza que había invadido los macizos de flores junto a la puerta principal como un general inspeccionando el campo de batalla.

Temía que Ana Luisa no se molestara en disimular lo mal que le caía. Mi posición era inestable y arremetían contra mí. No debería volver a hablar con tanta dureza. Al cimentar su autoridad con altivez y frialdad, mi tía Fernanda había sembrado odio y dolor en mí y en la mayoría de sus criados.

Pero entonces ¿cómo establecería mi lugar como señora de la casa? No tenía la autoridad innata de Rodolfo como hombre. Ni la de Juana como criolla e hija de un hacendado.

Tendría que encontrar mi camino. De algún modo. Tenía que hacerlo antes de que llegara mi madre.

Si es que respondía a mis cartas en las que le rogaba que viniera. Solo podía esperar que soportara ver a Rodolfo.

Aparté ese pensamiento, me puse los guantes de cuero y me dirigí a los macizos de flores. Arranqué las malas hierbas impetuosamente y dejé montones de flores muertas a mi paso. Con la excepción de un descanso para comer y una breve siesta al fresco de la casa, seguí hasta que las sombras se alargaron en el patio.

—¿Qué demonios está haciendo?

Pegué un brinco.

Juana estaba ante mí, observando con el ceño fruncido el borde de mi sombrero manchado de sudor y mi vestido sucio. Tenía las mejillas rosadas por el sol y el sudor le oscurecía la blusa debajo de las axilas y de la garganta.

—Mi hermano diría que tenemos para esto criados, señora de Solórzano —me dijo arrastrando las palabras.

Aparté de golpe las manos de la tierra y me sacudí los guantes.

¿Estaba burlándose de mí? No pude analizar su expresión mientras me incorporaba y me sacudía la falda. Era evidente por la única vez que cenamos juntos que Juana no tenía en alta estima lo que pensaba Rodolfo. Ni viceversa. Y tampoco creía que cuidar los jardines fuera tan importante como ocuparse del maguey. Pero ¿por qué?

—Mi esposo diría que admira a las mujeres que entienden la cantidad de trabajo que implica administrar una propiedad.

Lo había oído hablar sobre la educación de las mujeres con sus colegas y la importancia de que las viudas administraran sus haciendas después de la guerra, así que tergiversé sus palabras para que pareciera que aprobaban mi comportamiento.

Juana resopló suavemente. Inspeccionó los boquetes que mi trabajo había dejado en el suelo.

—Puede que las admire, sí. Pero no suele casarse con ellas.

Me quité los guantes para ocultar la curiosidad en mi expresión. Así que Juana nunca había pillado a María Catalina quitando las malas hierbas del jardín, eso seguro. ¿Qué más sabía sobre la primera esposa de mi marido? Habían vivido juntas en la hacienda durante un tiempo, ¿no?

—Esta noche cenaré con usted —me dijo Juana de repente.

Lo dijo como si fuera ella la anfitriona y no yo, como si la casa fuera suya y no mía. Me tragué la réplica que acudió a mis labios.

La animosidad entre mi esposo y su hermana, el hecho de que Juana fuera tan peculiar para doña María José y las esposas de los demás hacendados, los rumores sobre la difunta María Catalina... Había muchas cosas que no sabía sobre la hacienda San Isidro.

Cosas que Juana sí sabía.

Si le cayera bien, si no me viera como una amenaza para su estilo de vida aquí, quizá confiaría en mí.

Encontraría mi lugar como señora de la casa. La haría mía. Pero no podía correr el riesgo de enemistarme con Juana, todavía no.

Entró en la casa y la seguí.

—¿Le gusta esto? —me preguntó con la barbilla levantada, recorriendo con la mirada el techo alto de la entrada. Era una pregunta frívola, al parecer perfectamente inocente, pero algo incierto acechaba por debajo.

—Es...

Dejé la frase inconclusa. Juana se dio la vuelta y me miró. La luz del atardecer que entraba por la puerta abierta iluminaba su rostro y bailaba sobre los mechones broncíneos que se le habían soltado del recogido que llevaba en la nuca. Sus grandes ojos claros buscaron los míos con tanta franqueza que no pude evitar responder de la misma manera. Decir exactamente lo que pensaba mientras me desataba el sombrero y me lo quitaba del pelo sudoroso.

—Quiero arrancar el tejado. Parece la única forma de que entre la cantidad de aire fresco que quiero.

Juana soltó una carcajada sorprendida que se elevó hasta el techo y se enredó en las telarañas.

—Creía que Rodolfo había dicho que eras hija de un general, no de un artillero.

Un cálido placer se desplegó por mi pecho al hacer reír a Juana, pero no tardó en enfriarse. Rodolfo le había hablado de mí. ¿Por qué a mí no me había dicho absolutamente nada de ella? ¿Qué otros secretos me ocultaba sobre San Isidro? ¿Sobre su primera esposa?

—¿Qué otros planes violentos tiene para renovar el ambiente?

Lo que quería era golpear las paredes con un machete de tlachiquero para abrir más ventanas.

—Color —le contesté secamente.

—¿Y si a la casa no le gusta el color? —bromeó Juana.

¿Estaba jugando conmigo o intentaba ser amigable? En la capital, las mujeres jugaban al ajedrez con las palabras, se movían disimuladamente entre porcelana y seda para controlarse unas a otras, para proteger su territorio y para sacar a las demás del tablero. Yo solo había estado cerca de mi madre. Incluso mis primas y amigas de antes de que muriera mi padre tenían garras afiladas y eran evasivas, y me mantenían a raya con pullas y miradas de soslayo.

—A la casa le gustará lo que yo le diga que le guste —le contesté cruzando los brazos sobre el pecho. «Porque es mi casa», añadí para mis adentros—. Empezaremos con el azul.

Los labios finos de Juana desaparecieron al sonreír.

—Me cae usted bien —me dijo sin rodeos—. ¿Qué tonos de azul tiene en mente, general Beatriz?

Aflojé los brazos cruzados. Desde la muerte de mi padre, las experiencias me habían colocado una piedra tras otra en el pecho y habían construido muros tan impenetrables que mi madre me comentó lo difícil que se había vuelto llegar a mi corazón. Aun así, me gustó que me dijera que le caía bien.

Con un gesto le indiqué a Juana que me siguiera a la escalera.

—He traído sedas de la capital —le dije—. Azules como nunca ha visto.

Tras un momento de duda, las botas de Juana me siguieron por el pasillo.

Como no decía nada, llené el silencio explicándole qué haría en cada habitación a medida que pasábamos por ellas. Reformaría el comedor para que fuera como el nuestro en la capital, donde en su momento mi padre y mi madre recibieron a generales. Los salones los decoraría con colores que le gustaran a mi madre, como amarillos y rosas claros.

—Mentí sobre las corrientes de aire en la casa —me dijo Juana en voz baja mientras subíamos por la escalera. Me volví y la miré. Estaba ojerosa. Aunque seguía mis pasos, su atención se deslizó por la barandilla de hierro forjado hacia el ala norte—. La verdad es... que todo esto me abruma. Hay mucho por hacer —dijo. Y en tono más animado añadió—: Antaño había mucha gente aquí. Lo recuerdo antes de la guerra, más que Rodolfo. Cuando nuestros padres hacían fiestas, se llenaba de personas. Las cocinas estaban repletas de criados y la casa siempre estaba impecable.

—¿Dónde están ahora todos los criados?

Abrí la puerta y le indiqué que entrara en el salón de mi dormitorio sin dejar de escucharla atentamente.

—Los despedí —me contestó Juana—. No podíamos permitirnos nada de eso durante la guerra. Cuando nuestro padre murió y Rodolfo se unió a los insurgentes, me quedé sola. Ningún hacendado iba a ayudarme después de lo que había hecho mi hermano. Imagínese, un Solórzano uniéndose a los insurgentes. Como si se hubiera unido a los indios que saqueaban las haciendas. Nuestro padre era muy respetado en el distrito, pero después de eso... —Negó con la cabeza e hizo un sonido desdeñoso.

Pronunció despacio las palabras «indio» e «insurgentes». Chasqueé la lengua con suavidad para indicarle que no aprobaba su tono. Por un momento pensé en comentarle que esa gente era la fuerza a la que se habían unido todos los hacendados conservadores y monárquicos al final de la guerra, que esos insurgentes eran ahora los hombres que gobernaban la República. Esas mismas personas fueron las que hicieron posible la paz, lo que permitió que la hacienda San Isidro siguiera sacando beneficios vendiendo pulque. Hicieron posible la vida de Juana. Me volví y me fijé en que una expresión pétrea y determinada se había asentado en sus rasgos. Pensé que mejor me mordía la lengua.

—De mí dependía mantener la hacienda en funcionamiento. Ana Luisa fue mi única ayuda —siguió diciendo, ajena a mi silencio—. Tuve que administrar el dinero con cuidado. Era eso o vender la tierra.

Ahora entendía más el estado decrépito de la casa. No era que a Juana le importara más el maguey que el jardín. Descuidó la casa que había sido de su familia durante generaciones porque habría hecho cualquier cosa por conservar la tierra. Una hacienda así era la libertad. Yo también me había sacrificado para tener una autonomía como la suya.

Quizá ella y yo teníamos más en común de lo que pensé al principio. Quizá no tendríamos que luchar por la propiedad y podríamos ser aliadas. Incluso amigas, a pesar de nuestras diferencias.

Me arrodillé ante el baúl que contenía mis sedas. Tenía una

falda azul oscuro, una de las pocas cosas que mi madre me compró antes de que le comunicara mi compromiso con Rodolfo. Me había enfadado con ella por gastar nuestros preciados ahorros en algo tan frívolo como un regalo de cumpleaños, pero ahora quería utilizar ese color por toda la casa en su honor: fundas de sillas, porcelana y cristal. La cerradura emitió un clic. Abrí el cofre.

—¡Dios mío! —gritó Juana.

Sus botas arañaron el suelo al saltar hacia atrás.

Un líquido oscuro empapaba las sedas del baúl. Me quedé inmóvil. Un olor metálico me invadió la nariz. La cabeza me daba vueltas. Mis sedas. Los regalos de mi madre, los artículos de una vida que ya no tenía, a la que me aferraba y que atesoraba.

Estaban... mojadas. ¿Cómo era posible? Había llovido mientras atravesábamos las montañas hacía dos semanas, pero los baúles estaban cubiertos.

Extendí la mano...

—¡No lo toque! —me gritó Juana.

Las yemas de mis dedos rozaron el líquido cálido y pegajoso. Las retiré rápidamente.

Estaban rojas. De un rojo sangre.

Un zumbido como de mil abejas me invadió los oídos. Una gota gruesa de color escarlata goteó de mi mano hasta el baúl, donde aterrizó con un chasquido.

Mis sedas. Estaban empapadas en sangre.

7

Juana me cogió del hombro y me apartó del baúl.

—Vamos a la cocina —me ordenó. Su voz me sacó de la conmoción. Me asió del brazo y tiró de mí—. Vamos. Ahora.

¿A la cocina? ¿Por qué demonios íbamos a ir a la cocina cuando en mi baúl había suficiente sangre para inundar la alfombra si lo volcara? Juana se había quedado pálida y recorría la habitación con los ojos muy abiertos.

—Tengo que hablar con Ana Luisa —me dijo. Su voz sonaba queda, como si estuviera forzándola—. Para descubrir quién está detrás de esta broma.

Yo seguía sin poder hablar. Alguien había destrozado mis sedas, que valían miles de reales, ¿y lo llamaba «broma»?

Casi me arrastró hasta la escalera. Bajamos los escalones muy deprisa, de dos en dos, y nos precipitamos hacia las sombras del pasillo principal. La temperatura descendía a medida que lo hacíamos nosotras. Jadeé cuando Juana tiró de mí en la esquina que conducía al ala norte y su frío antinatural.

El fuerte olor a copal me llegó antes de que viéramos a Ana Luisa. Giramos una última esquina hacia el resplandor de la puerta de la cocina. Unas columnas de humo llegaban al pasillo como dedos curiosos. Había ramitas de hierbas —las plantas que había arrancado— esparcidas por el suelo en el umbral, y Juana pasó por encima con cuidado. Mi falda apartó las hierbas a un lado mientras Juana tiraba de mí hasta la parte trasera de la cocina, que daba al jardín lateral.

Ana Luisa chasqueó la lengua con fuerza y se puso a recolocar las hierbas que yo había apartado. Juana cogió impetuosamente una jarra de agua y se giró hacia mí.

—Extienda la mano —me gritó.

Obedecí, impaciente por limpiarme la sangre.

Pero había desaparecido.

No había sangre.

Grité cuando, aun así, Juana derramó la mitad del contenido helado de la jarra en la mano y me empapó media falda. Cogió una pastilla de jabón natural y me frotó la piel con fuerza, como si estuviera quitando una mancha de tinta.

—Ya está limpia, está limpia —grité cuando volvió a mojarme la mano, rígida y dolorida por el frío.

Dejó la jarra. Sus ojos eran duros como el acero. Su parecido con Rodolfo me sorprendió, aunque nunca había visto una mirada como esa en el rostro de Rodolfo.

Se apoderó de mí el impulso de alejarme de ella, pero seguía sujetándome la mano. Con fuerza. El anillo de boda se me clavó en el dedo, casi hasta el hueso.

—Llegaré al fondo de este asunto. Hablaré con los criados. Me conocen y me obedecen. —Su tono indicaba claramente que sin duda no harían lo mismo conmigo—. No les hable de esto. ¿Entendido?

Asentí. Respiré hondo cuando me soltó la mano, casi convencida de que volvería a ver sangre en el dedo, donde se me había clavado el anillo.

Juana se dirigió a una despensa y salió con una jarra de barro en una mano.

Un humo azul nubló mi visión. Era copal quemándose en un recipiente de arcilla poco profundo junto a la cocina al aire libre, donde cocinaba Ana Luisa.

Miré a mis espaldas. Unas sombras profundas se alargaban desde la casa hasta los muros encalados que rodeaban los jardines. Más allá, el cielo se oscurecía por el sur y el oeste, como si el peso de la negrura los arrastrara hacia la oscuridad. Un débil ladrido se elevó en el crepúsculo, junto con un murmullo de voces, procedente quizá de las casas de los criados. Sonaban como si vinieran de un lugar infinitamente lejano, del lado invisible de un sueño, como si la realidad se detuviera en las paredes de estuco de la casa. O quizá fuera ahí donde empezaba la realidad y era yo la que estaba atrapada en un sueño inconsistente que no tiene fin.

—Entre —me gritó Juana. Me indicó con un gesto que me sentara a la mesa pequeña. Había sacado unas tazas hechas con jícara y vertió en ellas el líquido claro de la jarra.

Ana Luisa avivó el fuego. El olor intenso a tortillas y frijoles calientes me atrajo de vuelta a la cocina. Me senté mientras Juana dejaba la jarra en la mesa.

—A su salud —dijo en tono inexpresivo.

Se llevó una taza a los labios y le dio un largo trago.

Ana Luisa chasqueó la lengua en desaprobación a lo que acababa de hacer.

—¿Antes de cenar, doña Juana?

Juana no le contestó. Su rostro no había recuperado el color, pero la rígida línea de sus hombros empezaba a relajarse. Ya no era una serpiente enroscada para atacar. El calor y los olores de la cocina fueron disipando poco a poco el impacto de lo que habíamos visto en el baúl.

La cocina causaba el mismo efecto en mí. Era una sala en la que no entraban los hombres, ni Rodolfo ni los de generaciones anteriores. La de la casa de mi tía Fernanda me había parecido una cárcel, el sitio al que me mandaban porque creían que no servía para otra cosa. Esta me parecía un refugio. El humo que ascendía de los cuencos de incienso se arremolinaban en las entradas como centinelas. Seguí con la mirada las marcas de hollín alrededor de la puerta que conducía al resto de la casa. Unas formas geométricas oscurecían la pintura blanca junto a los azulejos morunos. Parecían frescas, como si las hubieran dibujado hacía poco.

Juana me colocó una taza en las manos.

—¿Qué es? —le pregunté.

—Mezcal. —Ya estaba volviendo a llenar su taza—. En lugar

de cosechar aguamiel para hacer pulque, los tlachiqueros tallan varios corazones de maguey y los cuecen en un hoyo abierto para triturarlos y destilarlos.

Observé el líquido claro. Se suponía que las mujeres no debían beber.

«Nunca encontrarás marido». La voz de mi tía Fernanda me atravesó la mente.

Bueno. Ya tenía marido. Y me había dado una casa con criados que hacían bromas endemoniadas.

El alcohol me ardió en la lengua y me dejó un sabor a humo en la boca.

—Acábeselo —me ordenó Juana.

Hice una pausa. Su taza volvía a estar llena. Pensé en el tintineo de las copas en los bailes de la capital, en el brillo del champán a la luz de las velas y en las voces animadas entre baile y baile. En las lenguas sueltas por el alcohol. Debía tener cuidado y vigilar la mía... pero ¿y si Juana no lo hacía? ¿Qué podría descubrir si conseguía que siguiera bebiendo? Las preguntas salían a la superficie: ¿quién derramaría sangre en mis sedas?

La voz de papel crepé de doña María José se deslizaba bajo mi piel. «Pobrecilla. Qué constitución tan delicada». ¿Cómo se había convertido mi marido en viudo? ¿Qué pensaba Juana de su cuñada fallecida?

Así que obedecí a Juana. Levanté mi taza hacia ella y esperé a que imitara mi gesto. Cuando lo hizo, vaciamos nuestras tazas al unísono. Tosí al sentir el picor del alcohol en la garganta.

—Bienvenida a San Isidro —me dijo Juana en tono inexpresivo.

—¿Qué le pasa aquí a la gente? —le pregunté cuando recuperé el aliento—. ¿Quién haría una cosa así?

Juana se sirvió solemnemente una tercera taza mientras Ana Luisa dejaba platos y comida en la mesa y se sentaba a mi izquierda, frente a Juana.

Esta llenó una taza de jícara para Ana Luisa, se la tendió y después cogió una cesta de tortillas cubierta con un trapo para mantenerlas calientes.

—Creo que es mejor que lo olvidemos —me dijo sin mirarme a los ojos.

—¿Que lo olvidemos? —repetí, incrédula. Para ella era fácil decirlo, porque no había metido la mano en un cálido y pegajoso... Sacudí la cabeza para despejarme las ideas. Mi mano ya estaba limpia antes de que Juana le echara el agua helada. ¿Cómo era posible?—. Pero...

—Coma —me dijo Juana bruscamente—. Ahora no estamos en plenas facultades.

Tampoco lo estuvimos cuando terminamos de comer la rica comida local de Ana Luisa, por culpa del mezcal. Juana siguió llenándome la taza incluso cuando protesté porque ya había bebido más que suficiente.

Pero yo tenía razón. La bebida la relajó y animó su frío rostro. Nunca había visto a Rodolfo borracho. ¿Se ponía así? ¿Jovial y abierto, tocando de vez en cuando mi mano con sus dedos callosos y murmurando lo hermosos que eran mis ojos verdes? Juana tenía el fuerte magnetismo de Rodolfo, así que me descubrí a mí misma riéndome con ella mientras contaba historias del campo o se burlaba de pequeños dramas comunitarios con Ana Luisa, aunque no conocía a los personajes de las historias ni lo que significaban.

Me invadió una sensación de comodidad, arropada por las voces alegres, por el licor y el olor del fuego y el copal, los centinelas humeantes que nos vigilaban. Estaba segura de que las dos habían bebido lo suficiente como para hacerles las preguntas que me hormigueaban bajo de la piel. Me metí en la conversación en un tono como de niña inocente.

—Siento mucha curiosidad por ella —dije.

—¿Por quién? —me preguntó Ana Luisa.

—¿Cómo se llamaba? —Hice una pausa, como si no lo recordara. Por supuesto que lo hacía. ¿Cómo no iba a acordarme?—. María Catalina.

En las profundidades de la casa, lejos del calor de la cocina, una puerta se cerró de golpe.

Las tres pegamos un brinco. Juana y Ana Luisa se encaramaron en el borde de su silla como liebres atrapadas, sin apartar la mirada de la puerta de la cocina.

—¿Qué ha sido eso? —pregunté jadeando.

—La corriente —me contestó Juana con voz queda.

Pero la corriente no rozó el humo de copal. Se inclinaba, lánguido como un bailarín, hacia la tranquila y sombría casa.

Juana cogió la jarra y la vació en su taza.

Ana Luisa extendió la mano como para impedirlo, pero se detuvo cuando Juana le lanzó una mirada que no pude interpretar. Había perdido la cuenta de los vasos que llevaba, y por lo que parecía —por el movimiento de sus ojos y su balanceo al apoyar los codos en la mesa—, ella también.

Imité su postura y apoyé la barbilla en las manos para parecer pequeña. Inocente.

—¿Cómo era?

«Cuénteme cosas —le pedía, como si la fuerza de mis pensamientos adormecidos por el alcohol pudiera convencerla—. Dígame por qué Rodolfo no habla de ella. Dígame por qué no cae usted bien a los demás hacendados».

Juana tenía el semblante inmóvil, con la mirada perdida. Conocía bien esa expresión por Rodolfo. Juana ya no estaba conmigo, sino en algún lugar de su memoria. En algún sitio lejos de aquí.

—Exactamente como debe ser la esposa de un hacendado —me contestó cambiando exageradamente el tono—. Refinada. Elegante. Rica, claro, porque en aquel entonces a Rodolfo le importaban los números. Astuta. Lo veía todo.

Yo tenía la cara entumecida por la bebida y recé para que no se me notara que me había herido el orgullo. ¿Yo no era como debía ser la mujer de un hacendado? Sabía que no era rica, que había aportado poco valor a mi matrimonio, pero eso no significaba que Rodolfo hubiera perdido totalmente su sentido financiero al casarse conmigo.

Entonces entendí lo que significaban las palabras de Juana. Su tono de burla descorrió un velo y por un momento fugaz vislumbré la verdad.

—A usted no le caía bien.

Los ojos de Juana me taladraron, analizando mi rostro. Ahora estaba mordaz y aterradoramente presente.

Había dicho algo inapropiado.

Entonces sonrió de forma empalagosa. Se puso de pie, me cogió la mano y tiró de ella para que me levantara. ¿Cómo podía mantenerse en pie con tanta firmeza cuando yo me tambaleaba y la cocina giraba a mi alrededor? Me pasó un brazo alrededor de la cintura y me guio hacia la puerta de la cocina, a la entrada que conducía al resto de la casa.

—Le mentí sobre la casa —me dijo al oído. Sentía su aliento cálido y dulce por la bebida contra mi piel—. En realidad le mentí dos veces. La verdad es que... me da miedo. No puedo entrar cuando está a oscuras. Ana Luisa tampoco. Pero ¿usted? Ah, usted... —Me soltó. El movimiento fue tan repentino que me empujó hacia la oscuridad. Me tambaleé intentando recuperar el equilibrio—. Es hora de que se vaya a dormir, doña Beatriz.

Me colocó un puñado de hierbas en la mano. La presión de su mano sudorosa había liberado la savia y un olor a tierra. Ana Luisa me puso una vela encendida en la otra mano. El humo se enredaba alrededor de ellas. Sus «buenas noches» amables y burlonas resonaron mientras el calor y el resplandor de la cocina se alejaban cada vez más.

Giré una esquina. Mis pies estaban seguros de conocer el camino a mi habitación, pero mi cuerpo no tanto. Las palabras de Juana tardaron en atravesar el mezcal, que me embotaba los sentidos, y hasta que dejé atrás la cocina y una corriente fría me golpeó el rostro, no caí en la cuenta de lo que me había dicho.

Le tenía miedo a la casa.

El frío me atravesó el vestido, se me metía en los huesos de los brazos y me envolvía el pecho en riachuelos helados.

Juana y Ana Luisa cerraron la puerta de la cocina.

Estaba sola.

La vela apenas atravesaba la oscuridad. La cabeza me dio vueltas cuando levanté el puñado de hierbas trituradas hasta mi nariz; el olor a tierra me hizo arrugarla.

Una carcajada infantil sonó detrás de mí. La llama de la vela parpadeó incontroladamente al apartarme. El corazón me golpeaba las costillas.

Allí no había nadie.

Me agarré la falda con la mano llena de hierbas. Adelante. Tenía que llegar a mi habitación. La vela proyectaba un estrecho halo de luz, apenas lo suficiente para ver a treinta centímetros por delante de mí.

Más risas melodiosas resonaron a mis espaldas, tímidas y ligeras, muy diferentes del rebuzno divertido de Juana. ¿Me lo estaba imaginando? Nunca me había emborrachado, pero, por el balanceo de mis pasos y el hecho de que todo daba vueltas a mi alrededor, no cabía duda de que estaba borracha. ¿Se oían cosas? ¿Se sentía el roce húmedo del frío contra la mejilla como si fuera la carne de otra persona?

No quería saberlo. Me concentré en subir la escalera lo más deprisa que pude. Unos dedos fríos me rozaron el cuello. No, me lo estaba imaginando, tenía que estar imaginando la sensación de unos dedos fríos como la muerte rozándome los lóbulos de las orejas y tirándome del pelo.

Entonces dos manos se apoyaron en mis hombros y me empujaron hacia delante. Jadeé al caer de rodillas y darme un golpe en la sien con la barandilla.

La voz se volvió más clara, pasó de ser una risa dificultosa a un discurso confuso, como si estuviera hablando con alguien. El tono era cada vez más alto y enfadado, como si hiciera preguntas y exigiera respuestas...

El miedo me adormeció el dolor en las rótulas y el cráneo, y redujo mi mundo a la vela que tenía delante y a la estremecedora sensación de unos dedos volviéndome a tirar del pelo.

Tenía que alejarme. ¿Y si esas manos me tiraban por la escalera? ¿Acabaría como la rata en los escalones de la entrada de San Isidro, con la cabeza destrozada en las frías losas?

Procurando sujetar la vela en alto, me obligué a ponerme de pie, subí a trompicones los peldaños restantes, inclinada hacia delante para protegerme, y corrí hacia las habitaciones del patrón. Empujé la puerta con todo mi cuerpo hasta que se abrió, entré en el salón tambaleándome y dejé que se cerrara de golpe detrás de mí.

Dejé de oír la voz.

De repente vi la forma oscura del baúl al fondo de la sala, con la tapa todavía abierta, como las fauces de un animal. Di un gran rodeo y tropecé con la puerta de mi dormitorio. Extendí el brazo para sujetarme y me di cuenta de mi error demasiado tarde.

—No, no —grité cuando el movimiento apagó la llama de la vela.

La oscuridad cayó sobre la habitación como un manto de lana, sofocante. Sin aire.

No. No podría estar en ese dormitorio a oscuras. No podría. No sin Rodolfo.

Se me encogió el pecho al recordar el destello de aquellos ojos rojos en la oscuridad.

No había gatos en esta hacienda dejada de la mano de Dios.

Juana me había mentido.

Y me había mandado aquí sola.

Se me aceleraron los latidos del corazón mientras buscaba a tientas las cerillas que guardaba en el tocador, con manos torpes porque no soltaba el puñado de hierbas. Allí. Allí estaban. Encendí una, otra, y el destello de la llama cobró vida.

—Gracias a Dios —susurré con voz ronca, y encendí las velas del tocador. Todas ellas. Cuando tuve un altar de llamas temblorosas y su reflejo en el espejo iluminaba la habitación, me di la vuelta.

La oscuridad retrocedió como un animal.

Un instinto salvaje se desplegó en mi nuca y descendió por mi columna vertebral bajo la piel y los músculos.

No estaba sola.

8

A la mañana siguiente me desperté con un sabor rancio en la boca y los labios pegajosos y secos. Trozos de cielo azul me guiñaban el ojo a través de las ventanas, en la parte alta de las paredes. Me estiré e hice una mueca cuando la punzada detrás de las cuencas de los ojos me recordó por qué me había quedado dormida vestida y por qué había dejado que las velas se derritieran en montículos deformes en la bandeja.

Me giré y miré las vigas del techo.

Algo no iba bien en esa casa. Algo acechaba durante el día y se hacía más fuerte por la noche.

Había dormido acurrucada como un ovillo, con las hierbas pegadas al pecho como un talismán. Abrí la mano, que estaba rígida. Los tallos y las hojas me habían dejado marcas rojas en la palma de la mano y los dedos.

Fruncí el ceño. ¿La mente me estaba jugando una mala pasada? La noche anterior había perdido la cabeza.

Pero... la sangre en el baúl. Las manos frías empujándome en la escalera.

Me estremecí. ¿Estaban los criados poniéndome a prueba? ¿Les preocupaba que alterara su estilo de vida, que descuidasen la casa, y por eso pensaron en ahuyentarme?

Tardé en bañarme y vestirme, aunque lo hice lo más rápido que pude. Después entré en el estudio. Fui directamente hacia la pared en la que había colgado el mapa de mi padre y me quedé allí un largo rato.

Una parte débil de mí estaba dispuesta a dejarse ahuyentar. En la capital podría desempeñar de verdad el papel de la esposa de la alta sociedad de Rodolfo y recibir a los invitados en los salones dorados de la casa de su familia...

Se me agrió aún más la boca al recordar a quién recibiría. A miembros del gobierno. Los hombres que habían derrocado al emperador.

Los hombres que habían luchado junto a mi padre y después se habían vuelto en su contra.

¿Podría sonreírles con amabilidad y servirles chocolate? ¿Podría charlar despreocupadamente con sus esposas y admirar a sus hijos? Aunque sentía dolor, rigidez y náuseas, me invadió el ardiente deseo de coger un frasco de perfume del tocador y lanzarlo con todas mis fuerzas contra la pared de estuco.

No. No podría. No lo haría.

Esta era mi casa. No la evitaría, como hacían Juana y Ana Luisa, que pegaban un brinco cada vez que las tablas crujían bajo sus pies. Echaría agua caliente en las manchas de hollín para limpiarlas. Quitaría la capa de polvo y enderezaría las esquinas torcidas, rompería y recolocaría los huesos rotos. La haría mía y la convertiría en mi hogar. Mi refugio seguro.

Al fin y al cabo, no tenía otra opción.

Aunque eso supusiera enfrentarse a un baúl lleno de ropa empapada en sangre. Tenía que enfrentarme a él en algún momento para ver qué podía salvarse. Mejor hacerlo ahora, a plena luz del sol.

Me di la vuelta. El baúl estaba abierto, como lo habíamos dejado Juana y yo. Me preparé y pensé en el zumbido de las moscas; el regusto ácido aumentó en la parte posterior de mi boca mientras me acercaba lo suficiente para mirar dentro.

Azul.

La seda era del intenso azul oscuro del vidrio soplado tradicional.

Y estaba limpia.

Caí de rodillas y apreté los dientes cuando el repentino movimiento me sacudió el cráneo dolorido. Toqué la seda con precaución y la moví buscando algún rastro de sangre. El sonido de la tela moviéndose invadió la habitación.

—¿Qué demonios? —murmuré.

A lo lejos, como a tres habitaciones de distancia, se oyó una risita de niña.

Me levanté tan deprisa como me permitió el dolor de cabeza y cerré el baúl de golpe.

La habitación estaba en silencio.

No me lo había imaginado. No podía olvidar la expresión que contorsionó el rostro de Juana mientras me echaba agua en las manos, desesperada por limpiar mi piel, que ya no tenía sangre.

Juana vio lo que yo había visto.

Tenía que hablar con ella. Como ya era tarde, debía de estar en los campos o atendiendo otros asuntos de la hacienda en alguna zona fuera de la casa que yo no conocía. Así que la buscaría por la noche. Antes tenía que comer algo.

La casa me miró con timidez mientras bajaba la escalera. Me sacudí esa sensación como un caballo se espanta las moscas de la piel. Las casas no miran. No era cierto ni posible, así de sencillo.

Aun así aceleré el paso. Me envolvió un ligero olor a copal procedente de mi pelo. Apestaba a incienso cuando me lo cepillé y me lo recogí en un moño a la altura de la nuca. Pensé en la cocina con sus centinelas humeantes, en lo segura que me había sentido allí.

Cuando llegué a la cocina, la esperanza que albergaba mi corazón se disipó. El incienso se había consumido. No había humo en la puerta, ni hierbas esparcidas por el suelo. Nada aliviaba la extraña sensación de que me observaban.

Un cuenco cayó al suelo.

Pegué un salto, ahogué un grito y me volví hacia la fuente del sonido.

Era Paloma, la reservada hija de Ana Luisa. Se agachó para recoger el cuenco, se levantó y lo dejó en el estante.

—¡Doña! No la esperaba.

Le dediqué una sonrisa lo más amable que pude con el corazón descontrolado y acelerado. Quería que redujera el ritmo. Qué tonta, haberme asustado por su presencia.

—Pensaba que Ana Luisa estaría aquí —le dije—. ¿No es ella la cocinera?

—Cuando el patrón está aquí, sí —me contestó Paloma en voz baja—. Puede seguir siéndolo, si lo desea. Me ha enviado a limpiar y a preparar todo esto. —Señaló huevos, tortillas y una pequeña jarra de atole de chocolate. El vapor se arremolinaba por encima de la jarra, visible en el aire fresco de la mañana—. Para usted.

Le di las gracias a Paloma efusivamente y me senté a comer mientras ella barría la cocina. El ligero picante del atole me calmó las náuseas y lo paladeé.

Había temido tener que pasar la mañana limpiando la sangre seca de la seda, y ahora no tendría que hacerlo. Perfecto. Podría seguir elaborando la lista de cosas que quería que Rodolfo enviara de la capital.

Volví la cabeza hacia la puerta. Se abría ante mí, coronada por glifos negros. Del otro lado de la puerta, en penumbra, me llegaban susurros.

No eran susurros, me corregí con firmeza. Era el crujido de la madera centenaria. El viento en las hojas secas de los robles del jardín lateral. Nada más.

—Paloma —dije.

—¿Sí, doña Beatriz? —Se dio la vuelta y se puso firme, con la barbilla inclinada obedientemente y la mirada fija en el suelo, en algún lugar cerca de mis zapatos. Paloma era el vivo reflejo de su madre, pero su forma de comportarse conmigo no tenía nada que ver con la de Ana Luisa.

—¿Tienes cosas que hacer esta mañana? —Cuando me contestó que no, le pedí que me acompañara mientras recorría las habitaciones de la casa—. Vengo de una casa llena de gente, con una familia muy numerosa —le dije. No importaba que la gran familia a la que me refería apenas me tratara como parte de ella y me relegara a hervir la ropa cada vez que mi tía Fernanda lo necesitaba o le apetecía—. No me gusta lo silenciosa que está la casa y prefiero tener compañía mientras trabajo.

—Muy bien, doña Beatriz —me contestó Paloma. Algo en su tono indicaba que no se trataba de una petición poco habitual.

Señalé la puerta.

—¿Sabes qué significan esas marcas?

—No sabría decirle, doña. —Pero no levantó la mirada al contestarme, así que no pude saber si estaba diciéndome la verdad o no.

Subí rápidamente la escalera en busca de papel, un carboncillo y un chal. El eco de mis pasos me siguió mientras volvía. Aparte de la cocina, la suite del patrón y la sala convertida en comedor donde Rodolfo y yo solíamos comer, la casa estaba totalmente vacía. Incluso las habitaciones más pequeñas me parecían cavernosas y sofocantes mientras imaginaba en ellas cómo llenarlas y diciéndole a Paloma cómo fregarlas. Tomé notas todo el tiempo.

Salón verde. Volverá a ser verde. Mano de pintura. Volver a enladrillar la chimenea.

Comedor. Frotar el hollín de arriba. Poner una barandilla en el balcón para mayor seguridad. Hierro forjado a juego con las puertas. Colores: tapicería dorada a juego con la mesa de madera oscura.

Pasillos: alfombras. Por el maldito eco.

Paloma se rio en voz baja mientras yo escribía. La miré. Recorría la lista con la mirada por encima de mi hombro mientras yo apoyaba el papel en la pared para escribir.

—¿Sabes leer y escribir? —le pregunté.

Paloma me miró a los ojos. Ahora que no apartaba la vista de mí, me di cuenta de lo expresiva que era, de que las delgadas cejas que enmarcaban su rostro decían muchas cosas incluso antes de que separara los labios.

Murmuró algo ni afirmativo ni negativo.

Alcé las cejas. Los criados de mi tía Fernanda no sabían leer ni escribir. No esperaba esto de ningún miembro del personal aparte del capataz.

—Estupendo —le dije. Lo dije en serio. Le tendí el papel y el lápiz—. Entonces ¿escribirás lo que te diga?

No me miró a los ojos, pero cogió los instrumentos de escritura en silencio e hizo lo que le había pedido. Trabajamos juntas hasta una hora antes del mediodía, cuando Paloma me dijo que tenía que ayudar a Ana Luisa a preparar la comida para los tlachiqueros y los trabajadores del campo.

Salí de la última habitación que inspeccionamos y reduje la velocidad cuando llegábamos a la escalera. Sentí que la temperatura había descendido mucho. Aunque no sabía por qué, me llamó la atención la entrada tapiada del ala norte.

Rodolfo me había dicho que estaba en mal estado. Un terremoto o quizá una inundación. Si le había pedido al capataz José Mendoza que la revisara, estaba claro que no lo había hecho.

Qué raro. Dejé el lápiz y el papel en un escalón, decidida a investigar los daños yo misma. La primera tabla se desprendió fácilmente. La tiré a un lado y golpeó las baldosas. El ruido resonó en el vestíbulo mientras sacaba otra y otra más hasta que despejé la entrada. Recogí el lápiz y el papel y avancé.

Aunque la luz del sol todavía brillaba fuera de la casa, la humedad en ese pasillo estrecho era densa como la niebla. Sentía su peso en el pecho, como una presión física. Quizá había un pozo cerca o un manantial subterráneo.

Extendí la mano para pasar las yemas de los dedos por la pared esperando que se me humedecieran. No fue así. La pared estaba fría al tacto, pero seca. Seca y fría como la arcilla que se hubiera dejado fuera, al frío de una noche de invierno. En esta casa las temperaturas cambiaban de forma extraña cuando menos me lo esperaba. Nuestra casa en la capital era de madera, y la de Cuernavaca, de piedra. No sabía nada de estuco, paredes gruesas y ventanas estrechas.

Quizá podría convertir esta parte de la casa en un almacén. Sería perfecta para guardar cosas que tenían que mantenerse en frío. La cera en el verano. Quizá incluso hielo, si alguna vez podía tener ese lujo en Apan. Sonreí y casi me reí de mí misma en un vano intento de aliviar la presión pegajosa en mi pecho. Hacía años que no veía hielo en una casa. Tendría que escribir a Rodolfo para preguntarle si había en la capital.

Apoyé el papel en una pared del pasillo y empecé a escribir. *Ala norte: almacenes con frío natural. Volver a comprobar las temperaturas a última hora de la tar...*

La pared se movió bajo mi peso.

Me tambaleé hacia atrás para no caerme.

Unos copos de estuco salieron volando con el movimiento. Caí sobre la pared de enfrente con un ruido sordo y me di un golpe en la cabeza.

Vi las estrellas y gemí de dolor. El dolor de cabeza, que se había desvanecido en la última hora, volvió a estallar con fuerza.

La noche anterior me había puesto demasiado nerviosa. «Bien hecho, Beatriz», me burlé de mí misma. Más asustadiza que un potro.

En la pared de delante había una abolladura. De hecho, habían caído al suelo unos trozos de estuco, como el glaseado seco de un pastel rancio.

Fruncí el ceño. Si la pared de delante era tan sólida como la de detrás, una abolladura como esa solo podría hacerla un ariete, no una chica de veinte años que se apoya en ella para escribir.

Pero ¿y si no era tan sólida como la pared de detrás? Apreté los dientes por el dolor de cabeza y me acerqué para investigar. Aunque todas las paredes de la casa parecían de materiales sólidos de construcción indígenas, de ladrillos de barro, fibra de agave y arcilla que habían resistido siglos de terremotos e inundaciones, esta pared era diferente.

Pasé los dedos por el estuco destrozado. Se deshizo al tocarlo y se desconchó como la caspa. No podía ser estuco. Ni siquiera pintura de calidad. Cogí un trozo y lo olí. Era una capa de cal que cubría los ladrillos.

Qué raro. ¿Se había tapiado apresuradamente parte de la casa? Miré la pared con el ceño fruncido. El pasillo era más estrecho que los demás, y oscuro, aunque veía el contorno de los ladrillos. De San Isidro podía decir muchas cosas, pero no que estaba mal construida. Toda ella era muy sólida.

Dejé el papel y el lápiz y tiré de un ladrillo.

Se desprendió de la pared. Retrocedí un paso, sorprendida y algo temerosa de que todo se derrumbara.

No fue así. Dejé el ladrillo rápidamente y miré por el agujero de la pared. Algo captó la luz y brilló. Allí había algo.

Movida por la curiosidad, saqué dos ladrillos más y salté a un lado dando un grito cuando la mitad de la pared se vino abajo. Unos copos blancos de caliza salieron volando, y de los escombros se alzaron nubes de polvo. Pensé que era un trabajo de muy mala calidad. Tenía que decirle a Rodolfo que...

Mis pensamientos se detuvieron en seco. Los ladrillos caídos habían estado cubriendo algo.

Una calavera, blanca como la caliza, me sonrió con coquetería.

Tenía el cuello doblado en un ángulo no muy diferente al de la rata muerta del umbral, y la columna vertebral se curvaba hacia abajo en una postura que sabía que no era natural. Aunque conocía poco del cuerpo humano, mi instinto me decía que no eran correctas.

Alrededor del cuello roto del esqueleto brillaba débilmente un collar de oro. Era lo que me había llamado la atención.

Tiré la arcilla que tenía en las manos.

Habían tapiado un cuerpo en San Isidro.

Tenía que hablar con Juana.

Di media vuelta y hui.

Encontré a Ana Luisa en la cocina al aire libre del patio de los criados, sirviendo pozole a los tlachiqueros.

—¿Dónde está Juana? —grité.

Los tlachiqueros, los otros criados y Paloma se volvieron para mirarme. Debía de parecer una loca por haber salido corriendo de la casa como si me persiguieran, cubierta de polvo y caliza, con los ojos desorbitados y el moño deshecho. No me importaba.

—Necesito a Juana —le dije a Ana Luisa—. Ahora.

Me miró de arriba abajo y después señaló con la barbilla a su hija.

—Haz lo que dice doña Beatriz —le dijo—. Llévala con doña Juana.

El peso de los ojos de todo el mundo me presionaba como mil manos. Quería estar lejos de ellos. Necesitaba alejarme de ellos.

Paloma le lanzó a su madre una mirada reticente y se puso de pie despacio, demasiado despacio.

—Es urgente —le dije.

Se volvió hacia mí con el rostro pétreo como el de una estatua. Mi voz había salido con fuerza, aunque sentía que iba a romperme como un cristal.

Paloma me indicó con un gesto que la siguiera por la parte de atrás de las habitaciones de los criados. Aquí brillaba el sol. Cada vez me sentía más ligera, como si cada paso que me alejaba de la casa me quitara una capa pesada de ropa.

Quizá estaba volviéndome loca.

No. No estaba volviéndome loca. Sabía lo que había visto.

El olor a caballos me recibió cuando llegamos a los establos. Paloma me llevó al interior del granero, a una pequeña habitación que no daba al pasillo principal. Juana estaba sentada en un taburete con las piernas cruzadas, los hombros inclinados y la cabeza gacha. Unos mechones de pelo claro le caían sobre el rostro mientras remendaba una brida.

—Doña Juana. —Paloma se dirigió a Juana en tono pétreo y plano, y sus manos colgaban a los lados en lugar de colocarlas respetuosamente delante. Cambió de posición, como si se preparara para echar a correr.

Si a mí me tenía miedo, o era tímida conmigo, a Juana la odiaba. Lo llevaba escrito en la frente. Estaba impaciente por alejarse de ella.

Qué raro, teniendo en cuenta lo unidas que parecían su madre y Juana.

Juana alzó las cejas al verme.

—Tiene muy mal aspecto —me dijo sin rodeos.

—Alguien murió —le dije—. He encontrado un cuerpo. Un esqueleto.

Juana se quedó inmóvil.

En el camino a Apan desde la ciudad de México, Rodolfo y

yo pasamos la noche en una posada. Él solo podría haber hecho el viaje en un día a caballo, como los jinetes que llevaban el correo, pero el carruaje era más lento. Nos levantamos temprano para salir antes de que hubiera amanecido del todo, cuando la mañana era aterciopelada y el malva y el rosa se alineaban en el horizonte oriental sobre el gris púrpura de la cúpula del cielo. Rodolfo se detuvo en seco mientras nos dirigíamos al establo. Me agarró del brazo.

—No te muevas —me susurró y, después, señaló hacia el este.

Un puma se agazapó a menos de diez metros del establo. Si había estado acechando pollos o cabras, ahora dirigió su atención a nosotros. Lo mirábamos, y nos observaba. Nunca había visto uno y no sabía que tenían los hombros tan grandes y los ojos tan separados e inteligentes.

Ni que pudieran quedarse inmóviles como un cuadro.

Un caballo relinchó en el establo y rompió el silencio.

Rodolfo silbó a los mozos de cuadra y me dio un codazo para que caminara despacio hacia atrás, sin darle la espalda al puma. Dio el aviso y pidió un arma, pero cuando los mozos de cuadra salieron corriendo del establo con un mosquete, el felino ya no estaba. Se había fundido en el amanecer como el humo en la brisa.

Juana me miraba tan inmóvil como el puma.

—¿Qué? —susurró. Algo en ella cuando soltó la brida y se puso de pie me recordó los movimientos fluidos del puma.

—Se ha derrumbado una pared —le dije. ¿Por qué me faltaba el aliento? Tenía el corazón acelerado, quizá estaba así desde que había visto el cráneo sonriéndome horripilantemente en la oscuridad—. Venga. Tiene que venir.

Di un paso atrás y me di la vuelta para volver a la casa, aunque mis músculos protestaron y a pesar de que volver a entrar en la casa, volver a soportar su peso, era lo último que deseaba.

Juana me siguió a regañadientes, con Paloma detrás. Cada vez que miraba a mis espaldas, veía los ojos de Paloma clavados en la nuca de Juana, atenta como un sabueso. Juana parecía pálida cuando entramos en la casa y nos dirigimos hacia el ala norte; redujo la velocidad, tanto que le grité al menos dos veces que se diera prisa.

Después, en lugar de girar a la derecha hacia mi dormitorio, como habíamos hecho el día anterior antes de encontrar mi ropa empapada en sangre, giré a la izquierda hacia el ala norte y la pared que se había desplomado.

Mis notas estaban en el suelo del pasillo y el lápiz, abandonado unos metros más allá.

La pared estaba intacta. Entera.

—No —susurré—. Pero...

Juana y Paloma se detuvieron cuando corrí por el pasillo y pasé las manos por la pared de la que había retirado tres ladrillos y casi me había aplastado al desplomarse. Estaba fría y seca, pero no veía el contorno de los ladrillos como antes.

—No.

Golpeé la pared con la palma de la mano izquierda y me mordí el labio cuando se me clavó la superficie áspera de estuco. Estuco. No cal. No podía ser. Corrí por el pasillo arrastrando la mano por la pared, buscando los ladrillos y la cal que me había cubierto de polvo. Por el amor de Dios, el dorso de mis manos todavía estaba blanco de cal.

Volví a detenerme justo antes del lugar donde la pared casi me había aplastado. Frustrada, golpeé la pared con las palmas de las manos.

—Doña... —me interrumpió Paloma.

—¡Estaba aquí! —Me volví hacia ellas—. La pared estaba abierta y había un cuerpo al otro lado. Había un muerto. Alguien lo cubrió con ladrillos. Estaba aquí, juro que estaba aquí.

Abrieron mucho los ojos, pero no con miedo.

Con algo más.

Creían que estaba loca.

El corazón me martilleaba la garganta.

—Es verdad —grité—. Me he apoyado en la pared y ha cedido. Es verdad.

Se me saltaron las lágrimas. La frustración me atenazaba la

garganta. Recogí las notas y el lápiz del suelo y repetí el gesto de escribir apoyada en la pared.

La solidez se burló de mí.

Juana alzó una sola ceja.

—¿Qué es eso? —me preguntó mirando mis notas. Dio un paso adelante y miró por encima de mi hombro.

—Es una lista para Rodolfo —le contesté—. Cosas para equipar la casa y volver a dejarla presentable. ¿Por qué no me escucha?

Juana recorrió la lista con la mirada: notas sobre vendedores de porcelana de la capital, baldosas de Puebla y una nota para que le preguntara a mi madre por alfombras importadas.

Su expresión se endureció. Se volvió hacia Paloma con el rostro transformado en una máscara de compasión.

—Ayer doña Beatriz se llevó un pequeño susto —le dijo en tono dulce y maternal, como si estuviera explicando las penas de un niño que llora—. Creo que debe de haber sido un malentendido.

Miré a Juana, avergonzada.

—No. —La palabra salió estrangulada—. No hay ningún malentendido. Hay algo, alguien, en esta pared.

—Puedes retirarte, Paloma —le dijo Juana en voz baja—. Yo me ocuparé de esto.

Paloma desvió la mirada hacia mí. No pude interpretar su expresión. Si hubiera tenido más tiempo para analizarla y la hubiera conocido mejor, quizá habría podido, pero se dio la vuelta y se marchó. Sus pasos resonaron por el pasillo.

Juana me cogió por la parte superior del brazo.

—Vamos.

Clavé los talones.

—No debería humillarme delante de los criados —le repliqué, quizá con más dureza de la que debería. No solo estaba conmocionada, sino que la vergüenza me quemaba las mejillas al dirigirme a Juana—. Ya oyó a Rodolfo. Mi palabra es la suya cuando él no está. No me respetarán si me trata así.

Quizá era lo que pretendía desde el principio. Pero si este

era el caso, no lo pareció. Su rostro seguía siendo una máscara de compasión. Se rio.

—¿No durmió bien anoche? —me preguntó en tono amable—. Quizá lo ha soñado. Yo solía tener pesadillas terribles cuando era niña.

Una oleada de odio me invadió el pecho. ¿Cómo se atrevía? Me encogí de hombros bruscamente intentando soltarme. Me agarró con más fuerza.

—Suélteme, Juana.

—¿Por qué no viene...?

—No.

Y, para mi sorpresa, me soltó. La ausencia de presión fue tan repentina que casi me caí hacia atrás.

—Como desee, doña Beatriz —me dijo con voz aterciopelada, entretejida con hilos de veneno tan finos como los de una telaraña, apenas perceptibles—. Su palabra es la del patrón.

Sonrió con los labios pálidos y sin alegría, y se dio la vuelta. Se dirigió a grandes zancadas a la esquina y la perdí de vista antes de haber podido decir una palabra más.

En la lejanía, oí la enorme puerta de la entrada principal cerrarse ruidosamente. Me quedé allí un buen rato, con el pulso martilleándome los oídos.

Entonces, procedente de donde estaba mi dormitorio, me llegó el débil sonido de una niña llamando a alguien con voz cantarina.

«Juana, Juana...».

Se me erizó el vello de los brazos.

Varias frías verdades se desplegaron ante mí mientras estaba en ese pasillo, paralizada por el miedo:

Alguien había muerto en esa casa.

Necesitaba ayuda.

Y nadie en la hacienda San Isidro iba a ayudarme.

9

Dos días después, Paloma me entregó la respuesta de Rodolfo a mi última carta. Yo estaba quitando las malas hierbas alrededor de la puerta principal, con mi sombrero de ala ancha protegiéndome la piel del sol, como de costumbre. Podría haberle dado un beso a Paloma cuando me entregó la carta, pero mi ánimo se hundió al darme cuenta de lo cautelosa que se mostraba conmigo. No sabía qué era peor, si el desdén con el que me miraba Ana Luisa o el evidente malestar de Paloma.

Se marchó mientras yo arrancaba el sello de lacre. Mis dedos sucios mancharon el papel elegante.

Esta vez le había pedido algo más que muebles.

«Querida Beatriz», empezaba Rodolfo. Me decía que entendía mi deseo de que un sacerdote bendijera la casa, enterrara una estatua de tal o cual santo en el jardín y rociara agua bendita en el umbral y en todas las habitaciones. «Entrega la carta adjunta al padre Guillermo en la ciudad. Él y su ayudante serán más que serviciales».

Curvé los labios en una sonrisa sombría. No era una mujer devota. Había adoptado los puntos de vista sobre el clero de mi padre, que solía repetir las palabras del líder revolucionario Miguel Hidalgo y Costilla. De sus enemigos en la Iglesia, el sacerdote insurgente dijo que eran católicos «solo para sacar beneficios. Su Dios es el dinero. Bajo el velo de la religión y de la amistad quieren convertiros en víctimas de su insaciable codicia».

No confiaba en el clero, al menos mientras hombres como mi esposo pudieran comprarlos a ellos y sus servicios. Pero algo tenía que hacer. Aunque desconfiaba de los curas, una parte de mí sospechaba —quizá se tratara de una esperanza irracional, surgida del insomnio y la desesperación— que tenían el poder de hacer algo que yo no podía.

No me interesaba que rociaran agua bendita aquí y allá ni que murmuraran una oración en la entrada de mi casa.

Quería un exorcismo.

Y la carta de Rodolfo conseguiría que los sacerdotes entraran en mi casa para que pudiera mostrarles cuán desesperadamente lo necesitaba.

La mañana siguiente era domingo. Me vestí con mis mejores galas, como siempre hacíamos mi madre y yo, y me pellizqué las mejillas frente al espejo para dar color a mi cutis pálido. Pasaba las noches inquieta, mis sueños se poblaban de sombras oscuras que hacían que me despertara gritando y se me aceleraba el corazón mientras buscaba a tientas las cerillas para volver a encender las velas de sebo de doble grosor que le había pedido a Ana Luisa que me trajera. Había rebuscado en los parterres donde cultivaba sus hierbas y, como no tenía otra arma para calmar mi paranoia, había cortado manojos de hierbas aromáticas para esparcirlas por la entrada de mi dormitorio.

Me pregunté por las marcas de hollín de la cocina y casi me reí de mí misma al imaginarme preguntándoselo a un cura. Era casi tan ridículo como preguntárselo a Ana Luisa.

Paloma me acompañó al pueblo. El carruaje estaba oscuro. Paloma retiró la esquina de la cortina de una ventana y miró fijamente por la ventana evitando deliberadamente mi mirada. Estaba claro que no tenía ninguna intención de charlar conmigo durante el viaje a Apan, y yo tampoco.

Como la primera vez que Rodolfo y yo fuimos a misa, los susurros me siguieron por el pasillo. Las miradas curiosas se posaron en mis hombros cuando hice una genuflexión y me senté en la zona delantera de la iglesia. Cogí esa fuerza, la sostuve junto al pecho y dejé que su calor quemara el recuerdo de la mirada que Juana me había lanzado en el pasillo. No estaba enfadada. No estaba tan conmocionada para no ver las cosas.

Algo no iba bien en la casa.

Y como me había casado con Rodolfo, como tenía la voz de un hombre que hablaba por mí, podía discutir con un sacerdote para que me ayudara a solucionarlo.

Observé al sacerdote mientras sostenía la eucaristía ante nosotros. Al hablar le temblaba la papada como a los bien alimentados. La guerra le había tratado bien. No así a su congregación. Perdí la cuenta de las viudas mientras observaba a la gente agolparse en la parte delantera de la iglesia para recibir la comunión. Muchos hombres en edad de luchar tenían una pernera del pantalón hueca y llevaban muletas o les faltaba un brazo. El padre Guillermo los bendecía y los despedía uno por uno en el arco de la puerta. Me quedé atrás y lo contemplé mientras estrechaba las manos oscuras de sus feligreses entre las suyas, regordetas, blancas y con manchas de la edad. Unos mechones de la coronilla calva se recortaban contra el cielo azul cegador de Apan.

Fui la última en acercarme a él, con Paloma detrás.

—Doña Beatriz —me dijo—. Confío en que esté adaptándose bien.

Tenía las manos tan sudorosas como imaginaba. Forcé mis labios en lo que esperaba que fuera una sonrisa radiante, contando los segundos hasta que le pareció oportuno soltarme las manos. Conté al menos dos más de lo que esperaba, pero mantuve la sonrisa pegada en mi rostro.

Busqué en mi bien surtido repertorio de charlas triviales en sociedad y le hablé de la belleza del campo, la amabilidad y la bondad de mi esposo y la tranquilidad de nuestro hogar. Después metí la mano en mi bolso pequeño y saqué la carta de Rodolfo. La había leído y vuelto a sellar, y me complació descubrir que Rodolfo le prometía plata al sacerdote a cambio de cumplir mis deseos.

«Su Dios es el dinero».

Si supiera qué iba a pedirle a cambio de esa plata...

Le había escrito a Rodolfo una carta larga pidiéndole que un sacerdote viniera a San Isidro, pero no había abordado nada que de verdad me inquietara, como el cuerpo en la pared que nadie más parecía ver.

Lo único menos deseable que la hija de un traidor era una loca.

No estaba loca. Lo único que quería, como cualquier católico devoto, era que viniera un sacerdote, pasara sus pies santos y regordetes por la entrada de mi casa y echara agua a las cosas a cambio del dinero de mi esposo. Solo quería eso.

O, mejor dicho, eso fue lo que le dije al padre Guillermo bajo la luz intensa de esa mañana de domingo.

En cuanto entrara en mi casa, tendríamos una conversación diferente.

—El padre Andrés vendrá conmigo. —Hizo un gesto por encima de mi hombro a otro sacerdote que estaba en la puerta despidiendo a la gente del pueblo, un joven delgado con la expresión seria de un estudiante. Lo había visto durante la misa, revoloteando como un cuervo en el altar detrás del rechoncho padre Guillermo—. Conoce bien la finca.

El padre Andrés encontró mi mirada por encima de la cabeza de Paloma. Habían estado enfrascados en una conversación en voz baja y, de inmediato, me llamó la atención que la línea severa de su nariz y la forma de sus ojos se hacían eco de las de Paloma, como si fueran familiares. Pero, a diferencia de Paloma, sus ojos eran de color avellana a la luz del sol. No podía ser mucho mayor que yo, porque su rostro bien afeitado todavía era delgado, como el de los jóvenes. Pensé en los hombres con muletas y en las viudas. Había muy pocos jóvenes en el pueblo. Quizá si no se hubiera hecho sacerdote, también le faltaría una extremidad. Quizá ni siquiera estaría aquí.

Desvió la mirada. Solo entonces me di cuenta de que lo había mirado demasiado tiempo y sentí un calor incómodo subiéndome por el cuello.

—Doña Beatriz —murmuró a modo de saludo, tímidamente, sin levantar la mirada—. Bienvenida a Apan.

A la mañana siguiente esperé a los sacerdotes en las puertas de San Isidro, tambaleándome por el agotamiento. La noche anterior había dormido especialmente mal. Era como si la casa supiera lo que había hecho. Que había ido con chismorreos a sus padres, que unos hombres con grandes libros y un sentido de lo importante todavía más grande venían a bajarle los humos.

Y tomó represalias.

Esa noche se había levantado un viento frío en la casa cuando salí de la cocina. Al principio creí que se había abierto una puerta, pero el viento soplaba por el pasillo y me soltaba el pelo del moño, y el frío se me metía en los huesos y me apretaba el pecho como una garra. Intenté correr para atravesarlo, pero era demasiado fuerte. Avancé despacio castañeteando los dientes, lanzando mi peso contra el viento y luchando para llegar a la escalera mientras arremetía contra mis manos.

Cogí un trozo de copal para quemarlo en mi habitación, como había hecho Ana Luisa en la cocina. No había encontrado en el pueblo, como pretendía, así que puse la despensa patas arriba cuando ella no estaba para abastecerme. Conseguí muy poco. Seguramente guardaba sus reservas en su casa del pueblo.

No sé cuánto tiempo tardé en llegar a mi habitación. El frío me agarrotaba los miembros y me oprimía el pecho. Cuando entré en el salón, aumentó. Era como si me hubiera metido en un arroyo helado. Me pregunté si podría ver mi aliento en el aire, pero la oscuridad era total, demasiado densa, negra como el hollín y pesada. Con los dedos entumecidos busqué a tientas las cerillas en mi dormitorio y, una y otra vez, encendí una vela y el viento la apagó. Se me llenaron los ojos de lágrimas.

El viento parecía no alterar nada más en las habitaciones. Ni las cortinas, ni mis papeles, ni el mapa de mi padre, en el estudio. Solo a mí. A mí y las velas.

Tuve que concentrarme en encender el copal. Debía de ser la razón por la que la cocina parecía tan silenciosa cuando estaba

Ana Luisa, vacía de algo como el resto de la casa nunca lo estaba. Tenía que ser la solución. Tenía que serlo.

Cuando una punta del bloque de resina enrojeció y empezó a humear, la rodeé con las manos para protegerla hasta que la columna de humo aumentó y se enroscó hacia el techo. La habitación empezó a calentarse lentamente. El frío se disipó y la oscuridad se volvió más cálida y menos densa.

Un destello rojo en el estudio me llamó la atención. Flotaba a un metro y medio del suelo. Se acercaba cada vez más al dormitorio con la tranquila determinación de un cazador.

Me puse de pie de un salto y cerré la puerta. Metí la llave en la cerradura y la cerré lo más rápido que pude.

Clic.

Saqué la llave.

La habitación permaneció en silencio. Mis latidos acelerados empezaron a ralentizarse. El entumecimiento se había desvanecido de mis dedos y pronto desaparecería de mis pies y mis brazos congelados. Ahora que tenía copal, podría dormir.

Me alejé de la puerta.

Un estruendo estalló en la entrada del estudio, como si mil puños la golpearan una y otra vez con una fuerza inmortal.

Salté hacia atrás y por poco no me di un golpe con el extremo de la cama de cuatro postes al caer desplomada al suelo. El estruendo se detuvo y después volvió a empezar con fuerza renovada, tan fuerte que el picaporte traqueteaba y rebotaba contra la madera. Imaginé las manos que me habían empujado en la escalera, heladas e incorpóreas, aporreando la puerta. Iba a salirse de sus goznes. Iba a derrumbarse, y lo que fuera que estuviera haciendo ese ruido, lo que fuera que tuviera los ojos rojos y se moviera en silencio como un fantasma entraría en la habitación y vendría a por mí.

Pero no fue así. Los golpes se detenían y volvían a empezar, pero la puerta no cedió. Vigilé el incienso de resina, encendí velas y me senté con la espalda apoyada en la pared de estuco, las rodillas dobladas contra el pecho y las manos tapándome los oídos.

Así pasó la noche. Con golpes en la puerta y después silencio. Golpes y silencio. Los silencios no siempre duraban lo mismo. Mucho después de la medianoche, empecé a quedarme dormida en las pausas más largas y me despertaba ahogando un grito cuando el estruendo de miles de manos atacaba el otro lado de la puerta.

Amaneció. El incienso estaba apagándose. Mi cordura estaba hecha jirones, destrozada por mil garras.

Hasta que la luz de la mañana entró sigilosamente en la habitación y el silencio se prolongó durante mucho rato, más que en toda la noche, no reuní el valor para mirar por el ojo de la cerradura hacia el estudio.

Estaba vacío.

Por supuesto.

¿Qué esperaba ver? ¿A mil personas roncando en el suelo tras una noche agotadora aterrorizando a la señora de la casa?

Tardé una hora en atreverme a abrir la puerta y, para entonces, había llegado el momento de recibir a los sacerdotes.

Esperaba ver al padre Guillermo con su aspecto irritantemente descansado y su rostro pálido como un tomate por la caminata cuesta arriba desde los establos. Pero el primer sacerdote que entró en el patio de San Isidro era más joven. Su escaso pelo claro estaba veteado de canas solo en las sienes. Una ligera capa de sudor brillaba en su frente mientras caminaba hacia mí. El padre Andrés lo seguía de cerca. Su pecho subía y bajaba tan despacio como si hubiera paseado perezosamente por la plaza de armas con sus piernas largas. Aunque también iba vestido de negro, en su frente no brillaba el sudor. Unos mechones rojizos parpadeaban entre su pelo oscuro a la luz del sol de media mañana mientras seguía el ejemplo del otro sacerdote y me saludaba con la cabeza.

—Buenos días, doña —me dijo el primer sacerdote—. Soy el padre Vicente.

—Bienvenidos, padres —les dije—. ¿Dónde está el padre Guillermo?

—Está ocupado —me contestó el padre Vicente sacando un

pañuelo para secarse el sudor de la frente. No consideró necesario darme más detalles.

Era más alto que Guillermo y no tan rechoncho. Su rostro de mediana edad tenía menos arrugas y una expresión tranquila y serena que me avivó una espiral de miedo en el estómago. ¿Era porque la firme seguridad en sí mismo era la de las personas vehementemente piadosas o porque su forma de mirarme me resultaba demasiado cercana a la de mi tía Fernanda como para consolarme?

Carraspeé.

—Gracias por venir hasta aquí en su lugar —les dije—. Entren, por favor.

Les pedí que se sentaran en la terraza que daba al jardín trasero medio desmalezado y me aseguré de pasar el tiempo necesario encandilándolos. Le pedí a Ana Luisa que les trajera un refresco, pero mandó a Paloma en su lugar. Hablé del tiempo y de los demás hacendados con el padre Vicente echando mano de los aires de alta sociedad que había aprendido en la capital para intentar impresionarlo. Los hombres como él solo se compadecían de las mujeres que consideraban dignas de ese esfuerzo: las ricas, las de clase alta. Yo no nací siendo una de ellas. Tuve que confiar en mi nuevo apellido y representar el papel. Aunque estaba agotada y a punto de romperme a consecuencia de la noche anterior, dediqué toda mi energía a intentar ganarme su simpatía. A pesar de mis esfuerzos, el padre Vicente no me prestó demasiada atención. Mi espiral de miedo inicial se extendió, se enroscó y tembló alrededor de mi columna vertebral.

El padre Andrés se mantenía en silencio. Por el rabillo del ojo me pareció captar una expresión extraña en su rostro, una mirada distante, como si estuviera escuchando disimuladamente otra conversación.

Pero no había nadie más en la casa a quien escuchar.

Al rato su expresión se despejó. Asentía, tranquilo y atento, a lo que decía el padre Vicente.

¿Había oído algo? ¿Entendía por qué los había invitado aquí?

¿Me creería?

Un germen de esperanza me revoloteó por la garganta. Lo acaricié con ternura y recé no sé a quién para que al menos uno de los sacerdotes no pensara que estaba loca mientras los llevaba al ala norte.

El día anterior, cuando el sol estaba en su cenit —porque no era capaz de ir cuando no estaba lo más iluminada posible—, había vuelto al ala norte. Estaba como cuando había llevado a Juana y a Paloma: el estuco liso y sin manchas que se burlaba de mí. A veces, cuando subía la escalera, echaba un vistazo por el rabillo del ojo creyendo haber visto que caían ladrillos... pero en cuanto me daba la vuelta todo seguía igual.

¿Me lo había imaginado? ¿Estaba ahí o no?

Había llegado el momento de acabar con esto de una vez por todas.

—¿Aquí es donde quiere que empecemos a bendecir? —El padre Vicente recorrió el oscuro pasillo con la mirada y frunció el ceño al ver las telarañas. La arruga entre sus cejas se hizo cada vez más profunda.

Me volví hacia los sacerdotes y me encontré por casualidad con la mirada del padre Andrés, que seguramente había estado observándome con un interés erudito. Había algo en sus ojos, una franqueza comprensiva que me dejó sin palabras.

Lo sabía.

Esta intuición fue como una mano fría en mi frente febril.

Me escucharía.

—Sé que suena impactante, pero alguien murió en esta casa, padre Vicente —le dije. Mi tono autoritario resonó en el estrecho pasillo—. Alguien murió y lo enterraron tras una pared. Lo cubrieron con ladrillos. Lo sé porque encontré un cuerpo. Por eso esta casa está enferma. Hay... hay un espíritu. Un espíritu maligno...

—Basta, doña Beatriz —me replicó el padre Vicente, ahora con las cejas muy juntas. Su dictamen resonó en el frío pasillo.

Me sonrojé. No sé bien lo que esperaba, pero sin duda no debería haber supuesto que fuera bien. Quizá era porque había descrito la casa como «enferma». Quizá porque no tenía pruebas del cuerpo que decía haber encontrado enterrado en las paredes de la casa.

—Haré lo que he venido a hacer. Nada más. —Se dio media vuelta y se dirigió al vestíbulo principal murmurando bendiciones y rociando agua bendita en las paredes. No era lo que yo quería.

—Esta casa necesita un exorcismo, padre —le dije siguiéndolo hacia la puerta principal—. Se lo ruego.

—Le he dicho que basta, doña Beatriz. —El padre Vicente me dirigió una mirada penetrante que indicaba que le parecía obvio que algo en la finca de San Isidro necesitaba un exorcismo, y no era la casa—. No me dé más razones para creer que se burla de mí con la palabra de Satanás.

Me quedé sin aliento. Andaba por terreno peligroso. «Debemos sobrellevarlo con dignidad», solía decir mi madre. El miedo me invitaba a guardar silencio. Debería haberme mordido la lengua. Pero el frío del ala norte me hundía profundamente las garras hasta la médula. No podía quitármelo de encima. Nunca me libraría de él. Necesitaba ayuda. Necesitaba que alguien —cualquiera— me escuchara.

—Por favor —repetí en voz baja, y agarré el antebrazo del padre Andrés, que iba detrás del padre Vicente.

El joven se detuvo y dirigió la mirada a mi mano. Lo solté como si me hubiera quemado. Ponerle las manos encima a un sacerdote no era algo que una mujer como la esposa de Rodolfo Solórzano debiera hacer. Algo que ninguna mujer cuerda haría.

Pero yo lo había hecho.

Porque había un atisbo de miedo en la forma en que el padre Andrés mantenía los hombros, una postura inclinada que me decía que sentía que había un depredador cerca. Que estaba a punto de saltar, porque él también sentía que algo respiraba junto a su cuello.

Levantó la mirada hacia la mía.

Me creía.

—Padre Andrés, ya he hecho lo que tenía que hacer aquí —gritó el padre Vicente, que ya estaba en el jardín.

—No, por favor —murmuré. El agua bendita y las bendiciones a regañadientes no bastaban. No podría hacer frente a otra noche como la anterior. Perdería la cabeza o...

—¡Andrés, muchacho! —Era el ladrido enfadado de un superior que no toleraría que lo desobedecieran.

—Venga a misa a menudo, doña Beatriz —me dijo el padre Andrés. Me habló en voz grave, sonora, lo bastante baja para que el padre Vicente no lo oyera desde el jardín—. Los sacramentos nos recuerdan que no estamos solos.

Luego inclinó la cabeza y se dirigió hacia la luz. Observé su silueta oscura, delgada como un roble joven, mientras cruzaba el patio y seguía al padre Vicente.

Había un deje de invitación en su última frase, en el matiz urgente de sus ojos.

«Venga a la iglesia —me decía—. La ayudaré».

10

La siguiente carta que recibí de Rodolfo empezaba con los mismos buenos deseos que la primera, pero rápidamente se convirtió en una dura reprimenda.

Evidentemente, al padre Vicente le había parecido prudente informar a mi esposo de mi inquietante comportamiento. Y o bien había exagerado mi estado o de verdad creía que había perdido el juicio.

Leí la carta de pie en mi estudio, de espaldas a la pared. Había pasado dos noches sin dormir desde que habían venido los sacerdotes. Estuviera donde estuviese, me escondiera donde me escondiese, era como si la casa supiera dónde estaba. El frío se extendía por los pasillos como la crecida repentina de un arroyo ávido de lluvia y me arrastraba.

Esa mañana, mientras relajaba la rigidez de mi espalda y observaba las manchas melodiosas de los murciélagos al otro lado de la ventana de mi habitación, me pregunté si debería intentar dormir fuera. Lejos de la casa en lugar de en sus entrañas. Pero la idea de estar tan expuesta, de no tener una pared a la que dar la espalda, ninguna puerta que cerrar si esos ojos...

Se me puso la piel de gallina.

«Basta de tonterías —me escribió Rodolfo—. Sé que seguramente te sientes sola, como lo estoy yo sin ti a mi lado. Pero si no te encuentras bien en el campo, vuelve a la capital. No vuelvas a llamar la atención de la Iglesia así».

Quizá no fue la vergüenza lo que hizo que Rodolfo me escribiera. La Inquisición había renunciado a su fervor sangriento y la habían abolido unos años antes, pero el recelo hacia ella seguía vigente. Nunca lo habíamos comentado, porque ¿qué político recién casado revelaría sus puntos de vista anticlericales a su hermosa esposa? Pero sospechaba que no tenía en alta estima la institución de la Iglesia, y mucho menos confiaba en ella.

El mensaje de Rodolfo era claro: si no estás bien en San Isidro, ven a la capital.

¿Y hacer qué? ¿Esperar a los generales que ordenaron quemar mi casa y mataron a mi padre? ¿Sonreír con sus obedientes esposas?

No. San Isidro era la libertad. San Isidro era mía.

Pero San Isidro también intentaba doblegarme, y no dudaba de la fuerza de su voluntad.

Necesitaba ayuda.

Dejarlo o ir a la capital.

Tenía que haber una tercera vía.

«Los sacramentos nos recuerdan que no estamos solos», me había dicho el padre Andrés.

Y aunque acababa de conocerlo, aunque no tenía motivos para confiar en ningún extraño, mucho menos en un miembro del clero, sentí en mis huesos que encontraría esa tercera vía en el joven sacerdote.

Paloma me acompañó a la iglesia, como una sombra silenciosa a mi lado. La decepción me supo amarga cuando vi que era el padre Vicente, no el padre Andrés, el que pasaba por al lado de nuestro banco hacia el altar.

«Venga a menudo», me había dicho el padre Andrés. No me había dicho cuándo. Pues volvería a intentarlo al día siguiente. Y si no estaba, al siguiente.

Pero la idea de hacer frente a otra noche sola me apretó la garganta como un nudo corredizo. Incliné la cabeza y junté mis manos temblorosas con guantes de encaje para rezar respirando superficial y entrecortadamente. Me ahogaría en San Isidro sin ayuda. El peso de la oscuridad me aplastaría los pulmones, me aplastaría los huesos, me convertiría en polvo y me arrastraría...

Alguien estaba mirándome.

Desde que vivía en San Isidro había aprendido a sentir el peso de las miradas. Levanté los ojos muy despacio.

Una figura flotaba detrás del altar y se mezclaba con las sombras de la entrada que conducía a la sacristía. El padre Andrés. Se quedó un momento con la mirada clavada en mi mantilla y desapareció.

Me había visto. Me buscaría. El alivio aflojó la tensión de mi garganta, aunque no del todo. Aún no sabía si tenía la intención de ayudarme. Ni cómo. Ni si creía que estaba loca.

La misa se hizo eterna. El insomnio me pesaba en la cara, sensible como un hematoma. Cuando por fin el padre Vicente nos invitó a irnos en paz, me detuve ante un alero de la capilla situada a un lado de la iglesia, la de la Virgen de Guadalupe. La pintura del rostro de madera de Juan Diego estaba fresca. Sus pupilas oscuras miraban hacia arriba extasiadas y levantaba la mano, bendecido con la imagen de la Virgen. Unas rosas rojas caían a sus pies.

Me arrodillé en el banco frente a la capilla y saqué del bolso el rosario que Rodolfo me había dado el día de nuestra boda. Pasé los dedos por el crucifijo y las primeras cinco cuentas, relajé los hombros e incliné la barbilla hacia la Virgen como si me preparara para rezar el rosario.

Paloma movió la falda detrás de mí. Retorcía un pañuelo en las manos y desviaba los ojos hacia la puerta, hacia la tarde blanca que se introducía en la iglesia. Conocía bien esa impaciencia. ¿Cuántas veces había tenido esa misma expresión de anhelo mirando la puerta abierta de una iglesia y contemplando las siluetas que se movían libremente al otro lado?

—Márchate si quieres —le dije—. Al mercado o a ver a tus amigas. Necesito algo de tiempo. Hoy sería el cumpleaños de mi padre —añadí.

El cumpleaños de mi padre era en abril, pero nadie lo sabía. Ni siquiera Rodolfo.

Paloma giró bruscamente la cabeza hacia mí y sus labios formaron una compasiva O.

—Discúlpeme, doña Beatriz, no sabía que...

Así que los criados estaban al corriente de mi triste historia.

Sonreí ligeramente a Paloma y le indiqué con un gesto que se marchara. Empecé el primero de muchos avemarías pasando los dedos por las cuentas de madera mientras el eco de sus pasos rápidos de pajarito se alejaba de mí. «*Ave María, gratia plena, Dominus tecum*». Un murmullo de voces procedente de la puerta. «*Benedicta tu in mulieribus, et benedictus fructus ventris tui, Iesus*». El murmullo cesó.

Oí el crujido de las pesadas puertas de madera, que se cerraron con un ruido hastiado y autocomplaciente.

Levanté la cabeza y parpadeé para adaptar los ojos a la penumbra.

La figura delgada del padre Andrés se alejó de las puertas. Inclinó sutilmente la cabeza y señaló con la barbilla hacia el otro extremo de la iglesia, hacia un confesionario de madera al otro lado del alero de la Virgen de Guadalupe.

«Los sacramentos nos recuerdan que no estamos solos».

Por supuesto.

Me levanté haciendo la señal de la cruz muy despacio. Lo único que se oía en la silenciosa caverna de la iglesia era el movimiento de mi falda y el golpeteo de los zapatos del padre Andrés contra las baldosas. Cuando llegué al confesionario, él ya estaba dentro.

La madera olía a barniz. Dentro hacía calor y el aire estaba cargado, aunque no era desagradable. Me sentí como entrando en la quietud solemne de la mente de otra persona. Me arrodillé, la falda se asentó a mi alrededor y acerqué la cara a la rejilla que separaba los dos lados del confesionario.

—Perdóneme, padre, porque he pecado —murmuré bajando la barbilla por costumbre.

—Algo no va bien en esa casa.

Levanté la cabeza de golpe. En su visita a mi propiedad había descubierto que la voz del padre Andrés era grave, con un ligero carraspeo soñoliento que la hacía más densa. Ahora resonaba con urgencia.

Apreté las manos entrelazadas como en una ferviente oración de gratitud.

—Gracias a Dios —susurré. Mis palabras salieron estranguladas. Se me llenaron los ojos de lágrimas que se quedaron ahí, escociendo—. Lo entiende.

—Lo sentí en cuanto crucé las puertas —me dijo el padre Andrés—. Antes no era así. Mi tía es la cocinera de doña Juana, y yo solía...

Un golpe seco sonó en la puerta del confesionario.

Di un brinco.

—Carajo —susurró el padre Andrés.

Sorprendida, me llevé la mano a los labios. ¿Un sacerdote diciendo palabrotas?

—Hay un almacén detrás de la sacristía —me susurró—. Podemos hablar allí...

La luz inundó el confesionario.

—¡Padre Andrés!

Volvió la cabeza hacia la puerta. Un mechón de pelo negro le cayó sobre los ojos. Me había fijado en su atractivo la primera vez que lo vi —¿cómo no haberlo observado, cuando el sol caía sobre él como si fuera el santo de un cuadro?—, pero ahora que estaba oculto detrás de la rejilla del confesionario, podía mirarlo sin que me viera. Las sombras recortaban sus pómulos afilados y su nariz aguileña. Sus delicados ojos color avellana parpadearon mientras se acostumbraban a la luz. Frunció el ceño mirando a alguien que estaba fuera de mi campo de visión.

—Padre Vicente, una feligresa desea confesarse —dijo el padre Andrés en tono inocente.

El padre Vicente. Se me encogió el pecho.

—¿Y por qué está aquí? —replicó el padre Vicente en tono escandalizado. Acusador.

Evidentemente, las confesiones no eran responsabilidad del padre Andrés. Entonces no era un sacerdote de pleno derecho. Quizá era demasiado joven, o quizá su herencia mixta le impedía asumir estas responsabilidades cuando sacerdotes criollos como Vicente y Guillermo dirigían la parroquia.

El padre Andrés parpadeó. Abrió la boca para hablar, pero se quedó un momento en silencio.

Después buscó algo en el confesionario y levantó un libro con un movimiento rápido.

—Mi libro de oraciones. Se lo presté al padre Guillermo y seguramente se lo ha dejado aquí sin querer.

Las letras doradas parpadeaban al otro lado de la rejilla del confesionario y me miraban con descaro a través de los largos dedos morenos del padre Andrés. El Santo Evangelio.

Una risita me subió a los labios. Me presioné la boca con una mano para evitar que se escapara.

—¡Fuera! —gritó el padre Vicente.

El padre Andrés obedeció. Su salida no fue ni elegante ni inmediata. A juzgar por el golpe en la cabeza que se dio contra la madera, parecía que el confesionario no lo habían construido para alguien de su altura.

El padre Vicente entró en el confesionario frente a mí. Su pelo claro y ralo parecía casi translúcido a la luz. Cerró la puerta y se sentó con un suspiro expectante.

—Buenas tardes, padre —le dije por la comisura de la boca para disimular mi voz y añadiendo toda la piedad que pude reunir. Se me cayó el corazón a los pies. Tenía que confesar mis pecados al padre Vicente antes de seguir al padre Andrés, ¿no?

Carajo, sí.

—Perdóneme, padre, porque he pecado...

Diez insoportables minutos después salí del confesionario y me dirigí con rapidez hacia la parte trasera de la iglesia. Salí por una pequeña puerta lateral, profundamente agradecida de que la etiqueta del anonimato dictara que el padre Vicente esperaría a que me hubiera marchado antes de salir del confesionario.

La luz del sol me abrasaba los ojos. Moví la cabeza, parpadeé para aclarar mi visión y seguí la pared de estuco blanco de la iglesia. ¿Qué pasaría si me encontraba con otro sacerdote en alguna parte? ¿Cómo lo explicaría? Lo último que necesitaba era que me pillaran entrando a hurtadillas en una sacristía como un vulgar ladrón, y menos después de haber tenido problemas con el padre Vicente unos días antes.

Pero la alternativa era volver a San Isidro sin haber encontrado ayuda. Y eso quedaba descartado.

Giré una esquina. Alguien había dejado entreabierta una puerta de madera gastada, más o menos de mi altura. La apertura era una invitación. ¿Era la puerta del almacén de la sacristía? Entré lo más deprisa que pude y choqué con fuerza con el padre Andrés.

Saltó hacia atrás.

—¡Discúlpeme! —susurré, pero él se llevó un dedo a los labios para indicarme que me callara.

Me alejé del padre Andrés mientras él cerraba la puerta y de inmediato choqué con un banco abandonado. Un antiguo altar, cubierto de telarañas y con un mantel ceremonial, dominaba el fondo de la sala. Unas estanterías desvencijadas se alineaban en las paredes, llenas de cuencos y cálices de madera cubiertos de una fina capa de polvo.

Me dirigí al altar dejando el máximo espacio posible entre el padre Andrés y yo, que no era mucho. Además del desorden, la habitación estaba abarrotada. Me sorprendió que el padre Andrés no se golpeara la cabeza contra el techo cuando se volvió hacia mí.

—Le pido disculpas por lo del confesionario, doña Beatriz —me dijo—. Creo que aquí...

Llamaron a la puerta.

El padre Andrés se quedó inmóvil. La gravedad de la situación me golpeó como un mazazo. ¿Y si alguien abría la puerta y nos encontraba solos aquí?

En ese caso —por más que Andrés fuera sacerdote—, las explicaciones que tendría que darle a mi esposo serían mucho peores que pedirle un exorcismo.

Nos miramos en silencio, conmocionados y momentáneamente paralizados. La consciencia de nuestra situación espesaba el aire como el copal.

Un segundo golpe en la puerta.

—¡Padre Andrés!

Era la voz del padre Guillermo.

Rodeé a toda prisa la parte de atrás del altar, me agaché, me metí debajo tirando de mi falda y pegué las rodillas al pecho. El pantalón negro y los zapatos del padre Andrés cruzaron la habitación en un paso y medio. Después arrastró una caja por el suelo de piedra frente al altar y él se dio media vuelta.

La luz del sol inundó el almacén.

—¡Padre Andrés! —exclamó el padre Guillermo—. El padre Vicente me ha dicho que estaba en el confesionario con una feligresa.

—Estaba buscando mi libro de oraciones, padre Guillermo —le contestó el padre Andrés en tono amable—. Ha sido un accidente, por supuesto.

Pero no había sido así. Si algo iba mal en esa conversación, no habría forma de explicar por qué estaba hecha un ovillo debajo de un altar polvoriento, escondida, con el padre Andrés.

Una tela roja desteñida cubría el centro del altar y me ocultaba, pero tras él vi una estatua polvorienta de la Virgen en un estante. Tenía los brazos abiertos y un rostro pintado perfectamente beatífico.

«Ayúdame, por favor». El pensamiento cruzó por mi mente antes de que hubiera podido reunir la vergüenza para detenerlo. Como si valiera la pena escuchar ese ruego. ¿Quién intercedería por mí en una situación como esta? ¿Nuestra Señora del Polvo y el Secreto? ¿Nuestra Señora de las Mujeres que Desobedecen a sus Esposos?

El padre Andrés desvió la atención del padre Guillermo del incidente del confesionario y abordó un asunto del pueblo relacionado con el campanero dominical y su incurable afición al pulque. No tardaría en sacar al sacerdote, y el peligro habría pasado.

Agacharme debajo del altar había levantado polvo, que se

elevó a mi alrededor en una nube difusa. Me picaba la nariz y sentía que iba a estornudar. Una sensación de pánico brotó en mi pecho mientras intentaba reprimir el estornudo, demasiado asustada para moverme. Si no lo conseguía, seguramente el padre Guillermo descubriría mi escondite...

—¿Qué está haciendo aquí? —le preguntó por fin el padre Guillermo.

—Oh —le contestó el padre Andrés arrastrando las palabras con aire inocente, como si hasta ese momento no se hubiera dado cuenta de dónde estaba—. Penitencia, padre.

—¿Está rezando aquí?

—Limpiando el polvo. Organizando. Como me dijo que hiciera hace dos semanas, y está claro que no lo he hecho.

El padre Guillermo suspiró profundamente. Con resignación, pero también con cariño. Un suspiro que yo le había dedicado a mi madre muchas veces, el sonido de una persona que había soportado durante mucho tiempo los caprichos de un soñador.

—Ay, Andrés, ¿qué vamos a hacer con usted?

—El Señor está en todas las cosas, padre —le dijo el padre Andrés—. Buenas tardes.

—Buenas tardes.

Un crujido. La puerta se cerró. Los pasos se alejaron por la grava y después se desvanecieron.

El padre Andrés se dio la vuelta y se agachó. Empujó la caja a un lado y levantó la tela del altar que me ocultaba. Un fino velo de polvo cayó entre nosotros.

Transcurrido un momento, el polvo se asentó. La realidad se asentó. Estaba sentada en el suelo de un almacén polvoriento como una niña, con las rodillas pegadas al pecho, mirando el rostro de un sacerdote injustamente guapo.

Estornudé.

—Salud —me dijo el padre Andrés en tono solemne.

Su seriedad era tan incongruente con nuestra situación que de repente se me escapó una carcajada.

Se llevó el dedo a los labios.

—¡Chisss!

Me tapé la boca con una mano para ahogar el sonido, pero no podía parar. Temblaba por contener la risa y se me saltaban las lágrimas.

El padre Andrés se esforzó por mantener una expresión neutra, pero sentí que estaba avergonzado cuando salí de debajo del altar. Me tendió una mano para ayudarme a ponerme de pie. La acepté, tratando de respirar entre carcajadas ahogadas.

Me soltó la mano en cuanto estuve de pie, murmuró una disculpa y bajó la mirada con recato.

—Estaba seguro de que aquí no nos molestarían. ¿Cómo sabía el padre Guillermo...?

Hice un gesto con la mano y recuperé por fin el aliento.

—Está bien —le dije secándome las lágrimas de las mejillas y sacudiéndome el polvo de la falda.

¿Cuándo había sido la última vez que me había reído así? Sin duda el insomnio me había dejado la cordura más débil que nunca. Respiré hondo para recomponerme y miré al padre Andrés; parecía que tenía una arruga de preocupación permanentemente grabada entre las cejas.

Mi padre desconfiaba de la Iglesia por principio. Decía que los curas eran conservadores y corruptos. Nunca le había contado nada a un cura aparte de lo que se me pedía en confesiones insípidas e imprecisas o en charlas triviales de sociedad. Sabía que no podía confiar en ellos, ni antes de la muerte de mi padre ni ahora, cuando estaba sola en mi tormento en una casa fría y hostil. Pero una espiral de intuición me arrastraba hacia el padre Andrés como una polilla atraída por la llama. «Nunca has conocido a un sacerdote como él», me susurró.

—Aquí podemos hablar libremente —me dijo en voz baja.

Y eso hice.

Se acercó a mí y me escuchó apoyado en el altar. Habíamos dejado atrás el confesionario, pero nunca había sido tan sincera con un extraño. Se lo conté todo, empezando por el día en que Rodolfo y yo llegamos de la capital, cuando esa misma noche vi aquellos ojos rojos. No me dejé ningún detalle. Ni siquiera el comportamiento errático de Juana, que un día me creía y al siguiente me tachaba de loca. Tampoco olvidé el copal de Ana Luisa.

El padre Andrés me escuchó pensativo, frotándose la mandíbula con una mano, mientras le detallaba los golpes en las puertas y el frío que invadía la casa y me impedía dormir. Mientras le describía el esqueleto que había encontrado en la pared que desapareció.

Cuando terminé, levanté los ojos hacia su rostro preparándome para ver una mirada incrédula y horrorizada. Pero el padre Andrés se mordió el labio, preocupado. Tamborileó los dedos de la mano izquierda contra el altar.

—Creo que puedo ayudarla —me dijo por fin.

Me invadió una oleada de alivio.

—Por favor —empecé a decirle. Intenté articular un «gracias», pero no pude, porque si hablaba, se me quebraría la voz y perdería la compostura—. Por favor, vuelva a la hacienda.

Pasó un buen rato. Sabía que no era una invitación elegante. Era poco menos que la súplica de una loca. Pero estaba convencida, con una certeza que pendía sobre mis clavículas con el terrible peso de una profecía, de que si no me ayudaban, moriría.

No tenía a nadie más a quien recurrir.

«Por favor».

—Si alguien le pregunta, diga que quiere que se celebre misa para sus aldeanos con más regularidad —me dijo en voz baja—. Es tan frecuente que nadie le dará más vueltas.

Sin duda, «nadie» quería decir «Rodolfo». Así que sabía lo de la carta del padre Vicente y había decidido ayudarme de todos modos. Otra oleada de gratitud se elevó por mi pecho. No tendría que explicarle que fuera discreto. Ya lo sabía.

Porque me creía.

Asentí, porque no confiaba en lo que pudiera decirle.

Se apartó del altar.

—Creo... que debo pedirle un favor, doña Beatriz. Tendré que quedarme el tiempo suficiente para recorrer la casa por la noche.

—Por supuesto. ¿Cuándo puede venir? —Me tembló la voz.

—Lo antes posible. Mañana. —Ahora me dedicaba toda su atención. Estaba presente y alerta—. ¿Cree que estará a salvo hasta entonces?

«No —gritó mi corazón. El pecho se contrajo a su alrededor como un tornillo—. No».

Su mirada se posó en mis manos. Las había mantenido entrelazadas delante de mí, pero ahora estaban apretadas. Demasiado apretadas.

Fue suficiente respuesta para él.

—Queme copal —me dijo con firmeza—. Llene de humo toda habitación en la que esté.

—¿Para qué sirve?

—Purifica el entorno.

Así que funcionaba. Si iba a defenderme esta noche, lo necesitaba. No quería protección. Quería herramientas con las que protegerme.

—No tengo copal. ¿Y usted?

Miró por encima de mi cabeza y recorrió los estantes que se alineaban en la parte trasera de la habitación.

—Tenemos algo aquí, para cuando se nos termina el importado que prefieren el padre Guillermo y el padre Vicente... Espere un momento.

La habitación era muy pequeña, y el espacio entre las cajas, el altar y los bancos abandonados era muy estrecho. Era imposible no tocarse. Sus manos eran rojizas, ligeras como el roce de un ala al apartarme hacia un lado por los hombros para pasar por detrás de mí.

Desde la tranquilidad de su sitio en el estante, Nuestra Señora del Polvo y el Secreto me miró a los ojos por encima del hombro del sacerdote.

El calor me enrojeció las mejillas. Estaba segura de que ella lo había visto.

—Tenga. —El padre Andrés se volvió y presionó tres grandes trozos de resina en la palma de mi mano. Sus dedos me rozaron la muñeca. Retiró la mano rápidamente y carraspeó—.

Empaquetaré varias cosas y me pasaré por la finca mañana después de misa —me dijo, de nuevo serio.

—Muchas gracias —le susurré cerrando los dedos sobre la resina—. ¿Cómo podría retribuirle por su ayuda?

Bajó la mirada y las pestañas le rozaron las mejillas. De repente volvía a mostrarse tímido.

—Atender a almas perdidas es mi vocación, doña Beatriz.

Su tono afectuoso me arrancó algo del pecho y me hizo sentir vulnerable e inestable.

—¿No es también la del padre Vicente? Y aun así no ha tenido ningún interés en ayudarme —le dije. Mi amargura flotaba en el aire como el humo. Era el tono por el que mi madre me reñía cada dos por tres, el que hacía que mi tía Fernanda me llamara desagradecida y mordaz.

Al padre Andrés no le desconcertó lo más mínimo. Se encogió, parecía un pájaro con esos hombros tan delgados. Una sonrisa lenta y cómplice se dibujó en las comisuras de su boca.

—Carece de experiencia en determinadas cosas.

—Pero ¿no tiene usted menos experiencia que él?

El padre Andrés levantó los ojos y me sostuvo la mirada. «En esto no», me decía mi instinto.

—¿Confía usted en mí, doña Beatriz?

Sí. Lo sentía con una certeza tan fuerte como el arrastre de la marea.

Asentí.

—Entonces la veré mañana. Llegaré a la capilla hacia el mediodía —me dijo—. Buenas tardes, doña Beatriz.

Bajé la barbilla a modo de despedida. Ese gesto formal contrastaba con la intimidad de nuestra conversación, con el hecho de que estuviéramos a menos de medio metro de distancia el uno del otro en una habitación oscura.

Me tragué el pensamiento rápidamente y levanté la cabeza con toda la dignidad que pude reunir.

—Buenas tardes, padre.

—Por favor —me dijo mientras me dirigía a la puerta—. Andrés. Solo Andrés.

11

Al día siguiente me senté en los escalones de la entrada de la casa esperando a que anocheciera. Una vela ardía a mi derecha, ya encendida, aunque el cielo aún tenía un tono anaranjado. Al otro lado, el copal en un incensario desprendía una columna rizada de humo malva.

Había dejado a mi lado un libro. Desde que mi padre murió, la lectura había sido mi compañera constante, mi vía para escapar de los confines de mi vida. Pero no era así desde que había llegado a San Isidro. La paranoia me impedía perderme en las palabras, especialmente en las horas cercanas al atardecer. ¿Qué pasaría si estuviera demasiado absorta leyendo y cayera la noche sin que me diera cuenta? ¿Sin estar preparada? Ese mismo miedo me había despertado sobresaltada de la siesta esa tarde. Como nadie me juzgaba y a nadie le importaba, me había dado por llevar una manta a la terraza trasera, en la que daba el sol, y dormitar en los escalones que conducían al jardín. El sol me calentaba la sangre y el copal encendido me tranquilizaba.

De vez en cuando pensaba en mis primeras noches en San Isidro, acurrucada al calor de Rodolfo. En lo profundamente que dormía sintiendo su peso al otro lado de la cama y oyendo el ritmo constante de su respiración.

Esta noche tampoco estaría sola en la casa, pero sería diferente. El padre Andrés llegaría al atardecer.

Me había encontrado con él en la capilla hacia el mediodía. Ana Luisa me miró con curiosidad cuando le pedí que preparara los cuartitos contiguos a la capilla para un invitado, pero no me hizo preguntas. Quizá debería haberlas hecho. Podría haber evitado su expresión de sorpresa cuando vio al padre Andrés en el sendero dirigiéndose a la capilla desde la puerta principal de la hacienda, con una bolsa de fibra de maguey colgada de un hombro. Sus largas piernas lo llevaban al corazón de la finca con elegancia.

—Buenas tardes, doña Beatriz. Señora —saludó a Ana Luisa, formal y rígido.

Ella entrecerró los ojos. No se me escapó la dureza y la frialdad con las que nos miraba mientras yo agradecía al padre Andrés que hubiera aceptado instalarse en la capilla para asegurarse de que se celebrara misa con más frecuencia para los criados de San Isidro.

Aunque se suponía que Ana Luisa y yo volveríamos juntas a la casa principal, pidió disculpas lo antes posible y se dirigió a las casas de los criados. Para contárselo a Juana, quizá. Pero ¿contarle qué? ¿Que yo, como dueña de la hacienda, había invitado a un sacerdote para que trajera la palabra de Dios a los hombres y mujeres que trabajaban para la familia de mi esposo? No era ningún crimen. No tenía nada de sospechoso.

Entonces ¿por qué Ana Luisa no dejaba de volverse y de lanzar miradas a la capilla mientras se alejaba?

Esa noche vino y se marchó después de haber cenado temprano, como de costumbre. Preguntarme si estaba actuando de manera extraña era inútil. ¿Quién no lo hacía en esa casa? Incluso durante el día me descubría dando un brinco ante el menor movimiento de una sombra. Empecé a llevar un juego de llaves de la casa en la cintura, no solo por el reconfortante tintineo del hierro mientras caminaba por las estancias vacías, sino también porque cada vez que estaba segura de que había dejado una puerta abierta a propósito, volvía sobre mis pasos y la encontraba cerrada.

La primera vez que sucedió, Ana Luisa todavía estaba en la casa, preparando la cena. Grité y golpeé la puerta hasta que ella la abrió con una mirada irónica. Aunque yo estaba avergonzada, no se me escapó que si ella no hubiera estado allí, me habría quedado atrapada toda la noche en el almacén sin ventanas donde guardábamos el maíz.

Sin copal. Sin velas.

Las llaves se convirtieron en mi accesorio permanente.

Si fuera sincera, si no intentara mantener la casa a distancia por temor a que, de alguna manera, me infectara su locura, admitiría que incluso a la luz del día la sentía acomodarse a mi alrededor. Como si yo no fuera más que una mosca en la piel de una bestia gigante que se retorcía en sueños.

Ahora estaba despierta.

Desde el momento en que el sol se hundió en el horizonte por detrás de las montañas del oeste, la casa empezó a cambiar. Perezosamente al principio, estirando sus extremidades fantasmales, y después cada vez más alerta a medida que oscurecía.

Más allá de los muros de San Isidro, Apan se amoldaba al frescor de la noche. Los perros ladraban dirigiendo las ovejas de vuelta a la casa. Se alzaban las voces confusas de los tlachiqueros que regresaban de los campos de maguey. La forma oscura de las montañas se elevaba más allá de la ciudad, extendida de manera indolente en un círculo protector alrededor del valle.

La delgada figura del padre Andrés oscurecía el arco de la puerta del patio de la casa principal. Una bolsa más pequeña que la que llevaba antes le colgaba del hombro. El ruido de la grava bajo sus zapatos invadió el patio.

Cogí la vela y me levanté para saludarlo. Me sacaba más de una cabeza. Al sostener la vela ante mí, las sombras hacían que sus mejillas parecieran huecas, como las de una calavera. Un escalofrío me recorrió la columna vertebral al pensar en el cráneo de la pared sonriéndome.

Apenas conocía a ese hombre. Pero estaba poniendo mi reputación y probablemente mi vida en sus manos.

¿Por qué? ¿Por el hábito negro y el alzacuellos blanco? ¿Qué garantía suponían en estos tiempos, cuando los curas entregaban a sus feligreses insurgentes a los ejércitos españoles, cuando un hombre tan poderoso como Rodolfo temía las garras persistentes de la Inquisición?

Él era diferente. Lo supe con una certeza que hizo que me dolieran los huesos.

—Bienvenido, padre —le dije.

Me dio las gracias y miró hacia las sombras cada vez más profundas de la casa.

—Ay, San Isidro. Antes no eras así —dijo. Se dirigió a la morada con voz suave, incluso tranquilizadora. Como si estuviera poniendo una mano en la frente de un paciente con fiebre—. Después de usted, doña Beatriz.

Me agaché a coger el incensario de copal, se lo tendí al padre Andrés y recogí el libro del escalón.

—¿Qué piensa hacer esta noche, padre? —le pregunté mientras entrábamos en el oscuro recibidor. Había encendido velas de sebo grueso y las había dejado donde había espacio. Se apiñaban en grupos junto a las puertas y en los aleros de los santos tallados en las paredes, alineados ordenadamente a lo largo del largo pasillo que conducía a los salones.

—Andrés —me corrigió distraídamente con la barbilla levantada hacia el techo y recorriendo con la mirada las vigas de madera—. Aún no estoy seguro. Primero me gustaría ver la casa como usted la ve.

—Para eso tendría que estar solo —le dije guiándolo por el pasillo flanqueado por velas. Los candelabros estaban en la larga lista de cosas que le había enviado a Rodolfo, la lista que me informó de que debía de haberse perdido en el camino, porque nunca la recibió. Se había perdido dos veces y estaba empezando a perder la paciencia con los hombres que viajaban con el correo a la capital.

El padre Andrés asintió.

—Puede dejarme solo, si lo desea. Duerma un poco.

¿Había observado las sombras moradas bajo mis ojos? Me reí, una risa seca y sin humor.

—No puedo dormir en esta casa, pa... Andrés —me corregí. Dirigirse a un sacerdote por su nombre de pila debería haberme parecido extraño, pero me salió con naturalidad. Quizá porque él era muy joven o porque me hablaba como a una igual, no como a una feligresa.

Llegamos al salón verde y abrí la puerta. La oscuridad se arrastró desde las esquinas de la habitación. El frío enrojecía los suelos de piedra como agua helada.

La casa estaba despierta.

—Este es el salón verde —le dije. Mi voz resonó en un eco, aunque hablé en voz baja. La habitación tenía una sola puerta y las habituales ventanas altas. A diferencia de mi dormitorio, que tenía la puerta del estudio y una pequeña habitación con un orinal, era una posición sólida y defendible. Se podía dar la espalda a la pared y mirar hacia la puerta. Me habría gustado tener una habitación así si fuera a pasar la noche sola por primera vez en una casa como esta. Repetí la explicación de Ana Luisa—: Se llama salón verde porque...

—Porque antes era verde —murmuró medio para sí mismo cuando entró en la habitación. Aún no tenía muebles. Como me había pedido el padre Andrés, llevé unas mantas y las dejé junto a la chimenea, cerca de dos incensarios de copal y muchos candelabros. Señaló las baldosas mientras examinaba las vigas—. La alfombra. Era verde.

—El padre Guillermo dijo que conocía usted San Isidro —le dije—. ¿Por qué?

No me contestó de inmediato. Había inclinado la cabeza hacia un lado, como si hubiera captado el acorde de una música lejana. Transcurrió un momento. Estaba tan inmóvil y la oscuridad más allá de él era tan absoluta, que casi parecía diluirse en ella.

Después se volvió. La luz de las velas se aferraba a los rasgos afilados de su rostro.

—Mi madre vivió toda su vida en esta tierra, hasta que se casó con mi padre. Mi abuela también vivió aquí. De niño solía quedarme con ella.

Así que había conocido esta casa y sabía que algo había cambiado. Seguramente también por eso había decidido no seguir las órdenes del padre Vicente y ayudarme, por cariño al hogar de su infancia.

—¿Dónde está ahora? —le pregunté—. Su abuela.

—Enterrada tras la capilla. —El padre Andrés dejó su bolsa y el incensario encendido junto a las mantas—. ¿Suceden cosas todas las noches? —Ahora su voz era nítida y seria. Se dispuso a encender las velas con cerillas y la habitación se iluminó como una iglesia.

Carraspeé, avergonzada por haber curioseado tanto.

—La sensación de... de que me observan nunca desaparece, ni siquiera durante el día. Algunas cosas han sucedido a plena luz del día.

—Su descubrimiento.

El esqueleto en la pared.

Un velo húmedo se posó en la parte baja de mi espalda al pensarlo.

—Generalmente es peor entre la medianoche y el amanecer.

El padre Andrés se levantó. Se irguió cuan largo era como una columna de humo.

—Con su permiso, ahora examinaré la casa sin copal.

—Está usted loco —le dije rotundamente. O al menos lo estaría al final de su experiencia en San Isidro si insistía en hacerlo. Me vinieron a la cabeza los ojos rojos en la oscuridad—. Si le sucediera algo...

¿Qué me sucedería a mí? Podría protegerme con copal, pero al final se agotaría. No podía quedarme sola en la oscuridad. Ya no.

—Estaré a salvo, doña Beatriz.

Pero yo no. Si algo sabía sobre cómo se sentía la casa —y últimamente empezaba a preocuparme porque sabía demasiado—, era que estaba resentida con personas como él y como yo. Personas con planes e ideas. El temor aceleró los latidos en mi pecho al pensar en volver a mi habitación y sentarme en la oscuridad sabiendo que él estaba hurgando y pinchando las entrañas de la casa. Él no entendía qué era esta casa. No podía.

Yo sí.

—Lo acompañaré —le dije con firmeza—. Es mi casa. Usted es mi responsabilidad.

—Doña Beatriz —me dijo cogiendo una vela como la que yo sostenía en una mano—. Sé lo que hago.

Entonces estaría a salvo a su lado, ¿no? Lancé una mirada anhelante al humo del incensario. No podría sufrir ningún daño en presencia de un sacerdote.

O eso me dije.

—Podemos empezar por los salones —le dije fingiendo más seguridad en mí misma de la que sentía—. Vamos a la cocina y después volvemos hacia el ala norte.

Avanzaba a mi lado, y en algunas habitaciones me pedía que nos detuviéramos. Cuando nos acercamos a la cocina, la casa se mostraba esquiva. Los zarcillos de sus sentimientos se mantenían a distancia del padre Andrés, pero yo la sentía calculando, la sentía observándolo con atención. La sensación se retorcía bajo mi piel como un ciempiés.

¿Y si no le hacía nada? ¿Y si todo estaba en mi cabeza? ¿Si estaba imaginando el frío, imaginando los atronadores golpes en la puerta de mi dormitorio, imaginando —una capa de sudor apareció en las palmas de mis manos— que me vigilaban? ¿Las manos frías tirándome del pelo? ¿Las voces? ¿Qué pasaría? ¿Tendría que pedirle que me exorcizara a mí?

La luz de nuestras velas saltaba y lamía el marco de la puerta de la cocina. Nos topamos con las hierbas de Ana Luisa en el suelo, las que crecían tan abundantemente en el jardín. Andrés se agachó, pasó las yemas por ellas y después se llevó los dedos a la nariz para oler la savia. Hizo un sonido indeciso, se incorporó y miró a su alrededor como si buscara algo.

Su atención se posó en las marcas de carbón de Ana Luisa alrededor del marco de la puerta. Al desviar la mirada, respiró rápidamente y sus fosas nasales se ensancharon.

—¿En qué estaba pensando? —murmuró algo incrédulo. Parecía dirigirse más a sí mismo que a mí. Su tono parecía casi enfadado.

—¿Algo no va bien? —le pregunté con voz temblorosa.

Su descubrimiento había provocado un cambio repentino en su energía y me sentí como si estuviera en la cubierta de un barco en medio del mar picado.

No contestó a mi pregunta.

—Me comentó que fue en el ala norte donde encontró... —Hizo una pausa, como si buscara una palabra, pero decidió dejarlo correr—. ¿Vamos allí?

—Muy bien. —Me humedecí los labios secos y me volví hacia la puerta de la cocina.

La oscuridad se abrió de par en par, como unas fauces. Las náuseas se apoderaron de mí.

Nos había oído.

El padre Andrés dio un paso adelante, pero se detuvo al darse cuenta de que no me había unido a él.

—¿Doña Beatriz?

Las paredes estaban muy cerca, demasiado. La oscuridad era demasiado profunda. Pensé en los ojos de Juana mientras me empujaba hacia la oscuridad. En las paredes girando a mi alrededor por el mezcal. Ella conocía esta casa. Sabía que era así.

Y aun así me envió a la oscuridad.

—Quiero el copal. —Mi voz sonó tensa, sin aliento.

—¿Le gustaría volver al salón verde? —me preguntó el padre Andrés.

Una parte de mí deseaba sentir la espalda segura contra la pared. Una parte de mí pedía luz a gritos. Pedía encender mil velas, lanzar todo lo que ardiera a la chimenea y prenderle fuego.

Una parte de mí quería quemar toda la casa hasta los cimientos.

La otra parte no soportaba estar sola. El padre Andrés estaba aquí. Era otra criatura en la casa, una persona que no quería hacerme daño. Otra alma en la oscuridad. Otro par de ojos que vigilaran mi espalda cuando yo no pudiera. No podía separarme de esa seguridad, ni siquiera para sentarme en un cuarto con copal y velas e inhalar el humo hasta marearme.

—Mi casa es mi responsabilidad —le dije—. Adelante.

Apreté la mandíbula y me enfrenté a la oscuridad.

Esta me hizo frente. Un temblor de alegría enfermiza la recorrió.

Dejamos las puertas entreabiertas a propósito, para poner a prueba mi percepción de que algo que no era Ana Luisa hacía que se cerraran detrás de mí. Cuando llegamos a la escalera, Andrés respiró hondo.

—El frío —me dijo con voz ronca, casi susurrando.

Podríamos haber gritado a pleno pulmón —no había nadie que pudiera juzgarnos, nadie que pudiera oírnos—, pero no nos atrevíamos a alzar la voz. Como si él también se diera cuenta de que nos observaban, de que nos escuchaban. En cualquier caso, sabía que la casa lo oiría.

El frío era como meterse en una corriente. Tres pasos antes, no existía en absoluto, pero ahora lo abarcaba todo. Serpenteó por mi columna vertebral, húmeda, resbaladiza y pesada como el barro, y se posó en mi pecho. Mi respiración se volvió superficial y dolorosa. Por más que lo intentara, no podía respirar hondo.

Oí un chasquido a mi derecha. Al padre Andrés le castañeteaban los dientes.

—¿Qué es eso? —me preguntó con dificultad.

—Una corriente de aire horrorosa —le contesté con la mandíbula rígida por el frío. La casa se tragó mi respuesta.

—¿El ala norte es donde encontró...?

Asentí, demasiado helada para hablar. Esto era diferente. Antes, cuando el frío me había atacado, era un viento cortante y seco, dispuesto a partirme en dos. Esto era como vadear agua espesa. Me desgarraba las extremidades y su pesadez se apoderaba de mis muslos y se aferraba a mi cintura.

Nos dirigimos al ala norte.

«Almacenes con frío natural», había escrito. Una risa descontrolada me subió por la garganta y me tapé la boca con una mano para silenciarla.

Dejé que el padre Andrés avanzara delante de mí por el estrecho pasillo. El corazón me latía con fuerza, apretado en el pecho, mientras atravesábamos lentamente el frío. Por un momento, el taconeo de sus zapatos en el suelo de piedra fue lo único que rompió el silencio.

Luego se detuvo de repente.

A la luz parpadeante de las velas vi que los ladrillos cubrían el estrecho pasillo que teníamos delante. Los ladrillos que se habían derrumbado cuando...

Unos ojos rojos aparecieron en los ladrillos, a la suficiente distancia del suelo como para pertenecer a una persona.

Jadeé. Andrés me cogió la mano que tenía libre.

El rojo parpadeó en la oscuridad y desapareció.

La luz de las velas danzaba en los ladrillos, en la pared derrumbada... y brilló en el collar de oro que aún colgaba del cuello roto del esqueleto.

Se me erizó el vello de la nuca. El miedo me recorrió el cuerpo. Estábamos expuestos. No teníamos adónde huir, ningún lugar que creara una barrera entre nosotros y aquello, ningún lugar en el que escondernos.

Andrés levantó la vela y después la movió hacia abajo y de un lado al otro haciendo la señal de la cruz.

—*In nomine Patris, et Filii, et Spiritus...*

Grité cuando la oscuridad saltó de las paredes, de alrededor del esqueleto, de detrás y delante de nosotros. El frío succionó las sombras hacia él con una ferocidad que hizo que las velas parpadearan y se disiparan.

La vela de Andrés se apagó.

12

—Atrás. —La voz de Andrés se tiñó de miedo. Me apretó la mano y retrocedió un paso—. Despacio.

Una ráfaga de sombras pasó por detrás de nosotros. Las llaves que llevaba a la cintura tintinearon como carrillones. La llama de la vela se inclinó hacia delante. Quería que me soltara la mano para poder proteger la luz, que se movía y luchaba desesperadamente, como si intentaran apagarla. Como si el aire del pasillo estuviera demasiado cerca para que respirara.

Entonces se apagó.

Un «no» se escapó de la boca de Andrés cuando la oscuridad cayó sobre nosotros.

—Volvamos al salón —me dijo—. Yo miro hacia atrás y usted hacia delante.

Nos movimos como una sola persona, espalda contra espalda, frente a la oscuridad. No teníamos copal. No teníamos armas para defendernos. Nada que nos protegiera de lo que hervía en la casa, fuera lo que fuese lo que nos perseguía como a presas débiles.

Solo teníamos una vela. Solo la mano de Andrés aferrada a la mía. No era suficiente. No cuando la casa estaba a nuestro alrededor. No había escapatoria. Solo podíamos hundirnos en sus entrañas, con el frío tirando de mis piernas como el barro mientras luchábamos por llegar al salón donde habíamos dejado el copal.

Confié en que mi memoria me llevara a la bifurcación del

pasillo, más allá de la escalera, demasiado aterrorizada para tocar las paredes y avanzar a tientas, porque ¿y si se desmoronaban al tocarlas y dejaban al descubierto nuevos horrores? Cada vez me costaba más levantar los pies, me costaba respirar, como si un lastre me apretara el pecho. El frío y la oscuridad eran pesados, muy pesados...

Oímos una risa infantil, débil y vacilante, procedente de la pared derrumbada, como si la arrastrara una brisa desde muy lejos.

«Juana —llamó la risa, ligera como un pájaro—. Juana».

—Vamos, vamos.

Andrés aceleró, lo que me obligó a avanzar en la oscuridad. Me apretaba tanto la mano que apenas sentía los dedos. Mis pies conocían el camino y nos llevaron al pasillo principal, más allá del comedor...

«Juana, Juana...».

La puerta del salón estaba cerrada, aunque la habíamos dejado abierta. Extendí la mano hasta el picaporte. Estaba cerrada con llave. Por supuesto. Maldita sea esta casa.

Andrés se precipitó sobre mí y me empujó contra la puerta. Mis dientes chocaron entre sí y grité cuando mi vela cayó al suelo. Se estrelló contra la piedra y rodó hecha pedazos.

—Carajo —dijo Andrés—. Lo siento mucho...

«Juana». Ahora no tan débil. Nos estaba siguiendo y había bajado el tono, que era menos cantarín, no tan infantil. Su timbre era disonante, lo que hizo que me rechinaran los dientes. «Juana».

Se acercaba.

—¿Puede abrirla?

La respiración de Andrés se volvió entrecortada. El corazón me latía en la garganta mientras buscaba la llave a tientas. Al final nos precipitamos hacia el cuarto oscuro. Andrés cerró la puerta con el hombro.

El copal chisporroteó. Todas las velas estaban apagadas. Me soltó la mano.

—Cierre la puerta con llave. Voy a encender las velas.

No tuvo que pedírmelo dos veces. Cerré y lo seguí mientras entraba a trompicones en la habitación.

No hay nada más hermoso que el sonido de una cerilla contra el papel, la chispa de ámbar y oro, el débil crujido de una mecha al encenderse.

Mi cuerpo se estremecía incontrolablemente al arrodillarme junto a las tres primeras velas. El padre Andrés encendió diez u once en total. Sus movimientos eran bruscos por el miedo mientras esparcía las gruesas velas de sebo por la habitación para iluminar todos los rincones. Cuando terminó, dirigió la atención a los tres incensarios de copal. Me puso dos a cada lado, y el tercero entre nosotros y la puerta. Después se sentó a mi derecha respirando con dificultad, con las piernas pegadas al pecho para poder apoyar la barbilla en las rodillas, como yo.

Le temblaban las manos.

El humo se elevaba lentamente desde los incensarios y llenaba el aire del fuerte olor del copal. Andrés estaba tan cerca que nuestros brazos se rozaban.

No estaba sola. Su presencia me calmaba el corazón acelerado. No estaba sola.

Andrés respiró hondo, tembloroso.

—No... No esperaba esto.

No apartaba la mirada de la puerta. Unas gotas de sudor se le secaban en la frente.

—Se lo dije. —Las palabras se me escaparon de la boca antes de que pudiera detenerlas.

—Y la creí. —Se le tensaron los hombros cuando un escalofrío le recorrió la espalda—. Pero una cosa es creer y otra ver.

Nos quedamos en silencio, mirando la puerta. Contemplando la voluta de copal enroscándose hacia el techo. Poco a poco, los latidos de mi corazón volvieron a su ritmo normal.

—Me quedaré aquí toda la noche —me dijo Andrés en voz baja—. Cuando esté lista, puede irse a dormir. Estaré a salvo.

—¿Cree que voy a salir de esta habitación? —Mi tono indignado lo sobresaltó—. Puede que esté a salvo, pero ¿puedo recordarle hacia dónde tengo que dirigirme para subir la escalera? ¿Le gustaría hacer ese camino solo?

Las sombras hacían que su ceño fruncido pareciera más profundo de lo que era.

—Podría acompañarla.

—No —le contesté con firmeza. «No quiero estar sola»—. Me quedo aquí.

Se movió y se apretó las rodillas con más fuerza. Mantuvo la mirada clavada en la puerta. Algo lo incomodaba, estaba claro.

—Si es por pasar la noche en una habitación con una mujer —le dije—, le recuerdo que estoy casada y además soy su anfitriona en este horrible lugar, por lo tanto yo decido lo que es apropiado y lo que no.

Volvió la cabeza hacia mí, sorprendido.

—Cielo santo, no, doña —me dijo con la exasperante decencia de parecer escandalizado—. Le ruego que me disculpe. Es solo que... —Dejó que el pensamiento se desvaneciera. Se mordió el labio inferior y desvió la mirada hacia la puerta. Estaba sopesando algo, decidiendo si decirme algo más. Si permitir que me quedara o no.

Tuvo que dejar que me quedara. Seguramente entendía lo que se sentía estando solo en esta casa. Las sombras se enroscaban alrededor de nuestro pequeño halo de luz y lo alcanzaban como zarcillos de niebla pegajosa. Era como si se hicieran más profundas en su presencia, más vivas.

Expulsó el aire de los pulmones con una maldición ronca, estiró las largas piernas y se puso de pie.

—Si desea quedarse, debo pedirle que no diga nada a los demás sacerdotes —me dijo con brusquedad—. En especial al padre Vicente. ¿Lo entiende?

—¿Al padre Vicente? —repetí. La exigencia, porque estaba claro por su tono que era una exigencia, aunque la hubiera expresado en un lenguaje educado, me pilló por sorpresa—. Le contara lo que le contase, no me creería.

Sinceramente, me imaginaba a mí misma asegurando que el cielo es azul ante su rostro sobrealimentado y con las mejillas rojas, solo para ver cómo abría los ojos, le temblaba la papada y cogía un bolígrafo para escribirle a Rodolfo que controlara a la histérica de su esposa.

Andrés me miró, sombrío y serio. Después dirigió su atención a la puerta. Fuera lo que fuese lo que había oído, fue suficiente para inclinar la balanza de su debate silencioso. Se palpó el bolsillo del pantalón como si buscara algo y sacó un trozo de carbón.

Hizo rodar el carbón entre el índice y el pulgar, se apartó de mí y empezó a contar los pasos desde el primer incensario de copal hasta el que estaba delante de la puerta.

—Siete, ocho, nueve...

Se agachó, hizo una marca en el suelo y se incorporó. Volvió a contar. Se agachaba, marcaba y se incorporaba. Sus pasos eran medidos, matemáticos, y dibujaba un círculo con marcas en el suelo, alrededor de donde yo estaba sentada. Luego cogió un incensario y volvió atrás recorriendo la circunferencia con pasos calculados y controlados, murmurando por lo bajo.

Tardé un momento en darme cuenta de que no estaba hablando en castellano. La lengua en la que hablaba era aterciopelada, sinuosa como el copal que se enroscaba a su alrededor en espesos penachos. La había oído muchas veces desde que había llegado a San Isidro entre los tlachiqueros y sus familias.

La luz de las velas danzaba en la parte alta del rostro de Andrés como la luz del sol en el agua. Los conjuros se entretejían a través del humo con la gracia perezosa de una serpiente de agua.

«Es un brujo».

El pensamiento resonó en mi mente tan claro como el tañido de una campana de iglesia.

Negué con la cabeza para descartarlo. No. Era imposible. El padre Andrés era sacerdote.

Terminó el conjuro, se agachó y empezó a dibujar más formas geométricas. Al final dejó el carbón en el suelo y sacó un pequeño objeto de entre la tela negra de su hábito.

Una navaja afilada brilló con un aire perverso a la luz de las velas mientras la abría y se pinchaba el pulgar con la punta.

Jadeé.

Una gran gota de sangre surgió bajo la punta de la navaja. Sin perder un segundo, Andrés bajó la mano al suelo y untó con ella una de las formas geométricas. Después se guardó la navaja en el bolsillo y sacó un pañuelo para contener la sangre del dedo.

Levantó los ojos hacia los míos con expresión desafiante. Como si me retara a decir las palabras que sabía que tenía en la punta de la lengua.

—Es usted brujo —murmuré.

Asintió. Una vez, solemnemente.

—Pero es sacerdote.

—Sí.

Se puso de pie y ladeó la cabeza para evaluar las marcas que había hecho en el suelo. Después sus ojos se posaron en mi rostro. Si había esperado una exclamación de miedo o cualquier otra reacción por mi parte, no recibió ninguna. Me quedé muda.

«Nunca has conocido a un sacerdote como él».

—¿En qué piensa? —me desafió.

—Me parece raro que un brujo se haga sacerdote —le contesté en tono inexpresivo.

Mi respuesta le provocó una risa grave y ronca.

—¿Hay alguna vocación más natural para un hombre que oye a los demonios?

Se me erizó el vello de la nuca. Debería tenerle miedo. Debería. Se suponía que a los brujos se les tiene miedo.

Pero un silencio suave como el amanecer cayó dentro del círculo. El aire parecía más ligero, más tranquilo. Las llamas de las velas bebieron de él con avidez y danzaron hacia arriba hasta alcanzar e iluminar la garganta del brujo, que volvió la cabeza para mirar fijamente la puerta.

—Pero la Inquisición... —empecé a decirle.

—La temía, sí. Pero se ha ido de México. —Andrés hizo un ruido suave y desdeñoso. Aunque la tensión de sus hombros no se había relajado, sus movimientos recuperaron su ritmo natural y lánguido mientras ajustaba la posición de los incensarios de copal—. Ni siquiera sé si los inquisidores buscaban a personas como yo —me dijo, pensativo—. Su propósito era destruir a sus rivales políticos. Controlar a las personas que se pasaban de la raya, como los místicos y los herejes. Nunca me buscaron.

Recogió el carboncillo y se desplazó a otra parte del círculo para seguir dibujando. Ahora vi que su intención era hacer una gruesa franja de marcas a nuestro alrededor.

Como los glifos alrededor de la puerta de la cocina.

—¿Ana Luisa es una bruja?

—Está usted pensando en la cocina. No. —No levantó la mirada de lo que estaba haciendo. La cera que rodeaba la mecha de la vela más cercana a mí se había licuado, y una gruesa gota rodó perezosamente por un lado. Andrés siguió hablando en un tono muy crítico—: Ella sabe que tienen poder. También que no es capaz de hacerlo correctamente. Era peligroso. Debería haberlo sabido.

—¿Por qué? —le pregunté.

El trazo del carbón se hizo más lento y se detuvo. Quizá pensó que había hablado demasiado. Quizá se dio cuenta de que el miedo le había soltado la lengua y había creado una intimidad entre nosotros que no era pertinente, de que no se me podía confiar esa información, porque levantó la cabeza con brusquedad.

—No se lo diga a nadie. No puede —me dijo—. Jure que no lo hará.

—Como si el padre Vicente fuera a creerme —le contesté, pero la broma no le hizo gracia.

—Si se enterara de esto —hizo un amplio gesto circular con un brazo—, me echaría de aquí. Me mandaría a España, a una cárcel, no lo sé ni me importa. Aquí la gente me necesita. La guerra ha dejado cicatrices. Ha dejado demonios. Los ha destrozado. —El fervor endureció su voz—. Necesitan que los escuchen, y hay cosas de las que no pueden hablar con los demás sacerdotes.

—¿Porque no hablan esa lengua?

—¿Mexicano? Eso no importa tanto —me dijo Andrés—. Yo tampoco, ya no. La perdí de niño. —Ante mi mirada inquisitiva, añadió—: Memoricé lo que me enseñó mi abuela. Me refiero a que los demás sacerdotes... son hombres ricos de la capital y de Guadalajara. No hablan la lengua de los problemas del pueblo. No ven lo que soy, y así debe seguir. Apan, San Isidro... esta es mi casa. Conozco a esta gente. Sus mujeres son como mi madre, y sus hijos como mis hermanos. Sé cómo son. Y los escucho.

Volvió al lugar donde había estado sentado, a mi lado, y cruzó las largas piernas. Allí, en el centro del círculo del hechizo, se sacó un rosario del bolsillo. El rostro plateado de la Virgen parpadeó a la luz de las velas cuando la pieza central se deslizó entre sus dedos gráciles.

Era cierto que nunca había conocido a un sacerdote como él.

—Lo prometo —susurré—. Juro que no diré una palabra. Gracias. Por esto. Por creerme.

—Ni siquiera tenía que hablar para que yo la creyera —me dijo. Ahora vigilaba la entrada con más atención que con expresión temerosa. Movía los dedos de cuenta en cuenta con un ritmo reflexivo—. Su cara lo decía todo. Y después, al cruzar la puerta... No tenía previsto recurrir a esto. —Su ligero movimiento de cabeza hacia el círculo que nos rodeaba me indicó que se refería a los glifos oscuros—. Pero en todos los años que he pasado purificando hogares enfermos, nunca me había enfrentado a algo así. —Su voz se apagó por un momento, como si un recuerdo lo hubiera atrapado y lo mantuviera cautivo—. ¿Cuánto ha podido dormir últimamente?

Solté una risa seca, que me provocó una sensación extraña y ronca en la garganta. Quizá podría contar las horas, muy pocas, por noche desde que se había marchado Rodolfo... ¿hacía nueve días? ¿Diez?

—¿Basta con que le conteste que no lo suficiente?

—Tome. —Cogió una de las mantas que yo había dejado allí antes y me la pasó—. Yo seguiré vigilando.

Hundí los dedos en la lana gruesa. Podía permitirme tumbarme y ceder al silencio mientras alguien me velaba. La paz de estar dentro del círculo me envolvió como una niebla, fría y relajante. Dormir. La idea era tan embriagadora que no me importaba que significara dormir al lado de un hombre que no era mi esposo y al que había conocido hacía solo unos días.

Un hombre que era brujo.

Enrollé parte de la manta en forma de almohada y me acurruqué encima como un gato acomodándose ante una cálida chimenea.

Todo estaba tan silencioso que oía el crepitar de las mechas ardiendo y el roce de las yemas de los dedos callosos de Andrés sobre las cuentas del rosario. Su voz era un murmullo bajo y constante.

No estaba sola.

Entre un avemaría y el siguiente, me deslicé hacia el oscuro límite del sueño y caí, caí, caí...

En el sueño, me vi de pie, doblando las sábanas estampadas de mi tía Fernanda en el estudio de San Isidro, con las manos rojas por el fuerte jabón para lavar ropa. En lugar de las ventanas altas y estrechas que dividían la pared durante la vigilia, en el estuco se recortaban grandes ventanas luminosas como las que adornaban la casa de mi familia en la capital. Una estaba abierta y la brisa que atravesaba la habitación arrastraba el canto de los pájaros de un jardín. Las telas ondearon con el airecillo cuando las doblé. Tenía una pila de sábanas limpias y me dirigí al dormitorio con ellas en los brazos. Atravesé la puerta, giré la esquina y me detuve en seco.

Las sábanas blancas y el colchón estaban hechos pedazos. Destrozados como por cien cuchillos afilados, salvajemente atravesados como por bayonetas. En la cabecera de madera había marcas grandes. Las almohadas habían quedado reducidas a añicos. Las plumas del relleno flotaban serenamente en el aire, ajenas a la carnicería que sobrevolaban.

Ya no se oía el canto de los pájaros.

Di un paso adelante para tocar la cama, para asegurarme de que era verdad. Las sábanas que había sostenido desaparecieron de mis brazos de repente, como en los sueños, y cuando toqué el colchón con la mano, al retirarla estaba roja de sangre. Las sábanas estaban limpias. Fruncí el ceño.

El sonido de unos pasos en la alfombra sonó con suavidad desde el estudio.

«¿Padre Andrés?», dije, porque en el sueño era natural que Andrés estuviera en algún lugar de la casa. Tenía que ver aquello.

Me volví hacia la puerta. Una figura apareció en el estudio: una mujer con una mata de pelo largo y claro como el jilote del maíz, vestida a la moda de la capital, con un vestido de tela gris que brillaba a la luz. Me miró y un destello dorado parpadeó en su garganta.

Sus ojos eran pozos, pozos que ardían con el resplandor crepuscular de las brasas, del fuego del infierno. Cambió de postura, curvó los hombros como un puma y me gruñó, lo que dejó al descubierto cientos de dientes largos como agujas, que crecían cada vez más. Levantó las manos terminadas en unas garras largas y curvas de color carne.

La puerta del dormitorio se cerró de golpe.

Me desperté sobresaltada, con el corazón en la garganta.

Un portazo.

Me incorporé. Las velas se habían consumido mucho —debía de haber dormido durante horas—, pero la cantidad de copal en la habitación no había disminuido. Andrés estaba pálido. Unas gotas de sudor le brillaban en el nacimiento del pelo. Seguía murmurando avemarías con la mirada clavada en la puerta.

Oí un largo crujido procedente del piso de arriba, una puerta abriéndose. Esperando que se cerrara de golpe, me acerqué a Andrés lo bastante como para pegar el brazo al suyo, para que nuestras piernas se tocaran y nuestros tobillos se rozaran.

El silencio se prolongó, denso y lento como un alud.

Una de las puertas del salón al final del pasillo se abrió con un gemido angustioso. Después otra, más cerca.

Como si alguien recorriera metódicamente la casa, habitación por habitación, buscando algo.

Me apreté contra su hombro con el corazón en la garganta.

Esperamos.

Esperamos tensos, en silencio y sin apartar la mirada de la puerta. Esperamos a que se abriera..., pero ¿qué esperábamos? ¿Los ojos rojos brillando en la oscuridad? ¿Que corrieran hacia nosotros, hacia el círculo?

¿Y luego qué?

Los fragmentos del sueño destellaron en mi mente: las marcas de unas garras largas y profundas en la cabecera de madera, las sábanas desgarradas, mi mano apartándose del colchón destrozado goteando sangre, pasos detrás de mí...

—Tengo una teoría sobre las casas —me susurró Andrés—. Creo... Creo que absorben los sentimientos de las personas que viven en ellas. A veces esos sentimientos son tan fuertes que los sientes en cuanto cruzas la puerta. Y cuando esos sentimientos son negativos..., el mal engendra el mal, y crecen hasta invadir la casa. Es lo que suelo encontrarme. Pero esto es diferente. Esto... —Su pausa se alargó durante unos momentos agónicos—. Creo que lo que encontró usted en esa pared, sea lo que sea, sea quien sea, todavía está aquí.

—¿Aquí? —Se me quebró la voz—. ¿En la casa? ¿O es la casa?

—No lo sé. —Se inclinaba hacia mí tanto como yo hacia él—. Es solo una teoría.

En algún lugar del ala norte, una puerta se cerró de golpe.

Pegamos un brinco.

Una teoría.

Solo una teoría.

13

Me desperté con la espalda rígida y la visión borrosa. Me llegaba el ligero olor a copal de la manta. Por las ventanas entraban el canto de los pájaros y el lejano relincho de un caballo. Una avalancha de imágenes me recordó dónde estaba.

En el salón verde.

Las velas se habían apagado. Solo quedaba encendido un incensario de copal. El humo jugaba con la luz de la mañana y desvió mi atención hacia Andrés, que estaba agachado y se sacudía el carbón de las palmas de las manos. Había limpiado el círculo del hechizo del suelo. Lo único que quedaba era una sombra tenue y una mancha de sangre oxidada y oscura en la piedra gris.

—Tengo que ir a la capilla —me dijo Andrés—. Dije que la misa sería a las seis.

Al sucumbir al sueño de madrugada, mi cabeza había caído sobre su hombro. Recordaba, de forma tan difusa que no sabía si lo había soñado o no, que me bajaba al suelo y me tapaba con una manta. Dormí más profundamente de lo que lo había hecho desde hacía más de una semana. Saber que Andrés me había cuidado hizo que me brotara un calor sobrecogedor en el pecho, algo parecido al cariño.

Me moví y me coloqué la manta de lana alrededor de los hombros a propósito. Era una mujer casada. Sentir un cariño incipiente como ese por un hombre que no era mi esposo, que era un sacerdote, se acercaba peligrosamente al pecado.

—Pasaré la mañana en el pueblo. —El rostro de Andrés había perdido el color. La cautela angustiada e insomne que tantas veces había visto en mi espejo había ensombrecido sus ojos—. Después me temo que debo marcharme.

Marcharse.

La palabra me golpeó como un cubo de agua fría. Apreté la manta con los dedos.

—¿Por qué?

—Me han llegado noticias de que los habitantes de la hacienda Ometusco me necesitan —me contestó—. Están sufriendo un brote de sarampión.

Fruncí el ceño.

—¿Cómo lo sabe?

—Las oraciones viajan —me dijo.

—¿La gente le reza?

—Cielo santo, no. —Se frotó las palmas de las manos en un vano intento de limpiárselas—. Oigo... Estoy atento a las oraciones. —El postigo de una ventana se había roto durante la noche. Ahora una brisa entraba por él, lo que provocaba que los viejos goznes gimieran. Andrés hizo una pausa para observar la corriente, inmóvil como un gato atento al canto lejano de un pájaro. Escuchando, quizá. Luego cambió de postura y, con una larga exhalación, se levantó—. Debería marcharme esta tarde, no mucho después del mediodía. Volveré dentro de dos días. Tres como máximo.

Extendió una mano para ayudarme a ponerme de pie. La palma de su mano era ancha y callosa. Estaba manchada de carbón.

—Pero ¿y si cae enfermo?

Mi padre me había contado muchas historias de médicos que enfermaban de las mismas dolencias que intentaban curar en sus soldados.

—Nunca me pongo enfermo. —Se encogió de hombros con la certeza despreocupada de un joven que supiera que es invencible—. En mi ausencia, protegeré varias habitaciones de la casa para usted. Pero antes debemos hablar de... posibles soluciones.

Le cogí la mano. Le dejé que me ayudara a ponerme en pie.

Al levantarme tan deprisa, se me nubló la vista con puntitos como estrellas. Apreté la mano mientras me estabilizaba.

Luego la solté. Carraspeé.

—Podemos comer juntos, si le parece bien.

Asintió solemnemente.

—Hasta entonces.

Un baño y un paseo bajo el sol suavizaron la rigidez de mis miembros y eliminaron todos los sentimientos confusos sobre la marcha de Andrés. Pasé la mañana dormitando en la terraza trasera de la casa, entrando y saliendo del reino neblinoso de los sueños. En una ocasión, el destello de unos ojos rojos perforó la penumbra, pero oí una voz masculina recitando oraciones, así que me tranquilicé y seguí dormitando.

Cuando me desperté, la casa estaba en silencio. El jardín estaba en silencio. Incluso las hierbas habían dejado de susurrar.

Era como si la casa sintiera la presencia de Andrés. La sopesara y la pusiera a prueba. Como si estuviera decidiendo qué hacer con el eco de la magia que avanzaba desde el salón verde hacia sus húmedos pasillos y se deslizaba como el humo a través de las muchas grietas de la casa.

Me dirigí a la cocina comunitaria del pueblo, donde sabía que Ana Luisa estaba preparando la comida para los tlachiqueros y otros criados.

Unas voces llamaron mi atención. Un grupo de aldeanos se había reunido junto a la capilla, vestidos con ropa almidonada de un blanco cegador y faldas de colores vivos. En el centro del grupo estaba el padre Andrés. A su lado, una mujer joven con cintas festivas en las trenzas mecía a una niña pequeña apoyada en su cadera. La niña parecía casi impresionada con el ambiente animado. Su pelo mojado brillaba como un potro recién nacido a la luz del sol. Miraba con recelo a Andrés.

Un bautizo.

A pesar de la noche angustiosa, a pesar de que todavía me dolía la espalda por haber dormido en el suelo, la alegría de la joven madre era contagiosa, incluso desde la distancia. Una sonrisa tiró de mis labios mientras me dirigía a las cocinas.

Saludé alegremente a Ana Luisa y recibí una mirada sospechosa de soslayo. Una repentina desconfianza se deslizó por mi nuca.

—Comeré junto a la capilla —le dije—. Con el padre Andrés. Si tiene una bandeja, llevaré nuestra comida y le traeré los platos para no molestarla.

Intenté que pareciera que no quería alterar su rutina de trabajo. En realidad no la quería cerca cuando comentara con Andrés qué hacer con la casa.

Ana Luisa no dijo nada durante un buen rato. La ayudé a preparar una bandeja con dos cuencos de pozole, cucharas y un trapo lleno de tortillas calientes. Una ligera mancha de grasa de cerdo flotaba en la superficie del rico caldo. Los dientes de ajo enteros y unos trozos gruesos de maíz blanco giraban siguiendo el movimiento de la cuchara de madera de Ana Luisa.

—A doña Juana no le va a gustar.

La dureza en el tono de Ana Luisa me pilló por sorpresa.

—¿Qué es lo que no le va a gustar? —le pregunté. Sin duda no se refería al delicioso pozole. Mi mente, hambrienta de descanso, tardó en entender lo que quería decir Ana Luisa.

Evitó mi mirada mientras removía el caldero de sopa que tenía delante. La leña del fuego de la cocina crepitó y el silencio se llenó de humo azul. El calor hizo que una gota de sudor le resbalara por la frente.

—Que invitara al brujo a su finca —me contestó por fin.

El pánico se apoderó de mi pecho.

«El brujo», había dicho.

Llegaban risas desde la capilla. Me di la vuelta a echar un vistazo. El grupo del bautizo se alejaba de la entrada. Andrés se quedó escuchando a la joven madre radiante con la cabeza inclinada. Una sonrisa brilló en su rostro por algo que dijo ella. Cuando colocó una mano en el pelo mojado de la niña, esta lo miró con timidez, con los ojos muy abiertos, y después hundió la cara en el cuello de su madre.

Si se descubría que Andrés era un brujo, si el padre Vicente se enteraba de su verdadera naturaleza, sabía que sufriría un castigo cruel. Pero también se perderían momentos como este. Si algo le pasaba a Andrés, dejaría una herida abierta en la vida de personas que lo necesitaban.

Pero sin duda Ana Luisa lo sabía. Su madre fue maestra de Andrés, y ella misma me mostró el poder del copal por primera vez. Las marcas alrededor de la puerta de la cocina las había hecho ella.

Pero le había prometido a Andrés que no se lo diría a nadie. Ahora la fiereza de una llama protectora había grabado esa promesa en mi alma. Mantendría su secreto y ocultaría que lo conocía, aunque eso implicara mentir a todas las personas a las que conocía. Incluso a Rodolfo. Incluso a mi madre.

—No es posible que se refiera al padre Andrés —le dije ofendida, tiñendo la voz de devoción. Por si fuera poco, me llevé la mano a la frente e hice la señal de la cruz—. Es un hombre de Dios.

—Es muchas cosas —me dijo Ana Luisa en tono inexpresivo—. Ser amigo de doña Juana no es una de ellas. Si yo fuera usted, no lo invitaría a la casa.

Apreté la mandíbula. Esa finca era mía, no de ella ni de Juana. Me había casado con el dueño de la casa y yo era la autoridad inapelable respecto de los invitados.

—Gracias por compartir conmigo sus preocupaciones —le dije manteniendo la voz clara y neutra—. Pero mi hospitalidad no se verá comprometida por los rencores que doña Juana decida albergar. Todo huésped es bienvenido en San Isidro, sobre todo si lo he invitado yo a traer la palabra de Dios y los sacramentos a una comunidad que los necesita. —Cogí la bandeja con delicadeza.

Ana Luisa me miró de reojo partiendo en dos mis falsas excusas. Sopesando lo que había dicho, sin duda. Sopesando mi temple.

Si sabía de lo que era capaz Andrés, ¿por qué no iba a querer a alguien que podía curar la casa por dentro? ¿Por qué no iba a quererlo Juana? Ana Luisa metió la mano en una cesta de tamales y sacó cuatro con manos expertas. Los colocó en la bandeja, apilados con cuidado entre los dos cuencos de pozole. De las hojas surgieron delicados hilillos de vapor.

—Para su invitado —me dijo en tono brusco—. Nunca subestime lo que puede comer ese flaquito.

Andrés y yo nos reunimos en una humilde mesa bañada por la luz del sol detrás de la pared sur de la capilla, ante las diminutas estancias contiguas para los clérigos que venían de visita.

Andrés salió a la puerta de las habitaciones cuando lo llamé por su nombre. Sus ojos se iluminaron, entusiasmados, al ver la bandeja humeante y dio un paso adelante...

Se dio un golpe en la cabeza con la parte superior del marco de la puerta, que sonó con fuerza.

—Carajo.

Intenté ocultar la risa mientras él lanzaba una mirada ceñuda a la puerta y se agachaba para pasar por debajo y unirse a mí en la mesa. Me dio las gracias varias veces y después se quedó en silencio. El pozole y los tamales desaparecieron como barridos por un fantasma hambriento, y el color volvió a brillar en el rostro de Andrés. Aunque no confiaba en muchas de las cosas que decía Ana Luisa, podía fiarme de la evaluación del apetito de su sobrino.

Suspiró y se recostó en la silla empapándose del sol como un lagarto larguirucho en una roca caliente. Un par de círculos morados le ensombrecían la piel de debajo de sus ojos cerrados.

—¿Ha dormido algo? —le pregunté.

Emitió un sonido evasivo.

Partí una tortilla y la utilicé para coger un trozo de cerdo de mi sopa. Mi madre se avergonzaría de mis modales en la mesa, pero ¿de qué serviría darse aires ante la actitud de Andrés? De nada. Había algo en su comportamiento que me tranquilizaba. Algo en su forma de mirarme me hacía sentir que de verdad me veía y que no tenía sentido apuntalar los muros de piedra detrás de los que me había escondido durante tanto tiempo.

Mastiqué el cerdo y la tortilla con aire pensativo, sintiendo que el caldo rojo volvía a llenarme de vida.

—¿En la capilla... es como en la casa? —le pregunté.

—No. Es silenciosa —me contestó en voz baja—. Muy muy silenciosa.

«¿Hay alguna vocación más natural para un hombre que oye demonios?», me había dicho. Quizá lo que quiso decir era que no había refugio más profundo.

—¿Son todas lugares santos?

—Algunas. Mi madre solía asustarse porque de niño desaparecía por las noches. Me encontraba en la iglesia por la mañana, durmiendo debajo de un banco...

Abrió los ojos y se incorporó. Estaba rígido. El movimiento de sus hombros insinuó que quizá creía que había hablado demasiado.

Pero algo se desplegó en mi corazón al pensar en un niño de pelo negro acurrucado como una bola debajo de un banco, y quería saber más. Quería que siguiera hablando.

—¿Por eso el brujo se convirtió en sacerdote? —le pregunté—. ¿Porque la iglesia estaba en silencio?

Me miró a los ojos con boca ligeramente curvada hacia abajo, como si sospechara que estaba burlándome de él. No era así. ¿Estaba entrometiéndome demasiado? Quizá. Pero seguía deseando que me contestara.

—Por eso mi madre quería que fuera sacerdote. —Su voz sonaba distante, lo que confirmaba que estaba entrometiéndome y que ahora se había puesto en guardia—. Hay pocos lugares en el mundo para personas que oyen voces. Cárceles. Manicomios.

—Roma —señalé con ligereza.

Alzó las cejas hasta la línea del pelo.

—Muchos santos oían voces. ¿No las oía santa Rosa de Lima?

—Yo no soy un santo, doña Beatriz —me dijo Andrés en tono inexpresivo—. Y algunos creerían que es una blasfemia ser tan frívolo con la santidad.

Inclinó la cabeza hacia atrás y volvió a cerrar los ojos dando el tema por zanjado. Recorrí con la mirada el pelo negro azabache que le caía sobre la frente, mis ojos danzaron desde el arco de su garganta hasta la base de su cuello y quedaron atrapados en el blanco que brillaba entre su ropa negra.

El calor sonrojó mis mejillas. En cuanto al pecado, quizá la blasfemia era la menor de mis preocupaciones.

Bajé la mirada hasta mi sopa.

—¿Qué sería si no fuera sacerdote? —No era el cambio de tema más elegante, pero sin duda era necesario.

No me contestó. Estaba entrometiéndome otra vez.

—Yo quería ser general. —Le había hecho la pregunta y, ante su silencio, fui yo la que la contestó—. Mi padre lo fue. Me mostraba los planos de batallas y me daba lecciones sobre la dirección de los ejércitos, cómo tomar los terrenos elevados y ganar incluso cuando los mosquetes eran tan escasos que los soldados recurrían a lanzar piedras. —Recordé la mano oscura de mi padre cubriendo la mía y guiándola mientras mojábamos la pluma en el bote de tinta roja. Imaginar el roce de la punta contra el papel me atravesó las costillas con una punzada de nostalgia—. Sobre todo me encantaban sus mapas. Creo que eso era lo que anhelaba cuando he dicho que quería ser general. Mapas. No entendí que liderar ejércitos significaba llevar a los hombres a la muerte hasta que fui más mayor.

—Así que en lugar de eso se casó con un señor del pulque.

Su tono de burla me escoció.

—No tenía otra opción. —Mis palabras sonaron frágiles, demasiado habituales en mis labios. Lo mismo le había dicho a mi madre cuando vio el anillo de Rodolfo en mi dedo—. No se burle de lo que no puede entender —murmuré e introduje la cuchara en la sopa con más fuerza de la necesaria. Unas gotas de caldo salpicaron la mesa. Las fulminé con la mirada, consciente de que ahora Andrés me observaba atentamente.

—¿No puedo? —me preguntó.

Fue como si esa pregunta trivial rompiera un dique en mí.

Él no podía entender lo que implicaba ser una mujer sin medios para proteger a su madre. No podía entender lo que estaba en juego cuando Rodolfo me propuso que me casara con él.

¿O sí?

«La perdí de niño», me había dicho de la lengua. Su piel y sus ojos eran más claros que los de su prima. Era evidente que era mestizo, de casta inferior a los demás sacerdotes. Como yo en la casa de mi tía Fernanda. Quizá también se sentía inseguro entre la sociedad criolla y debía procurar no dar un paso en falso y cubrirse las espaldas. Debía tener cuidado de no tomar represalias cuando unas púas se hundían de repente en su carne.

Veníamos de mundos muy diferentes, de clases diferentes y de experiencias diferentes. La hija del general de la capital y el niño de la hacienda rural. A simple vista, casi no teníamos nada en común. Quizá no. Pero en este aspecto, quizá la vida que habíamos vivido no era tan distinta. Quizá si le permitía verlo, podría entenderlo.

—Mi padre era inteligente. Amable. Quería tanto a mi madre que no podías respirar cuando estabas en la misma habitación que ellos. Pero a la familia de mi madre le importaba la limpieza de sangre —le dije dejando que el rencor de una antigua herida no cicatrizada pasara por encima de estas últimas palabras. «Limpieza de sangre». Los Valenzuela mantenían la venenosa obsesión criolla por la casta, la creencia de que toda herencia no peninsular echaba a perder lo deseable y lo puro—. La repudiaron por casarse con un mestizo.

Esta era la verdad que nunca pude decirle a mi madre porque —por mucho que me quisiera, quizá porque me quería— no podía ver lo que veían los demás criollos: «Es usted casi tan hermosa como doña María Catalina, aunque bastante más morena».

—Míreme. Es obvio que he salido a mi padre —le dije. Los miedos que nunca había sabido expresar con palabras salieron de mí como un arroyo que se desborda en la estación lluviosa. Ahora que había empezado, no creía que pudiera parar. Andrés no lo intentó. Me miró, pensativo y en silencio, mientras le señalaba mi rostro y mi pelo negro—. Después, cuando lo mataron y lo perdimos todo, supe que casarme sería un milagro. ¿Qué otra cosa podía haber hecho cuando Rodolfo me lo pidió? ¿Despreciar el olor a pulque y dejar que mi madre viviera de las sobras de la mesa de mi tío? ¿Dejarla morir de hambre cuando mi tío perdió la paciencia y nos echó? —Hice un gesto hacia la casa. El miedo a lo que acechaba entre sus paredes hizo que el movimiento fuera odiosamente brusco—. Se suponía que este sería un hogar para ella. Se suponía que sería una prueba de que tomé la decisión correcta. Una prueba de que se equivocó al enfadarse conmigo por lo de Rodolfo. —Me temblaba la voz, no sabría decir si de rabia o de dolor. Quizá las dos cosas. Crucé los brazos con ademán protector sobre el pecho—. Pero aun así se niega a responder a mis cartas, y yo estoy atrapada con eso.

Un largo silencio siguió a mi arrebato, interrumpido solo por una conversación distante procedente de la cocina.

Un par de golondrinas descendieron del cielo y revolotearon como mariposas por encima de la cabeza de Andrés. Cogió las pocas tortillas que quedaban, partió una en trozos pequeños y apoyó la mano izquierda en la mesa, con la palma hacia arriba.

Las golondrinas bajaron hasta él. Una fue directa a la tortilla. Apoyó las patitas con garras en la base del pulgar y picoteó la ofrenda en la palma de su mano. La otra se cernía con cautela sobre la manga. Inclinó la cabeza hacia un lado y observó con ojos pequeños y brillantes. Después se acercó de un salto, volvió a saltar, se unió a su compañera y empezó a arrancar trozos de tortilla.

—Médico. De los insurgentes. Eso quería ser —me dijo. Mantuvo la mirada baja observando los suaves movimientos entrecortados de las golondrinas, que se acicalaban, satisfechas—. Vi a hombres que perdieron extremidades por gangrena. A niños que morían de tuberculosis. Mis hermanos mayores... se unieron a los insurgentes y los mataron. A dos, luchando. El tercero desapareció. Más tarde descubrí que murió en la cárcel justo después de que acabara la guerra. Yo pensaba... —Hizo una pausa—. Quería arreglar cosas. Curar a personas que estaban heridas, y había tantas... Parecía una opción obvia. Ya sabía curar. Pero lo último que quería mi madre era perder a otro hijo en la guerra. Quería que me hiciera sacerdote. Mi abuela se aseguró de que sus deseos se cumplieran y me envió a Guadalajara.

Las golondrinas gorjearon entre sí y alzaron el vuelo al unísono. Seguí su ascenso hasta el pequeño campanario de la capilla.

—Lo enviaron a luchar en una guerra diferente.

Torció la boca en una sonrisa triste y sarcástica.

—Ah, sí, la guerra por las almas. La guerra en la que todos somos soldados de san Miguel Arcángel que combaten contra las fuerzas del diablo con espadas llameantes. —Se quedó un momento pensativo—. Creo que a mi madre le preocupaba más salvar mi alma que enviarme a salvar la de los demás.

Por las voces.

«Muy muy silenciosa», había dicho.

—¿Oye voces en la casa? —le pregunté.

—Sí —respondió con firmeza.

Me estremecí. No estaba segura de si esperaba que me respondiera afirmativamente o no, pero escucharlo en voz alta hizo que un escalofrío me recorriera la columna vertebral.

—Por sí solo no es infrecuente —siguió diciendo—. Mi familia ha vivido a la sombra de esta casa durante siete generaciones. Todo edificio tan viejo tiene recuerdos hasta los cimientos. Pero ahora las voces son diferentes. Una domina el resto y no veo clara su intención. Creí que sería fácil calmarla, como a un caballo asustado, pero después de esta noche... —La aprensión le atravesó el rostro—. Tengo que pensar en cómo voy a solucionarlo. Reformular la estrategia, si lo prefiere. —Juntó sus largos dedos, los presionó contra sus labios y reflexionó en silencio.

«Juana, Juana».

—¿La oye...? —Titubeé—. ¿Oye esa voz diciendo algún nombre?

Andrés levantó los ojos para mirarme y arrugó la frente, preocupado. Un miedo frío y pegajoso se deslizó por mi columna vertebral.

—No —me contestó—. No la oigo.

14

ANDRÉS

Aquella tarde saqué mi mula de los establos de San Isidro. El sol se deslizaba desde su vértice hacia el horizonte occidental. El coro de saltamontes se elevaba con el calor de las horas de la siesta.

Me volví y miré las paredes que rodeaban la casa, sus subidas y bajadas irregulares, la columna vertebral de una bestia antigua.

La casa me observaba partir y me evaluaba sin disimulo.

Un miedo suave, profundo hasta los huesos, deslizó la yema de un dedo por la parte posterior de mi cuello.

¿Qué le había pasado a San Isidro en mi ausencia? De niño, había buscado muchas veces la compañía de la casa, había esquivado al patrón y a su familia en busca de un almacén olvidado donde perderme en sus antiguos chismes. En aquel entonces la casa me reconocía como uno de los pocos que la escuchaba y me daba la bienvenida cada vez que entraba. Siglos de recuerdos persistían en sus oscuros pasillos, recuerdos tan densos que entretejían en las paredes del edificio una consciencia apacible y eterna, una consciencia distraída y ajena a los asuntos de los vivos.

Pero ¿ahora? Esta no era la casa que había conocido de niño, su charla secreta y benigna. La tierra de los cimientos estaba impregnada de enfermedad, de una plaga. Sus venas negras subían por la colina hasta la entrada y se enredaban por debajo como las raíces de un árbol maldito.

Ese cambio no podía ser inmediato. Debía de ser anterior a la llegada de doña Beatriz. Debía de tener algo que ver con la aparición del cuerpo en la pared. No había duda de que la rabia que vibraba en lo más profundo de las entrañas de la casa tenía algo que ver. Supuraba como una vieja herida infectada y abierta.

Tenía que curarla. Mi lealtad a ella era tan absoluta como a mi familia. Esta hacienda era mi hogar. Tomé la decisión en cuanto crucé el umbral. La purgaría de la podredumbre.

Pero ¿cómo?

Mis pensamientos cayeron de inmediato en la caja cerrada con llave de mi pecho, que seguía el inevitable curso de la corriente. Toda oscuridad en su interior arañaba para que la liberaran.

La noche anterior, acorralado en el salón verde por la rabia de la casa, actué en defensa propia. Abrí la caja. Empujado por el miedo, me metí en mí mismo y liberé una pequeña parte de la oscuridad que mantenía acumulada a presión.

Y ahora, cada vez que cerraba los ojos veía glifos tallados en el interior de los párpados. Cada vez que mis pensamientos vagaban, una atracción profana e ineludible los arrastraba hacia esa caja cerrada.

Cuando era joven, Titi oyó hablar de unos brujos en el norte a los que habían torturado y encarcelado, acusados de una epidemia de posesiones demoniacas. Los que pasaban hambre en la cárcel o morían por las heridas de las torturas eran en su mayoría mestizos como yo, mestizos o criollos, porque los indios no caían dentro de la jurisdicción de la Inquisición.

—Hay cosas de las que no puedo protegerte —me dijo con tristeza.

Era cierto. Yo era su heredero, siempre lo había sido, pero su sangre y sus dones eran solo la mitad de lo que corría por mis venas. El resto era una oscuridad que ni ella ni yo podíamos nombrar.

Así que Titi me envió al seminario, donde creía que podría ocultarme a la vista de todos, tanto del reclutamiento como de los inquisidores.

Así fue. Y aunque al principio dudaba de la convicción de Titi de que debía unirme a la Iglesia, la formación teológica se convirtió en la estructura que no sabía que anhelaba. Me proporcionó un mapa con marcas claras, indicaciones explícitas de los caminos correctos e incorrectos, un principio y un final. La claridad me dio la fuerza para volcar mi fe en el Dios cristiano, aunque con timidez al principio, temeroso de que me ridiculizaran tanto por mi nacimiento como por las enseñanzas de Titi. Para mi eterna sorpresa, me aceptaron. Incluso me veían con buenos ojos. Confiaban en mí.

Mientras aplastara las partes pecaminosas de mi alma marcada y dividida hasta someterlas, se me daba un lugar al que pertenecer. Mientras esa parte de mí estuviera atada con cadenas, tenía Su amor.

Desde que había vuelto a Apan, no había tocado esa parte de mí. Como heredero de mi abuela, me apoyé en lo que ella me enseñó y solo en eso. Me dije a mí mismo que no necesitaba esa oscuridad. Tenía lo que me había enseñado Titi. Me había ganado la guía y la confianza del Señor mediante la penitencia y la devoción.

Ahora sabía que era porque tenía miedo.

La noche anterior había actuado con miedo. Me había generado aún más temor por mi inquietud. ¿Volvería a estar en paz sin esa consciencia pesada y dolorosa de la caja cerrada con llave en mi pecho? Pero ¿sería capaz de curar San Isidro sin ella? ¿Y si no podía?

La hacienda San Isidro, mi hogar, estaba envenenada. Estaba herida. Una podredumbre como esa se extendería más allá de las paredes de la casa, absorbería la vida de la tierra, arruinaría los campos y llenaría de sufrimiento las casas de la aldea. Era una enfermedad. Debía detenerse y después erradicarse.

Mis pensamientos se arrodillaron suavemente ante la caja cerrada.

Cuando la abrí la noche anterior, cuando liberé una parte de mi oscuridad para protegerme a mí mismo y a Beatriz de la maldad de la casa, ella no se inmutó ni me miró con repugnancia.

No me dijo que debía arder en la hoguera, como me había dicho mi padre cuando se enteró de que la oscuridad de su linaje se había manifestado en mí. Incluso a la luz de las velas pude ver los ojos de Beatriz llenos de confianza.

Algo en mi pecho se agitó con una sensación agradable al recordarlo.

Si abría la caja solo un momento, si liberaba solo una pizca de lo que hervía a fuego lento dentro de mí... Si lo controlaba en su totalidad de forma que no tuviera más remedio que volver a la cámara cerrada en la que lo guardaba, entonces quizá podría utilizarlo para curar la casa.

Quizá podría funcionar.

La mula sacudió la cabeza y después, haciendo girar la embocadura entre los dientes con cierto fastidio, la bajó y frotó el copete contra mi hombro. «Vamos», me decía, malhumorada e impaciente. Cuanto antes nos volviéramos a poner en marcha, antes se libraría de la brida, de la embocadura y de mí, y podría descansar a la sombra.

Obedecí, todavía perdido en mis pensamientos. Mis intentos de sacar información sobre la casa habían sido en buena medida infructuosos. Los aldeanos estaban mucho más interesados en contarme lo que les había pasado en mi ausencia y las enfermedades que habían padecido. Por desgracia, había mucho que comentar. Cólera, por beber agua infectada. Una erupción de sarampión que mató a niños una primavera. Después el tifus golpeó al pueblo. Se me encogió el corazón al escuchar el daño que había causado mi ausencia. ¡Tifus! Moví la cabeza con tristeza, como la mula, y me dirigí hacia el camino del oeste. Incluso a los trece años, habría podido librar al pueblo de los parásitos que propagan el tifus en una hora de trabajo.

Pero me habían desterrado.

El único consuelo era que la peste se había llevado consigo a doña María Catalina.

Paloma me había contado lo rápido que la enfermedad pareció golpear la casa. Un día doña Catalina estaba tan mordaz como siempre, discutiendo enérgicamente sobre finanzas con

Juana durante la cena. Al siguiente, la esposa del patrón estaba confinada en su dormitorio. Ana Luisa dijo que estaba demasiado enferma para moverse o que la vieran. Se quedó en su habitación tres semanas, convaleciente, solo atendida por Ana Luisa. Después, murió de repente. Paloma observó su funeral silencioso desde lejos, sentada en el muro del cementerio. Esperó con las manos apretadas hasta que el ataúd que contenía a la odiosa mujer estuvo cubierto de tierra.

E incluso después de la muerte de doña Catalina, seguí desterrado de la tierra en la que vivía mi familia. Durante dos años viví solo en Apan, un tallo arrancado del corazón del maguey, con una herida que supuraba rabia y rencor hacia los Solórzano. Los rumores sobre que Rodolfo había vuelto a casarse y había regresado a San Isidro con su nueva esposa habían recorrido el pueblo semanas antes de que lo pisaran. Cuando por fin aparecieron en la iglesia, fue como echar sal en una herida sin cicatrizar. Apenas le dediqué una mirada a la nueva esposa. El destino que hubiera sellado al casarse con ese monstruo no era asunto mío, me dije.

Hasta que ella hizo que lo fuera.

Como Paloma estaba allí, me quedé después de la misa el día que Beatriz le pidió al padre Guillermo que bendijera la casa. Juana y Ana Luisa le habían prohibido a Paloma venir al pueblo a buscarme. Hacía dos años que no la veía y estaba impaciente por hablar con ella.

Las primeras palabras que me dijo fueron un murmullo desesperado. «Doña Juana oculta algo. Mi madre también. Algo terrible». Su mirada estaba tan atormentada que se me detuvo el corazón. Era el miedo angustiado de un animal atrapado. «La señora va a pedir a los sacerdotes que bendigan la casa, pero con eso no basta. Tienes que venir a ayudar».

Estaba en peligro. Entonces supe que lucharía por volver a San Isidro, desterrado o no. Ya había dejado que le hicieran daño en esa casa una vez. No permitiría que volviera a suceder.

En ese momento levanté la mirada y me encontré con los ojos de la nueva señora de Solórzano.

Tenía el pelo oscuro y era bajita, pero de hombros orgullosos. Sus ojos verde maguey eran un destello de color contra el encaje negro de su mantilla. Buscaron mi mirada y la sostuvieron. La mujer me observó con una franqueza que me arrancó el espíritu del cuerpo y lo colocó en la balanza de la justicia.

Un pensamiento se desplegó en mi mente tranquila, espontáneo, rápido y seguro como el clic de una cerradura: «Ella es diferente».

Lo era. Me pidió que viniera a San Isidro. Abrió las puertas de la hacienda y acabó con mi destierro.

La sensación de la tierra de San Isidro bajo mis pies después de años alejado de ella fue embriagadora... hasta que me acerqué lo suficiente para sentir la enfermedad y la rabia que pudrían el aire. Cuando doña Beatriz me suplicó que la ayudara, supe que no le daría la espalda. Tenía que aprovechar toda oportunidad de quedarme en la hacienda San Isidro y proteger a Paloma del veneno que destilaba la casa. Pero el tono desesperado de Beatriz despertó en mí una compasión que pensé que mi ira hacia los Solórzano había quedado enterrada para siempre.

Ella estaba sola. Nadie —ni su esposo, ni sus amigos, ni su familia— estaba a su lado mientras se enfrentaba a las fauces de esa casa cavernosa y enferma.

«Atender a las almas perdidas es nuestra vocación», solía decir Titi.

Eso hice anoche cuando cubrí el cuerpo dormido de Beatriz con una manta en el salón verde, ligero como una pluma incluso cuando su sueño se prolongó demasiado. Un alma perdida buscaba ayuda, y yo se la ofrecí. Eso hacía. Así era yo, y esa era la responsabilidad que había heredado de Titi y la cruz que elegí llevar sobre los hombros.

Entonces ¿por qué no había buscado aún la penitencia por mis momentos de debilidad?

Una brisa serpenteaba entre los magueyes y arrastraba hasta mí las voces de los pocos tlachiqueros que paseaban por las hileras de los campos mientras sus compañeros dormían la siesta. Me mordí el labio distraídamente mientras caminaba. La noche anterior había revelado mi verdadera naturaleza a Beatriz. Me juró que no se lo diría a nadie, pero lo cierto era que, aparte de la gente de Titi y de los aldeanos de las haciendas, ella era la única persona con la que había hablado con tanta franqueza. ¿Fue el insomnio lo que me soltó la lengua? ¿Fue la forma en que Beatriz me escuchaba, con la cabeza suavemente ladeada?

¿O fue una debilidad más grave? ¿Una debilidad muy humana, que arrastraba mi atención hacia ella la mayoría de las veces?

¿Una debilidad que me empujaba a seguir la curva de la cintura de Beatriz mientras colocaba la bandeja de pozole en la mesa al lado de la capilla, a recorrer la línea de su espalda hasta el cuello, hasta los rizos que rozaban su piel, hasta la curva de su garganta?

«Míreme», me decía.

Ay, pero la había mirado, y ahí estaba el pecado.

Me di cuenta en un fulgor repentino, como el deslumbramiento del sol en el desierto, de que, por más que lo odiara, envidiaba lo que tenía Rodolfo.

Debería haber desterrado ese pensamiento de inmediato. Buscar el perdón y el castigo al mismo tiempo. Debería haberme apartado para recomponerme, para recuperar el desapego frío y controlado por el que tanto había luchado. El distanciamiento de los deseos mundanos que con tanto esfuerzo había conseguido y que tanto me gustaba de mí mismo.

Deseaba a la mujer del patrón. El mapa que me daba mi formación era claro a este respecto: arrepentirme.

Entonces ¿por qué seguía dándole vueltas al pecado, examinándolo como una moneda vieja, en lugar de lanzarlo lo más lejos posible de mi corazón? ¿Porque tenía asuntos más graves entre manos? ¿O porque, Dios no lo quiera, una obstinada parte de mí aún no quería el perdón?

Una sombra se cruzó en mi camino. Levanté la barbilla bruscamente y apreté con más fuerza las riendas de la mula.

Delante de mí estaba Juana Solórzano, con los pies firmemente plantados en la tierra del camino. Me miró con una especie de agresividad anodina, casi aburrida.

—Villalobos. —Su voz recorrió mi piel como un cilicio. Nadie se dirigía a mí por mi apellido excepto ella. Era un recordatorio constante de que mi padre había servido al suyo, de que mi familia seguía sirviéndola a ella y de que por mucho que creciera, por mucho que viajara, por mucho que estudiara y por muy alto que ascendiera, siempre me miraría por encima del hombro—. Se supone que no debe estar en mi propiedad.

Me sorprendió que Juana mantuviera el destierro de doña Catalina incluso después de su muerte. Me indignó. Quizá debería haberlo superado. Quizá debería haber sido capaz de perdonarla con el tiempo.

«Debería» es una palabra extrañamente poderosa. La vergüenza y la indignación vuelan hacia ella como las monedas al imán. Había conseguido desapegarme de muchas cosas mundanas, pero esta se aferraba a mí como una lapa. Era una serpiente que hundía los colmillos tan profundamente que tocaban el hueso y extendían su veneno a través de mi médula.

—Buenas tardes, doña. —Levanté la mano izquierda, me quité el sombrero y lo incliné hacia ella. Que entendiera cada gramo de insubordinación silenciosa que vertí en el movimiento. Que supiera que podía guardar rencor tanto tiempo como ella—. He venido porque me invitó la señora de Solórzano. —«La viva», añadí para mis adentros—. Y volveré dentro de unos días también por invitación suya.

Chasqueé la lengua a la mula, la guie hacia delante y la aparté un poco del camino para que Juana pudiera pasar.

«Me dijo que me lo estaba imaginando». La voz de Beatriz resonó en mi mente al recordar el miedo evidente en su postura cuando hablamos en el almacén de la sacristía. «Pero me dijo que le daba miedo la casa. A ella y a Ana Luisa».

Creí que la conclusión de Beatriz era sensata. Conocía a Juana, aunque de lejos, prácticamente de toda la vida, y sabía que era observadora. Que estaba atenta. Si evitaba la casa tanto como decía Beatriz, entonces sabía que algo no iba bien.

¿Qué más sabía?

Un sombrero manchado de sudor ensombrecía el rostro de Juana, pero aun así fue evidente que me miró mal al pasar.

No iba a ayudarnos.

Monté en la mula y me despedí de Juana sin mirar atrás.

—Buenas tardes, doña.

No recibí respuesta. Cuando me volví para mirarla, se había ido, había desaparecido entre las hileras de magueyes, silenciosa como una aparición.

¿Había alguna posibilidad de que le hablara al padre Vicente de mi presencia aquí? Quizá, pero puede que no. El padre Vicente desaprobaba su forma de vida, que se negara a casarse y que rara vez fuera a misa. Se ponía nervioso cada vez que se cruzaba con ella y le lanzaba una sonrisa afectada. De alguna manera yo admiraba que sacara a Vicente de sus casillas. Le importaba un bledo lo que pensaran de ella, por peligroso que fuera para una mujer de su posición.

Pero ¿y si le mencionaba mi presencia a Rodolfo? ¿Se enfadaría porque Beatriz lo hubiera desobedecido y me hubiera pedido ayuda?

Este pensamiento hizo que un escalofrío recorriera todo mi cuerpo.

Sabía de lo que era capaz ese monstruo.

Pero aún no tenía claro qué peligro representaba Rodolfo para Beatriz. Por cruel que fuera con los criados, nunca le había levantado la mano a doña Catalina.

Creí ver el esqueleto de la pared sonriéndome, desnudo y burlón a la luz parpadeante de la vela.

¿O no?

15

BEATRIZ

Dormí a ratos las noches que Andrés pasó en la hacienda Ometusco, pero lo suficiente como para estar atenta cuando llegó el primer cargamento de muebles de la capital por cortesía de Rodolfo. Con la ayuda de Paloma, el capataz interino, José Mendoza, y un grupo de jóvenes tlachiqueros apartados de Juana y de los campos por la mañana, acondicionamos la casa. Una mesa de cedro nicaragüense y sillas lujosamente tapizadas en el comedor. Alfombras en los salones y dormitorios. Candelabros, sofás de dos plazas y estanterías vacías llenaron las habitaciones como si unos invitados incómodos y estirados hubiesen venido a cenar.

Dejé el salón verde vacío. Los signos de normalidad que se asentaban en otras zonas de la casa convertían sus paredes desnudas y sus largas sombras en un hematoma evidente.

Cuando Paloma, Mendoza y el último de los tlachiqueros se fueron, la casa se estremeció como un toro descontento sacudiéndose las moscas de la piel. Sentí los zarcillos fríos de su atención sobre mí con menos frecuencia y con menos intensidad que antes de la llegada del sacerdote. Era como si la casa supiera que las marcas protectoras en el umbral de mi dormitorio significaban que Andrés volvería y que este hecho le preocupara en su ausencia. Una energía silenciosa forjada debajo del estuco, en los agitados portazos de medianoche.

Yo también esperé. Sin nadie con quien hablar libremente de mis problemas, los pensamientos se enmarañaban en mi mente y mi pecho. Los movimientos repentinos me sobresaltaban. Paloma anunciaba su presencia varios pasos antes de aparecer por la puerta en un amable intento de evitar que me pusiera de pie con los ojos muy abiertos y respirando entrecortadamente.

Si creía que estaba loca, no lo dijo. Quizá era una esperanza infundada o el anhelo desesperado de tener compañía, pero empezaba a pensar que acaso Paloma creía todo lo contrario. O más bien que aprobaba los pasos que estaba dando para combatir la casa. Mientras me ayudaba a recoger la ropa de cama de mi dormitorio para lavarla el día que el padre Andrés iba a volver, echó un vistazo a las marcas en el umbral y emitió un sonido suave y satisfecho. ¿Aprobación, quizá?

Más tarde, cuando se marchaba de la casa para ir a echarse la siesta, se detuvo antes de salir de la cocina y entrar en el huerto.

—Nunca le he dado las gracias, doña —me dijo Paloma en voz baja desde la puerta.

Incliné la cabeza. Había llegado a entender la reserva de Paloma como un hecho. Que expresara voluntariamente cualquier emoción, y mucho más su gratitud hacia mí, bastó para hacerme pensar.

—¿Qué quieres decir? —le pregunté con cautela.

—Por traerlo de vuelta.

Y se marchó atravesando silenciosamente el jardín como un cuervo.

Cuando las nubes se arremolinaban por encima de las colinas y el anochecer manchaba sus barrigas cargadas de lluvia, el padre Andrés volvió a San Isidro. Esperé en la puerta del patio de la casa principal con las manos entrelazadas. Cuando lo vi subir la colina hacia la capilla, con los últimos rayos de luz proyectando una sombra larga y delgada por el chaparral, mis manos se detuvieron.

No era que ya no estuviera sola. Era que él había vuelto. Un amigo. Un aliado. Un hombro en el que apoyarme.

Nos instalamos en el salón verde una hora después del anochecer, como dos soldados preparándose para una batalla que duraría toda la noche mientras llovía a cántaros: mantas y velas, copal y hierbas. Carboncillo para los círculos de brujo. Agua bendita. Un crucifijo dorado alrededor del cuello de Andrés que brillaba a la luz de dos docenas de velas de sebo. El brujo vestido de sacerdote estaba frente a mí con una navaja en una mano y un incensario en la otra. La puerta cerrada a su espalda, y la chimenea a la mía. Un círculo de protección nos rodeaba.

Andrés dejó el incensario a sus pies. El humo se elevaba como la niebla al amanecer cuando me tendió el cuchillo.

—¿Lista? —Habló en voz baja, como rezando.

Cogí el cuchillo.

Como dueña de la casa, Andrés necesitaba mi intención y mi voluntad de ayudar a sacar lo que había en las paredes, fuera lo que fuese. Para desterrarlo y, después, si todo salía según lo planeado, para purificar las habitaciones.

La sensación de enroscar los dedos en las muescas desgastadas del mango de madera fue casi como coger la mano de Andrés. La luz de las velas danzaba en su punta afilada. Respiré profundamente.

Me coloqué la punta en el pulgar y presioné hasta que la sangre brotó con un brillo rubí. Después seguí las instrucciones de Andrés y di un paso hacia él. El corazón se me aceleró cuando se desabotonó y se aflojó el cuello, lo que dejó al descubierto la delicada piel de su garganta. Allí, justo debajo de la nuez, su pulso latía suave, rítmico y mucho más estable que el mío.

Acerqué el pulgar a ese pulso y le unté sangre en la piel con un movimiento lento y suave.

—Soy María Beatriz Hernández Valenzuela, esposa de Rodolfo Eligio Solórzano Ibarra y guardiana de esta casa —recité con voz ronca—. Y como guardiana le concedo autoridad para hablar por mí. Para invocar a los poderes de esta casa y de los alrededores y garantizar que se haga mi voluntad.

Dejé la mano en la garganta de Andrés, que había cerrado los ojos. Su voz zumbó en mi pulgar antes de que lo oyera hablar. Me dijo de antemano lo que significaba el conjuro de apertura, pero aun así se me erizó el vello de los brazos al escuchar una oración latina deslizarse en el elegante mexicano de su abuela:

—Invoco al Joven, el señor resucitado del humo y de la noche, guardián de los brujos y los nahuales. Maestro de los que escucharán, hermano de los renacidos en lunas nuevas. Guíanos a través de la noche. Danos la lengua para hablar con aquellos a quienes el señor del inframundo ha extraviado para que podamos ponerlos en el camino correcto.

El humo que nos rodeaba empezó a moverse.

Me había advertido que el copal danzaría. Debía quedarme quieta, mantener la mirada en Andrés y centrar mi voluntad en él. No mirar las formas que podría adquirir el humo. En mi visión periférica capté el elegante movimiento de un puma merodeando y el batir de las alas de un autillo.

Pero mantuve la atención en Andrés. En el movimiento de su garganta mientras hablaba y en el suave latido de su pulso. Me concentré en respirar al mismo ritmo que él.

Eso era todo. Si seguía sus instrucciones a la perfección, sería el fin de la enfermedad de San Isidro. El fin de la podredumbre en sus paredes y del veneno en su oscuridad.

Andrés terminó la oración. Las sombras que se arremolinaban alrededor del círculo se desvanecieron. Un silencio insondable como las frías profundidades de un pozo se instaló en la habitación.

—Muy bien —susurró Andrés.

Levanté los ojos y me encontré con los suyos. Todavía tenía el pulgar sobre su pulso. Estaba tranquilo. Yo no, pero estaba en sus manos. Él sabía lo que estaba haciendo. Había curado muchas casas de habitantes que se habían quedado más tiempo de lo esperado, y aunque esta lo había pillado desprevenido la otra noche, ahora estaba preparado.

—Retroceda —me dijo. Bajé la mano de su garganta y obedecí—. Pase lo que pase, no salga del círculo —añadió con voz ronca extendiendo los brazos con las palmas hacia arriba.

Asentí. También me lo había explicado: el poder del círculo

brotaba de nuestra intención y del movimiento circular de las oraciones de Andrés a nuestro alrededor, ininterrumpido, constante. El círculo en sí era una puerta. Un camino. Para que lo que aquejaba a San Isidro se alejara de aquí, de Apan, hacia lo que le esperaba más allá.

Un suave susurro descendió del techo, pero Andrés lo ahogó cuando cerró los ojos y empezó otra oración, una oración que acentuaba los matices graves de su voz y la hacía más áspera.

El timbre profundo de esta y de las palabras que recitaba se introdujo en mi cuerpo y se enroscó alrededor de mis costillas y de mi columna como enredaderas, como raíces, firme, fuerte y vivo. Aunque no podía entender su significado, sentía cómo cambiaban, sentía que se volvían más profundas y más seductoras. Su poder se enroscaba hacia Andrés.

«Ven —decía en tono seductor—. Acércate».

Me daba vueltas la cabeza, mareada por la necesidad de acercarme a él, pero mis pies se quedaron plantados en el suelo. La llamada no era para mí. La fuerza contundente de su poder no se dirigía a mí.

Se dirigía a la casa.

Por un momento, esta escuchó. Quizá también ella notaba que las raíces se arraigaban y sentía la atracción embriagadora de la llamada.

«Entra en el círculo».

Entonces la casa se rebeló.

Sentí que en la parte de atrás de mi cabeza surgía un gemido que fue haciéndose más intenso hasta convertirse en un zumbido y se hizo aún más fuerte hasta que un rugido atravesó el círculo.

«No —gritaron mis huesos—. No. No es lo que ella quiere».

Hasta que empezó a fallarme la respiración no me di cuenta de que estaba gritando, de que me había tapado los oídos con las manos y de que el dolor por ese sonido apenas me dejaba respirar. El cráneo me iba a explotar.

Frente a mí, Andrés siguió tranquilo en medio del estruendo. Tenía los ojos cerrados, las manos extendidas y movía los labios recitando los versos de una oración. El copal se arremolinaba como las nubes de un huracán, amenazantes y espesas, alrededor del círculo cuando Andrés se elevó.

Se elevó por los aires.

No fue un truco de las sombras ni del humo. Con los ojos aún cerrados, los brazos extendidos como un santo bondadoso y el crucifijo brillante que le colgaba del cuello, se elevó por los aires y allí se quedó, con los zapatos a medio metro del suelo.

Apretó los puños con un movimiento brusco.

El rugido se interrumpió. Como si lo hubieran estrangulado.

El silencio anegó el círculo como una riada repentina, una quietud profunda y pesada rota solo por mis gemidos. Seguía tapándome los oídos con las manos. Un hilillo cálido y salado goteaba de mi nariz hasta mis labios.

Cuando me destapé los oídos y dejé caer las manos, me temblaban. Andrés frunció el ceño, concentrado. Ahora se llevó los puños al pecho bruscamente. Como si estuviera tirando de algo. Tirando de algo hacia él.

Un grito furioso invadió la habitación. Caí de rodillas tapándome de nuevo los oídos con las manos.

El aire vibró. Se rizó y arremetió, vivo de ira.

Incliné la cabeza hacia Andrés. «Detente, por favor», rogué en silencio, pero los gritos se hicieron más fuertes y el aire tembló violentamente hasta que...

Se detuvo.

Por un momento Andrés se quedó suspendido en silencio. La energía ondulaba a su alrededor como olas.

Después una fuerza invisible lo empujó y lo lanzó contra la pared del salón. Su cráneo crujió al golpearse contra la piedra y Andrés cayó con un grito de dolor.

Se derrumbó en el suelo como una muñeca de trapo.

—¡Andrés! —grité poniéndome de pie. Él no se movió. No hizo ningún sonido—. ¡Andrés!

«No salga del círculo», me había dicho.

No me importaba. El chasquido de su cabeza golpeando la pared me destrozó y acabó con el poco juicio que me quedaba.

Corrí hacia él. La garganta me ardió al atravesar la pared de humo de copal.

—¡Andrés!

Un viento frío recorrió la habitación azotando las velas y el humo. Se introdujo en mi pecho como un tornillo, me cortó la respiración y me obligó a ponerme de rodillas. Se elevó un gemido que se convirtió en rugido y se enroscó a mi alrededor apretándome el pecho con tanta fuerza que pensé que iba a romperme las costillas.

No podía respirar.

Me sangraba la nariz, después la boca, y se derramaba caliente por mi barbilla. Me asfixiaba. Jadeé y escupí. El implacable flujo rojo me goteaba hasta la falda. Aunque tosía y escupía, no se detenía. Me tapé la boca con una mano para detener la hemorragia. Al retirar la mano encontré dos dientes con trozos de encía rosada pegados. El rugido no cesaba. Era una daga en mi cráneo. Quería que se detuviera, necesitaba que se detuviera, tenía que detenerse, pero cuando respiré para gritar, para suplicarle a Andrés, vomité más sangre en el suelo, frente a mí.

Andrés. Tenía que llegar a Andrés.

Me obligué a seguir adelante. Me arrastré hasta llegar al lado de Andrés.

Acerqué una mano a su rostro, a su boca, para ver si respiraba. Le manché los labios de sangre.

—Andrés. Andrés.

Su gemido me rozó los dedos.

Estaba vivo.

Las sombras tallaban su rostro con nitidez y hacían que pareciera de otro mundo, oscuro y puntiagudo como las representaciones del diablo.

Una repentina explosión de humo que no olía a copal me llamó la atención. Me di la vuelta para mirarlo.

Una vela se había apagado. Después se apagó otra. Y otra más. Lenta y deliberadamente. Era como si alguien estuviera cerrando una mano sobre las llamas para apagarlas una a una.

Allí no había nadie.

—Andrés. Andrés, por favor, despierte —le susurré.

La última vela se apagó.

La casa, ella... ya no estaba entre las paredes. Ya no estaban el frío, los gritos que llamaban a Juana y ni siquiera el destello de los ojos rojos.

Ella era la oscuridad.

El ritual inconcluso de Andrés la había sacado y...

Yo había roto el círculo.

El triunfo resonaba en el aire, duro y metálico.

El instinto de presa me había enrojecido el rostro. Mi respiración se volvió irregular al vislumbrar los dos caminos que ahora se abrían ante mí. O me quedaba en esa habitación y me mataban, o huía y sobrevivía.

Andrés no se había movido. Miré su cuerpo tirado en el suelo y vi a un niño pequeño acurrucado debajo de un banco de iglesia. No podía dejarlo allí. No podía dejarlo solo con la oscuridad.

Le cogí un brazo y me lo pasé por encima del hombro. Apoyé una mano en la áspera pared de estuco mientras lo levantaba. Me temblaban las piernas. No era lo bastante fuerte, era demasiado menuda para cargar con un hombre de su estatura y sacarlo de la habitación. Era...

La oscuridad se enroscó alrededor de su cuello y tiró de él hacia abajo. Su peso me tiró de los brazos.

«No». Aunque el sudor pegajoso resbalaba por las palmas de mis manos, a ambos lados de mi garganta y la parte inferior de mi espalda, apreté los brazos alrededor de él.

—¡Atrás! Es mío. —Mi voz salió como un rugido. Apenas la reconocí. Le grité a la oscuridad con un ladrido salvaje y sin palabras. Después levanté a Andrés lo más rápido que pude empujando con toda la fuerza de mis piernas.

Su peso descansó sobre sus pies. Lo había levantado. No estaba perfectamente consciente, la cabeza le colgaba hacia un lado, sobre un hombro, pero aguantaba el peso.

—Corra —le susurré. Levantó ligeramente la cabeza—. Tenemos que correr.

«Muy muy silenciosa».

En la capilla estaríamos a salvo.

Medio cargando a Andrés, me tambaleé hacia la puerta. La violencia del ritual la había arrancado de sus goznes, había golpeado el otro extremo del salón y destrozado un jarrón de cristal. Tropezamos con él y los vidrios rotos crujieron bajo nuestros zapatos.

Nos dirigimos a la entrada. Me ardían las piernas con cada paso. Agarré el picaporte con las palmas de las manos húmedas. Atravesamos la puerta.

La lluvia empapaba el patio y el barro hacía que el camino fuera resbaladizo. El chaparrón me refrescó el cuero cabelludo, me corrió por la cara y me empapó el vestido mientras me tambaleaba en la noche.

Cuanto más nos alejábamos de la casa, más parecía Andrés capaz de cargar con su peso. Cuando nos desplomamos contra la puerta de madera de la capilla, se incorporó. La abrí de un tirón y medio caímos en la oscura capilla.

Alguien había encendido velas ante la humilde estatua de madera de la Virgen de Guadalupe. Había bastante luz para ver, y un sollozo subió por mi garganta, destrozada por haber gritado tanto.

La puerta se cerró con un estruendo detrás de nosotros. Al final me fallaron las piernas y caímos en el pasillo, entre los bancos. Mis rodillas golpearon las baldosas del suelo. Me abalancé para intentar atrapar a Andrés y que no volviera a darse un golpe en la cabeza, pero se había caído sobre un hombro y quedó tirado bocarriba, tosiendo y jadeando de dolor.

Yo estaba apoyada en las manos y las rodillas, como había estado en el salón, cuando la sangre brotaba...

Me miré las manos.

No había sangre. Ni en la falda.

Di un respingo, me senté apoyada en los talones y me toqué la barbilla. No había sangre. Me pasé la lengua por la boca para... Me estremecí de horror, pero tenía los dientes intactos, firmemente unidos a las encías y la mandíbula.

Las lágrimas me escocían en los ojos y las mejillas mientras aspiraba bocanadas de aire con avidez. Mi respiración y la de Andrés eran el único sonido en la capilla vacía. Eso y el estruendo de mi corazón, que poco a poco recuperaba su ritmo.

«Muy muy silenciosa».

Incluso la oscuridad era aquí diferente. Las sombras teñían los rincones de la sala de un gris carbón suave y renegrido. La oscuridad del sueño sin sueños, la oscuridad de las oraciones en la noche. La oscuridad tocada por los dedos esperanzados del alba.

Andrés abrió los ojos. Frunció el ceño mirando al techo.

—¿Dónde...?

—En la capilla. —Salió como un graznido ronco, apenas parecía mi voz.

Su rostro estaba gris y demacrado. Al oír mis palabras palideció aún más.

—No... No salga del círculo.

—Estaba herido —le dije—. Seguía haciéndole daño. No podía dejarlo.

—Ha roto el círculo... —murmuró mirando al techo.

¿Había cometido un error trayéndolo aquí? No, algo había salido mal. Algo lo había lanzado al otro lado de la habitación. Podría haberlo matado. Podría habernos matado a los dos. ¿A quién le importaba romper el círculo cuando podría haber muerto?

—Al diablo con el círculo —susurré. Las lágrimas me nublaban la visión. Andrés estaba pálido entre los bancos y le sangraba la nariz—. Está usted destrozado. Es más importante.

—No estoy destrozado. —La tos sacudió su cuerpo. Hizo una mueca—. Estoy bien.

—Mentir es pecado, padre Andrés.

Una risa húmeda. Giró la cabeza y me miró sonriente, con ojos febriles y demasiado brillantes. Una sonrisa torcida y sin reservas. Tenía sangre en los dientes.

Levantó una mano y me rozó suavemente la mejilla con la parte posterior de los nudillos. Se me puso la piel de gallina.

—Un ángel —murmuró—. ¿Es usted un ángel?

Se había dado un golpe fuerte en la cabeza contra la pared. No podía estar en su sano juicio.

—Dígame dónde le duele —le dije con la voz quebrada.

La consciencia parpadeó detrás de sus ojos. Frunció el ceño, concentrado.

—Creo... una costilla rota. —Hizo una mueca y bajó la mano hasta el torso—. O dos.

—¿Voy a buscar un médico?

—No —gruñó.

—Pero ¿y si tiene una hemorragia interna?

—Los médicos no son brujos —me dijo—. No pueden curar a los brujos.

Ahora estábamos a salvo de cualquier error que hubiéramos cometido, pero su comportamiento me provocó una oleada de pánico. ¿Qué daño podría causar un golpe en la cabeza como ese? ¿Sobreviviría a la noche?

—Por supuesto que un médico podría curar a un brujo —insistí con calma.

—Atraviesa con picas y quema al brujo —murmuró con los ojos cerrados—. Echa sal en la tierra y esparce su hollín.

La espiral de pánico que se me había formado bajo de los pulmones se expandió. No tenía sentido.

—Nadie va a quemarlo, padre Andrés —le dije forzando a mi voz a sonar autoritaria—. No en mi propiedad. Ahora mírreme.

Abrió los ojos y me miró con una adoración que hizo que algo en mi pecho se doblara y estuviera a punto de romperse.

—Estará más cómodo si puede dormir en su cama.

—Cama —repitió Andrés distraídamente.

Sí, la cama era la mejor idea, pero de ninguna manera iba a poder cargarlo todo el camino hasta sus habitaciones en la parte trasera de la capilla. Revisé sus extremidades en busca de signos de huesos rotos, pero aparte de las costillas y la cabeza, no pude ver más lesiones.

—¿Puede ponerse de pie?

Gruñó afirmativamente y empezó a levantarse.

—Espere. —Me levanté. La cabeza me daba vueltas y sentía presión en el pecho. La mejor manera de llevarlo era volver a pasar un brazo por encima de mi hombro. Lo agarré y sentí su calor contra mí. Pesaba demasiado—. No, tiene que mantenerse en pie.

Se incorporó y, tambaleándonos ligeramente, nos abrimos camino por el pasillo de la capilla. Cristo nos miraba desde un crucifijo de madera por encima del altar. Sobre él, las velas proyectaban sombras sobre Sus pómulos hundidos, lo que daba a Su rostro un aire condescendiente.

—Ayúdame o deja de juzgarme —murmuré por lo bajo.

—¿Hummm? —me preguntó Andrés.

No le contesté. Afortunadamente, aguantaba más su peso a medida que nos acercábamos a sus habitaciones, en la parte trasera de la capilla. Le advertí que tuviera cuidado con la cabeza antes de cruzar la puerta.

Las habitaciones estaban oscuras, pero era una oscuridad agradable, la misma segura y suave de la capilla. Seguí a Andrés hasta la cama y lo ayudé a sentarse.

Busqué a tientas velas y cerillas, y las encontré junto a la pequeña chimenea redonda. Encendí más de las necesarias, más por costumbre que por miedo. Aquí no nos vigilaban. Aquí todo estaba en silencio. Salvo por el golpeteo de la lluvia en el tejado y los suspiros de Andrés mientras se quitaba los zapatos y se tumbaba en el colchón fino.

La cálida luz de las velas iluminaba la habitación, apenas decorada. Eché un vistazo a mi alrededor. Un cuadro de la Virgen colgaba sobre de la chimenea. Muros encalados y una cruz de madera frente a la Virgen. Un cuenco de barro y una jarra en la mesa. Una sola silla y una pila de libros junto a la cama, con los lomos gastados por el uso.

Andrés se acurrucó en posición fetal. El sudor le brillaba en la frente. Una angustia repentina hizo que frunciera el ceño.

—¿Está bien? —le pregunté.

—Creo que...

Cogí el cuenco de barro y atravesé la diminuta habitación hasta llegar a su lado justo a tiempo. Vomitó violentamente. Me mordí el labio y mantuve el cuenco inmóvil hasta que terminó y apoyó la mejilla en el colchón, derrotado.

La otra tarde había visto una bomba de agua detrás de la capilla. Le aparté a Andrés el pelo de la cara.

—Vuelvo enseguida —le dije en voz baja.

Cogí la jarra y el cuenco sucio y salí de la habitación. La lluvia me aguijoneaba la cara y casi me empapó el vestido mientras lavaba el tazón y llenaba la jarra, aunque solo tardé unos minutos.

Estaba volviendo a la puerta de la habitación de Andrés, con la pesada jarra en una mano y el cuenco en la otra, cuando algo me acarició la nuca, suave como el paso de una tarántula.

La sensación de que me observaban.

Me volví para hacerle frente.

—No te atrevas —gruñí.

Pero no había nada. Solo la oscuridad densa e impenetrable que cubría el valle de Apan.

Miré la oscuridad con aire amenazador. Y cuando volví a entrar en el cuartito de Andrés, dejé la jarra en la mesa y busqué en el bolsillo de mi vestido el trozo de resina de copal que me había guardado.

En cuanto se hubo formado una voluta de humo en la puerta, llené un vaso de agua para Andrés, pero ya se había quedado dormido.

Me arrodillé junto a su cama y apoyé la cabeza en el colchón con cuidado para asegurarme de que no tocara la suya. El pánico y el miedo me habían arrancado hasta la última gota de energía. Era como un trapo mojado que hubieran escurrido una y otra vez, y después hubieran colgado para que se secara.

La respiración de Andrés era constante y profunda, y la mía se acompasó a ella, al sube y baja de su pecho.

«Muy muy silenciosa».

Abrí los ojos al oír un fuerte golpe en la puerta.

No recordaba haberme quedado dormida. No era mi intención. La luz de la mañana se derramaba en la habitación desde las altas ventanas e iluminaba las velas casi consumidas y la voluta de copal, ahora finísima.

Volvieron a sonar golpes en la puerta.

Levanté la cabeza y me volví hacia Andrés.

Me lo imaginé murmurando: «Carajo».

Pero no se movió. No dijo nada. La sangre se le había secado y agrietado en las comisuras de la boca, y a la luz de la mañana su rostro estaba tan pálido como la noche anterior.

—¡Andrés! —Los golpes se intensificaron. El pánico en la voz de Paloma atravesó la madera de la puerta—. Andrés, te necesito. ¡Despierta!

Era Paloma. Gracias a Dios. En ese caso, la única excusa que necesitaba para justificar nuestra falta de decoro era que sin duda Andrés estaba enfermo y yo había pasado la noche atendiéndolo.

Tenía las piernas tan rígidas que tropecé. Me alisé la falda y sentí como si un montón de alfileres y agujas me subieran y bajaran por las pantorrillas. Me coloqué detrás de la oreja un rizo que se me había soltado del moño en algún momento de la noche. Carraspeé. Tenía los labios resecos y agrietados. Recé para que me saliera la voz.

Abrí la puerta.

Paloma estaba desolada, con las mejillas llenas de lágrimas.

—Andr...

Se interrumpió y me miró con los ojos muy abiertos y la boca formando un sorprendido «oh».

Entonces vio a su primo.

—¿Qué te ha pasado? —gritó. Salté hacia atrás cuando irrumpió en la habitación y cayó de rodillas al lado de Andrés—. ¡Idiota! ¿En qué lío te has metido esta vez?

—Estoy bien —murmuró Andrés acariciándole suavemente una mano—. No te preocupes, todo va bien.

No todo iba bien. Podrían haberlo matado la noche anterior, y se me cayó el alma a los pies al darme cuenta de que aún no habíamos evaluado la magnitud de los daños que había causado el círculo. Pero mintió sin grandes esfuerzos y su voz sonó incluso reconfortante, aunque parecía que la Muerte se cernía sobre él esperando para llevárselo.

—No, no va bien —gritó Paloma. Un sollozo le agravó la voz—. Mi madre está muerta. ¡Está muerta, Andrés!

16

Después de que Andrés se hubiera lavado la cara con agua de la bomba, los tres nos dirigimos a las casas de los criados. Andrés caminó con cautela y protegiéndose la cara del fuerte sol de la mañana con una mano. No había dicho una palabra desde que Paloma había anunciado que Ana Luisa había muerto. Por difícil que resultara, tenía peor aspecto que cuando Paloma nos había despertado.

—¿Qué ha pasado? —le pregunté a Paloma mientras nos llevaba hasta Ana Luisa. Hasta donde estaba su cuerpo.

—Me he despertado y estaba muerta —me dijo Paloma con sequedad. Caminaba medio paso por delante de nosotros. Sus zapatos oscuros golpeaban la tierra con firme determinación, como si esos golpes fueran lo único que impidiera que las lágrimas que bullían bajo la superficie de su voz volvieran a brotar—. No estaba enferma, no había dicho que le doliera nada... Creo que ha sido el corazón.

Andrés asintió y de repente torció la boca, como si el gesto le hubiera dolido. Sentí una enorme compasión. El golpe en la cabeza debía de haber sido incluso peor de lo que pensaba.

Cuando llegamos a la casa de Ana Luisa, una pequeña multitud se había reunido ante la puerta. Al llegar Paloma, seguida por el padre Andrés y por mí, se hicieron a un lado y cuchichearon mientras cruzábamos el umbral hacia la oscuridad de la casa.

Paloma nos llevó directamente al dormitorio. Era similar a la habitación de Andrés. Estaba decorada con sencillez y amueblada con humildad. Pero, a diferencia de la suya, el umbral estaba cubierto de hierbas que se alineaban en las paredes. El aire tenía el inevitable olor a copal rancio, mezclado con algo nauseabundo.

Había dos camas, una a cada lado de la habitación. Una estaba vacía, con las sábanas revueltas. La otra era la de Ana Luisa. En el suelo, a su alrededor, había marcas de un hechizo grabadas.

Y allí estaba ella.

Me detuve a unos pasos de la puerta. Me quedé sin aliento.

No había sentido ninguna simpatía por Ana Luisa, ni ella por mí. Entre nosotras se había interpuesto la figura de Juana, una barrera impenetrable que nos convirtió en adversarias antes de haber llegado a conocernos. No sabía si alguna vez habríamos superado nuestras diferencias.

Eso no hizo que lo que estaba viendo fuera menos impactante.

Muerta, el rostro de Ana Luisa tenía una expresión que nunca le había visto en vida. Tenía la boca abierta en un sorprendido «oh», y los párpados tan abiertos por el miedo que las pupilas redondas parecían desnudas en el blanco de sus ojos. Tenía el brazo extendido y rígido.

Ana Luisa señalaba la pared que estaba junto a la cama de su hija.

Se me revolvió el estómago.

Aunque empezaba a sentir que mi mirada era irrespetuosa, no podía apartar los ojos de su rostro rígido y pálido.

Miedo.

Conocía ese miedo. Lo había sentido la noche anterior. Lo sentía todas las noches entre las paredes de San Isidro.

—Me desperté y estaba así. —La voz temblorosa de Paloma era apenas un susurro—. Ni siquiera puedo cerrarle los ojos. Lo he intentado... —Se le quebró la voz.

Andrés cambió de postura. Apoyó una mano en la espalda de Paloma, que lo abrazó de inmediato y empezó a llorar contra su pecho. Él intentó tranquilizarla.

De repente me di cuenta de que estaba entrometiéndome en un momento familiar privado. Paloma merecía la misma privacidad que yo había necesitado cuando se llevaron a mi padre, la privacidad que solo podía tener por la noche, llorando en la cama mientras mi madre me acariciaba la espalda. Me alejé un paso de ellos y me di la vuelta para marcharme.

Al hacerlo, miré la pared que Ana Luisa había señalado antes de morir. Era de estuco, sin pretensiones, muy similar a la pared contra la que habían lanzado a Andrés la noche anterior. Blanca, áspera y desnuda. Mis ojos se detuvieron en el suelo. Había una cruz, una sencilla cruz de madera como la que colgaba en el cuarto de Andrés.

Estaba rota.

Tenía el centro agrietado, y los brazos cortos casi totalmente despegados. Parecía como si alguien hubiera aplastado el centro de la madera con el tacón del zapato y no una vez, sino muchas, hasta machacarla.

Un escalofrío me recorrió las palmas de las manos, resbaladizas como el aceite.

Algo había estado aquí la noche anterior.

Algo asustó a Ana Luisa y la mató.

Me estremecí y salí de la casa parpadeando para adaptarme a la dolorosa luz de la mañana.

Los aldeanos se habían apartado de la puerta, aunque seguían revoloteando a su alrededor formando un arco. Junto a José Mendoza reconocí a la mujer del bautizo que Andrés había celebrado días atrás. Estaba llorando. La niña que llevaba apoyada en la cadera me miró con aire solemne.

¿Qué se supone que debía decir? Ana Luisa había sido amiga de todos ellos. Quizá habían vivido juntos durante años. Quizá la conocían desde antes de que yo hubiera nacido. ¿Quién era yo para decirles que se marcharan?

Pero una parte de mí vio la espalda de Paloma estremecerse entre sollozos y me vi a mí misma.

Carraspeé.

—Creo que Paloma necesita privacidad —les dije.

Los murmullos se acallaron cuando Andrés salió por la puerta detrás de mí. Levantó una mano para protegerse los ojos.

—Misa fúnebre en una hora —dijo—. Entierro después. Necesito voluntarios para cavar la tumba. Que Dios os bendiga.

A pesar de la severidad de sus palabras, la tensión en mis hombros se alivió. Tuve la sensación de que todos los que estábamos alrededor de la puerta de Ana Luisa respondíamos como uno solo a la suave autoridad de su voz. Algo en el aire cambió y se relajó. «Estoy aquí —decía su presencia—. Y si estoy aquí, todo irá bien».

Varias voces le repitieron sus palabras y la gente se dispersó, se retiró a su casa o se desplazó a otras partes de la hacienda para empezar su jornada de trabajo.

Andrés dejó escapar un largo suspiro.

—¿Qué demonios ha pasado?

—Mi tía tenía el corazón débil —me contestó en voz baja. Los sollozos de Paloma habían disminuido, pero todavía se oían—. Varias personas de mi familia también. Podría haber sido por muerte natural, pero...

El terror en el rostro de Ana Luisa hizo que ambos pensáramos que no había sido así.

—¿Ha visto la cruz? —murmuré.

Andrés asintió despacio, con cuidado, como si su cabeza fuera de cristal y moverla con demasiada fuerza pudiera hacerla añicos. No había bajado la mano que le protegía del sol.

—¿Y si cuando rompimos el círculo...?

—¿Rompió el círculo? —me interrumpió.

Lo miré. ¿Era una broma?

—Anoche. Primero lo rompió usted, y después yo.

Frunció todavía más el ceño. Una sombra de miedo atravesó sus ojos.

—¿Qué?

—¿No lo recuerda?

—Pues... —Se mordió el labio inferior—. No. —Le tembló la voz hasta casi romperse—. Sé que empezamos el ritual. Y después... Paloma estaba aporreando la puerta.

Una larga pausa se extendió entre nosotros. ¿Cómo era posible que no lo recordara? Parecía tan asustado por este pensamiento como yo.

—¿Qué pasó?

Bajé el tono a un susurro, tan seco y áspero como mi boca.

—Lo que sacó usted de la casa, sea lo que sea, le hizo daño. Lo lanzó contra la pared. Su cabeza... Estaba herido, así que corrí hacia usted y...

—Está suelto —terminó Andrés en tono sombrío. El poco color que quedaba en su rostro desapareció totalmente—. Debió de estar aquí anoche.

Se me revolvieron las tripas. Sabía que tenía razón. Una oscuridad salvaje y sin restricciones deambulaba más allá de las paredes de la casa. Lo había sentido la noche anterior mientras sacaba agua de la bomba.

—¿Cree que por eso estaba señalando...?

Él asintió lentamente.

—Debe de haber estado aquí.

—Andrés. —La voz de Paloma atravesó el aire con la firmeza de un libro que se cierra. Andrés saltó e hizo una mueca ante el repentino movimiento. Paloma estaba detrás de él, con los ojos inyectados en sangre y los puños cerrados—. ¿De qué estáis hablando? —preguntó en tono acusador.

—De la lluvia —le contestó Andrés rápidamente—. Esta tarde lloverá. Dos horas antes del atardecer. —Hizo una pausa, como sopesando si continuar o no—. Me preguntaba... ¿Has oído algo raro esta noche?

Paloma lo miró un instante sin entender a qué se refería. Enseguida lo entendió y la frustración surgió en sus rasgos.

—Basta. No sigas. —Se le quebró la voz, exasperada—. ¿Por qué no puedes ser un cura normal? A veces es lo que nuestra familia necesita.

Dio media vuelta y volvió a entrar en la casa.

Andrés la vio marcharse, herido como un cachorro al que le han dado una patada. Se llevó las manos a las sienes y cerró los ojos. Se tambaleó ligeramente. ¿Iba a volver a ponerse enfermo?

—¿Está bien? —le pregunté en voz baja. Extendí la mano hacia su brazo, pero la retiré rápidamente.

—Tengo que volver adentro —murmuró. Estaba espantosamente pálido.

—Yo iré a limpiar el salón —le dije.

—No toque el círculo. —La urgencia en su voz exhausta me provocó un escalofrío que me recorrió la columna vertebral—. No entre dentro de las marcas. Aún lo siento. Está... activo. Tenga cuidado, por favor.

—Lo tendré —le prometí y dejé caer la mano.

Agachó la cabeza con cautela por debajo de la puerta y se fundió en la oscuridad de la casa de Ana Luisa.

¿Qué habíamos hecho?

Empecé a caminar hacia la casa con los pies pesados por el temor. ¿Qué iba a encontrarme?

—Beatriz.

Me volví hacia la voz. Juana caminaba por el sendero hacia las casas de los aldeanos. Llevaba dos cartas en una mano, que agitó haciéndome un gesto para que me acercara a ella. Una estaba abierta y la otra no.

Mi corazón se llenó de esperanza. ¿Era de mi madre?

Cualquier otro día me habría quedado donde estaba e insistido en que viniera ella. Me habría mantenido firme en una batalla por ver quién de las dos era la verdadera dueña de San Isidro. Pero hoy no. No tenía fuerzas para luchar contra ella.

Juana tenía la falda manchada de barro. Se le había soltado casi todo el pelo de la trenza, que le caía alrededor del rostro y del que sobresalían finas briznas de heno.

—¿Qué le ha pasado? —le pregunté.

—Estaba borracha y me quedé dormida en el establo —me contestó sin rodeos.

Parpadeé, sorprendida. ¿Qué demonios? Antes de que hubiera podido preguntarle qué pretendía comportándose así, me tendió la carta sin abrir.

Mi nombre en la elegante y afilada caligrafía de Rodolfo me hizo un guiño.

—Va a venir a pasar unos días —me dijo Juana en tono inexpresivo—. Llegará pasado mañana.

—Qué sorpresa —le dije, porque no tenía nada más que decir. En cualquier caso, no a Juana. Mi mente la había dejado atrás y corría por el camino hacia la casa, la casa en la que el poder del círculo del hechizo todavía zumbaba y las sombras salían de las paredes para merodear por los alrededores.

—No sé qué le ha pedido al charlatán del cura que venga a hacer a la casa, pero será mejor que lo deje correr —me dijo Juana clavando los ojos en mi rostro con una intensidad que hizo que se me pusiera la carne de gallina—. Lo desterraron de San Isidro por algo. Quizá a usted le diviertan las supersticiones indígenas, pero sabe la poca paciencia que tiene Rodolfo con estas cosas.

Asentí como si lo supiera, aunque no lo sabía. ¿Desterrado? Había muchas cosas de las que no había hablado con Rodolfo, y el destierro era una de ellas. Andrés tampoco me lo había comentado. No confiaba en mi capacidad de contestarle y menos cuando el calor de la ira bullía y se enroscaba en mi garganta ante su tono altivo.

«Charlatán». «Supersticiones indígenas». ¿Quién se creía que era para despreciar así a Andrés? ¿No veía cómo lo miraba la gente, cuánto necesitaban a una persona como él? ¿O es que no le importaba? ¿No sabía que el poder de Andrés era lo que inspiraba el copal protector de Ana Luisa? Su trabajo era un regalo. Podría salvar vidas en la batalla que librábamos contra la casa.

Un largo lamento se elevó desde la casa de Ana Luisa.

Se me encogió el corazón. Pobre Paloma.

—¿Qué está pasando? —me preguntó Juana bruscamente, como si acabara de darse cuenta del ambiente pesado que se cernía sobre el patio.

—¿No se ha enterado? —le pregunté. Su expresión no cambió. Estaba esperando a que continuara—. El Señor se ha llevado a Ana Luisa esta noche.

No estaba segura de lo que esperaba de mi cuñada. Sabía que

Ana Luisa y ella estaban muy unidas. Su camaradería se había forjado tras años de convivencia. ¿Esperaba que se echara a llorar, como Paloma? ¿Que pareciera que le faltaba el aire, como a Andrés?

—Bien —me dijo con frialdad—. Bien.

Y eso fue todo.

Se dio la vuelta con brusquedad y se dirigió a los establos.

La puerta principal de la casa estaba entreabierta, tal como la había dejado la noche anterior cuando salí con Andrés bajo la lluvia. Me miró con la boca abierta, oscura, desdentada y con mal aliento. Más allá, el salón estaba sumido en la oscuridad.

Era por la mañana, me dije. No podía pasar nada durante el día.

Pero habían sucedido cosas durante el día. La temperatura había cambiado drásticamente. Había encontrado el esqueleto en la pared.

Aunque había sido en el ala norte. Ahora estaría en el salón verde.

Se me revolvieron las tripas al recordarme a cuatro patas, con la sangre resbalándome por la barbilla hasta el suelo.

Era una ilusión. La oscuridad no podía hacerme daño.

«Ha matado a Ana Luisa», dijo una voz herida en el fondo de mi mente. Pensé en unas manos frías empujándome por la escalera, en lo terriblemente corpóreas que me habían parecido. En lo real que era su odio. «Casi mata a Andrés».

Luchando contra el impulso de estremecerme, miré las tejas rojas que faltaban en el tejado y la buganvilla marrón que colgaba de las paredes de estuco. Se suponía que San Isidro sería mi victoria. Mi futuro. Mi hogar.

Ahora lo único que podía hacer era esperar que no fuera mi tumba.

Respiré hondo, apreté los puños para armarme de valor y entré.

La casa se asentaba de manera diferente en los cimientos. Antes parecía desplomada y poco sólida, como las extremidades de una bestia en hibernación enroscadas alrededor de un ala central, pero ahora...

Ahora estaba despierta.

La sensación de que me observaban ya no me rozaba suavemente, evasiva y tímida. Era descarada, una mirada abierta y espeluznante que observaba cada uno de mis movimientos, cada uno de mis pasos hacia el salón con el interés patente de un perro mirando un trozo de carne.

Lo único que tenía que hacer era ordenar el salón. Andrés se ocuparía del círculo. Teníamos que asegurarnos de que no hubiera indicios de lo que habíamos intentado —y no habíamos conseguido— antes de que llegara Rodolfo.

La puerta del salón verde estaba tirada en el pasillo como un cadáver, arrancada de sus goznes como si hubiera habido una explosión. Mis zapatos crujieron sobre los cristales rotos cuando entré.

La temperatura descendió. Me estremecí. Era simplemente que esta habitación daba al oeste, y los rayos del sol aún no la habían tocado tras una larga y fría noche.

Todo estaba como lo habíamos dejado. Las velas estaban en su sitio, y las mantas, apiladas ordenadamente junto a la chimenea, sin usar, porque Andrés y yo no habíamos pasado la vigilia como habíamos planeado en un principio.

El corazón me subió a la garganta cuando pensé en Andrés flácido como un trapo, tras haber sido lanzado contra la pared. La pared era blanca y rugosa. No había señales de acontecimientos sobrenaturales. No había sangre en el suelo. No había copal en el aire.

Empecé a limpiar. Obedecí las órdenes de Andrés de no entrar en el círculo. No me costó recordar su tono urgente cuando me acerqué a las marcas de carbón para recoger las velas. Junto a ellas el suelo estaba templado, como si un cuerpo vivo estuviera tumbado en la piedra. Como si la vida latiera a través de ella. Estaba tan reñido con el frío del resto de la habitación que cuando lo rocé por primera vez, retiré la mano hacia atrás como si me hubiera quemado.

«Está activo», me había dicho Andrés.

No tenía intención de descubrir lo que significaba.

Mientras ordenaba, me preocupó algo igualmente apremiante: cómo demonios iba a recibir a Rodolfo cuando volviera a la casa. Incluso el olor del aire dentro de estas paredes había cambiado desde la última vez que había estado aquí. Yo no podría estar dentro por la noche sin estar rodeada de las reconfortantes nubes de humo de copal. No podría dormir a oscuras, como querría hacer Rodolfo.

Quizá podría coger las mantas que acababa de guardar y correr a la capilla. Quizá podría dormir debajo de los bancos, como Andrés cuando era niño.

Quizá podría decírselo a Rodolfo...

«Sabe la poca paciencia que tiene Rodolfo con estas cosas», me había dicho Juana.

Fuera cierto o no, Rodolfo me había reprendido en su carta y me había dicho que no volviera a pedirle ayuda a la Iglesia. Cuando él mirara a Andrés, vería a un cura. Vería a la Iglesia. Vería a una persona a la que habían desterrado de San Isidro, aunque yo aún no sabía por qué.

Vería que lo había desobedecido.

En nuestro breve matrimonio, nunca había hecho enfadar a Rodolfo. El miedo me recorrió la columna vertebral con pasos irregulares y discordantes al pensar en cómo le había gritado a Juana en la cena. ¿Cuánto tardaría esa ira en volverse contra mí? ¿Cómo sería?

—Beatriz.

Andrés estaba en la puerta con una cesta de algo que olía a masa caliente en una mano.

Fruncí el ceño. Era la primera vez que decía mi nombre sin el «doña», y me pareció desnudo, casi profano.

Señaló la pared con los ojos muy abiertos en su rostro apagado. La pared contra la que se había estrellado la noche anterior.

Volví la cabeza.

Unos trazos gruesos de sangre se extendían por el estuco blanco formando una sola palabra, repetida una y otra vez:

RODOLFO RODOLFO RODOLFO RODOLFO RODOLFO

Estaba en blanco. Minutos antes estaba en blanco, sin nada. Y ahora...

Una gota de sangre resbalaba desde la última O. Era sangre fresca, húmeda, como pintura recién aplicada, y goteaba.

RODOLFO RODOLFO RODOLFO

No podía apartar la mirada. No podía respirar.

RODOLFO RODOLFO

—¿Ha sido ella...? —Andrés no terminó la frase.

Ella. Ella.

«He oído decir que murió de tifus. He oído decir que la secuestraron unos insurgentes».

—¿Conoció a la primera esposa de Rodolfo? —le pregunté.

—Pues... —Andrés hizo una pausa—. La conocí. Sí.

—¿Cómo era?

—Como de una familia peninsular —me contestó en voz baja—. Alta y blanca. Tenía el pelo más claro que he visto nunca. Parecía el jilote del maíz.

Me aparté de la pared para mirar a Andrés. Si había comido o descansado, su aspecto no había mejorado. Estaba pálido y parecía mareado.

—Andrés. Tuve un sueño la última vez que estuvo aquí.

Le conté lo que había soñado: la mujer de gris, con el pelo como el jilote del maíz y los ojos como brasas. Sus garras de color carne. Las sábanas desgarradas, las marcas talladas profundamente en la cabecera de madera de la cama.

Me escuchó en silencio, aún en la puerta, demasiado enfermo o aturdido para moverse, hasta que llegué a lo último que quería contarle.

—Juana me ha dicho que Rodolfo vuelve dentro de dos días.

Andrés volvió a mirar la pared. Sus ojos siguieron una gruesa gota de sangre que se abría camino en el estuco. La letra era irregular y frenética. ¿Lo habrían escrito con miedo?

¿Era una advertencia?

—Creo que está en peligro, Beatriz —me susurró.

Sabía que era verdad.

Pero ¿a causa de quién?

17

ANDRÉS

Enero de 1821
Dos años antes

Una fría lluvia inundaba el camino que llevaba desde Apan a la hacienda San Isidro y lo llenaba de un barro que me salpicó la ropa. El viaje a pie me llevó la mayor parte del día; llegué ya cuando la noche empezaba a oscurecer el horizonte por el oeste.

Había vuelto a Apan casi seis semanas atrás, pero por fin estaba en casa.

Cruzar las puertas de la propiedad fue como acceder a un recuerdo que ya no encaja. Regresar a ese paisaje de mi infancia me hizo sentir como un pie demasiado grande para ese zapato, deformado por el mundo exterior. El camino hasta San Isidro era como el sendero que llevara a un sueño. Había abandonado el mundo cotidiano de la Iglesia y la gente de la ciudad y había entrado en otro en el que los vientres de las nubes se acercaban a la tierra como para escuchar, en el que los coyotes tenían miedo de acercarse a la casa de Titi, en el que todas mis piezas tuvieron sentido en algún momento y en el que esperaba que volvieran a tenerlo.

Pero era una esperanza vana, claro. La tierra embarrada de los terrenos de la hacienda no era diferente de la de la ciudad. El peso de mis problemas no desapareció inmediatamente de mis hombros en cuanto llegué allí.

Tía Ana Luisa me saludó con su frialdad habitual. Nunca fue una mujer cariñosa y dudaba de que alguna vez me perdonara por el crimen de haber nacido con un potencial innato del que ella carecía, por haberme convertido en el alumno de mi abuela después de que Titi se negara a enseñarla a ella.

—Paloma está en la casa con los demás —dijo, cogiendo la bolsa empapada en la que llevaba mis escasas pertenencias—. Supongo que te alojarás en la capilla ahora que eres... —Hizo un gesto vago para señalar el alzacuellos que lucía—. Eso.

Dejé que Ana Luisa llevara mi bolsa hasta la capilla y seguí sus instrucciones de que fuera a la cocina de la casa principal, donde Paloma me calentaría algo de cena y después podría sentarme junto al fuego y leerles la Biblia a las mujeres de la casa mientras remendaban o bordaban.

Cuando me acerqué a la casa, ya se había instalado la oscuridad de la noche.

«Hola, vieja amiga», pensé mientras caminaba bajo la lluvia, que estaba amainando.

Emitió un gruñido en respuesta, tambaleándose, cascarrabias, sobre sus cimientos.

No pude evitar sonreír. La casa tenía tantos estados de ánimo como plumas una golondrina. Y yo le tenía cariño a sus arranques de mal humor; sus crujidos impacientes y sus quejidos inspiraban en mí una necesidad imperiosa de darle unas palmaditas cariñosas en un costado, como habría hecho con una mula testaruda, pero adorable de todas formas. Cuando era niño sabía que esa casa antigua y con tanto carácter era diferente de cualquier otra cosa que hubiera conocido. En ese momento, tras haber cruzado los umbrales de innumerables casas antiguas, sabía con certeza que esta era única.

—¡Cuervito! —Había una mujer esperando impaciente en la entrada iluminada de la cocina y había utilizado para saludarme el apodo de mi infancia: «cuervito». Era Paloma. Aparte del día de la procesión, llevaba sin verla desde que ella tenía doce o trece años, y contemplarla ahora tan mayor me pilló por sorpresa—. ¡Date prisa!

Entró conmigo a la cocina cálida, me cogió el sarape de lana empapado y lo colgó junto al fuego. Después se volvió, con las manos en las caderas en una extraña imitación de Titi.

—¿Vas a dejar de crecer alguna vez?

Me encogí de hombros, me senté donde ella me había señalado y esperé pacientemente mientras me preparaba un plato. Habían pasado los años, pero mi papel en la familia no había cambiado: como único hijo que había sobrevivido entre una horda de mujeres mandonas y gritonas, lo que tenía que hacer era quedarme sentado y escuchar, comerme la comida que me ponían delante y alcanzar cosas que estaban en los sitios más altos.

El calor fue calando en mi ropa empapada y mis huesos azotados por el viento.

Estaba en casa.

Cuando estuve seco y alimentado, Paloma me llevó al salón verde para conocer a la esposa del patrón.

Había un fuego chisporroteando en la chimenea. Doña María Catalina, señora de Solórzano, la patrona emperifollada de la hacienda San Isidro, se levantó para saludarlo. Sabía, por lo que había oído hablar a Paloma en la cocina, que el servicio la llamaba doña Catalina. Unos cuantos miembros del personal de la casa se levantaron a la vez que ella. Reconocí a una de ellas; era Mariana, la amiga de Paloma, que también había cambiado por la adolescencia.

—Padre Andrés. —La voz de doña Catalina era limpia como una hoja de papel en blanco. La luz del fuego se reflejaba en su pelo claro y actuaba como un tinte; era como si un halo dorado rojizo le rodeara la cara menuda y afilada—. Qué amable por su parte venir a unirse a nosotras. Ana Luisa dice que tiene una voz maravillosa para la lectura, entre otras buenas cualidades.

«Desagradecido, sinvergüenza...». Durante toda mi infancia, Ana Luisa había dicho muchas cosas sobre mí, pero nunca las que acababa de oír. Yo mostré esa sonrisa tímida y beata que había aprendido a poner en Guadalajara, la que usaba para ocultar cualquier tipo de aprensión o desconfianza que pudiera sentir al hablar con los feligreses, y cogí la Biblia que me ofrecía con una inclinación de la cabeza respetuosa.

Me senté frente a ella y abrí la Biblia por las cartas de san Pablo a los efesios.

La habitación estaba en completo silencio, solo interrumpido por el crepitar del fuego.

Hice una pausa mientras recorría la página de la Biblia con el dedo, aunque sin ver las líneas. Qué raro que la casa hubiera decidido permanecer en silencio justo en esa habitación. Yo siempre podía oír sus quejas, sus chismorreos maliciosos, el murmullo de sus comentarios que acompañaban a todas las conversaciones.

Pero ahora estaba en silencio.

Y no era el silencio reverente de los lugares sagrados, ni el respetuoso de los cementerios. Era... raro.

Carraspeé, consciente de que doña Catalina seguía observándome, y entonces empecé a leer.

Paloma se sentó al lado de Mariana y cogió su labor de costura. Unos mechones oscuros y ralos se le escapaban de la trenza; se mordía el labio inferior mientras cosía, como hacía Titi cuando tenía algo rondándole la mente. Había una pesadez en la habitación que no era a consecuencia del calor del fuego; se notaba una tensión que no podía identificar. Y cuando Paloma insistió en acompañarme hasta la pequeña habitación anexa a la capilla, con una pila de mantas en la mano, yo no me opuse.

La habitación era espartana: una chimenea, una mesa y una cama. El suelo de tierra y gravilla prensado, pulido con un barniz y suavizado por generaciones de pisadas. Una estantería para los libros y una cruz de madera muy austera colgada en la pared. Paloma cerró la puerta y dejó las mantas sobre la mesa. Encendió unas cuantas velas y se quedó por allí mientras yo me agachaba ante la chimenea para encender un fuego. La miré un par de veces por el rabillo del ojo. Se estaba mordiendo el labio inferior otra vez; ahora que no tenía las manos ocupadas con la labor, se había puesto a juguetear con las borlas de su chal.

Sabía perfectamente cómo se comportaba alguien que tenía

mucho que decir, pero tenía miedo de hablar. Bajé la voz para asegurarme de que sonara muy suave, para no asustarla, como si estuviera hablando con un pajarillo.

—Algo te preocupa —dije—. Tal vez pueda ayudarte.

—Ayuda es justo lo que necesito —confesó, a la vez que levantaba la cabeza. Retiró la silla que había junto a la mesa y se sentó, acercando las rodillas al pecho, como para protegerse—. Tu ayuda, específicamente. Mira... —dijo, pero no continuó, se quedó mirando fijamente el fuego—. Mi amiga no se atreve a pedírtelo directamente, aunque le he dicho que eres inofensivo. Ella... Mariana, la que estaba sentada en la sala con nosotros esta noche... es que es muy tímida.

Yo asentí. «Tímida» no era la palabra que yo habría elegido. Mariana se encogía cada vez que yo cambiaba de postura y mantenía los hombros muy tensos. Y se pinchó con la aguja mientras cosía al menos dos veces por culpa de ese movimiento repentino.

Así reaccionaba mi madre cuando todavía vivía.

—Seguro que Titi te enseñó —continuó Paloma—. Seguro que lo hizo. Tienes que ayudarla.

Nuestra abuela me enseñó muchas cosas, así que no comprendí inmediatamente a qué se refería.

—No te entiendo.

Paloma buscó las palabras, claramente nerviosa. Tenía los ojos llenos de unas lágrimas de frustración y, cuando habló por fin, le temblaba la voz.

—Cuando estuvo aquí, el patrón forzó a Mariana.

Me la quedé mirando fijamente, incapaz de encontrar las palabras para responder. La conmoción me escocía como si me hubieran dado una bofetada en la cara. No se me ocurrió nada que decir. Dios mío, ¿por qué abandonas a tu pueblo? ¿Por qué no lo proteges de los monstruos que merodean la tierra?

Recordé al rubio señor Solórzano sonriéndole al padre Guillermo, con su grácil esposa a su lado; las entrañas se me convirtieron en piedra y se hundieron como si estuvieran bajo el agua. Me equivoqué al pensar que el hijo del viejo Solórzano era mejor que su padre. Esos señores del pulque eran todos hombres corrompidos.

—No te hagas el tonto. Sabes perfectamente a lo que me refiero. —Las mujeres de mi familia envolvían sus miedos y tristezas en cuchillos y garras; la dureza de su voz no me ofendió, pero me hizo entender lo preocupada que estaba—. Ahora está embarazada. Está prometida para casarse con Tomás Revilla, de la hacienda Ometusco, pero si se entera... Si se entera alguien... —Se le quebró la voz temblorosa, como si no fuera capaz de acabar la frase.

El corazón me dio un vuelco. Me volví con brusquedad.

—¿Y cuándo es la boda? —pregunté con calma—. Tal vez haya alguna forma de que Mariana oculte el embarazo hasta que...

—No me estás escuchando —respondió Paloma—. Ella no lo quiere. ¿No es suficiente razón?

Sus palabras cayeron como un enorme pino en medio del bosque y dejaron un largo silencio después. El fuego empezó a producir humo y un suave chasquido indicó que las astillas habían prendido. Yo no dejé de mirar a Paloma.

—Tienes que ayudarla. Ya sabes a lo que me refiero. —La voz de Paloma seguía siendo débil, pero se volvió más firme al asestar el último golpe—. Titi lo habría hecho.

«Pero Titi no era cura», estuve a punto de gritar, pero me mordí la lengua. ¿Podría entender Paloma que el miedo me había acompañado desde que dejé Guadalajara? Ella no había vivido tan cerca del padre Vicente; aunque la Inquisición había abandonado el lugar para volver a España cuando se produjo la revolución de la insurgencia, todavía corría por las venas de muchos sacerdotes y prendía en ellos el fuego de la rectitud.

Tenía que seguir escondiéndome. Así había sobrevivido y seguiría haciéndolo. Eso quedaba fuera de toda cuestión.

Miré al suelo y me volví hacia las astillas humeantes.

—Tengo que rezar sobre esto —dije mirando al fuego.

—Las oraciones no son más que palabras vacías.

Me encogí ante la acritud de la voz de Paloma. Se levantó

bruscamente, con la mandíbula apretada con una expresión feroz y se envolvió de nuevo los hombros con el chal.

—Ella necesita ayuda —concluyó.

Y salió dando un portazo.

Tras dar la misa en la capilla a la mañana siguiente, salí y utilicé un atajo que cruzaba el cementerio en el que estaban enterradas generaciones de Solórzano. La costumbre de muchos años fue guiando mis pies; cuando salté por encima del muro bajo volví a ser un chiquillo de ocho años, o doce, o quince, que iba a visitar a mi abuela tras escaparme de la ciudad y sus días infinitos llenos con la escuela y las tareas y las noches eternas en las que me dedicaba a evitar los arrebatos de mi padre borracho.

La casa me observaba por el rabillo del ojo. En vez de jugar conmigo y acosarme con cotilleos de hacía siglos o susurros de voces cantarinas como cuando era niño, mantenía una distancia prudente. Tal vez podía oler el cambio que se había producido en mí. Tal vez sabía lo profundo que había enterrado las partes de mí que le resultaban más interesantes.

Un silencio me envolvió mientras caminaba entre las tumbas y las humildes lápidas envejecidas. Paloma pertenecía a la séptima generación de nuestra familia que vivía en esas tierras; algún día a ella también la enterrarían ahí y sus hijos seguirían viviendo junto a la casa, sus hijas trabajarían bajo ese techo y sus hijos tomarían el relevo con los machetes de los tlachiqueros o pastorearían las ovejas. Y así otra generación se ganaría la vida a la sombra de la familia rubia Solórzano y su maguey.

Bajé la colina hasta donde los habitantes del pueblo enterraban a sus muertos. Había pasado la mayor parte de la noche mirando al techo en la oscuridad, preguntándome qué hacer. Había llegado el momento de dejar de darle vueltas a la cabeza y preguntarle directamente a Titi.

Seguí las instrucciones que me había dado Ana Luisa para explicarme dónde estaba enterrada mi abuela. Mis zapatos dejaban unas profundas huellas en la tierra saturada por el agua de la lluvia. Lo sentí antes de ver su nombre en la tumba: «Alejandra Flores Pérez, fallecida en julio de 1820».

Julio. A mí me ordenaron ese mismo mes. Salí de Guadalajara en otoño; el avance por la carretera era lento, obstaculizado por ejércitos en movimiento y la amenaza de los salteadores, pero había vuelto lo más pronto que había podido.

Pero no fue suficiente.

«¿Por qué no me esperaste?». Me arrodillé a su lado, ignorando el barro que me manchaba los pantalones y cualquier otra cosa, aparte del dolor y la autocompasión. Se me hizo un nudo en la garganta por las lágrimas, así que cerré los ojos y eché atrás la cabeza para mirar el cielo con su pálido sol del invierno. «¿Por qué no te has quedado conmigo?».

De repente se levantó un viento que me alborotó el pelo y desapareció después. Las nubes ralentizaron su avance sobre las colinas que rodeaban el valle. Más allá de los muros de San Isidro, un pastor le silbó a su perro y el aire me trajo su sonido leve y agudo.

Las tumbas estaban en silencio.

No recibí respuesta.

Lo único que quería era oír su voz diciéndome qué hacer, corrigiéndome, dándome órdenes como hacía desde antes de que yo supiera leer siquiera.

Otra ráfaga de viento. Me rozó la cara con ternura y un recuerdo surgió tras mis párpados cerrados. Era pequeño y estaba mirando a mi abuela arropar bien con unas mantas de lana a un niño con fiebre, mientras murmuraba oraciones que yo no entendía. Estábamos en el pueblo que había junto a una hacienda al noreste de Tulancingo. Muchas veces acompañaba a Titi cuando visitaba a los habitantes de otras propiedades en los alrededores de Apan. Íbamos montados en un burro gris con muy malas pulgas que uno de mis primos llamaba, de broma, Cuervito.

Ese año una fiebre campaba por muchas de las haciendas, y afectaba en rápidas oleadas a todos los niños. Yo contemplé cómo mi abuela atendía al que tenía ante ella, con un incensario en el suelo al lado de la cama y un huevo en la mano derecha. El humo del copal ascendía hasta el techo bajo de la habitación enroscándose como una serpiente perezosa. Una sombra se cernía sobre el niño, como si alguien hubiera cubierto con un velo de humo la escena que tenía delante, y solo mi abuela podía traspasarla sin sufrir ningún daño.

Titi se irguió. Ya tenía la espalda un poco encorvada, incluso en aquella época, y las largas trenzas eran blancas como la leche, pero se percibía una fuerza innegable en su postura cuando envolvió a la madre del niño con los brazos y la abrazó, dejando que la mujer llorara y consolándola en voz baja y en castellano, recordé, porque el pueblo de esa hacienda hablaba otomí, y no nuestro dialecto del mexicano.

Cuando nos fuimos, Titi me cogió el incensario y nos alejamos un poco de la casa.

—¿Qué has visto cuando mirabas al niño? —preguntó.

La visión del velo se me había quedado pegada a la piel, como el olor del humo. Algo estaba observando al niño, esperando.

—Se va a morir, ¿verdad? —susurré.

Entonces ella era más alta que yo, a diferencia de unos años después, así que agachó la cabeza para mirarme y asintió muy seria.

—Sí.

—Entonces ¿qué hemos hecho por él? —pregunté, con voz ahogada—. Si no podemos evitarlo.

Titi se detuvo y me agarró por el codo. Yo no aparté los ojos de sus sandalias gastadas.

—Mírame, Andrés. —Yo obedecí—. ¿Qué más has visto?

Pensé en la habitación oscura, el aire rancio del interior, la luz que entraba por la puerta y el fuego encendido para ayudar a que el niño sudara la fiebre.

—¿Su madre?

—Hay algunas enfermedades que no podemos curar —explicó mi abuela—. Otras las podemos aliviar. El dolor es una de ellas. Y la soledad otra. —Examinó mi cara—. ¿Lo comprendes? Ayudar a las almas perdidas es nuestra vocación.

«Nuestra» vocación. Tenía que ser «nuestra», compartida, una carga que pasaría poco a poco, con el tiempo, de sus hombros a los míos. Tras años de trabajo juntos. Porque fue Titi quien me enseñó a escuchar a los mortales y a los espíritus por igual, también los remedios curativos con hierbas de su abuela y cómo eliminar el mal de ojo pasando un huevo de gallina por encima de un niño con fiebre. Me enseñó todo lo que pudo, todo lo que sabía.

—Me temo que no es suficiente, para ti no —me dijo una vez—. Algún día tú vas a recorrer caminos que yo no entiendo. Y debes encontrar tu propia forma de hacer las cosas.

El corazón me dolía cada vez que recordaba esas palabras, porque temía y me resistía a que eso fuera cierto. Lo único que quería era recorrer el mismo camino que Titi. Pero quedó claro que no podía, incluso antes de hacerme sacerdote.

Era hijo de Esteban Villalobos, un sevillano que vino a Nueva España buscando fortuna y encontró trabajo en la hacienda San Isidro.

Y cuando cruzó el océano desde la península, se llevó con él a su única hermana.

Yo solo la vi una vez. Poco después de que muriera mi madre, cuando tenía doce años; volví a la casa de mi padre, en Apan, tras pasar unos días con Titi y Paloma y me encontré a una mujer alta en la cocina. Me recordaba a un toro, con manos anchas y callosas, pelo marrón cobrizo y ojos oscuros que brillaban como las chispas de la pólvora. Mi padre la llamó Inés y me la presentó como su hermana, aunque los dos se mostraban formales y envarados el uno con el otro. Me dijo que había ido a verlo para despedirse antes de volver a España. Partiría de camino a Veracruz al día siguiente.

A la mañana siguiente, después de que mi padre se fuera a supervisar la prisión —uno de sus deberes como ayudante del caudillo—, cuando me desperté, vi que Inés había quitado una de las tablas del suelo de la cocina y estaba escondiendo un montón de papeles debajo.

Creía que no había hecho ningún ruido, pero ella levantó la

cabeza. Se quedó muy quieta, fijó en mí sus ojos como la pólvora y los entornó. Unas patas de gallo aparecieron en las comisuras.

—Tú —exclamó. Su voz sonaba arrogante y directa, tan poco agradable como monótona—. Tú tienes la oscuridad del demonio, ¿no?

—Yo... No sé qué quiere decir —contesté tartamudeando, espantado. Y me santigüé, por si acaso—. Dios no lo quiera.

Ella enarcó ambas cejas de color claro, tanto que quedaron muy cerca del nacimiento del pelo, con aire irónico.

—No me mientas. Lo supe en cuanto te puse la vista encima.

Me inundó una sensación amarga de vergüenza mezclada con miedo. La estaba sacando de quicio, aunque no sabía cuál era mi pecado ni cómo expiarlo, y eso me asustaba. Me la quedé mirando en silencio mientras terminaba de esconder los papeles y después volvía a colocar la tabla con un ruido seco.

—Puedes considerar esto tu herencia. —Le dio una palmadita a la tabla del suelo y le arrancó un sonido hueco y extraño—. Si sabes lo que te conviene, no lo sacarás del escondite.

Y sin decir nada más, cogió sus pertenencias y se fue.

«Esto». Pero ¿qué era? No había pasado una semana desde que Inés se fue cuando sucumbí a la curiosidad y miré bajo el tablón. Había un montón de papeles con manchas provocadas por los años y los bordes desgastados por el uso. Yo había aprendido a leer en la escuela y, aunque con esa edad no se me daba muy bien, reconocí que, a pesar de que los caracteres de la página seguían la coreografía de un lenguaje, no estaban escritos ni en castellano ni en latín.

Detrás de mí, resonaron las voces que había en los muros de la casa de mi padre. Noté que se me erizaba el vello de la nuca cuando sentí que miraban las letras por encima de mi hombro y la oscuridad de su interés como un lodo húmedo recorriéndome la espalda.

Le llevé los papeles a Titi ese mismo día. Aunque ella no había aprendido a leer, descubrimos que no necesitaba esa capacidad para interpretar el contenido de los papeles que Inés había dejado allí: guiada por la intuición, fruto de sus propios dones, Titi pudo deducir el objetivo de esos caracteres. Eran hechizos de protección y sanación, exorcismo y maldiciones; Titi los unió a sus propios encantamientos y me enseñó cómo dominar la oscuridad que sentía en mí. Si Inés había tenido en sus manos esos papeles y había hablado con el demonio, entonces Inés también debía de haber sido una bruja, aunque de un tipo diferente al que era Titi. Y lo que fuera que le dio a Inés sus poderes, me lo había pasado a mí (por acción de la sangre, del contenido de esos papeles o ambos).

Me inventé una forma de transcribir solo para mí las enseñanzas de Titi al mexicano, pero cuando tenía dieciséis años, mi padre descubrió las notas que había escondido con poco cuidado bajo el colchón de su casa.

Creía que podía predecir su humor como el tiempo. Con un montón de pulque llegaban las predecibles tormentas con sus portazos y gritos. Con la paciencia suficiente, lograba librarme de lo peor; había aprendido a fundirme con los muros, como si yo también fuera una de las voces. Pero si esta me fallaba y le contestaba, me enfrentaba al peligro. Cuando intenté recuperar los papeles que tenía en la mano, esperé a que me gritara, me empujara o que me golpeara.

Pero mi padre se apartó de mí.

—Queman a la gente como tú, ¿lo sabes? Tú, Inés... deberíais arder. —Los ojos, con el blanco que rodeaba sus iris inyectados en sangre, casi se le salían de las órbitas—. Enviaros al infierno, que es adonde pertenecéis. —Y corriendo, como un animal veloz, cogió la cruz de madera que había colgada en la pared, la arrancó y me la tiró. Yo la esquivé y se estrelló contra la pared que tenía detrás con un ruido sordo y después cayó al suelo, partida en dos—. Vete al infierno.

Me fui de San Isidro esa misma noche. Y nunca volví a verlo.

A la ciudad llegó el rumor de que había recogido sus cosas y se había marchado de Apan. Algunos decían que tenía intención de ir al norte, a Sonora o a Alta California. Otros contaban que escupió en el suelo y que juró que iba a volver a España.

No pasó mucho tiempo antes de que Titi empezara a insistir en que me fuera a Guadalajara. Que cumpliera el último deseo de mi madre y que me convirtiera en sacerdote.

—Tienes que hacerlo —me dijo cuando nos despedimos—. Esto es lo que debe ser.

Yo estaba tan convencido. Tenía miedo de los insurgentes y de los españoles que pudiera encontrar por el camino, de los bandoleros, de que la Inquisición me rodeara, como hicieron los leones con Daniel. ¿Qué lógica había en enviar a un alma condenada directa a las fauces de la Iglesia, cuando lo que debería hacer era justo ocultarse de ella?

El miedo que había en los ojos de mi padre cuando se apartó de mí se me había grabado a fuego. Era una marca que nunca sanaría, nunca cicatrizaría.

«Deberías arder».

—¿Cómo sabes que esto es lo que debe ser? —pregunté con la voz quebrada—. ¿Cómo?

—Ay, Cuervito. —Me dio unas palmaditas en las manos. El contacto de las suyas, de dedos retorcidos, era suave, pero sus ojos oscuros mostraban una confianza férrea—. Aprenderás a sentirlo. Cuando llegue el momento, sabrás qué es lo que debe ser.

Habían pasado los años, pero ese momento no había llegado.

Cerré los puños, noté el frío del invierno en la cara y la tierra húmeda de la tumba bajo las rodillas.

¿Cómo podía alguien simplemente «saberlo»?

En Guadalajara había soportado homilía tras homilía sobre la fe y las creencias y sobre poner mi destino en las manos de lo desconocido. En mi interior dividido, Dios era una cosa. Dios era invisible e incognoscible, pero aprendí a tener fe de que estaba ahí, aunque dudaba de que le prestara tanta atención a ese trocito de tierra que era Apan como a otros lugares.

Pero con las enseñanzas de Titi aprendí que había cosas que podía conocer. Siempre oía voces, estuviera donde estuviera. Ahora que había vuelto a Apan, sentía el movimiento del tiempo; sabía cuándo el trueno abriría los cielos que cubrían el valle, cuándo los lechos de los ríos se inundarían por la presencia espectral de la Llorona y cómo aplacarla. Sabía cuándo iban a salir las florecillas silvestres, cuándo iban a parir los caballos, sentía la presencia de los espíritus de las montañas y detectaba cuándo se agitaban, incluso en medio del más profundo sueño.

¿Entonces por qué no sabía si debía ayudar a Paloma y a Mariana o no?

Pensé en Mariana a la luz del fuego, encogiéndose ante cada movimiento como un pajarillo herido, una sombra frágil. Sabía que estaba sufriendo. Estaba escrito en su espíritu tan claramente como si estuviera plasmado con tinta. Conocía la fiereza de Paloma. Su convicción.

Y cuando miré a la pequeña congregación esa mañana durante la misa, supe que la ausencia de mi abuela era una herida. La gente de San Isidro, esa gente que formaba mi hogar, sufría sin ella.

Sacerdote o no, supe que estaba destinado a llenar el vacío que había dejado su ausencia.

Pero no había nadie para decirme cómo. Nadie podía hacerlo.

Tendría que encontrar el camino solo.

18

BEATRIZ

El presente

Después del funeral de Ana Luisa, Andrés me siguió sin llamar la atención hasta el salón. Se quedó mirando la sangre que goteaba por la pared durante un buen rato.

Por fin, unas palabras salieron de sus labios agrietados.

—Tengo que cerrar el círculo —dijo en apenas un susurro.

—¿Se puede hacer? —pregunté.

—Eso espero. —Inhaló profundamente y exhaló despacio—. Cielo Santo. Eso espero.

Miró el círculo, cerró los ojos y empezó a entonar una salmodia en voz baja. Extendió ambas manos delante de su cuerpo, con las palmas hacia arriba, como si estuviera suplicando. Yo di un paso atrás.

El zumbido que había notado antes aumentó. Subió de volumen y de tono, y fue como si un enjambre de abejas llenara la habitación; una especie de pulsaciones me recorrió la piel en oleadas, haciendo que se me pusiera de gallina. Se me aceleró el corazón.

Pronto me di cuenta de que a Andrés le fallaba la voz. Aunque no lo entendía, pensé que iba a hacer una pausa para volver a empezar. El zumbido se mantuvo en el mismo tono un momento y después bajó para volver a empezar una vez más la lenta ascensión.

Al final Andrés interrumpió totalmente su salmodia. Esperé

que se volviera hacia mí, que nos envolviera alguna especie de consuelo, como un amanecer tras una larga noche... pero sus hombros se hundieron, perdiendo su anterior postura determinada. Bajó la cabeza y se la cubrió con las manos.

El zumbido que salía del círculo continuó. Aunque cerrara los ojos, lo seguía viendo como si tuviera esas marcas rojas grabada en el interior de los párpados. Mi intuición me dijo que no había terminado aún.

—¿Lo ha cerrado?

—No.

Hubo un largo momento de silencio.

A lo lejos se oyó resonar una risa burlona. Un escalofrío me recorrió la espalda.

—¿Va a volver a intentarlo? —insistí.

Él respiró profundamente.

—No puedo.

¿Que no podía? ¿Qué significaba eso? Avancé un paso y el ruido que hicieron mis zapatos sobre las losas de piedra resonó en la habitación. Tenía las manos con las yemas de los dedos unidas delante de la cara, presionadas contra su boca de labios apretados. Tenía la cara ceniciento, la mirada fija en el círculo y estaba inmóvil, ni siquiera hizo el más mínimo movimiento cuando me acerqué.

Lo recordé tumbado bocarriba en el suelo de la capilla, con la cara gris, tosiendo y los dientes manchados de sangre. «Los médicos no pueden curar a los brujos».

Lo que pasó la noche anterior y el impacto de lo que había visto esa mañana habían sido duros para mí, pero mucho más para él.

—Necesita descansar —anuncié.

Sinceramente lo que quería decir era: «Deje que yo lo cuide». Si él era mi protector por la noche, yo lo sería durante el día. «Comparta su carga conmigo, no está solo», eso era lo que quería decir. Pero me mordí la lengua. Contuve el deseo de cogerlo del brazo. La situación en la que nos encontrábamos ya era lo bastante peligrosa. Demostrar demasiada familiaridad con él solo nos traería problemas.

—Venga, vamos a la cocina.

—No me acuerdo —dijo él.

El temblor de su voz alcanzó una nota grave. Su expresión mientras miraba el círculo... ¿Era miedo lo que había visto en sus ojos?

—La oración correcta, no me acuerdo —insistió—. No puedo cerrarlo. No puedo.

Se le quebró la voz al pronunciar la última palabra. Sentí la compasión crecer en mi pecho y en ese momento sí me permití colocarle suavemente una mano en el antebrazo. Pero en lo más profundo de mi ser no lo creía. ¿Cómo podía hacerlo? Andrés curaba a los enfermos. Levitaba como un santo. Andrés era capaz de cualquier cosa.

—¿No la tienes escrita en alguna parte? ¿Tal vez entre tus pertenencias en la ciudad?

—No.

La derrota que se oía en su voz me heló la sangre. ¿Fue eso lo que me puso la piel de gallina o sería una bajada repentina de la temperatura de la habitación? ¿Estaban creciendo las sombras, haciéndose más fuertes al alimentarse con el sabor de nuestro miedo o mi mente me estaba jugando una mala pasada?

—Entonces ¿cómo...?

—Lo he memorizado todo —respondió con brusquedad—. Es demasiado peligroso tenerlo escrito. Y ahora... —Las palabras no salieron. Sus ojos estaban vidriosos. Estaba a punto de romper a llorar—. No recuerdo las palabras.

Lo vi estrellarse contra la pared como si fuera un muñeco de trapo. La oscuridad no lo había matado. Pero al golpearse la cabeza, al producirle esa lesión, le había arrebatado algo tan preciado como su vida: su capacidad para protegernos a todos.

Una punzada de miedo me atravesó la nuca hasta llegar a mi cabeza.

—¿Hay algo para lo que no hagan falta palabras? —pregunté, luchando por evitar que mi pánico creciente se trasluciera en mi voz—. Algo en lo que pueda actuar por instinto, improvisar, hablar en castellano...

—No, nada —exclamó. La furia atravesó como un relámpago sus palabras y echó atrás los hombros cuando se volvió para mirarme—. Esto... lo que hice en esta habitación anoche, hay que controlarlo. Es peligroso. No sabe de lo que habla, no lo entiende.

Me ruboricé y me ardieron las mejillas. No, yo no entendía su brujería. Pero lo que sí entendía es que era peligroso estar en esa casa sin protección. Sin su poder, estábamos desnudos e indefensos enfrentándonos a la oscuridad. Pero ahí seguíamos, sin escudos y sin armas, allí dentro, rodeados por la maldad que se extendía, enconada, por esas paredes como una infección.

Y nosotros éramos su presa.

«Beatriz». Me tensé. Una voz pronunció mi nombre; resonó de forma clara en mi mente, aunque no había oído nada. Se me puso de punta el vello de los brazos. «¿Cuándo es de noche, Beatriz? ¿Cuándo de día?».

Apreté el brazo de Andrés y miré a mi alrededor con los ojos desorbitados.

Allí no había nadie.

—Andrés —dije en un murmullo—. Estoy oyendo una voz. ¿La oye también?

Con un movimiento ágil me agarró con fuerza por los hombros. Me quedé sin aliento porque no me esperaba la firmeza de su contacto.

«¿No tienes miedo?».

—Andrés... —Volví a recorrer la habitación con la mirada.

«¿No sabes de lo que él es capaz?».

—Está aquí —dije con un hilo de voz—. Ella está aquí.

Era lo que había liberado la noche anterior. Lo que fuera que había matado de miedo a Ana Luisa y había hecho añicos el crucifijo. Estaba en las paredes, en las vigas, rodeándonos...

—Míreme a los ojos —dijo Andrés con contundencia, sacudiéndola cuando ella no obedeció. La estaba agarrando tan fuerte que seguro que le iba a dejar cardenales—. Míreme. —Sus lágrimas se habían evaporado y ahora en sus ojos brillaba un fuego feroz y sí... me daba miedo. Esa pasión lo acababa de convertir en un extraño dominante y peligroso—. No la escuche. Expúlsela de su mente ahora mismo.

«Tiene secretos, Beatriz...».

—¿La oye? —pregunté con voz ronca y disonante—. Dígamelo. Por favor.

—Expúlsela. —Su orden tenía el tono autoritario del sacerdote que era, el que amenaza a su congregación para que se arrepienta de sus pecados y cuya condenación del demonio llenaba catedrales—. Expúlsela.

Cerré los ojos.

«Beatriz, Beatriz, Beatriz...».

Cerré los puños e intenté alejarla con todas mis fuerzas. «No —le dije—. No. Fuera».

La voz se calló.

Se oyeron pasos en el pasillo que anunciaban que alguien se acercaba al salón.

Abrí los ojos rápidamente.

Andrés me soltó los hombros y se volvió hacia la puerta.

Paloma apareció en el umbral.

—Ay, Cuervito —dijo, arrastrando las sílabas mientras miraba el desastre a medio limpiar de la habitación: las velas casi consumidas, los incensarios, el cristal roto. Hizo la señal de la cruz—. Te has superado esta vez —añadió con amargura.

—Palomita, deberías estar descansando —contestó Andrés. Se había transformado en un abrir y cerrar de ojos. Su cara y su voz estaban llenas de preocupación y su postura volvía a transmitir una autoridad amable. Todo en él transmitía calma.

Pero yo estaba muy afectada.

—No puedo estar quieta —contestó Paloma—. Dame algo que hacer.

Andrés se acercó a ella y le apoyó la mano en el hombro cariñosamente.

—Puedes descansar en mi habitación si quieres. Comprendo que...

Ella le apartó la mano, con evidente frustración.

—No escuchas lo que te digo. Dame algo que hacer —repitió—. No puedo quedarme sentada sola sin hacer nada.

Yo estaba desesperada por salir de esa habitación. Necesitaba alejarme de Andrés. Quería sentir la seguridad del exterior, donde no había voces, o al menos...

—¿Querrías ayudarme en la cocina? —propuse de repente.

Los dos me miraron a la vez, sorprendidos —tanto como yo— por el extraño tono de mi voz. Carraspeé.

—Necesito... preparar algo. —«Ahora que ya no tenemos cocinera», añadí mentalmente—. Y me vendría bien un poco de ayuda.

Paloma enarcó una ceja.

—¿Usted sabe cocinar? —preguntó incrédula.

—Sí. Y debemos tener algo planificado para cuando vuelva mi marido pasado mañana.

Paloma se puso tensa.

—¿Va a volver el patrón? Santo cielo, Andrés. Tienes que limpiar todo esto.

Todo mi cuerpo temblaba cuando crucé la habitación hacia donde estaba Paloma. Cuando crucé el umbral, volví la cabeza para mirar a Andrés.

La pared que tenía detrás estaba completamente blanca.

No había sangre. Ni ningún nombre.

Había desaparecido.

El frío que notaba en los huesos no desapareció cuando Paloma y yo entramos en la cocina. Mientras ella encendía el horno, yo me arrodillé en el umbral para encender los incensarios que guardaban la entrada. Me llevó más tiempo que de costumbre conseguir que prendiera la resina porque me temblaba violentamente la mano. Por fin, unas volutas dobles de humo se elevaron, enroscándose como columnas y llenando la cocina con el característico aroma del copal. Respiré hondo su olor calmante. Mi corazón empezó a latir más despacio. Eso era seguro. Podía confiar en ello, porque no se iba a tambalear.

Pero Andrés...

Miré atrás, al pasillo, y me mordí el labio. Ante mí tenía una oscuridad fría, neutra, que no me observaba. Tal vez la atención de la casa estaba fijada en Andrés. «Tiene secretos, Beatriz...».

Mis hombros se estremecieron.

¿Cómo iba a sobrevivir a esa noche? ¿Cómo iba a sobrevivir en general? ¿Cómo podría recibir a Rodolfo? ¿Me permitiría tener la cama rodeada de incensarios? ¿O pensaría que era supersticiosa, o peor, que estaba loca?

¿Me estaba volviendo loca de verdad?

La oscuridad se estaba burlando de mí.

Me aparté del umbral y me volví hacia Paloma. La cocina daba al sur y ella había abierto de par en par las puertas que daban al jardín. El sol se colaba con su energía y su calor en la habitación mientras ella avivaba el fuego.

—¿Qué vamos a preparar?

Su voz sonaba tensa. Sabía cómo se sentía, esa necesidad de trabajar, de hacer algo con las manos, de olvidar.

—Algo sencillo y que llene —anuncié—. Arroz con pollo —decidí—. Es fácil hacer una cantidad grande. El padre Andrés está agotado. Me preocupa que... Creo que puede estar enfermo.

—¿Qué ha pasado?

No supe qué responder a eso.

—No se preocupe, no me va a asustar. Él y yo compartimos unos cuantos secretos —dijo Paloma sin emoción, apoyada en el marco de la puerta que daba al jardín. Lo examinó: había unos cuantos pollos yendo de aquí para allá dentro de un corral grande contiguo al muro de la cocina—. Yo no soy como él, pero iba a todas partes con mi abuela, como hacía él.

Salió al jardín y se acercó al gallinero. Yo miré hacia otro lado. Sí, sabía cocinar. Pero aunque los cocineros de la tía Fernanda intentaron enseñarme, nunca fui capaz de matar a un pollo. Después, cuando ya lo había desplumado y sacado las vísceras y yo me estaba lavando las manos después de ayudarla a desechar las partes que no queríamos, Paloma dijo:

—¿Cómo se ha hecho daño Andrés esta vez?

Carraspeé y me sequé las manos en el áspero delantal que me había puesto sobre el vestido que llevaba el día anterior.

—La verdad es que... —empecé a decir en voz muy baja, tanto que esperaba que la casa no lo oyera—. El padre Andrés intentó exorcizar lo que sea que hace que esta casa... sea lo que es.

Paloma hizo un ruidito que indicaba comprensión. Evidentemente, hablar de exorcismo y su primo en la misma frase era algo que no la sorprendía en absoluto. Señaló los estantes con la barbilla.

—Las ollas para el arroz están ahí.

Pasé a su lado mientras ella cogía un cuchillo, encontré una olla y la coloqué sobre el enorme hogar. Después me enjugué el sudor de la frente. El calor de la cocina me resultaba limpio y acogedor después del frío que calaba hasta los huesos del resto de la casa.

—Se dio un golpe en la cabeza —continué explicando—. Tan fuerte que vomitó y ahora no se acuerda de la mitad de lo que ocurrió anoche. Ni tampoco de las oraciones que le enseñó su abuela.

Paloma levantó la cabeza al oír eso, con el cuchillo justo encima del pollo muerto.

—Eso es malo.

—Me temo que sí —reconocí y fijé la mirada en la olla. Mis manos empezaron a moverse sin que necesitara pensarlo y pronto el olor del arroz al calentarse nos envolvió como una manta gruesa—. ¿Cuánto tiempo lleva la casa así?

Hubo una larga pausa. Paloma siguió cortando el pollo en trozos del tamaño apropiado. En vez de responder, hizo otra pregunta:

—¿Cómo es que una mujer de su clase es así?

—¿Así cómo? —pregunté. «¿Loca?», me dije.

—Útil.

Me quedé mirando fijamente el arroz mientras lo removía con una cuchara larga de madera en el fondo de la olla. Añadí otros ingredientes. El olor del comino llenó el aire y se mezcló con el chisporroteo que produjo el caldo al mezclarse con el aceite caliente.

«Útil». Por el tono de Paloma, supe que lo decía como un cumplido. Pero yo odiaba que la tía Fernanda dijera que era «útil». Como si «ser de utilidad» para ella fuera el único valor que pudiera tener.

Entonces le expliqué el pasado de mi familia con frases entrecortadas: cómo la familia de mi madre la había rechazado al casarse con mi padre, cómo habían recurrido a la familia extensa de papá en Cuernavaca y habían vivido con ellos en una antigua casa de piedra en una hacienda donde producían azúcar. Papá había heredado algo de esos parientes y con el ascenso en el ejército y el puesto en el gobierno del emperador había significado que nos viéramos catapultados a una clase tan alta como la que mi madre tenía en un principio. Y después le conté cómo la caída había sido igual de rápida: el asesinato de mi padre y la necesidad de pedir refugio a los primos de mi madre, que era nuestra única oportunidad. Y cómo me había tratado la tía Fernanda. Y que por eso cuando me hicieron una propuesta de matrimonio, me aferré a ella como un hombre a punto de ahogarse se agarraría a un madero a la deriva. ¿Qué otra opción tenía?

Paloma suspiró bajito cuando acabé la historia. Estaba troceando los tomates para la salsa.

En su cara había una expresión extraña.

Era lástima, reconocí sorprendida. Paloma me tenía lástima por la historia que le acababa de contar. Y entonces el orgullo construyó unos muros gruesos a mi alrededor.

—Por eso soy tan «útil» —comenté—. Porque mi familia no quiere tener nada que ver conmigo.

—Cuando usted llegó, creí que sería como la anterior —confesó Paloma con un hilo de voz.

La anterior. María Catalina.

Esperé a que se explicara, pero no dijo nada más. Fue echando los tomates uno por uno a la olla, echó sal generosamente y permaneció en silencio mientras removía.

—¿Cómo era ella? —quise saber.

Le cambió el rostro al oír la pregunta. Su expresión abierta desapareció; se cerró a cal y canto. Siguió removiendo un momento más.

—Como el patrón —dijo por fin.

—¿Y cómo es eso?

Se mordió el labio inferior y sacó la cuchara de la olla.

—No le diría esto a casi nadie, pero usted parece tener una visión sensata del mundo. —Miró los incensarios del umbral. «Sensata» no sería una palabra que yo utilizaría para describirme desde que vivía entre esas paredes—. Creo que usted tiene una visión del mundo más clara que la de los hacendados —continuó—. Nosotros no podemos escoger a los patrones. Los toleramos. Sobrevivimos. Unos lo pasan peor que otros. Nuestro patrón les hace la vida muy difícil a las mujeres jóvenes que trabajan en la casa. ¿Me entiende?

Mi cara debió de revelar mi confusión, porque Paloma hizo un ruidito de frustración y pasó a utilizar un lenguaje más directo.

—Las chicas tienen miedo de trabajar en la casa, cerca del patrón, porque algunas de las que han trabajado aquí han acabado embarazadas. Contra su voluntad. Cuando la señora lo descubrió, se puso furiosa. Le dijo que no quería que anduviera por ahí dejando un montón de bastardos por todo el lugar. —Paloma le puso a la olla una tapa pesada que repiqueteó al encajar en su sitio—. Y consiguió lo que quería. Se aseguró de ello.

El latido de mi corazón resonaba en mis oídos. Recordé mi primer día en San Isidro, cuando Rodolfo me enseñó la casa fría y oscura. En el comedor me prohibió subir a la cornisa que rodeaba la habitación.

«Una vez se cayó una criada», me había dicho.

Me quedé sin habla por la conmoción. Paloma no solo acababa de acusar a mi marido de violar a las cridas, sino también de que él y su primera mujer las asesinaban.

Cruzó los brazos sobre el pecho y me miró fijamente con

sus ojos duros como el pedernal, retándome a cuestionarla, a perder los nervios y decirle que dejara de mentir.

Pero no pude.

Porque la creía.

Me dejé caer en una de las sillitas que había junto a la mesa de la cocina y apoyé la cabeza en las manos.

Mamá odiaba a Rodolfo por sus ideas políticas. Pero tal vez eso había ocultado algo más: un instinto, una intuición. Rodolfo no era quien yo creía.

¿Y su primera mujer?

«Ojos rojos, garras de color carne...».

—He oído al patrón hablar de la república —continuó Paloma—. De abolir el sistema de castas. De «igualdad». —Rio entre dientes—. No creo que sepa lo que significa esa palabra, porque él y los de su calaña tratan a sus perros mejor que a nosotros.

Desde el mismo momento en que me desperté al oír a Paloma llamar con fuerza a la puerta de Andrés, esa mañana no me había traído más que un golpe tras otro. La muerte de Ana Luisa. El regreso de Rodolfo. La voz. La pérdida de memoria de Andrés.

Y ahora esto.

—¿Y por qué me cuentas esto? —pregunté con voz débil.

Paloma no me miró al responder.

—Ha dicho que su familia no la quiere. Eso significa que ahora es una de nosotros. —Su voz se volvió distante, fría, como si saliera por la boca de una mujer mucho mayor—. Significa que está atrapada en San Isidro, como el resto de nosotros. Y que morirá aquí, como nosotros.

19

Las sombras que envolvían la casa se estaban alargando. La lluvia que Andrés había predicho para la tarde llegó y llenó de barro la placita central del pueblo de la hacienda.

Me envolví bien los hombros con el chal y me aseguré de que el extremo más largo cubría la cesta que llevaba. Todavía pesaba bastante por el copal, aunque Andrés y yo ya habíamos realizado la mitad de la tarea.

De camino a la siguiente casita, él iba un paso por delante de mí. Al llegar, llamó a la puerta. Se abrió y la cálida luz del interior iluminó sus hombros mojados por la lluvia e hizo resplandecer las gotas que cayeron del ala de su sombrero cuando agachó la cabeza.

Saludó a la mujer joven que salió a la puerta con cordialidad y le sonrió al bebé que llevaba apoyado en la cadera. Me la presentó diciendo que se llamaba Belén Rodríguez. Me explicó brevemente que él creía que lo mejor era que todos los habitantes del pueblo permanecieran en sus casas después de la puesta de sol. Belén observó los movimientos de Andrés cuando se volvió hacia mí y cogió el copal que llevaba en la cesta. Clavó los ojos, evaluándome con la mirada, y ni siquiera los apartó cuando aceptó el incienso que le ofrecía Andrés.

«Creía que usted sería como la anterior», había dicho Paloma. ¿También se estaría preguntando esa mujer por qué la esposa del patrón estaba allí, al lado del cura y brujo, cubierta de barro y empapada por la lluvia?

La respuesta a eso era fácil: Andrés todavía estaba herido y no lo había perdido de vista desde que por fin salió del salón verde a mediodía. Había momentos en que se tambaleaba y recordar cosas parecía provocarle un intenso dolor físico. La frustración consigo mismo era palpable. Bullía bajo su fachada exterior serena, volviéndolo aún más reservado. Lo había estado vigilando mientras se echaba una siesta en la terraza y ahora nos estábamos preparando para la llegada de la noche.

Había algo en la batalla que cambiaba la forma en que un hombre veía a sus compañeros, eso decía papá. Andrés y yo habíamos librado una contienda feroz juntos y habíamos salido vivos de milagro. Lo conocía desde hacía muy poco tiempo, pero me sentía muy unida a él. A ese sentimiento yo lo llamaba lealtad. Pero tal vez era algo más profundo.

Sin embargo los habitantes del pueblo no lo sabían. Para ellos él seguía siendo el hijo invencible; el golpe en la cabeza no había alterado el aire de autoridad silenciosa de Andrés.

Terminado nuestro trabajo, Andrés y yo caminamos el uno junto al otro en silencio hasta la capilla. Él estaba de acuerdo conmigo en que pasar la noche sola en la casa era peligroso y que no debería hacerlo. Y por eso, sin aspavientos, decidió que debía pasar la noche en su habitación.

Eso era lo que yo quería también, pero no sabía cómo planteárselo. Aun así no pude evitar sentirme un poco escandalizada por lo rápido que él llegó a esa conclusión.

Andrés abrió la puerta y comprendí inmediatamente su razonamiento.

El fuego estaba encendido en la chimenea y las sobras de la cena, en la mesita. Paloma estaba de rodillas en un rincón, desdoblando mantas y extendiéndolas en el suelo, en el lado opuesto adonde estaba el camastro de Andrés.

Levantó la vista, sorprendida al verme allí.

—¿Qué hace ella aquí? —preguntó cuando Andrés entró y cerró la puerta.

Ah. En vez de enfrentarse a la pequeña casa en la que había muerto su madre, Paloma iba a pasar la noche bajo el mismo techo que su primo. Y la presencia de Paloma hacía que la mía fuera también aceptable.

—Creo que ha quedado claro que la situación requiere medidas inusuales para garantizar la seguridad de todos —respondió Andrés con voz tranquila.

—Pero...

—¿Tú querrías pasar la noche sola en la casa? —añadí.

No había duda de que la casa no era segura. Estar solo en cualquier parte del terreno de la hacienda no era seguro. Y estaba claro que ella estaba ahí por eso también; para que Andrés la protegiera de lo que fuera que merodeaba allí fuera, en la oscuridad.

Paloma me miró, bastante horrorizada. Abrió la boca para decir algo, pero al mirar detrás de mí sus ojos se encontraron con los de su primo. La mirada que vio allí fue suficiente para zanjar el asunto.

Comimos en silencio relativo. Después de que Andrés bendijera la mesa, Paloma le hizo algunas preguntas sobre los habitantes del pueblo y sus reacciones a nuestras visitas crepusculares para llevarles copal. No me incluyó en la conversación, así que me mantuve callada hasta que llegó el momento de prepararnos para acostarnos.

Entonces Andrés señaló el camastro.

—Doña Beatriz, usted...

—Ni hablar —respondí.

—No seas idiota, Andrés.

Paloma y yo nos miramos. Habíamos hablado a la vez, nuestras voces expresando reprobación al mismo tiempo. Ninguna de las dos iba a permitir que Andrés sacrificara una noche de sueño reparador en su estado; me importaba un comino mi estatus como señora de la hacienda. Y éramos dos testarudas contra uno, estaba en desventaja. Y él lo sabía.

—Ya, basta —dijo con un suspiro, aceptando su derrota.

Yo desplacé mi camastro improvisado —un hatillo de mantas con un cobertor grueso estampado— a un rincón cerca de la puerta y me senté, aliviada porque parecía que Paloma había aceptado mi presencia. Me entretuve en soltarme el pelo mientras Andrés se sentaba en la cama obedeciendo las órdenes de Paloma.

—¿Puedes hacer algo para curarte? —le preguntó en voz baja—. Acuérdate de lo que Titi decía de los fuertes dolores de cabeza, que... —Y ahí mismo, a media frase, pasó a utilizar la lengua de su abuela.

Mis dedos empezaron a trabajar más despacio para trenzarme el pelo. ¿Había estado hablando en castellano todo ese tiempo por mí?

Andrés hizo un ruido que indicaba que había comprendido y se colocó las yemas de los dedos suavemente en las sienes.

—Si me acordara de cómo era, lo haría —respondió en castellano. «La perdí de niño». No del todo, al parecer. Parecía entender perfectamente a Paloma, que siguió hablando en voz baja y pasando de un idioma a otro hasta que de repente rompió a llorar.

Pobre Paloma. Les di la espalda a ella y a Andrés y me acurruqué bajo las mantas, intentando darles algo parecido a la privacidad. Me enrosqué en posición fetal, pensando en las noches que pasamos mamá y yo en la estrecha cama que teníamos en casa de tía Fernanda. Y cuánto lloré yo, por papá, por la pérdida de nuestra vida, de mi futuro. Paloma era orgullosa y seguramente no aceptaría que le demostrara espontáneamente mi compasión. Pero supe que si alguna vez me la pedía, saldría de mí como una tromba.

En ese momento su conversación se calmó y se fue acallando. Oí que Paloma se acomodaba en su montón de mantas y, tras unos minutos de silencio, empezó a roncar un poco. Cambié de postura y apoyé la espalda contra la pared. Aunque ya había cerrado los ojos, el sueño se resistía. Oí a Andrés levantarse y avivar las ascuas del fuego, el roce de unos pies descalzos en el suelo, el susurro de la tela al doblarse, el chisporroteo del pedernal y el aroma envolvente del copal. Y después un ruido suave de mantas cuando volvió a la cama.

Abrí los ojos solo una rendija para ver algo a través de un

velo de pestañas. Andrés estaba tumbado en la cama con una mano bajo la mejilla. La arruga de dolor que le había marcado el ceño durante todo el día había desaparecido por fin; su pecho subía y bajaba despacio. Si no estaba dormido, pronto lo estaría.

El fuego se había convertido en ascuas y su luz tenue le teñía la cara del naranja profundo de un atardecer tras la tormenta. Unas sombras hacían destacar sus mejillas y las ojeras bajo los ojos.

«¿No tienes miedo? ¿Sabes de lo que es capaz?».

Debería tener miedo de todo lo que había hecho la noche anterior: invocar espíritus, levitar en el aire. Todo lo que había oído alguna vez pronunciar desde un púlpito o en algún cuento de fantasmas contado en susurros me decía que los brujos eran peligrosos. Eran amigos del diablo.

Tal vez él me daba miedo. Pero se podía temer y confiar al mismo tiempo; no sabía si era por ese asomo de intuición que me atrajo hacia él cuando llegó a San Isidro o por la forma en que me miraba, como si fuera un amanecer tras una noche larga y angustiosa, pero estaba convencida de que no me haría daño.

Esos pensamientos llenaban mi mente mientras las ascuas se iban apagando y el peso de todos ellos por fin me sumieron en el sueño.

Me desperté sobresaltada. La habitación estaba en silencio y sumida en una oscuridad de color carbón propia de los sitios seguros, pero...

Detrás de mí, la cerradura repiqueteó. Me incorporé bruscamente apoyada en los codos y me arrastré para alejarme de la puerta. Andrés y Paloma estaban dormidos, ajenos a todo.

Había algo al otro lado. Algo que estaba causando un zumbido creciente en el suelo bajo las mantas, un sonido persistente, como el que haría un enjambre de avispas en la lejanía que se acercaban cada vez más y más...

Cogí el incensario con el copal y lo sujeté con ambas manos entre mi cuerpo y la entrada, como si fuera algún tipo de arma.

Las bisagras de la puerta chirriaron y se oyó el crujido de la madera antigua, como si se enfrentara a una potente tormenta invernal. El frío se coló por las grietas, llegó hasta mi manta y después me recorrió los pies y las piernas, como un peso físico.

—No te atrevas a entrar aquí —ordené con los dientes apretados—. Fuera.

Durante el tiempo que necesitó mi corazón para latir varias veces, no pasó nada. No podía respirar.

Después la puerta se quedó quieta en el marco. El frío se retiró. El zumbido disminuyó. Y luego también se fue desvaneciendo hasta que ya no oí nada más que la respiración tranquila de Andrés y de Paloma detrás de mí.

No sé cuánto tiempo estuve sentada, atenta, con el incensario en las manos, con todos los sentidos puestos en la puerta y el corazón latiéndome acelerado en la garganta.

Pero la paz reinaba en la habitación, total y completa, alterada solo por el latido frenético de mi corazón. Y había mucho silencio.

¿Me lo había imaginado todo?

Todavía no había amanecido a la mañana siguiente cuando Paloma insistió en que ella le pidiera a José Mendoza que fuera a la casa y arreglara la puerta del salón verde.

—El patrón está de camino y ya hemos perdido demasiado tiempo —dijo y con su tono de voz rechazó los reparos de Andrés con tanta contundencia como si hubiera hecho un gesto—. La casa está hecha un desastre. No tenemos menú. ¿Cuánto tiempo se va a quedar? Solo Dios lo sabe y ahora soy yo la que tiene que planificarlo todo.

Y salió, atándose los lazos del delantal con gestos bruscos. Unos jirones de niebla pálida la envolvieron cuando se dirigió al pueblo.

Andrés cruzó la habitación en dos pasos y la llamó desde la puerta.

—No entres hasta que yo llegue, ¿entendido?

Paloma agitó una mano para quitarle importancia.

—No hace falta que me lo repitas —contestó muy seca—.

Pero date prisa. Tengo hambre y no quiero esperar una eternidad para entrar en la cocina.

Andrés suspiró profundo mientras miraba a su prima. Una noche de descanso le había devuelto algo de vida al rostro; la expresión de dolor constante que se le veía el día anterior se había suavizado. Pero ahora en su boca se veía un gesto de preocupación mientras observaba cómo me colocaba el chal sobre los hombros.

Y esa preocupación se veía también en su postura.

El patrón volvería mañana.

RODOLFO RODOLFO RODOLFO

—He estaba pensando en ese sueño —dijo Andrés—. El que me contó ayer.

Las garras de color carne, los ojos ardientes, ardientes, ardientes...

—¿Y?

Chasqueó la lengua.

—Debería haberlo pensado ayer. Necesito ver algo antes de volver a la casa. No tiene que acompañarme si no quiere...

—Cuéntemelo.

—La tumba de doña María Catalina.

Inhalé con brusquedad. Nunca me habían gustado las tumbas. Incluso antes de saber cómo era sentirse observada por algo que estaba más allá del velo de la creación terrenal, se me ponía la piel de gallina al ver lápidas. Mucho antes de poner un solo pie en la hacienda San Isidro, ya odiaba la sensación persistente de que alguien me miraba. Siempre me había preocupado que algo me siguiera cuando volvía a casa y se enredara en mi pelo como el humo o las hojas caídas.

Pero esta vez me erguí y cerré las manos para aferrarme al chal. Estaba maltrecha, exhausta y asustada, pero era la hija de un general y no me iba a acobardar. No tenía intención de quedarme en la habitación de un cura sola, esperando a que viniera a buscarme mi destino. Si Andrés creía que visitar una tumba nos proporcionaría respuestas, yo estaba preparada para acompañarlo.

—Pues apresurémonos.

Una alfombra gruesa de hojas secas cubría el cementerio que había detrás de la capilla. Aunque se había levantado la niebla y la promesa del sol me calentaba la cara, el paseo entre las tumbas me heló hasta los huesos.

Unos ángeles de mármol extendían las manos en la niebla que estaba desapareciendo, con el rostro descascarillado o amarillento por el tiempo; unas capas gruesas de polvo formaban un halo alrededor de las estatuas o grabados de la Virgen. Seguía a Andrés, unos pasos por detrás, mientras se abría paso entre las estatuas; nuestros zapatos se hundían en la tierra, todavía mojada tras las lluvias de la noche, cada vez que nos deteníamos a mirar los nombres, buscando la tumba correcta.

Siete generaciones de Solórzano estaban enterrados a la sombra del campanario enjuto de la capilla. «Va a morir aquí, como el resto de nosotros». ¿Me convertiría yo también en otra capa de ese cementerio, pudriéndome para siempre bajo el peso del apellido Solórzano?

Todos los nombres de todas las tumbas eran de un señor o señora de Solórzano. Las fechas de todas las lápidas eran un recordatorio lúgubre de todo el tiempo que llevaban en pie los muros de la hacienda San Isidro. 1785. 1703. 1690. 1643...

—¿Dónde está tu gente? —le pregunté a Andrés.

Se levantó de donde estaba agachado, junto a una de las lápidas, apartando unas hojas para ver el nombre. Se protegió los ojos con la mano y después señaló al muro bajo de piedra que delimitaba el lado norte del cementerio.

—Allí.

Y retomó lo que estaba haciendo.

Al otro lado del muro había más tumbas. Pero ahí no había ángeles de mármol, ni estatuas ostentosas de la Virgen para marcar un lugar en la tierra. La brecha entre hacendados y habitantes del pueblo continuaba tras la muerte.

—Beatriz.

Me volví.

Andrés estaba delante de una delicada lápida blanca. Acudí a su lado, procurando no mirar la lápida hasta que mi brazo rozó el suyo, como si solo mirar el nombre que sabía que estaba grabado ahí pudiera hacerme algún daño.

«Doña María Catalina, señora de Solórzano de Iturrigaray y Velazco, fallecida en 1821».

Me temblaban los dedos cuando hice la señal de la cruz y me llevé el pulgar a los labios.

Andrés soltó una maldición entre dientes.

Lo miré sorprendida, separando la mano de mis labios.

—¿Qué?

Levantó un pie, como si pretendiera estamparlo contra la tumba.

—¡Pero Andrés! —exclamé y lo agarré del brazo para detenerlo—. ¿Es que se ha vuelto loco?

—Ella le hizo esto a mi hogar. A mi familia —escupió, pero bajó el pie y lo dejó junto a la tumba—. Además, no hay más que tierra, no hay nada. Lo noto —añadió. Un temblor de emoción enfatizó sus palabras—. Ella no está aquí.

Su cuerpo.

No estaba allí.

El yeso que se deshacía bajo mis uñas y se escurría entre mis dedos. La calavera que me sonreía desde la pared. Un destello dorado en la oscuridad. El corazón latiéndome en los oídos.

—¿Significa eso...?

—Sí.

El cuerpo de María Catalina estaba enterrado en los muros de San Isidro. Pero...

—¿Y quién lo puso ahí? —pregunté con voz demasiado aguda—. ¿Y por qué?

—No lo sé —respondió Andrés—. Pero ahora sé con seguridad que es ella la que está detrás de todo. Y creo que sé qué hacer para cerrar el círculo.

En nuestra ausencia, Mendoza se había encontrado con Paloma y los dos estaban esperando en el patio. Y todos juntos, los cuatro, entramos en la casa vigilantes y en silencio con la cautela de los viajeros perdidos que buscan refugio en una cueva. ¿Volvería su ocupante depredadora? ¿Cuándo?

Miré hacia el ala norte y un escalofrío me recorrió la espalda. María Catalina estaba allí. Alguien había emparedado su cuerpo en el muro y había ocultado cualquier prueba.

«Un terremoto, o una inundación, no lo recuerdo. Haré que Mendoza se ocupe de las reparaciones», eso había dicho Rodolfo.

—Señor Mendoza —dije, haciendo un gran esfuerzo por que mi voz sonara tranquila y casual mientras nos acercábamos al salón verde—. ¿Mi marido le pidió antes de irse que hiciera alguna reparación en la casa? ¿Que arreglara... unos daños que había hecho el agua?

Mendoza carraspeó.

—No, señora, no.

No dijo más porque vio la puerta del salón verde en el suelo y el círculo en el suelo de la habitación vacía que había al otro lado. Silbó bajito.

—¿Quiero saberlo, padre?

—Probablemente no —comentó Paloma, que seguía al lado de Mendoza—. Yo no preguntaría, sin duda.

Andrés entró en la habitación. Todos sus movimientos estaban cargados de ansiedad. Recorrió el círculo dos veces mientras yo cogía una escoba y empezaba a barrer los últimos restos: esquirlas de cristal y velas rotas. Mendoza sacudió la cabeza, y después Paloma y él se pusieron manos a la obra con la puerta.

—Palomita —llamó Andrés. Levanté la vista, sorprendida por la tensión que noté en su voz—, ¿podrías dejar de hablar en castellano? Me ayudaría a recordar que... —Dejó la frase sin terminar.

Mendoza miró a Paloma, confuso. Paloma respondió con un encogimiento de hombros y pasó de un momento a otro a la lengua de su abuela mientras Mendoza y ella colocaban la puerta para que encajaran las bisagras.

Yo entraba y salía de la habitación, moviendo los muebles

despacio. Tuve que prohibirle a Andrés que me ayudara cuando me vio arrastrar una pesada alfombra enrollada. Para entonces Paloma y Mendoza ya se habían ido. Andrés estaba de pie en el borde del círculo, con las yemas de los dedos en las sienes, los ojos cerrados y los hombros muy tensos.

Empezó a rezar. Primero en latín y después no. Cuando las palabras «María Catalina» se colaron en un fragmento de la oración de Andrés, un zumbido desagradable comenzó en la base de mi cráneo y pronto se convirtió en dolor. Hice una mueca, cerré los ojos y me tapé los oídos con las manos. Él continuó.

Me alegré de habérmelos tapado.

Un chillido agudo atravesó la habitación, claro y desgarrador, lleno de furia, alargándose hasta quedarse sin aliento, imposiblemente largo, despedazándome como si tuviera garras. Grité. Abrí los ojos de par en par; casi esperaba ver los postigos reventando y lanzando astillas por todas partes por culpa de la ira incontrolada que llenaba la habitación.

Andrés no se había movido. Seguía apretándose las sienes con los dedos. Con los hombros firmes por la tensión. Vi que sus labios no dejaban de moverse al continuar con la oración, aunque no le oía con ese ruido.

El chillido se interrumpió.

La habitación se quedó en silencio. Era como el vacío de una tumba, rancio, con el vientre lleno de la ausencia de vida en vez de la presencia del silencio.

Andrés lanzó un suspiro profundo y movió los hombros. Del círculo que tenía a sus pies no se oía el zumbido de ningún poder. Ni tampoco lo notaba en la base de mi cráneo.

Me miró sin volverse. A pesar del agotamiento que se reflejaba en su postura y el asomo de barba en su mandíbula, una especie de victoria hacía brillar su cara cansada.

—Lo he conseguido. —Inspiró profundamente, tembloroso—. Está confinada en la casa otra vez.

Detrás de él, un par de luces rojas le hicieron un guiño desde un rincón de la habitación y después desaparecieron.

El terror me recorrió el cuerpo y se instaló en mi garganta.

Sí, Andrés lo había logrado. Había empujado a la oscuridad otra vez hacia la casa y había cerrado el círculo.

Pero yo no tenía la misma sensación de victoria. El peligro estaba contenido, sí, pero la verdad era que Ana Luisa estaba muerta. Y sabíamos que el cuerpo de María Catalina estaba en un muro y que la furia espectral alimentaba la actividad de la oscuridad. Pero no sabíamos quién puso ahí el cuerpo.

Ni por qué.

Rodolfo volvería a la mañana siguiente.

Cerrar el círculo no era más que cerrar una grieta en una presa a punto de reventar. El agua se acumulaba detrás, lista para desbordarse; la grieta se haría más grande con cada hora que pasara.

Y nosotros estábamos justo en el lugar por el que iba a reventar esa presa.

20

Andrés me dijo que, mientras Paloma y Mendoza estaban arreglando la puerta del salón verde, Mendoza la había invitado a quedarse en su casa, con él y con su hija. Su hija mayor se había casado en primavera y se había ido a la hacienda Alcantarilla y tenía sitio de sobra en su casa, así que Paloma podía quedarse todo el tiempo que quisiera. Cuando se fueron, su intención era llevar las pertenencias de Paloma a casa de Mendoza, en el otro extremo del pueblo.

Eso significaba que, sin la presencia de Paloma, pasar otra noche con él en la seguridad de su habitación de la capilla ya no resultaba apropiado.

Iba a tener que dormir sola.

Una lluvia fuerte empezó a caer sobre el valle a media tarde, acompañada de los destellos silenciosos de los relámpagos. Cuando los cielos ya ennegrecidos se oscurecieron aún más al anochecer, Andrés rodeó toda mi habitación formando un patrón concreto con los incensarios, sobre todo cerca de la puerta y la ventana, y los encendió. La oscuridad seguía de cerca sus movimientos y se apartó con un suave siseo cuando él empezó a murmurar una oración. Levantó la barbilla, se enfrentó directamente a la oscuridad y acabó la oración con un golpe de tacón en el suelo muy territorial.

La oscuridad retrocedió.

Se volvió para mirarme, con la cara resplandeciente por la victoria, como había hecho antes. Se estaba recuperando de su lesión. Tal vez sí que estaría segura esta noche.

—¿Ha oído alguna voz desde esta mañana? —preguntó.

Se me formó un nudo en la garganta al pensar en los ojos rojos que aparecieron detrás de él en el salón verde, en la intensidad de Andrés cuando me dijo que expulsara a esa voz.

Negué con la cabeza.

Debió de ver cómo todos esos pensamientos me cruzaban el rostro, porque dijo:

—Temo por usted. Su sueño... es una prueba de que tiene la guardia baja, abierta a eso. Es peligroso.

No hacía falta que le preguntara por qué.

—¿Cómo de peligroso? —fue lo que dije. Si estuviera en peligro de perder la cabeza, ¿qué iba a hacer?

«Va a morir aquí, como el resto de nosotros».

Andrés se mordió el labio inferior, una expresión igual que la de Paloma cuando sopesaba cuánto podía decirme, pensando hasta dónde podría soportarlo, qué parte de la verdad podía decirme antes de que me enfrentara a la inevitabilidad de la noche. Y con esa inevitabilidad, a la amenaza de un miedo tan profundo que pudiera empujarme a la locura.

—Mi abuela una vez me llevó a una casa que había detectado que volvía irritables a sus habitantes y que había provocado que el matrimonio de la pareja que vivía allí estuviera al borde del desastre. Para cuando ella llegó, ambos se detestaban. Esas fuerzas tienen el poder de colarse en la mente y cambiar lo que ves y cómo te sientes. Alterar la realidad. Temo que... Tengo miedo de dejarla sola. —Se pasó una mano por la cara y rozó con la palma el principio de barba que le cubría la mandíbula—. ¿Quiere que me quede?

El significado que había tras su tono estaba claro: me lo estaba preguntando porque quería quedarse. Algo en la posición decidida de sus pies o la forma en que centraba en mí su atención serena y vigilante, como la de un centinela, me dejó claro que no tenía ni la más mínima intención de dejarme sola.

Y, Dios mío, no había nada que yo deseara más.

—Sí —dije casi sin aliento. Pero...

La habitación que me rodeaba estaba inundada por la luz

parpadeante de las velas. El *boudoir*, mi tocador, la lujosa cama que era absurdamente diferente al camastro duro de Andrés... El propio aire de la estancia estaba imbuido de una intimidad que no había cuando pasamos la noche en el salón verde. Ni tampoco cuando lo hicimos en la austera habitación de Andrés, tras el desastre del exorcismo. Habíamos ido allí llevados por la desesperación y los dos caímos redondos, derrotados.

Esto daba la sensación de ser intencionado.

Me miró a los ojos. Aunque tenía una expresión cuidadosamente impasible, había algo en ella que me dijo que él veía lo mismo que yo. Él también era consciente de lo cerca del abismo que bailaba nuestra amistad repentina y desesperada.

Y aun así decidió quedarse.

Saqué ropa de cama del armario, la deposité en sus brazos y después fui a cambiarme de ropa lejos de la vista, en el extremo del vestidor. Cuando terminé, me lo encontré sentado en el taburete de mi tocador, que había sacado y colocado junto a la puerta. Las mantas y la almohada que le había dado estaban colocadas en un montón ordenado, pero totalmente ignoradas. ¿Es que no tenía intención de usarlas?

Lo miré: tenía un rosario en la mano, la atención fija justo delante, alejada de mí de manera deliberada.

Quizá aún no.

Me senté en el borde de la cama, me solté el pelo del recogido y me lo trencé. Y también mantuve la atención tímidamente apartada de la otra persona que había en la habitación. Si me pareció sentir su mirada recorrer mi silueta, permanecer ahí un segundo y después apartarse rápidamente, la ignoré pensando siempre en lo que era apropiado.

En vez de eso, dejé que el silencio de la habitación calara en mis huesos cansados y doloridos. Me imaginé trenzando el humo del copal con mi pelo, incorporando los poderes protectores de Andrés, el sonido de su voz queda empezando a rezar el rosario. Entonces me hice un ovillo bajo las mantas y me quedé dormida tras pocos minutos.

Durante un rato dormí profundamente, sin soñar. Después

los ojos rojos aparecieron en la oscuridad; soñé que me empujaban desde un lugar alto y caía, caía y caía...

Me desperté sobresaltaba y con el corazón martilleándome en el pecho. El sol que se colaba por la ventana inundaba la cama. Un coro de pajarillos cantaba fuera, entonando con fuerza desde alguna parte del jardín. Todo tenía una pátina limpia y cristalina, como si acabara de parpadear para apartar el agua de los ojos y empezara a ver con claridad por primera vez.

—Buenos días —saludó una voz baja y musical.

Miré hacia la puerta.

Andrés no estaba.

La mujer con el pelo sedoso y del color del maíz estaba sentada donde había estado él, con la barbilla apoyada en la palma, observándome. Un collar de oro brillaba tímidamente bajo su cuello de encaje.

María Catalina.

El terror me envolvió. ¿Había estado sentada allí, viéndome dormir, toda la noche? Su piel resplandecía como la cera de una vela a la luz; entonces sonrió, y fueran del color que fueran sus ojos antes, en ese momento se volvieron rojos. En un instante su piel se transformó, se quedó seca y acartonada como el cuero, le crecieron los dientes y se volvieron afilados como agujas.

Y entonces se lanzó a por mí, con los brazos extendidos...

En ese momento me desperté con un grito ahogado. Pero esta vez me desperté de verdad. El corazón me iba a mil por hora mientras boqueaba para inspirar, respirar, hasta que me dolieron las costillas por el esfuerzo.

El amanecer ya iluminaba pálidamente el cielo al otro lado de las ventanas. Había llegado la mañana. Andrés seguía en su puesto, con las largas piernas extendidas y la cabeza apoyada contra la puerta. Su pecho subía y bajaba rítmicamente.

El rosario se le había escurrido de los dedos y estaba en el suelo. El crucifijo estaba bocabajo sobre las tablas del suelo.

Las velas se habían consumido. El humo del copal no era lo bastante espeso.

Me levanté con las manos temblorosas y volví a encender los

incensarios y las velas. Sí, ya casi había amanecido y casi había pasado otra noche. Pero eso no significaba que estuviera a salvo.

«¿Cuándo es de noche? ¿Cuándo de día?».

Sacudí la cabeza para aclarármela y recogí el rosario de Andrés sin hacer ruido. Besé la cruz, el reflejo de una disculpa por haber permitido que acabara en el suelo, y la mantuve envuelta en la mano mientras apoyaba la espalda en la pared que estaba frente a Andrés.

Fui resbalando por la pared hasta quedar sentada en el suelo, abrazándome las rodillas contra el pecho. Entonces Andrés se despertó.

—¿Está bien? —Aunque su voz sonaba áspera aún por los efectos del sueño, se puso en alerta de inmediato, examinando la habitación en busca de algún peligro.

«¿No durmió bien anoche? Quizá lo ha soñado. Yo solía tener pesadillas terribles cuando era niña». La voz de Juana se coló en mi cabeza. Juana, que se negó a creerme cuando le dije que había alguien emparedado en ese muro. ¿Es que no sabía que la tumba detrás de la capilla estaba vacía?

Lo único que veía era un collar de oro rodeando el cuello roto de un esqueleto que brillaba tras una nube de polvo y ladrillos hechos pedazos.

Negué con la cabeza, apretando con fuerza la espalda contra la pared. Él se acercó y se sentó a mi lado.

Le tendí el rosario. Él también acercó las rodillas al pecho. Su hombro estaba tan cerca del mío que ambos se rozaron cuando cogió las cuentas del rosario.

El contacto entre dos manos podía ser algo inocente. Como cuando Andrés buscó mi mano en la oscuridad: fue el contacto de la conexión humana más pura, un bastión contra el miedo.

Y también podía ser «esto».

El roce de las yemas de los dedos de Andrés en mi palma encendió una chispa de intimidad, una oleada de calor en lo más profundo de mi pecho.

Era pecado, y yo lo sabía, pero en ese momento me di cuenta de que no me importaba.

Porque si el pecado era lo único que había entre la oscuridad y yo, estaba dispuesta a cometerlo.

Los criados se pusieron en fila para recibir a Rodolfo, igual que hicieron cuando yo llegué. Yo me quedé en el umbral del patio de la casa, sintiéndome extrañamente ajena a todo mientras los contemplaba. En el cielo no había ni una nube, era de un color lapislázuli brillante, y el aire se notaba limpio y fresco tras la fuerte lluvia de la noche. Era un reflejo perfecto del día en que puse el pie por primera vez en la tierra de San Isidro, el día en que le entregué inconscientemente mi alma a esta casa y sus demonios. Casi esperaba verme bajar del coche de caballos, envuelta en una nube de seda y tocada con un sombrero de ala ancha, y posar mis delicados zapatitos de ciudad en esa tierra maldita.

«No perteneces a este lugar».

Me aparté del umbral de un salto.

No había nadie en el jardín. No tuve que darme la vuelta para saberlo. Paloma estaba en la fila con los demás, al lado de Mendoza; Andrés estaba en la capilla, evitando el sol hasta que acabara de curarse su cabeza.

«Expúlsala», me había dicho Andrés.

Pero porque lo hice, porque dejé mi mente abierta para que se colaran espíritus, sabía a quién pertenecía esa voz.

«He oído decir que murió de tifus. He oído decir que la secuestraron unos insurgentes».

¿Qué le había ocurrido en realidad? Resistí la necesidad de volverme y quedarme mirando la casa y me esforcé en no pensar en la imagen del nombre de Rodolfo escrito con sangre que goteaba en el estuco de la pared. ¿Quién enterraría un cadáver así?

Se me erizó el vello de la nuca cuando una brisa fría que venía desde la casa me rozó los hombros.

Si yo moría en esa casa, ¿también me emparedarían detrás de un muro?

Si me mataban en esa casa, ¿yo también permanecería ahí,

maldita, y vería cómo el cuento de hadas retorcido se repetía cuando el flamante príncipe trajera a la casa a nueva esposa? ¿La contemplaría bajar del coche, con sus sedas brillantes y la cara llena de confianza, solo para caer en mis fauces abiertas, como un sacrificio?

Una risita femenina resonó detrás de mí, acercándose, traída por la brisa para pasar por encima de mi hombro hasta que entró en el patio que tenía delante.

«Vas a morir aquí».

Cerré los puños y expulsé la voz de mis pensamientos con todas mis fuerzas, como si cerrara una puerta con un portazo: con ambas manos y todo mi corazón y mi furia.

Me enfrenté a la casa y la miré directamente.

Si tenía que morir en San Isidro, que así fuera. Tal vez las palabras sombrías y preclaras de Paloma tenían un poder que me unía a esta tierra. A esta casa. Tal vez algún día dejara de luchar contra esas voces y me dejara llevar por la locura por fin.

Pero ese día no sería hoy.

Era la hija de un general y todavía no tenía intención de dejar de luchar.

—Compórtate como es debido —exclamé, con palabras que encerraban una amenaza.

La casa no respondió.

Le di la espalda y bajé por la suave pendiente del camino. Rodolfo bajó del coche y empezó a saludar a los habitantes del pueblo.

Su pelo de color bronce brillaba bajo el sol tanto que parecía que tenía un halo, como una figura del retablo de una catedral. Era perfecto. Claro que lo era. Era Rodolfo y estaba lleno de promesas y de luz.

RODOLFO RODOLFO RODOLFO RODOL...

¿O no lo estaría?

La expresión de su cara era alegre y tranquila; si había notado la ausencia de Ana Luisa, no dio señales de ello. ¿Pero cómo podía ser, si ella había vivido y trabajado en esa hacienda toda su vida? Y toda la vida de él.

«Él y los de su calaña tratan mejor a sus perros que a nosotros».

¿Tan poco significaban para él?

—¡Querida! —saludó y se acercó a mí con los brazos extendidos.

Yo le cogí las manos que me tendía y le ofrecí la mejilla para que me la besara, manteniendo la cara impasible y angelical para ocultar la repulsión que hervía bajo mi piel al notar el roce de su barba, de sus labios secos.

—Bienvenido a casa. —Le mostré la mejor de mis sonrisas al mirarlo, parpadeando y protegiéndome los ojos con la mano del sol de media mañana—. ¿Qué tal el viaje?

—Me ha parecido más largo que nunca —dijo sujetándome por los hombros.

—Igual que la espera —contesté—. ¿Has podido entregarle mis cartas a mi madre?

Su sonrisa desapareció.

—Lo siento —dijo y me colocó una mano sobre la mejilla.

Se me tensó la espalda, pero me centré en la decepción que sentía para evitar apartarme al sentir su contacto. No me resultó difícil. Esa decepción me hundió bajo un peso como el de la lana mojada.

—No ha querido verme —continuó Rodolfo—. Le envié las cartas con un mensajero y, aunque lo mandé a la casa todos los días para ver si había respuesta, nunca la hubo.

Mamá no quería escuchar mis súplicas de que viniera a San Isidro. ¿Y si viniera? San Isidro no estaba en condiciones para recibirla.

Todavía no.

—No te preocupes —añadió Rodolfo con voz suave. Esa voz me ponía los pelos de punta—. Entrará en razón. Tal vez solo necesite algo de tiempo.

Asentí y después levanté la vista para mirarlo a los ojos. Estaba examinándome la cara, buscando algo. Una leve arruga apareció entre sus cejas.

—No llevas puesto el sombrero —dijo y su voz tenía un tono extraño.

Era cierto. Ni tampoco lo había llevado durante varios días, ni en el jardín ni cuando me quedaba dormida en la terraza bajo el fuerte sol de las tardes, necesitada del descanso y el respiro. Había pasado mucho poco tiempo en mi dormitorio por miedo y ese era el único lugar en esa casa donde tenía un espejo. Sin Rodolfo cerca para recordármelo, me había olvidado por completo de mi piel.

Y sabía lo que ocurría cuando no le prestaba la debida atención. Cuando me descuidaba. Me esforcé por mantener la expresión tranquila, aunque el pánico se elevó como un reflujo ácido por la garganta.

«Ahora es una de nosotras», había dicho Paloma.

Rodolfo ni tan siquiera había reparado en la muerte de Ana Luisa.

Si había llegado a matar a su primera esposa, que tenía la palidez criolla, que tenía la piel de porcelana como una muñeca, ¿qué haría conmigo? ¿Y si me veía tan prescindible como a los del pueblo o como a las criadas?

No me podía creer que me hubiera permitido ese fallo. ¿Qué habría dicho mamá?

Sacudí una mano en un delicado gesto para apartar sus preocupaciones.

—Oh, qué sermón me daría mi madre por el poco cuidado que he tenido mientras atendía los jardines.

Si mi madre tuviera la más mínima idea de lo que estaba pasando en realidad en la hacienda San Isidro, sí que me diría unas cuantas cosas. Seguro que empezaría por «Te lo dije. Yo tenía razón. Te has casado con un monstruo», y yo lo comprendería perfectamente.

—Entra —sugerí entonces—. Voy a por el sombrero y después te enseño dónde he puesto los muebles.

La casa zumbaba ante el regreso de Rodolfo. Se tensaba a mi alrededor como un potro a punto de dar una coz; si Rodolfo lo sentía, al menos su cara permanecía tan impasible que resultaba exasperante.

Tras el breve recorrido para enseñarle todo lo que había hecho en su ausencia —una enumeración bastante decepcionante, sinceramente, porque mi principal preocupación había sido seguir con vida—, Rodolfo se reunió con José Mendoza. Para mi alivio, se pasó la mayor parte del día con su capataz, haciendo un descanso solo para comer conmigo en la terraza. Me aseguré de ponerme mi sombrero más recio, como si eso pudiera cambiar algo a esas alturas, y lo escuché mientras contaba orgulloso lo bien que se vendía el pulque y cómo la economía había empezado a regularse por fin. Pensé en lo que decía y recordé que mi padre contaba que al final de la guerra los insurgentes no tenían armas y peleaban con piedras. Nadie tenía dinero al acabar la guerra, pero mi marido sí, aunque no sabía cómo.

Me sobresalté cuando Rodolfo mencionó algo sobre que los hacendados de las haciendas de Ocotepec y Ometusco iban a venir a cenar.

—¿Ah, sí, querido?

—¿No has leído mi última carta?

Forcé una sonrisa. No la había leído. La noticia de que iba a volver había ocupado toda mi mente después del fallo del exorcismo y la muerte de Ana Luisa.

—Ah, sí —respondí—. Se me había olvidado con la emoción de tu regreso. Estoy encantada de recibirlos en nuestra casa.

La verdad era que no, ni mucho menos. Después de comer Rodolfo volvió con José Mendoza y, en cuanto salió de la casa, me arranqué el sombrero y me remangué el vestido hasta los codos.

—¡Paloma!

Paloma y yo trabajamos con prisa y en silencio, ambas ocupándonos del trabajo que deberían hacer dos personas para preparar una cena elaborada para ocho personas. Rodolfo insistió en que, si había un sacerdote en la hacienda, lo apropiado era que cenara con nosotros, además de Juana, los dos hacendados y sus esposas. Se me secó la boca al pensar en doña María José al verme «bastante más morena» que lo que estaba la primera vez que me vio, pero aparté la idea de mi mente.

—¿Cómo está el padre Andrés? —le pregunté a Paloma en un momento de descanso en el que estaba avivando el fuego y disfrutando de su calor en la cara.

Los vientos habían arreciado y, aunque la tarde estaba despejada, igual que la mañana, el aire ya traía el frío del invierno cercano.

Ella hizo un ruidito evasivo sin dejar de cortar cebollas.

—Todavía le duele la cabeza.

—¿Le has dicho...?

—Sí, le conté que usted ha dicho que no se sienta obligado a venir. —Paloma se encogió de hombros. Sentí un cierto agobio al pensar en Rodolfo y él frente a frente en la mesa del comedor. ¿Se daría cuenta Rodolfo de lo que estaba intentando hacer con la casa? ¿Vería bajo mi afectada adoración por él que el sacerdote ejercía una influencia tan fuerte sobre mí como sobre los demás habitantes del pueblo?

Porque así era: en algún momento entre el sueño y la vigilia, suspendido en los amaneceres pálidos y tranquilos, Andrés se había colado en mi corazón.

Tal vez era porque los gruesos muros que mi madre afirmaba que había construido a mi alrededor tras la muerte de mi padre no suponían un problema para un brujo. Tal vez era porque él representaba una fuerza en la que confiar, la seguridad en la tormenta. O tal vez era que, a pesar de todo lo que era capaz de hacer —elevarse en el aire como un ángel sobre una nube de oscuridad, traer paz a una habitación con una oración pronunciada con su voz áspera—, él también había admitido que tenía miedo. Él también me había cogido la mano en la oscuridad. Y había necesitado mi hombro junto al suyo hasta que llegó el amanecer.

—No me hizo caso. Pero he conseguido que duerma un poco. Algo es algo.

Siguió cortando. Yo suspiré y contemplé el fuego.

—¿Siempre ha sido así? —pregunté.

—¿Qué quiere decir?

—Terco como una mula.

Eso le provocó una alegre carcajada a Paloma. A mí me cogió por sorpresa. En mi mente ella era una mujer muy seria que soportaba una carga de dolor demasiado pesada desde muy pequeña. Y tal vez lo era. Pero eso no significaba que no tuviera sentido del humor y que no contara con una risa que resonaba como las campanas de la iglesia un día de fiesta.

—Doña, no tiene ni idea —contestó y su sonrisa me recordó a la de Andrés—. Titi le daba collejas por intentar hacerse el héroe cuando hacer lo que se esperaba de él eran suficiente. Quiso ser insurgente, pero ella no quiso ni oír hablar de ello. —Se enjugó el sudor de la frente con el dorso de la mano—. Ella sabía que ese chico tenía pólvora en las venas. Y que dejarle jugar con fuego sería su perdición.

—Me dijo que lo de hacerse sacerdote fue deseo de su madre —comenté sacudiéndome la ceniza de las faldas al levantarme.

—También era deseo de Titi. Ella sabía que era lo mejor —contestó Paloma con un asentimiento de cabeza—. Yo creí que estaba loca por enviar a alguien como él en medio de una horda de sacerdotes. Pero tenía razón. Eso lo enderezó. Le dio paz. Y además le proporciona la cobertura perfecta para servir al pueblo como lo hacía Titi. Purifica las casas a nuestra manera después de administrarle los últimos sacramentos a los moribundos. Se ocupa de problemas que otros sacerdotes no ven o no quieren ver. —Entonces se quedó callada. Pasó un largo rato mirando las cebollas troceadas. Sorbió por la nariz y después se enjugó apresuradamente los ojos llorosos con el antebrazo—. Pero ya no va por ahí buscando problemas. A no ser que la gente venga a provocárselos.

Aunque estaba claro que su primo era varios años mayor que ella, de repente entendí que Andrés era como un hermano pequeño para Paloma en todos los aspectos. Y si sufría más daño dentro de San Isidro, más del que había sufrido ya, Paloma nunca me perdonaría.

—Lo siento —me disculpé—. Tenía miedo.

Paloma se encogió de hombros. Eso significaba que aceptaba la disculpa, a su brusca manera.

—Seguro que habría venido a curiosear por aquí, a pesar de del destierro. Solo era cuestión de tiempo. Es nuestro pueblo quien más sufre por ello, después de todo.

Tenía razón. Su madre había muerto por esa oscuridad. Ella y los demás habitantes del pueblo vivían con miedo por su culpa. ¿Pero por qué Andrés había sido desterrado de aquella casa?

Abrí la boca para preguntar, pero Paloma me interrumpió.

—Márchese ya —ordenó—. Yo me ocupo del resto. El patrón no va a querer que su esposa huela a cebollas y a humo cuando lleguen los otros hacendados.

Obedecí y me fui derecha a mi dormitorio. Había más gente en la casa de la que había habido en las semanas que yo llevaba allí; Paloma había traído a algunos del pueblo para limpiar el polvo y colocar los muebles. Ninguno se acercó al salón verde, aunque no sabía si era por instinto o porque se lo habían ordenado.

Mi dormitorio estaba hecho unos zorros después de esa noche: un mar de velas e incensarios me dieron la bienvenida. Y lo último que quería hacer era retirarlo todo, pero inspiré hondo y me puse manos a la obra.

Me lavé con agua fría para que la impresión me pusiera en marcha. No quería lavarme el pelo —no tenía tiempo para secármelo bien—, pero Paloma tenía razón con lo del olor a humo. Me lo sequé lo mejor que pude y lo dejé suelto, cayéndome por la espalda, mientras me ponía un vestido de seda y los pendientes de perlas por primera vez desde que Rodolfo se fue.

El sol de la tarde entraba a raudales por la ventana, se reflejaba en el espejo y llenaba la habitación de luz. Me senté en el tocador y estudié mi reflejo por primera vez en muchos días. Era justo lo que me temía: el sol me había oscurecido la cara. En la capital había logrado mantener la piel de la cara lo más pálida posible llevando sombreros y evitando el sol. Nunca tuve la piel tan clara como las hijas de tía Fernanda ni como mamá, porque incluso las zonas más pálidas de mi cuerpo tenían un leve tono oscuro. Ahora los rasgos de mi cara tenían un tono marrón claro, bronceados por el sol de una forma que hacía que mi pelo se viera aún más oscuro.

«Es usted casi tan hermosa como doña María Catalina, aunque bastante más morena».

Torcí la boca. Sí que lo era.

Cogí la polvera.

21

Cuando bajé flotando las escaleras de la casa, perfumada y tan pálida, gracias a los polvos, como una aparición, Rodolfo vino a recibirme al pie de estas con una sonrisa encantadora.

Estaba de pie, dándole la espalda a la puerta que daba al ala norte. ¿Podía ser que no sintiera el frío? A mí se me colaba en los huesos a cada paso mientras me acercaba a él, al ala norte.

Le dejé que me diera un beso en la mejilla. Sus labios eran cálidos.

¿Es que la insensibilidad de la culpa lo hacía inmune al frío y a la locura que hundía sus garras en mí y me llegaban tan profundo como el frío?

Le respondí con una sonrisa y la fijé firmemente entre mis mejillas cuando los dos nos dirigimos al salón verde para recibir a los invitados.

Mamá decía que papá tenía tanto carisma que era capaz de convencer a los enemigos para que le entregaran las armas. Yo me lo creí hasta que vi cómo se lo llevaban de nuestra casa a punta de bayoneta. Tal vez no era tan carismático. Pero sí que tenía una forma de encandilar con sus palabras a todas las personas de una habitación que conseguía que incluso los participantes más reservados de la fiesta se unieran a ella. Una semilla que había quedado en mí: aunque estaba atrincherada tras los gruesos muros del orgullo, recurrí a ella en ese momento para entretener a doña María José Moreno y doña Encarnación de Piña y Cuevas. Estábamos sentadas en un extremo de la sala, iluminadas por la delicada luz de las velas y con las faldas extendidas alrededor como los pétalos de unas flores exóticas. Sus maridos y el mío estaban bebiendo en el otro extremo y hablando de cosechas y ovejas. La finísima cristalería europea que teníamos en las manos y los candelabros de plata de la capital resplandecían a la luz del fuego. Por lo que se veía en esa habitación, cualquiera podría decir que estábamos en la capital.

Más o menos.

La presencia de Andrés y Juana era la prueba evidente de lo lejos de la civilización que estaba este salón. Los dos estaban tensos, dos islas de silencio apartados de ambos grupos. Como anfitriona me había asegurado de que Andrés estuviera sentado estratégicamente sobre la alfombra que cubría los leves trazos de los caracteres del hechizo cuya silueta todavía permanecía en las losas, por si revivían a causa de la energía de tanta gente. Estaba sentado con la Biblia sobre una rodilla, con la cara seria y pétrea, fingiendo escuchar la conversación de los hombres sobre el pulque. Enfrente estaba Juana, con cara de incomodidad mientras doña María José hablaba de los muebles de la casa.

—Oh, lo comprendo perfectamente —contestó cuando yo me disculpé por la escasa decoración—. Ha estado vacía durante años. Me acuerdo cuando Atenógenes y yo recibimos la casa de su hermano... Oh, ya han pasado cuarenta años. Pero estaba totalmente descuidada. ¡El trabajo que hizo falta para devolverle la vida!

Detrás de ella, vi que Juana fruncía el ceño y no se molestaba en ocultarlo.

—Al menos ahora que ha terminado la guerra es más fácil traer cosas desde la capital —añadió doña Encarnación, asintiendo lentamente antes de empezar una conversación sobre las ventajas de alicatar los patios con cerámica de Puebla.

Miré a Andrés. Su cara mostraba un perfecto interés ante la conversación de los hombres sobre los rumores de la reforma de la Iglesia y sus bromas porque él sabía tan poco sobre eso como ellos.

Ojalá pudiera alejarlo de todas esas personas. Durante un

breve momento de enajenación odié esa sala y a todos lo que había allí menos a él. Me dieron ganas de quemar San Isidro hasta los cimientos y volver a construirlo como santuario para los dos.

Por suerte pasamos al comedor poco después. Estaba aterrorizada por si no había preparado bien la cena y los hacendados y sus esposas miraban con desprecio lo que yo había pasado horas preparando con Paloma. Pero ese terror —a diferencia de otros que sentía en esa casa— resultó no tener fundamento.

—Tiene que transmitirle nuestras felicitaciones a Ana Luisa —dijo doña María José mientras le daba un sorbo al vino con un gesto afectado.

—Está muerta.

Todas las cabezas se volvieron hacia Juana, que era quien había hablado. Su postura se mantenía relajada, demasiado, y arrastraba las palabras un poco.

Estaba borracha.

Miré a Rodolfo. Tenía la mandíbula tensa mientras observaba a su hermana. Tenía que intervenir antes de que provocara algún daño a la reputación de su hermana, o a la nuestra.

—Oh, doña María José, siento mucho tener que darle esa noticia —comenté con voz compungida—. Ana Luisa falleció recientemente. Fue algo repentino y perder a alguien tan querido para la familia ha supuesto una gran conmoción.

Las esposas de los hacendados emitieron ruiditos de comprensión y sus maridos asintieron solemnes e imitaron a Andrés, que se santiguó y murmuró unas palabras de pésame por Ana Luisa.

—Su hija, Paloma, ha ocupado su puesto como ama de llaves —continué—. A pesar de la tragedia, creo que estamos todos de acuerdo en que ha estado más que a la altura de la ocasión.

Hubo más asentimientos, y la energía de la habitación se relajó. Intenté que mi mirada se cruzara con la de Rodolfo, pero no lo conseguí. Él se limpió la boca con la servilleta, pero no apartó la mirada fría de Juana, que se balanceaba un poco mientras comía.

Había evitado la crisis. La cena casi había terminado. Rodolfo siempre decía que las actividades sociales en el campo nunca se alargaban hasta la madrugada, como en la capital. Dependiendo de cuánto bebieran y hablaran los hombres, las veladas solían terminar en una hora o dos. Los hacendados se irían, Andrés y Juana también... y solo quedaríamos Rodolfo y yo en la casa. Los dos solos.

Tragué saliva y me reí abiertamente por un chiste que hizo don Atenógenes. Miré a Andrés, como si fuera a hacerle una pregunta. Parecía un poco mareado y apenas había tocado la comida. Apreté los labios y me quedé petrificada...

Se suponía que la silla que tenía al lado debería estar vacía.

Pero no lo estaba.

La mujer que había visto en el sueño estaba ahí. Vestida con seda gris y con el collar de oro brillando a la luz de las velas mientras miraba, con la barbilla afilada apoyada en las manos, al otro lado de la mesa, a Rodolfo, sin apartar los ojos de cada uno de sus gestos.

María Catalina, la primera señora de Solórzano, parecía tan dolorosamente real, tan de carne y hueso, que el terror me atravesó el corazón como una daga.

Como si hubiera oído cómo me martilleaba el corazón contra las costillas, volvió la cabeza hacia mí, con una mirada profunda como la de un ave, y me atravesó con sus ojos rojos ardientes. El pecho se me contrajo tan fuerte que sentí como un espasmo mientras ella me sonreía con malicia. Era una sonrisa demasiado amplia, con muchos dientes, dientes demasiado largos y...

Entonces desapareció.

Noté la piel de gallina en los brazos y un frío helado llenó la habitación, tan terrible que tuve que dedicar todas mis fuerzas a evitar que me castañetearan los dientes.

Pero la conversación continuaba como si nada. Doña María José se estaba riendo con Rodolfo, con la boca abierta, lo que dejaba al descubierto un trozo de cerdo y un poco de arroz a medio masticar. Juana la atravesó con una mirada asesina y se dejó caer con mala cara en su silla.

¿Ninguna la había visto? ¿Era posible que ninguna lo sintiera? Dejé el tenedor, que repiqueteó sobre el plato y oculté las manos en el regazo para que nadie viera que me temblaban.

Cuando doña María José comentó que estaba temblando, yo mostré una amplia sonrisa.

—Ha sido un estremecimiento —contesté—. Esta casa tiene unas corrientes terribles, a veces.

Andrés me miró, preocupado, pero yo me negué a hacerle caso. Conseguí mantener la calma durante lo que quedaba de la cena, respondiendo solo cuando me dirigían preguntas directamente y observando cómo Juana saboteaba cualquier intento de incluirla en la conversación dando respuestas bruscas.

Sus réplicas deberían haberme resultado insoportables. A Rodolfo se lo parecían: cuanto más tensas se volvían las expresiones de los invitados, más apretaba la mandíbula y más frío se veía en sus ojos.

Todo lo que ocurría me llegaba en oleadas amortiguadas de ruido. Mi atención estaba centrada en cómo se revolvía la casa a nuestro alrededor, despertándose y desperezándose según avanzaba la noche. También oía el latido de mi corazón, con su martilleo persistente y acelerado justo bajo mi oído.

La casa odiaba esa normalidad falsa. Y su odio rezumaba por las paredes, tangible y grueso como el lodo. Yo lo fui vadeando cuando seguía a los invitados desde el comedor al salón para tomar unas copas en medio de un aturdimiento total; todo se movía demasiado despacio, arrastrándose por el espesor del frío y el peso de la vigilancia de la casa.

No pude hacer otra cosa que obedecer cuando Rodolfo me llamó con un gesto para que fuera con él a despedirme de los invitados. Besé las mejillas maquilladas como era mi deber, contesté a los cumplidos vacíos con una gratitud igualmente vacía y repetí la promesa que había hecho Rodolfo de que iríamos a verlos a sus haciendas. Después dejé que Rodolfo me llevara de nuevo al salón cogida de su brazo.

Andrés estaba sentado con la Biblia sobre la rodilla. Juana estaba frente a él, como antes, mirando fijamente el fuego de la chimenea.

Rodolfo me soltó de repente. Cruzó la habitación en tres zancadas y agarró del brazo a su hermana y la puso en pie de un tirón.

Andrés se puso de pie también por la sorpresa.

—Pero don Rodol...

—Bruto —exclamó Juana haciendo que el sacerdote dejara la frase a medias—. Suéltame.

Rodolfo los ignoró a ambos y arrastró a Juana fuera del salón y cerró la puerta de una patada.

Rebotó contra el marco y se quedó abierta unos centímetros, permitiendo que llegara el sonido desde el pasillo.

—Estás tirando demasiado de la cuerda. —La voz de Rodolfo llegaba claramente al interior del salón.

—Pues aprovecha y ahórcate con ella —exclamó Juana.

—Será un milagro si no van inmediatamente a contarle a todo el distrito que Juana Solórzano es una borracha y una puta. —Rodolfo levantó la voz para hablar por encima de ella—. Un milagro si consigues casarte y largarte de una vez de mi casa.

—Nuestro padre dijo que la casa era...

Nos llegó el ruido de un bofetón con la mano abierta. Di un salto; Andrés y yo nos quedamos mirándonos fijamente, con los ojos muy abiertos por el horror.

—Ni se te ocurra volver a mencionarlo en mi presencia nunca más —gritó Rodolfo—. Tú y yo sabemos que él no era tu padre y no tengo intención de seguir tolerando las palabras de la bastarda mentirosa que eres. O cambias de comportamiento y actúas acorde al estatus que finges merecer o te echo de aquí y me aseguro de que no heredes nada de este trabajo honrado y que Dios se apiade de ti. Ahora vete de mi vista.

Las botas de Juana resonaron sobre la losas fuertes y decididas de camino a la puerta principal y la cerró de un portazo al salir.

La sorpresa le aportó un poco de color a la cara demacrada de Andrés. Si lo que había dicho Rodolfo era cierto —que Juana era bastarda y que Rodolfo y ella no tenían el mismo padre—, a él le había pillado tan de sorpresa como a mí.

El ruido de los zapatos de Rodolfo sobre las losas se acercó y Andrés y yo nos sentamos apresuradamente en las sillas que teníamos más cerca. Yo cogí una labor de costura y Andrés abrió la Biblia y empezó a leer en mitad de una frase. Yo estaba centrada en enhebrar la aguja cuando entró Rodolfo.

Levanté la cabeza con una expresión inocente en la cara. Rodolfo parecía tan tranquilo, como si acabara de dar un paseo por el jardín con su hermana en vez de gritarle barbaridades y haberla amenazado con echarla de la casa. El fuego casi apagado emitía un brillo rojizo y leve. Las únicas señales de enfado eran el espasmo de un músculo de la mandíbula y un solo rizo de su pelo que le había caído sobre la cara. Se lo apartó con un movimiento elegante y controlado.

Mi esposo tenía una doble cara. Era una criatura llena de rabia y violencia por un lado y un príncipe encantador y sereno por el otro. Era un defensor incondicional de la república y abogaba por la abolición de las castas mientras violaba mujeres que trabajaban en su casa.

No podía confiar en él. En ninguna de sus caras.

Tampoco podía enfadarlo. Habían muerto demasiadas mujeres en esta casa para que pudiera arriesgarme a poner a prueba su paciencia.

No había nada que pudiera hacer. Entonces Andrés, mi única protección, se levantó y le dio las buenas noches a Rodolfo.

—Sí, creo que será mejor que nos retiremos —asintió Rodolfo y se volvió hacia él—. Ha sido un día de viaje muy largo.

Yo me levanté también y miré a Andrés desde detrás de mi marido.

«No se vaya», quería suplicar. Estaba segura de que era capaz de vérmelo en la cara y en el brillo desesperado de mis ojos a la luz del fuego cuando me deseó buenas noches a mí también.

No. No había razón para que se quedara.

—Buenas noches, doña. —Se volvió y se marchó.

Mi última defensa se había ido.

Desde algún lugar del pasillo llegó el eco de una carcajada disonante. Qué larga se me presentaba la noche, con esas fauces negras sin principio ni fin. Estaba allí de pie en el salón con Rodolfo, rodeada de muros en los que en cierto momento su nombre estuvo escrito con sangre. Unos muros que todavía emitían un zumbido de puro odio por mi presencia y que observaban hasta el más mínimo de mis movimientos.

En el tiempo que llevaba en San Isidro había aprendido a identificar los diferentes tipos de miedos: la enfermiza consciencia de que me observaban, el terror del frío palpable que se colaba en la casa, las punzadas de terror al ver los ojos rojos en la oscuridad.

El miedo que me anclaba los pies al suelo mientras miraba la espalda de Rodolfo era diferente. Era nuevo.

Ahora sabía cómo era sentirse totalmente atrapada.

22

Rodolfo se quedó mirando fijamente el fuego. Tenía las manos unidas tras la espalda y le daba vueltas a un sello de oro que llevaba en la mano derecha con los dedos de la izquierda, sumido en sus pensamientos.

Yo me senté, con la labor de costura inerte en las manos. Ya no tenía sentido fingir que había estado contando puntos, que tenía la atención ocupada en algo que no fuera ser consciente de que Andrés estaba cruzando las puertas del patio. En cuanto lo hizo, el peso de la oscuridad cambió. Se sacudió primero por aquí y después por allá, como si intentara librarse de una mosca irritante y se centró únicamente en las dos personas que quedaban en la casa.

Se enroscó a nuestro alrededor y se hacía más espesa a cada momento que pasaba. El frío se coló bajo la puerta cerrada y se fue acercando, reptando por el suelo con la sinuosa determinación de un ciempiés. Cerca, cada vez más cerca, subiendo por mis tobillos.

«Beatriz, Beatriz...».

Se me paró el corazón.

—Vamos, querida —dijo Rodolfo de repente—. Estoy cansado.

Yo dejé a un lado la labor con las manos temblorosas.

—Sí, debes de estar agotado.

Él gruñó, asintió y me tendió la mano. Yo me levanté, la cogí y me mordí el interior de la mejilla cuando me dio un beso en el nacimiento del pelo.

Quería darle un empujón para apartarlo. Salir corriendo... pero ¿adónde? No tenía ningún sitio adonde ir.

Lo seguí fuera del salón hacia el pasillo oscuro.

Paloma había dejado unos candelabros para iluminarlo. Le dije que lo hiciera, pero también que se fuera de la casa lo antes que pudiera y dejara los platos para fregarlos por la mañana. Y me alegré de que se hubiera ido, aunque el abrir y cerrar la puerta principal había provocado que se apagaran unas cuantas velas.

¿O no habría sido eso?

A la luz de las velas casi no penetraba la extensión de oscuridad que teníamos delante. Al final estaba la escalera que llevaba a nuestro dormitorio, pero también la puerta del ala norte.

Rodolfo caminaba con confianza por el pasillo y me dirigía para que lo siguiera. El frío se apartaba a su paso como las aguas, pero me envolvía a mí. Me observaba desde todos los rincones, las vigas y los muros y veía cómo me esforzaba por respirar.

Tenía el vello de la nuca de punta.

«Ella» estaba allí.

«Beatriz...».

—Creo que lo has hecho maravillosamente esta noche —comentó Rodolfo.

«Beatriz, Beatriz...».

Cuanto más nos acercábamos al ala norte, más barreras de las que había levantado amenazaban con reventar, como la piel de una fruta demasiado madura. No podía evitar que esa voz se colara bajo mi piel como un cuchillo.

—¿Ah, sí? —contesté, esperando que mi voz sonara despreocupada en vez de tensa.

Debería haber mantenido la mirada fija al frente, o mejor, mirarme los pies, pero estaba examinando la oscuridad que tenía delante. Como si verla pudiera ayudarme a defenderme. Estaba nerviosa y vulnerable, como un cordero que va al matadero.

Y la casa lo sabía.

—Sí. Creo que doña Encarnación y doña María José se han quedado muy impresionadas con tus habilidades de anfitriona

—continuó—. Pero creo que... hay que cambiar algunas cosas por aquí.

«Beatriz, Beatriz...».

Estábamos cerca de la escalera. Cuando pisamos el primer escalón, no pude evitar que se me fueran los ojos a la puerta que daba al ala norte.

Ahí, en el pasillo, había un cuerpo bocabajo en el suelo, vestido con harapos rotos y comidos por las polillas. Estaba pálido y manchado por sangre ya ennegrecida proveniente de una herida que tenía en la espalda. No debería haber podido distinguirla en la oscuridad del pasillo, pero estaba ahí y se veía tan claramente como si fuera de día.

Habían asesinado a alguien.

Di un brinco y choqué con Rodolfo, que tuvo que agarrarse al pasamanos para mantener el equilibrio.

—¿Qué?

—¿Ves eso?

—¿El qué?

Lo miré a la cara —las arrugas de preocupación parecían más profundas por la oscuridad— y después volví a mirar el pasillo.

Estaba vacío.

—Oh, un ratón. —Lo dije con una voz tan aguda que casi se me quiebra. El ceño de Rodolfo se hizo más profundo—. Estoy un poco nerviosa por el frío que hace aquí, querido —balbuceé mientras subíamos las escaleras—. Hay muchas corrientes, ¿no?

—A mí no me lo parece. —Levantó una mano hasta el cuello de su camisa y se lo aflojó—. Yo diría que lo que hace es calor. Un fuego como ese para un salón tan pequeño en una noche tan agradable como esta es demasiado. Deberías comentárselo a Ana Luisa.

Estuve a punto de tropezarme con el siguiente escalón por la perplejidad. «Ana Luisa está muerta, ya te lo he dicho», quise gritarle y zarandearlo. Quise chillarle y avergonzarlo. ¿Cómo era posible que no se acordara, que no le importara?

Pero el frío me paralizaba. Me clavaba sus garras mientras

Rodolfo y yo subíamos, como si quisiera arrastrarme hacia abajo, abajo, cada vez más...

Cuando llegamos al final de las escaleras, miré a mi espalda.

El cuerpo estaba tirado al pie de las mismas. Se había movido. Se estaba desplazando. Levantó un brazo —mitad hueso, mitad carne en descomposición—, se agarró al primer pilar del pasamanos y lo usó para ayudarse a subir el primer escalón. Entonces levantó la cabeza y me sonrió.

Era una calavera; trozos de carne colgaban del hueso, igual que en el brazo, y tenía el pelo apelmazado y pegado a la coronilla por la sangre seca. Unas cuencas vacías y sin párpados se clavaron en mí.

En ese momento parpadeé y desapareció.

Noté que me corría un sudor frío por la base de la espalda. Rodolfo me estaba diciendo algo sobre la decoración del piso de arriba mientras me llevaba a la habitación que había convertido en estudio y después al dormitorio. Pero yo no lo escuchaba. Estaba atónita, con el corazón latiéndome violentamente bajo las costillas y los ojos desorbitados.

Iba a morir en esa casa.

Me iba a desintegrar en mil pedazos en la oscuridad, aplastada por el frío y la terrible maldad producida por esos ojos que me vigilaban, por el conocimiento de lo que allí había. Iba a morir.

—¿No te parece? —preguntó Rodolfo mientras cerraba la puerta del dormitorio.

Las velas no estaban encendidas. Lo ignoré y cogí la primera cajita de cerillas que encontré. Era consciente de que él me estaba contemplando mientras encendía las que había en mi tocador; poco a poco su mirada me hizo volver a mi ser. Vi que me temblaba la mano y noté la tensión en mis hombros por el miedo. Y sentí que su postura expresaba preocupación.

La preocupación era peligrosa. Él era peligroso.

—Demasiadas velas si nos vamos a acostar. —Su voz sonaba divertida.

—Yo... es que he estado tan sola sin ti —balbuceé.

No me volví para mirarlo, sino que me erguí. En el espejo se veía la luz de las velas reflejada y expandida; detrás de mí Rodolfo era una silueta oscura que se acercaba más y más...

Me cogió del brazo.

Y yo me volví para mirarlo. Me llevó la mano hasta su cara y me dio un beso en la suave piel del interior de la muñeca.

Un instinto atávico surgió en mi nuca y envió un escalofrío de pánico que me recorrió todo el cuerpo.

Era una presa. Estaba atrapada.

—Yo también me he sentido solo. —Lo dijo en voz muy baja, casi un rumor que llegó desde el fondo de su pecho mientras me cogía por la cintura y me apretaba contra su cuerpo.

Tenía que huir.

Le empujé el pecho. Él no me soltó, sino que enterró la cara en mi pelo, lo besó y empezó a bajar por el cuello.

Tenía que apartarlo, liberarme. Pero no tenía la misma fuerza que él, sus brazos alrededor de mi cuerpo parecían de hierro y sus hombros me rodeaban ejerciendo una fácil dominación.

—Querido, esta noche no —conseguí jadear. Mi voz sonaba estrangulada.

Él no dejó de besarme. Me imaginé que le salían unos colmillos, largos y afilados como agujas, demasiados para su boca, unas garras de color carne y...

—Rodolfo, no.

Aflojó un poco sus brazos y me miró. Si su intención era dedicarme una mirada amorosa, la luz de las velas no contribuyó a ese efecto: las sombras hicieron que las cuencas de sus ojos parecieran más profundas, demasiado, casi vacías...

Lo aparté de un empujón.

Él frunció el ceño y me apretó la muñeca. No. No podía enfadarse. Podía volverse contra mí en un segundo y podía...

—Estoy en esos días del mes —dije obligándome a mostrar una gran sonrisa para ocultar la mentira. Había sangrado dos semanas antes. Se había adelantado, por desgracia. Mamá me dijo una vez que a ella le pasaba lo mismo cuando estaba angustiada; y mis experiencias de las últimas semanas eran suficientes para causar angustia, por descontado—. Es incómodo, ya sabes.

«Por favor, por favor». No sé a quién le dirigía esa oración, pero la recibió. La cara de Rodolfo cambió en un segundo. Me dio un suave beso en la frente y me soltó.

—Claro.

Y por supuesto no cuestionó nada. Los hombres no se preocupaban por el cuerpo de las mujeres, excepto cuando podían utilizarlos para su servicio o su satisfacción.

Pero no me relajé.

Ni mientras me estuve preparando en el baño, ni cuando me solté el pelo aún húmedo del recogido, ni cuando me quité la ropa interior en la pequeña estancia que había al lado de nuestra habitación en un débil intento de mantener la mentira. Ni cuando volví a la habitación y vi que él había apagado todas las velas y ya estaba tumbado en la cama.

Estaba demasiado oscuro. No era una oscuridad natural. Era demasiado densa. Se enroscaba de una manera demasiado íntima alrededor de la cama. Necesitaba copal. Me acerqué al tocador y las tablas del suelo crujieron bajo mis pies descalzos. No podía...

—No —murmuró Rodolfo, medio dormido—. No puedo dormir con luz.

Me quedé petrificada. ¿Debería intentar encender el copal o eso lo irritaría? Era lo único que tenía, la única seguridad.

—Ven a la cama —dijo.

Los pies me pesaban como si fueran de plomo mientras caminaba y después me metía en la cama. Me tumbé bocarriba muy rígida, sin acercarme a él, pero tampoco lo evité.

Se durmió de inmediato. Su pecho subía y bajaba rítmica y lentamente. Una cadencia totalmente incongruente con el corazón que me latía con fuerza en los oídos mientras miraba con fijeza las vigas del techo.

En algún momento entre un parpadeo y el siguiente, me sumí sin darme cuenta en un sueño intranquilo.

El aire era denso por el humo. Estaba en mi casa de la capital, la casa de mi padre. Una luz roja brincaba y bailaba a mi alrededor, salvaje como una tempestad, agujereando las volutas oscuras. La casa estaba en llamas y supe, con la perfecta y terrible certeza de los sueños, que papá y mamá estaban en lo más profundo de la casa. Estaban en peligro.

Los llamé, pero el humo me ahogaba y se tragaba mis gritos, apretándome la garganta como una mano con garras. Avancé a trompicones, pero las piernas me pesaban demasiado. También la cabeza. Caí y me quedé pegada a las tablas. Las llamas se colaban por las grietas desde abajo y el humo me tapaba la visión. Tenía que llegar adonde estaban mis padres. Tenía que hacerlo. Pero no podía moverme.

Desde algún lugar de la casa se oyó un portazo.

Conseguí despertarme. En esa casa, en San Isidro, inspiré desesperada el aire fresco y sin humo. Pero este crepitaba. Estaba vivo, lleno de la energía inminente de unas astillas que están a punto de prender.

Otro portazo. Esta vez más cerca.

Mi corazón reverberó contra mis costillas imitando el ruido.

No había nadie en la casa. Nadie aparte de Rodolfo y yo, que se revolvió sin despertarse, murmurando algo ininteligible.

Otro portazo.

Iba a morir en esa casa. La certeza inundó mi cuerpo, pesada por el dolor, frío y premonitorio como las palabras susurradas de un santo.

San Isidro era mi tumba.

«Pero no va a ser esta noche».

Saqué las piernas de debajo de las mantas. La habitación estaba tan oscura como si la ocupara la sombra del diablo. No me veía las manos mientras palpaba las superficies en busca de cerillas. Tras dos intentos la luz iluminó mi cara. Mi reflejo me miró desde el espejo cuando acerqué la llama a la mecha de la vela.

Una carne amarillenta se caía a trozos de mi cara, reseca como un pergamino. Como el cadáver que había al pie de las escaleras, era muy fina y dejaba al descubierto las cuencas de los ojos y una hilera de demasiados dientes que me llegaba hasta la oreja.

Cerré los ojos. Era una visión, igual que la noche del exorcismo fallido; no podía hacerme ningún daño.

¿O sí?

Ana Luisa estaba muerta; su corazón se había parado por culpa del miedo. A Andrés lo lanzaron por los aires y se estrelló contra la pared del salón verde. En la capilla la sangre que tenía en la cara no desapareció. Las heridas que había causado la casa no desaparecían como las visiones cuando el amanecer iluminaba los cielos sobre el tejado de San Isidro. La muerte no se disipaba como una pesadilla.

Me puse de pie y me acerqué a la puerta. Así el picaporte con las manos temblorosas. No me importaba si Rodolfo se despertaba.

Si me quedaba, la casa me iba a matar.

Abrí la puerta y hui.

La oscuridad clavó sus garras en mí y unas manos frías me tiraron del pelo y me toquetearon el camisón. Un traqueteo surgió bajo mis pies descalzos, resonando por todo el suelo y persiguiéndome hasta el principio de las escaleras. Unas manos invisibles se situaron en mis hombros. Frías como el hielo. Duras como la muerte.

Con un potente empujón, me tiraron por las escaleras.

El mundo empezó a dar vueltas y la vela salió volando. ¿Así iba a morir? Estiré ambos brazos para intentar frenar la caída, pero unas manos frías me apretaron contra el suelo, hacia las losas, con una determinación férrea. Pobre doña Beatriz, se cayó por las escaleras. Y se abrió la cabeza, había sesos por todas partes. Pobre doña Beatriz, qué accidente más trágico...

«Esta noche no».

La furia nació bajo mis costillas. Me hice una bola, como si me hubiera caído del caballo: las rodillas contra el pecho, los codos pegados al cuerpo y las manos sobre las orejas.

Los antebrazos se estrellaron contra las losas y rodé. El aire frío hizo que me escocieran los codos magullados cuando me puse de pie y corrí hacia la puerta.

«Beatriz, Beatriz...».

Tiré de ella tan fuerte que estuve a punto de descoyuntarme el brazo. No se movió. Pero no estaba cerrada con llave. Veía que no estaba echada, pero no se abría.

El frío me envolvió como una capa mojada y me cubrió la nariz y la boca, asfixiándome. Me agarré al picaporte con todas mis fuerzas. No podía respirar. Boqueé, pero no entró aire: me ardían los pulmones y mis ojos intentaban ver algo en la oscuridad. Esa oscuridad me iba a estrangular. Si no luchaba contra ella, iba a ahogarme.

«Así no», pensé.

Reuní todas las fuerzas que me quedaban y estrellé el puño contra la madera de la puerta, llevada por la frustración. Unas chispas tenues habían aparecido en la periferia de mi visión, que se oscurecía por momentos. Necesitaba aire. Mi pecho estaba a punto de ceder, hundido por el peso de la oscuridad. Golpeé la puerta de nuevo, esta vez con más fuerza. La ira prendió en mi interior como unas astillas secas, ardiendo con una avidez que me dio fuerzas renovadas. «Ella» me estaba reteniendo allí. Estaba intentando matarme.

Pero no se lo iba a permitir.

—Esta noche no, bruja —logré decir.

Agarré el picaporte de nuevo y tiré.

La puerta se abrió. Di un paso atrás, tambaleándome por el peso de la madera, pero me recuperé cuando el aire entró en mis pulmones. Una ráfaga de viento frío y húmedo me golpeó la cara. Cortinas de lluvia azotaban el patio y cuando chocaban con la tierra, sonaba como un cristal al romperse.

Otra ráfaga de viento hizo sonar la campana de la capilla una vez. Resonó en el patio, una llamada de difuntos vacía y solitaria.

Corrí hacia allí.

23

ANDRÉS

Cuando me desperté, el fuego estaba casi apagado y la habitación en silencio. Un portazo resonó en mi cabeza. ¿Lo había soñado? ¿La casa también me acosaba con pesadillas?

No. Algo me había despertado. Pisé el suelo con los pies descalzos; bajo este, la tierra se coló en mi interior, haciendo que mi mente aturdida se despertara al instante.

Había alguien en la capilla.

Sentí la sensación de angustia, como si alguien me agarrara la muñeca, y seguí esa llamada.

Siempre tenía unos cirios gruesos encendidos en la capilla, también por la noche, para que los habitantes del pueblo supieran que allí había un refugio para ellos a cualquier hora.

Me quedé petrificado cuando vi a quién iluminaba su luz.

A primera vista creí que era la aparición de esa a la que nosotros llamamos la Llorona. Una mujer de blanco con el pelo negro cayéndole sobre la cara. Recorrió el pasillo tambaleándose y sollozando inconsolablemente. Iba dejando un rastro de agua que llegaba hasta la puerta.

Pero yo conocía bien a la Llorona. No era su estación, ni su momento. Tampoco el lugar adecuado para aparecer.

Ella no era un espíritu.

«Beatriz».

Ella extendió ambas manos, se aferró a un banco y se dejó caer en él. Lo agarraba con tanta fuerza que tenía los nudillos blancos y todo su cuerpo se agitaba por unas respiraciones bruscas y entrecortadas. Eran demasiado rápidas, demasiado repentinas.

Sentí que no debería haberme ido de la casa, pero era un sentimiento irracional; no había forma de que pudiera haberme quedado. La presencia de Rodolfo lo impedía. Pero había sido un error.

Ella levantó la vista cuando oyó mis pasos. Tenía los ojos verdes tan desorbitados que veía claramente el blanco que rodeaba sus iris. La cara de Ana Luisa apareció en mi mente. Se le había parado el corazón por el terror y tenía los párpados muy abiertos, mirando al vacío, horrorizada, durante toda la eternidad.

—Beatriz, chisss —dije en voz baja. Recorrí la distancia que había hasta donde estaba y extendí las manos, como se hace para calmar a un caballo encabritado—. Chisss.

Los brazos le cedieron. Me lancé hacia delante para sujetarla antes de que se estrellara contra el banco. Estaba empapada hasta los huesos y temblaba mucho. Tenía la cara muy pálida por el miedo. La agarré fuerte por los brazos para calmarla.

—Chisss.

Ella levantó la barbilla. Tenía un arañazo enrojecido en un pómulo y los ojos vidriosos por las lágrimas que no había derramado. Me recorrió con ellos, examinándome con avidez, tal vez intentando decidir si era real o una aparición. Después miró a mi alrededor. Su pecho seguía subiendo y bajando muy rápido.

—Hay mucho silencio. —Se quedó sin aliento—. Mucho silencio.

Se me encogió el corazón. ¿Cuántas veces había salido huyendo del rugido de la oscuridad cuando era niño? ¿Cuántas veces me habían atormentado las voces después del anochecer y había buscado consuelo en la paz de la iglesia?

—Aquí estás a salvo —aseguré.

Su cara se desmoronó.

El mundo perdió velocidad; noté que en mi interior surgía una urgencia, como una marea, una necesidad insoportable de proteger a la mujer que tenía delante. Y en ese mismo instante acerqué a Beatriz a mi cuerpo y ella me envolvió con sus brazos. En un movimiento fluido, tan perfecto como si lo hubieran ejecutado unos bailarines. Un abrazo fuerte. Sus brazos me rodeaban las costillas y sus dedos se enterraron en mi espalda. La humedad se traspasó de su camisón a mi camisa, el agua cálida por la temperatura de nuestros cuerpos. Acerqué su cabeza a mi pecho y apoyé la mejilla en su pelo húmedo. Olía a lluvia. Y a miedo.

—Estás a salvo —murmuré. Ella volvió a estremecerse, sin dejar de sollozar—. Chisss. Respira. Estás a salvo.

Le acaricié el pelo y coloqué la otra mano en la base de su espalda. Poco a poco se fue calmando su respiración acelerada y relajó las manos. Sus sollozos se hicieron más suaves y al final pararon del todo.

Pero ninguno de los dos se soltó del abrazo. No sé cuánto tiempo estuvimos allí, entrelazados con firmeza como amantes bajo el suave resplandor de las velas del altar. La lluvia golpeaba el tejado de la capilla; en la noche, a lo lejos, se oyó el eco del suave ulular de un búho que llegaba desde el otro lado del valle. Estaba a salvo. Ella estaba a salvo. No sabía por qué había salido huyendo, pero sabía otra cosa: que mientras mis pies percibieran debajo de ellos esa tierra y mi corazón sintiera los cielos por encima de mi cabeza, no iba a permitir que ella sufriera ningún daño.

Sentí que los músculos de su espalda se tensaban un poco bajo mi palma.

La realidad volvió a tomar forma a mi alrededor. No debería abrazarla tan fuerte, no... No debería estar abrazándola de ninguna forma.

Ella aflojó los brazos y se apartó un paso apresuradamente. Se me formó un nudo en la garganta producido por algo parecido a una pena muy profunda.

Abrazarla me parecía lo correcto. La sensación creció en mi interior con la inevitabilidad de la lluvia y la certeza fue como un dolor que me llegaba hasta el tuétano. Un dolor que no conocía palabras. Era lo correcto.

—Sé lo que está pensando —dijo con un tono monótono de determinación en la voz.

Se me paró el corazón.

—No voy a volver. No puedo. —Se le quebró la voz.

Carraspeé. Ni siquiera se me había pasado por la cabeza. ¿Eso era lo que pensaba ella de mí? ¿Que era lo bastante idiota para enviarla otra vez con su marido, del que había huido en medio de la noche? ¿Enviarla a esa casa?

No. Quería suplicarle que se quedara aquí, que volviera a mis brazos y clavara los dedos en mi espalda.

—Voy a dormir en un banco —aseguró e inspiró hondo—. Y usted no puede impedírmelo.

Otros pensamientos se revolvieron en mi interior, enmarañados y apenas articulados: su marido se preguntaría adónde había ido. No, su marido se enfadaría si se despertaba y la encontraba conmigo. La casa estaba despierta, viva, y ella no podía volver sola. Al menos no hasta el amanecer. Pero tampoco podía pasar la noche allí.

¿O sí?

¿No había hecho yo lo mismo para buscar refugio tantas veces en mi vida? Titi supo que había huido de la casa de mi padre la misma noche por las voces. Cuando tuve la edad suficiente para empezar a aprender de ella, me habló de los poderes que buscaban colarse bajo la piel y aprovecharse de su organismo huésped como hacen los murciélagos con un toro debilitado.

«Tienes que expulsarlos. Tú eres el único señor de tu mente. Échalos. Diles que se ocupen de sus asuntos y te dejen en paz», me explicó.

Incluso cuando ella entraba en las casas más malditas para purificar su energía con el copal y frotaba las paredes y chimeneas con las hierbas que quemaba, esas casas que estaban tan envenenadas que me ordenaba que me quedara fuera con sus habitantes, las voces resbalaban sobre ella como el agua por la plata porque su aura era tan impenetrable como el brillante escudo de un guerrero. Ella era una profeta en una tierra a la que le habían arrancado sus dioses, una sanadora de los enfermos, un faro en la noche. Recurría a la nubes oscuras y aceradas para controlar las tormentas en la estación de las lluvias, utilizando los relámpagos como riendas y haciendo que se doblegaran a su voluntad para convertir las cosechas en oro. E invocaba las voces para curar y también las expulsaba.

Pero yo no era ella.

Había fracasado y Beatriz había sufrido por ello.

Tal vez yo era más débil que Titi. No importaba lo mucho que intentara seguir sus pasos, lo mucho que luchara por ser bueno, por hacer el bien, siempre fracasaba. No importaba lo mucho que me esforzara en embutir las partes más oscuras de mí en su caja y en trabajar solo con los dones de Titi, seguían saliendo. Lo peor era que ya habían saboreado la libertad y ahora bullían de vida. Y se burlaban de mi fracaso. Tiraban de sus cadenas, demandando atención. Recordándome que estaba condenado.

La condenación no era algo que a Titi le preocupara. Ella creía que había un infierno para todos, una paz oscura y humeante en la que todas las almas se doblegaban. Pero ella no se había pasado años estudiando las escrituras como yo, ni rezando por sus pecados en las celdas lúgubres del seminario, convencida de que el alma con la que nació la había marcado para siempre para acabar ardiendo. Yo temía la llegada del día del Juicio Final, por lo que yo era. Aparte de Titi, me temían todos los que sabían lo que yo era —no solo su heredero, como me consideraba el pueblo, sino algo más oscuro—. Eso era un pilar en mi vida, tan seguro como el paso de las estaciones.

Pero en su huida, agobiada por su miedo, Beatriz había acudido a la capilla. Beatriz había acudido a mí. Después de todo lo que había soportado estando conmigo, todo lo que había visto, cualquier mente práctica asociaría mi presencia con el peligro y por ello me apartaría de su vida lo más rápido posible.

Pero ella no.

Incluso cuando cruzó los brazos sobre el pecho preventivamente, en un desafío ante unas palabras que yo no lograba decir, se quedó allí, en la capilla, descalza y empapada, porque confiaba en mí. Tenía el camisón tan mojado que se le pegaba a los brazos, el estómago y los muslos. A pesar de mis reservas, me permití fijarme en esos detalles más tiempo del que debería.

Una oleada de calor empezó a subirme por la garganta.

No me merecía la confianza que había depositado en mí.

—Va a morir de una pulmonía. —¿Esa era mi voz? Me sonaba lejana y extraña. Pero era mía, aunque lo que había dicho era más propio de un imbécil.

—No me importa. —Se acercó a un banco y se sentó, dejando caer todo su peso con la férrea determinación de un niño—. No voy a volver.

Y yo no podía intentar convencerla de lo contrario.

Me volví para regresar a mi habitación.

—¿Adónde va? —Noté que el tono de su voz transmitía miedo y la miré, todavía de espaldas. Aunque tenía las manos apoyadas en el respaldo del banco que tenía delante, se le veía el cuerpo tenso, como si estuviera a punto de levantarse e ir tras de mí. Eso me provocó una punzada de compasión que me atravesó el corazón, incidiendo aún más en un punto que ya estaba claramente afectado por ella.

Podía encontrar una explicación racional para esa decisión. Era fácil, demasiado. Ella era un alma perdida que estaba pidiendo ayuda y yo solo se la daba, esa era mi vocación. Podía repetirme esa frase como una letanía, como una oración, una reflexión sobre una mentira piadosa, pero seguiría sin cambiar la verdad: estaba cediendo a la tentación. Todas las decisiones que tomaba y que me mantenían cerca de ella, que me ofrecían la oportunidad de estar lo bastante cerca para tocarla u olerle el cabello eran pecado.

Pero quería hacerlo de todas formas.

—Va a necesitar unas mantas —contesté—. Ahora vuelvo.

Volví con un montón, algunas todavía calientes tras quitarlas de mi cama. Beatriz estaba temblando cuando llegué a su lado. Me acerqué al banco para dejar la mayoría a su lado y después escogí la más suave y le envolví los hombros con ella.

—Gracias —murmuró. Sus dedos rozaron los míos cuando se envolvió bien con ella.

Sus ojos pasaron de los míos a mi boca.

Un leve vértigo se instaló en mi pecho, me envolvió los pulmones y me dejó sin aliento. Tenía que recuperar la compostura. Me senté al otro lado de la pila de mantas y uní las manos en el regazo.

—¿Qué ha pasado? —pregunté haciendo todo lo posible por que mi voz sonara firme.

—He visto cosas. —Su voz sonaba vacía: la angustia cruzó por su rostro pálido—. He intentado hacer lo que me dijo y expulsar las voces. Intenté no escucharlas. Pero he empezado a ver cosas. Y a sentirlas de una forma que no había sentido nunca antes.

Le temblaban las manos, aunque estaba agarrando con fuerza la manta en la que se envolvía.

Supe perfectamente lo que diría Titi: «Saca a la familia de la casa. Rápido». Después me miraría y agitaría un dedo retorcido. «Y después púrgala de arriba abajo».

Lo había intentado. Había abierto esa prisión maldita en mi interior y había liberado una parte de la oscuridad. La mantuve controlada con todas mis fuerzas, tirando fuerte de las riendas que suponían los encantamientos, pero ella tiraba y se encabritaba en el otro extremo. Yo tenía el control y utilicé todas las oraciones con precisión, como tenían que usarse. Nada de lo que hice estaba fuera del plan, ni di ni un paso que no estuviera calculado al detalle.

Y aun así había fracasado tan estrepitosamente que estuve a punto de perder la vida.

Mi tía la había perdido.

La podredumbre de esa casa era una plaga. ¿Quién sería el siguiente en caer? ¿Paloma? ¿Beatriz?

No podía arriesgarme a que fuera ninguna de las dos. No podía volver a fallarle a ninguna otra vez.

¿Pero qué podía hacer ahora que Rodolfo había vuelto de la capital? Si era tan suspicaz o intolerante como doña Catalina, no podría convencerlo de que me permitiera utilizar la sangre de su esposa en medio del salón verde para hablar con unos espíritus invisibles por el bien de todos los que habitaban en su casa.

A menos que a él lo atormentara la casa tanto como a Beatriz.

—¿Y él... lo siente? —pregunté, vacilante.

—¿Rodolfo? —Puso cara de asco. Ese simple movimiento fue suficiente para hacerla parecer viva otra vez y yo lo agradecí profundamente. Y también por otras razones que me obligué a reprimir encerrándolas con la misma fuerza que se usa para cerrar de golpe un baúl—. No, él no. No creo que note nada. —Se revolvió, incómoda, y después se cubrió el regazo con otra manta. Pasaron unos minutos antes de que volviera a hablar—. Paloma me ha dicho que él ha hecho cosas horribles.

Le miré las manos, que estaban jugueteando sistemáticamente con una borla. Paloma le habría contado lo de Mariana. Cerré los ojos e hice la señal de la cruz al pensar en ella. También le había fallado a ella.

—Lo sé —contesté.

—Entonces también sabe que es demasiado malvado para sentir nada —exclamó Beatriz.

—Creo que las cosas no funcionan así.

Incluso mi padre llegó a sentir lo que rezumaba de sus muros. Tal vez fue una de las muchas razones por la que recurrió al pulque: para embotar sus sentidos, para no ver las sombras que reptaban por los rincones de su casa.

—Una casa así... debería sentirlo.

—¿Sabes lo único que ha dicho? —Se volvió hacia mí, envolviéndose aún más en la manta. La mayor parte de su pelo seguía recogido en la larga trenza que le caía por la espalda, pero bastantes mechones se habían soltado y le caían alrededor de la cara—. Se ha quejado de que hacía demasiado calor en la casa. ¿Se lo puede imaginar?

La verdad era que no.

—Tal vez esté loco.

—Tal vez lo esté yo —murmuró Beatriz y la vida que había aparecido en su cara se apagó. Hundió los hombros y se apoyó en el respaldo del banco—. Tengo pesadillas. Veo y oigo cosas que no percibe nadie más.

—Tal vez sea usted bruja, doña Beatriz.

Su risa fue como el sonido repentino y alegre de unas castañuelas; aquella sorpresa resonó en la cúpula de la capilla. Entonces miró tímidamente el crucifijo y se santiguó—. Que Dios me perdone, padre —dijo, casi sin aliento, al besarse el pulgar.

A pesar de la situación, no pude evitar que usa sonrisa me curvara la comisura de la boca. Que Dios nos perdonara a ambos, blasfemos los dos por igual.

Me aparté un poco en el banco y le di una palmadita a la pila de mantas que aún quedaba.

—Descanse —le aconsejé—. La despertaré por la mañana, antes del amanecer, y la acompañaré a la casa cuando sea apropiado. —Estuve a punto de decir «seguro», pero no sabía si alguna vez lo sería.

Fue como si hubiera oído lo que pensaba o hubiera leído mis pensamientos en mi rostro.

—Usted también debería descansar —dijo—. Su cabeza...

—Se curará, con la ayuda de Dios —aseguré. Y después añadí, con voz serena y decidida—: No la dejaré sola.

Ella consideró mis palabras con expresión seria. Esa era la quinta noche que pasábamos juntos, cada una de ellas más impredecible y peligrosa que la anterior.

—¿Lo promete? —preguntó.

Cuando un hombre hace una promesa, pone en juego su honor. Cuando un brujo hace una promesa, la siente en lo más profundo de los huesos. Titi creía que las palabras encerraban poder: podían escribir tu destino en piedra o destruir un legado por completo. Las palabras podían maldecir o bendecir por igual y nunca debían pronunciarse sin sopesarlas antes.

—Lo prometo —dije con un hilo de voz.

Y entonces me arrodillé en el reclinatorio que teníamos delante y extendí la mano para meterla en el bolsillo en busca del rosario, pero solo encontré la suave tela de mi ropa para dormir. El rosario estaba en mi habitación, sobre la pila de libros que había al lado de mi cama. No importaba. Hice la señal de la cruz y empecé a rezar en un murmullo. Cuando visitaba orfanatos en Guadalajara aprendí que no hay mejor nana que la oración recitada por otra persona. Detrás de mí oí que Beatriz se tumbaba sobre las mantas, se acomodaba y se quedaba quieta. Su respiración se relajó y después se hizo más profunda.

Cuando estuve seguro de que estaba dormida, bajé aún más la voz y al final me quedé callado.

Estaba enroscada en posición fetal en el banco, rodeando con un brazo las mantas que utilizaba como almohada. El pelo oscuro le caía sobre la mejilla y la boca, que subía y bajaba al ritmo de su respiración.

Le aparté unos rizos de la cara e imité uno de sus gestos al colocárselos con cuidado detrás de la oreja. Deseé con todas mis fuerzas dejar la mano sobre su pelo, acariciárselo despacio, pero la aparté. Ella se revolvió y abrió los ojos.

—Duerma —murmuré—. Está a salvo.

Y sus ojos volvieron a cerrarse. Me había creído. Había visto lo mismo que yo —la oscuridad, la condenación y la duda, mis fracasos y mi miedo— y seguía confiando en mí lo bastante como para dormir a mi lado.

Seguí escuchando cómo su respiración recuperaba el ritmo regular y profundo.

—Lo prometo —susurré.

24

BEATRIZ

—Beatriz.

El sueño era profundo, cómodo y sin pesadillas y no tenía ganas de salir de él. Quería seguir así, hundirme más en el silencio. Solo cuando noté una mano en el hombro emergí a la superficie de la consciencia.

Estaba tumbada de costado en un banco, encogida. La luz de las velas me cubría como una manta. Parpadeé. Había otros bancos delante. Un altar. ¿Dónde estaba?

—Beatriz. —Era Andrés y tenía la mano cálida sobre mi hombro.

Los acontecimientos de la noche anterior inundaron mi mente: la huida de la casa y salir corriendo bajo la lluvia hasta la capilla. Andrés, que me había encontrado allí y se había quedado conmigo toda la noche.

El Andrés que ahora me miraba no era el mismo que había abrazado anoche, que tenía el pelo alborotado por la almohada y cuyo camisón había empapado con mis lágrimas. Ahora llevaba un hábito negro austero y estaba recién afeitado, con el pelo bien peinado y apartado de la cara. Olía al jabón local con aroma de pino y un poco a copal.

Me envolví un poco más en la manta. En ese momento fui muy consciente de la poca ropa que llevaba —no como anoche—. En plena huida no me había importado nada. Mi seguridad era lo único importante. No se me había pasado por la cabeza nada más.

Casi nada más. Al mirar a Andrés ahora —al padre Andrés, me obligué a recordar—, debería sentir una gran vergüenza y no estar admirando la línea oscura de sus pestañas o el lugar donde le salía un hoyuelo en la mejilla. Debería recordar lo que pasó anoche de una forma más inocente, no disfrutar del calor de su cuerpo y del peso de sus manos sobre mí. Entonces no me supuso un problema. Pero según iba aumentando la luz del sol, también lo hacía mi vergüenza.

Y no quería que así fuera.

Quería quedarme en la capilla para siempre, abandonarme al sueño y que no pudiera encontrar en mi interior ni una pizca de culpa. Y sin duda no quería volver a la casa. Aunque eso era precisamente lo que tenía que hacer y para eso me había despertado Andrés.

Al ver que estaba despierta, se sentó a mi lado en el banco y me ofreció un vaso de agua. Lo miré por encima del borde mientras bebía con ganas.

Estaba mirando al vacío, o tal vez al crucifijo. Tenía la boca tensa y las arrugas que se le formaban alrededor parecían más profundas que nunca. No había paz en su expresión.

Bajé el vaso y seguí su mirada hasta el crucifijo. Quien lo había tallado y pintado había decidido que Cristo mirara hacia arriba, en un éxtasis agónico, pero una sensación creciente de vergüenza me dijo que centraba su atención en los asuntos terrenales que tenía delante. Dejé el vaso a un lado y me envolví mejor los hombros con la manta.

Tal vez podría centrar Su atención en la casa y echarnos una mano, por una vez. No me vendría mal.

—Ha dicho que ve cosas —dijo Andrés con la voz más áspera que de costumbre. ¿Por haber pasado la noche rezando, por la falta de sueño o por ambas cosas?

Asentí.

—¿Las ve muy claras?

—Como si ella estuviera ahí mismo. —La voz me salió ronca, a punto de quebrarse al pronunciar las palabras. Carraspeé—. Estaba sentada a su lado en la cena.

Él se estremeció. La expresión sombría de su cara se hizo más profunda.

—Eso no es bueno.

—¿Cree que Rodolfo la mató?

—Beatriz... —Había cierta sorpresa en su voz y algo de reprimenda.

—Las cosas han cambiado al volver él. ¿No lo ha notado? —Su boca apretada me reveló que sí—. Y lo que estaba escrito en la pared... Andrés, ¿cuándo murió? ¿Estaba él aquí?

Él me examinó el rostro. Buscando signos de locura, sin duda. Y lo comprendía. Algo en la casa se había colado en mi interior sin que pudiera detenerlo y había empezado a crecer, a expandirse, a pudrirse desde entonces. No sabía si alguna vez lograría librarme de ello.

«Va a morir aquí, como el resto de nosotros».

—No lo sé —reconoció Andrés por fin—. Tendrá que preguntarle a Paloma. Hubo un tiempo... en que yo no era bienvenido aquí.

Su destierro. Una parte de mí había asumido que había sido cosa de Rodolfo, pero él no tenía ningún problema en invitar a cenar al sacerdote ni en que estuviera en la hacienda. No había una relación de confianza entre ellos, era evidente, pero tampoco una enemistad manifiesta.

Algo en la cara de Andrés me advirtió que era mejor que no ahondara en eso. Tendría que preguntarle a Paloma.

—Tal vez podría conseguir que él le dijera si lo hizo o no —sugerí—. Podría colarse en el confesionario en la ciudad, como hizo conmigo, pero esta vez oír su confesión y...

—Doña Beatriz...

Su tono escandalizado hizo que me ruborizara.

—Es una buena idea —me defendí.

—No lo es por muchas razones, una de ellas que yo no voy a violar el secreto de confesión.

El fervor silencioso que había en sus palabras me dolió.

—Pero solo me lo diría a mí. Para advertirme. Para protegerme.

—No —insistió negando con la cabeza.

—¿Incluso si le dijera que ha asesinado a su esposa?

Él levantó las manos unidas y apretó los dedos contra los labios mientras me miraba con aire compungido.

—Eso supone un problema ético complejo.

—Pero ¿y si pretende hacerme daño?

—Eso es lo que temo.

La sobriedad lúgubre de esas palabras hizo que me recorriera un escalofrío y se me helaran las entrañas.

—Entonces ¿cómo revelar algo para protegerme podría suponer un «problema ético complejo»? ¿Es que quiere que acabe siendo otro esqueleto en la pared?

Cerró los ojos. Casi pude oírlo diciendo mentalmente: «Cielo santo».

—No está siendo justa. No sabemos lo que le ocurrió a doña Catalina.

Pero no rectificó lo que había dicho.

Lo miré con el ceño fruncido e hice un gesto de frustración con la mano.

—He rezado para pedir ayuda, ¿y para qué me ha servido? Dios me ha enviado al único sacerdote incorruptible de todo México.

Abrió los ojos. Esta vez me miró y había tal intensidad en ellos que me quedé sin aliento y contuve la respiración.

—No creo que yo fuera capaz de decir eso.

Un calor surgió en mi vientre. Sus palabras me picaron la curiosidad. No podía ignorarlas, al menos no cuando el rubor me tiñó las mejillas y teniendo en cuenta que estaba sentado a solo unos centímetros de mí. Tal vez esa necesidad venía de la soledad, de la ausencia de contacto, pero de todas formas era real. Era una cuerda muy tensa, bien fijada en mi interior y que iba hasta...

—Sea lo que sea lo que le pasó, lo fundamental es que no puede seguir adelante —continuó Andrés. La seriedad de su voz me devolvió a una realidad que era como una capa de plomo sobre mis hombros.

—¿Pasa a menudo que a la gente le cueste... seguir adelante? —pregunté.

—No. —Bajó las manos y las dejó en el regazo. Su mirada se volvió distante, como perdida en sus pensamientos—. Mi abuela tenía sus teorías sobre la gente que dejaba asuntos sin resolver y que no podía, por la razón que fuera, dejar ir sus vidas mortales. Pero también hay almas que están confusas. Perdidas. Que necesitan una guía para encontrar el camino. Y espíritus que permanecen atados a este mundo por la ira.

—¿Ira? —repetí.

Andrés asintió.

—La ira contiene una gran cantidad de energía.

—¿Y por qué tendrá ella tanta ira? —pregunté, pensando en voz alta.

Andrés enarcó tanto las cejas que casi alcanzaron el nacimiento del pelo.

—Doña Beatriz, sabemos que alguien la mató.

—Pero no fui yo —exclamé, señalándome con mucho énfasis—. ¿Por qué atormentarme a mí entonces?

Una visión de la noche anterior apareció en mi mente: la aparición de María Catalina en el comedor, los ojos ardientes fijos en el otro extremo de la mesa, mirando con una adoración evidente a mi marido.

Su marido.

Si yo fuera ella, si mi marido se hubiera vuelto a casar y su nueva esposa hubiera invadido mi casa..., ¿no guardaría mucha ira yo también?

Andrés interrumpió mis pensamientos.

—Porque era así cuando estaba viva —dijo con inquina—. Le pegaba a Paloma. Ana Luisa la odiaba. Todos la odiaban, porque era cruel y le gustaba ver sufrir a la gente. Ella...

—Paloma cree que mató a Mariana —intervine con voz suave—. ¿Es cierto?

Andrés dejó el gesto a medias y su mano se quedó en el aire un momento. También contenía la respiración, como si el tiempo se hubiera detenido a su alrededor y le hubiera arrebatado el aliento de los labios. Después soltó un juramento y seguidamente otro, fuertes y claros, y se cubrió la cara con las manos.

—Es culpa mía. Todo es culpa mía. Yo la hice enfadar. No debería... —Y soltó un tercer juramento.

Me quedé mirándolo con la boca abierta en una muda sorpresa mientras las piezas encajaban en mi cerebro.

—Fue «ella» quien te desterró —dije en un susurro.

Desterrar a Andrés de donde había vivido su familia durante generaciones significaba separarlo de la gente que amaba y a la que servía. Recordé a Paloma dándome las gracias tímidamente por haberlo traído de vuelta. María Catalina lo había separado de su familia. Eso era lo único que podía provocar una furia tan fuerte que había superado su calma habitual.

Levantó la cabeza y asintió brevemente.

—La odio por eso. Por todo lo que hizo. —Le temblaba la voz—. Es pecado, pero no importa cuánto me arrepienta, no puedo librarme de ese odio.

El corazón me dio un vuelco en el pecho, desasosegado y desprevenido. Había confiado en él totalmente, pero ¿cuánto lo conocía en realidad si me sorprendía oír enfado en su voz? Desde que lo conocí lo había colocado en un pedestal como mi salvador, mi protector contra la oscuridad, mi santo privado que mantenía a raya las pesadillas que recorrían San Isidro. Sus heridas habían hecho tambalear mi fe con su omnipotencia, pero no mi confianza en su perfección.

Ahora, al mirar la forma en que apretaba las manos en el regazo, la vergüenza que se veía en las comisuras de sus labios apretados cuando volvió el rostro para que lo viera, me sentí como si fuera la primera vez que lo veía: sí, era el sacerdote que bautizada niños, que se sentaba a mi lado en la capilla a rezar las novenas hasta que se quedaba ronco. Formal, sobrio, mesurado. Era el brujo que utilizaba mi sangre para exorcizar una casa a medianoche, alrededor de quien el copal, la oscuridad y el caos florecían, que oía voces y ejercía un poder silencioso sobre los vivos. Sobre mí.

Pero no era perfecto.

Dudaba de sí mismo. No podía perdonar. Perdía los nervios. Su alma estaba atormentada, como la mía, marcada por heridas y los rencores sin resolver.

Una oleada de cariño por él creció en mi pecho y esa punzada de dulzura me pilló desprevenida. Antes de que pudiera reprimirlo, estiré la mano y la puse sobre las suyas nerviosas.

Se quedó muy quieto. Su mirada se fijó en las manos de ambos, pero no movió ni un músculo. Durante un momento la capilla se quedó tan en silencio que fue como si los corazones de ambos hubieran dejado de latir.

—¿Qué pasó? —pregunté.

Tardó unos minutos en responder. Tal vez estaba considerando si contármelo o no. Tal vez no quería romper el silencio de la capilla, la quietud delicada que se había instalado entre nosotros.

Por fin dejó escapar el aire despacio.

—Es una larga historia y está amaneciendo.

Retiré la mano y noté un nudo de terror en la garganta. No. Quería quedarme allí para siempre. ¿No podía hacer algo para detener el sol y preservar esa paz, ese silencio? ¿Mantener la suavidad de esa luz grisácea que se estaba disolviendo?

Pero asentí. En mi mente se coló Rodolfo, dormido en la cama, y me levanté. Noté un hormigueo en las pantorrillas y rigidez en un hombro por haberlo tenido presionado contra la madera durante horas. Me desperecé. Tenía que volver antes de que se despertara. Porque si volvía con esas pintas, tendría que darle una explicación.

Y eso era lo último que quería hacer. No quería darle explicaciones a nadie, pero mucho menos a mi marido.

Me alejé del banco y noté el frío de las losas de la capilla bajo mis pies descalzos. Andrés se levantó y fue detrás de mí, hizo una genuflexión e hizo la señal de la cruz.

Después se volvió hacia mí.

—La acompaño —dijo con voz tranquila—. No confío en ella. —Se refería a la casa—. Tiene que decirme cuándo tiene su marido planes de salir para ir a los campos o con José Mendoza. Volveré a intentar limpiar la casa.

—Tiene que ir a ver a don Teodosio Cervantes, de San Cristóbal. Quiere comprarnos unas tierras.

Pero eso era dentro de tres días, o más, no me acordaba. La conversación de la noche anterior estaba borrosa en mi mente, dominada por la aparición de la mujer de gris. De María Catalina. Me estremecí cuando crucé la puerta de la capilla.

Había una ligera niebla en el patio y un gris sedoso envolvía la casa. No cantaban los pájaros; a lo lejos, desde otra parte de la hacienda, llegaba el aullido de los perros.

—¿Cómo voy a sobrevivir hasta entonces? —Mis palabras se desvanecieron con la nube fría de mi aliento. Todavía estaba envuelta en la manta, que llevaba como un chal, pero no era suficiente para evitar que el frío de la mañana se me colara en los huesos.

Noté una mano caliente en la espalda. Y una voz tierna, con la aspereza ahora suavizada, me dijo:

—Estoy aquí.

Sabía que estaba preocupado, asustado, pero si sentía esas emociones con la misma intensidad que yo, no lo demostraba. De él irradiaba un aura de calma. Y yo disfrutaba de ella, como lo habría hecho de un buen fuego en una noche de lluvia.

Sacerdote y brujo, una fuente de consuelo y maldiciones.

La verdad es que no lo entendía. Y que me sentía más agradecida por él de lo que lo había estado por un hombre en mi vida.

Su mano permaneció en mi espalda mientras volvimos sobre los pasos de mi huida la noche anterior. Los muros de San Isidro emergieron en medio de la niebla, blancos e impenetrables. Permaneció a mi lado cuando pasamos por el arco y cruzamos el patio. No hablamos. Una especie de silencio reverente envolvía la casa como una sombra. Tenía la atención puesta en otra parte y no notó mi llegada, o eso creí. La puerta principal estaba abierta. Unos jirones de niebla se apartaron al oír el ruido de los zapatos de Andrés y yo subí los escalones bajos de piedra.

La oscuridad del interior era gris y silenciosa. Más de lo que la había visto nunca. Como hacía mucho que había aprendido en no confiar en las apariencias en lo que a la hacienda San Isidro respectaba, inspiré hondo y cuadré los hombros. Andrés apartó la mano.

Nos miramos. Sin decir nada supe que ese era el punto a partir del que tenía que seguir sola, que no podía seguir conmigo, por mucho que lo quisiera.

Entré en la casa. Él no cerró la puerta después de que entrara, sino que se quedó en el umbral mirando cómo cruzaba las losas hacia la escalera. No miré atrás. No sé cuánto tiempo estuvo esperando ahí, ni cuándo cerró la puerta, pero debió de quedarse allí unos minutos, escuchando el extraño silencio vacío de la casa. Preguntándose a qué obedecería. Debió de quedarse más de lo que lo habría hecho otra persona y solo se apartó del umbral tras muchos minutos. Y después debió de caminar despacio envuelto en la niebla, sumido en sus pensamientos, preguntándose por el viaje en el que nos habíamos embarcado.

Porque todavía estaba cerca de la casa cuando grité.

25

ANDRÉS

Febrero de 1821
Dos años antes

Cuando volví a Apan desde San Isidro, buscaba horas entre mis tareas en la iglesia para irme caminando lejos de la ciudad, más allá de los campos donde la gente del lugar llevaba a pastar sus cabras y sus pocas ovejas, a unas tierras que no eran de ningún hacendado. Lo bastante lejos para que la tierra se volviera más rocosa y la extensión de ayacahuites fuera más densa.

Peinaba el bosque en busca de las hierbas que solía recolectar Titi, siguiendo un camino que ella y yo habíamos recorrido muchas veces hasta el arroyo que empapaba las laderas escarpadas de las colinas. Las sombras se habían alargado para cuando encontré lo que buscaba, y la noche cerrada ya envolvía la iglesia cuando volví a la rectoría. Murmuré una disculpa dirigida al padre Vicente, porque sabía que no tenía que disculparme con el padre Guillermo. Este último sacudió la cabeza al ver que estaba empapado por la lluvia y que olía a los pinos que había más allá de la ciudad.

—Me sorprende que hayas podido volver —comentó, lanzándome una mirada astuta por encima de las gafas de leer ladeadas. El fuego hacía que el padre Vicente pareciera una visión sacada del mismísimo Día del Juicio, pero suavizaba las arrugas de la cara avejentada de Guillermo. Los dos habíamos madurado y cambiado desde los días en que me encontraba dormido bajo los bancos de la iglesia, pero muchas cosas habían permanecido igual. Muchas veces comentaba que yo era como un potro que no paraba de revolverse hasta crear unos surcos profundos en el corral.

—Déjale que estire las piernas —le contestó a Vicente—. Ha nacido en el campo. Necesita aire fresco o se va a volver loco.

A diferencia del padre Vicente, Guillermo no veía ningún problema en dejarme a mi libre albedrío para celebrar misa o realizar bautismos y otros sacramentos en las diferentes capillas de las haciendas. Tampoco le importaba permitir lo que él eufemísticamente llamaba las «tradiciones» de los pueblos, siempre y cuando no interfirieran con el hecho de que la gente cumpliera con su deber de bautizarse y casarse correctamente, como lo requería la Iglesia.

Pero Vicente era diferente.

Una vez oí que le confesó a Guillermo que dudaba que un sacerdote de ascendencia mestiza pudiera ser una influencia civilizadora para la gente del pueblo.

—Es demasiado ingenuo. No es capaz de ser todo lo racional que debería —aseguró—. Lo lleva en la sangre.

Por mucho que me costara admitirlo, Vicente tenía razón en lo que respectaba a ciertos aspectos: no tenía el don de «civilizar», no como los criollos como él lo definía. Y tampoco tuve nunca ganas de hacerlo.

Dejé a los dos sacerdotes y, ya en la seguridad de mi habitación, encendí una vela y vacié una bolsita de tela en la que guardaba mis tesoros. Si se hacía una infusión con esas hierbas correctamente, haría la medicina que me había pedido Paloma.

Titi me había enseñado todo lo que sabía y me lo hizo aprender de memoria. Nunca aprendió a leer ni escribir. Durante los años que pasé lejos logré mantener el contacto con ella porque insistió en que le enseñara a Paloma a leer antes de irme de Guadalajara. Esa previsión por su parte supuso un beneficio para Paloma también: cuando la guerra se alargó, cada vez quedaban menos hombres jóvenes con educación en la hacienda y, en ausencia de un capataz oficial, José Mendoza empezó a confiar en su ayuda para que transcribiera las cuentas y calculara las ganancias, aunque nunca se lo dijo al patrón. Aseguraba que era porque su vista ya no era como antes y no podía trabajar de noche. Pero yo sabía que era por la excelente capacidad que tenía Paloma para los números. Su letra era un poco tosca pero clara y escribía con mano firme y decidida las cartas que recibía de su parte y de mi abuela cuando estaba en el seminario.

Algunas de esas cartas decían: «Titi dice que va a hacer frío cuando se acerque el día festivo de San Cristóbal y que deberías abrigarte. Dice también que tienes que dar largos paseos, que eso te curará el insomnio. Ayer salió un arcoíris cuando empezó la lluvia y aunque había huellas recientes de un puma cerca de la casa de Soledad Rodríguez y sus hijas, esta mañana no había perdido ningún cordero. Dice que es un buen augurio. Y que el pueblo reza por ti. Y que ella también reza por ti. Y que los pájaros hablan de tu regreso a San Isidro».

Memorizaba cada carta con el mismo fervor con que antes memoricé todas las oraciones, recetas, rituales y símbolos que ella me enseñó. Los grabé en mi corazón, en los músculos de mis brazos, en las palmas de las manos y las plantas de los pies.

Mi mente se distrajo mientras hacía montoncitos con las manos de las diferentes hierbas y después calculaba las proporciones correctas. Raíz de valeriana. Milenrama. Mi abuela me ponía a prueba a menudo y se veía orgullo en las comisuras de su boca amable y ancha cada vez que respondía bien o repetía las recetas de los remedios que calmaban la tos, la fiebre o los cólicos de los bebés.

Mis manos dejaron de trabajar. Me quedé mirando las hierbas.

Pensé en las caras de los habitantes del pueblo mientras me miraban durante la procesión de la fiesta de la Virgen de Guadalupe. La expresión tensa de Mariana a la luz del fuego, sus repentinos encogimientos de miedo.

Necesitaba a mi abuela. Todos la necesitaban.

«Debes encontrar tu propia forma de hacer las cosas», me había dicho Titi.

Pero no podía. Ahora no. Porque lo que necesitaban en ese momento era a alguien como ella.

No tenía miedo de cruzar extensiones de campo vacío en la oscuridad. Cuando dejé atrás los últimos establos y gallineros de Apan, hice una leve llamada a la noche con apenas un murmullo. Y la noche respondió: me envolvió los hombros como una capa, compartiendo conmigo sus cualidades. Invisible para hombres y bestias, seguí mi camino. Hasta las criaturas nocturnas más curiosas olían la presencia de la noche en mi espalda, reconocían el ojo vigilante de los cielos y no se acercaban a mí.

Esta vez mi llegada pasó desapercibida. Me colé en la cocina, donde había quedado en encontrarme con Paloma. Cuando me dijo que me sentara, dudé. Debía darle las hierbas y las instrucciones e irme lo antes posible. Pero el calor de la cocina me atrajo y la promesa de Paloma de una taza de atole caliente haría mucho más tolerable el frío de vuelta a casa..., así que cedí. Puso una olla sobre las ascuas del fuego de la cocina y lo avivó lo suficiente para que calentara el líquido que había dentro.

Cuando Paloma me dedicó su atención, yo dejé sobre la mesa la bolsita con las hierbas seleccionadas. Había rezado por ellas mientras se secaban y las había imbuido con el propósito correcto. En una situación ideal, habría hecho una infusión inmediatamente. Titi disfrutaba del lujo de poder preparar los remedios en su propia casa; yo, como sacerdote, no tenía ni la privacidad ni el disfraz impenetrable de una mujer que se escondía a plena vista en su cocina.

Afortunadamente Titi predijo que eso supondría un problema al que me tendría que enfrentar y me dio instrucciones alternativas. Empecé a recitárselas a Paloma, enfatizando lo importante que era añadir las hierbas a la infusión en el orden correcto.

—Para —me interrumpió—. No me voy a acordar de todo eso. Tengo que apuntarlo.

—No. —Las instrucciones escritas, si alguien las encontraba, podrían incriminar a Paloma y a Mariana, aunque esta última no supiera leer. Y podrían castigarlas—. Es demasiado peligroso.

—¿Y si me confundo al seguir las instrucciones? —respondió Paloma cuando le expliqué mi preocupación—. Eso también es peligroso.

—Titi no querría que nos pillaran —repuse.

—Titi no querría que Mariana muriera mientras nos ocupamos de ella —contraatacó.

No podía darle una respuesta a eso. Cuando me enseñó la receta, Titi dejó bien claro que un error podía causarle daño a la persona que la tomara, tal vez incluso irreparable.

Al notar que mi determinación flaqueaba, Paloma se levantó.

—Hay papel en el salón —susurró.

—Paloma, espera —pedí, pero ya se había ido.

Salió al pasillo. Sus pies descalzos apenas se oían sobre las losas. Yo era dolorosamente consciente del fuerte latido de mi corazón asustado mientras esperaba su regreso; resonaba tanto que casi ahogó el ruido de la puerta al volver a abrirse y cerrarse suavemente. «Que no estemos cometiendo un error», pedí mentalmente con una oración y la envié a los cielos, pero se quedó atrapada en las vigas del techo, como si fueran una telaraña. Las voces de la casa se acercaron a ella, observándola con curiosidad y pasándosela de una a otra, como unos niños con un juguete nuevo. Antes de que pudiera regañarlas, pedirles que soltaran mi oración para que se dirigiera al cielo, donde tenía que llegar, volvió Paloma.

Dejó el carboncillo y el papel en la mesa con decisión.

—Date prisa —dijo.

Le resumí las instrucciones de forma tan escueta como me fue posible. Paloma conocía los nombres de las hierbas, solo era cuestión de saber en qué orden echarlas en el molcajete y cuánta infusión preparar. Después, los síntomas que tendría Mariana tras beber el remedio. Y asegurarle que los calambres pasarían en una semana, pero si sangraba durante más tiempo, tenía que ir a verme.

No se oía ningún ruido aparte del roce del carboncillo sobre el papel. No me di cuenta de lo silenciosas que se habían quedado las voces de las vigas hasta que otra voz, una real, mortal, hizo añicos la paz de la cocina.

—Pero ¿qué es esto?

Paloma y yo nos sobresaltamos y miramos inmediatamente a la puerta.

Doña Catalina, la esposa del patrón, estaba de pie en el umbral y la vela encendida que llevaba en la mano le iluminaba el rostro, aterradoramente pálido.

—El padre Andrés ha venido a hablar de la enfermedad de mi madre —explicó Paloma—. Tiene el corazón débil, pero es muy orgullosa y no le gusta que la ayuden, señora. El padre es de la familia, así que...

Doña Catalina entró en la estancia como una nube de humo blanco; su vestido la envolvía como la túnica de una santa. Me miró con los ojos entornados y al ver que estaba escribiendo, se acercó para leerlo. Cuando puse la mano y el antebrazo encima en un vano intento de ocultar lo que estaba escrito, ella me quitó el papel.

Incluso a la luz de la vela se vio claramente que el color encendía sus mejillas pálidas mientras leía.

Dejó el papel y agarró a Paloma por el antebrazo con una violencia tan repentina que hizo que me pusiera en pie de un salto.

—¿Es para ti?

—¡No! —gritamos Paloma y yo al unísono.

—Silencio —me ordenó doña Catalina—. Salga de mi casa.

Di un paso hacia ella instintivamente, con la intención de interponerme entre mi prima y esa serpiente que nos enseñaba los colmillos, a punto de atacar.

—Suéltela —ordené—. Esto no tiene nada que ver con ella.

Doña Catalina dio un paso atrás y le dio un tirón a Paloma para que se pusiera de pie y fuera con ella. Era alta, así que no le resultaba difícil mirarme directamente a los ojos.

—Basta ya. —Su voz era baja, pero letal. Paloma intentó zafarse, pero doña Catalina tenía los largos dedos clavados en la piel de mi prima—. Usted no tiene poder para contradecirme delante de mis criados ni para animarlos a cometer un pecado. Desde el momento en que llegué a este lugar dejado de la mano de Dios supe que un cura mestizo corrompería a los habitantes del pueblo, pero esperaba que se tratara de alcoholismo y libertinaje. No «esto».

—Yo me ocupo de proteger su salud y sus almas, señora —respondí con aire de superioridad. El orgullo herido me aguijoneó y me soltó la lengua—. No es fácil cuando sufren tanto a manos de su patrón.

—¿Cómo se atreve a hablar así de mi marido? —dijo ella.

—Suéltela —espeté.

—Creo que no, padre Andrés. —Entonces su expresión cambió, voluble como el humo. La furia hizo que las delicadas arrugas de su cara se hicieran más profundas y transformaran su belleza en algo brutal mientras una sonrisa juguetona y burlona aparecía en sus labios—. Váyase o le diré al padre Vicente que no solo ha entrado sin permiso en la casa, sino que está difundiendo creencias satánicas entre los habitantes del pueblo.

Eso me dejó sin respuesta. El padre Vicente estaba deseando encontrar cualquier excusa para condenarme y yo acababa de escribir en un papel todas las pruebas que necesitaba. Todos esos años de esfuerzo por permanecer oculto no habían servido para nada; sin mi abuela, ahora los habitantes del pueblo se iban a quedar sin mí también. Si la Inquisición era misericordiosa, me sacarían de Apan y me llevarían a otro lugar para recibir una reeducación concienzuda. Si no..., podría ir a la cárcel. Y ser sometido a tortura.

Rápida como una serpiente, Paloma se zafó de la mano de Catalina, cogió el papel y la bolsita de hierbas y corrió por la cocina.

—¡No! —grité.

Paloma echó las hierbas secas y el papel al fuego. Las ascuas prendieron y devoraron las pruebas como si fueran simples astillas. Ahora, aunque doña Catalina cumpliera su palabra y le dijera al padre Vicente que había estado en la casa y lo que pretendía hacer, ni él ni los inquisidores tendrían pruebas para condenarme. En unos segundos solo quedó el olor acre de las hierbas quemadas en el aire y un poco de ceniza.

Doña Catalina cruzó la cocina y le dio una bofetada a Paloma.

Me quedé sin aliento. Paloma había dejado caer que la esposa del patrón era fría y que los habitantes del pueblo no la querían. Y había dicho claramente que Ana Luisa la odiaba y que haría cualquier cosa para librarse del control férreo que ejercía en la casa. Y entonces comprendí el motivo, por qué Paloma hablaba muy poco de ello y por qué Mariana se encogía ante el más mínimo movimiento.

De un salto me coloqué entre ellas, con una furia en el pecho que ardía tanto como el fuego del hogar. Esa caja que guardaba bien cerrada en mi pecho se hinchó hasta que se abrió de golpe y los tentáculos de lo que guardaba dentro salieron y se extendieron por mi piel como lenguas ardientes.

—Quítele las manos de encima —grité.

El fuego estaba igual que yo, tan fuerte que devoraba la oscuridad que salía de mí. Se reflejaba en los iris claros de doña Catalina y abría una ventana a la perdición. La odié en ese momento. La odié con una fuerza más malvada y abrasadora de la que había sentido nunca hacia ningún ser vivo.

—Deberías irte —murmuró Paloma detrás de mí. La miré. Tenía una mano en la cara, con una postura hundida por la resignación—. Vete.

Pero no podía dejarla en manos de una mujer como esa. Había tlachiqueros que pegaban a sus burros con menos saña de la que mostraba doña Catalina. Paloma estaba en peligro en esa casa.

—Te voy a llevar con tu madre —anuncié—. Ven conmigo.

—Quédate aquí —ordenó doña Catalina.

Yo fui hacia la puerta, pero Paloma no me siguió.

Dejó caer la cabeza y los brazos junto a los costados cuando doña Catalina la cogió por el hombro y la apartó de mí. Paloma no protestó, pero sus trenzas se sacudieron por la fuerza del empujón.

Mi furia desapareció en un instante, como si me hubieran tirado por encima un cubo de agua fría.

Había dejado que mi temperamento y mi odio por doña Catalina se apoderaran de mí. Pero era Paloma quien iba a sufrir por ello.

—Salga de mi casa —dijo doña Catalina—. Y rece por que no le hable de su visita al padre Vicente. —Al mirarme a la cara añadió—: Es mi palabra contra la suya, padre. ¿A quién le parece que van a creer?

No hay un trago más amargo que el producido por la indefensión. Sentí una punzada en la garganta al mirar a mi prima en sus garras, con la cabeza orgullosa hundida.

Doña Catalina registró la pausa que había hecho. Olió el miedo, la duda, la pena por saber que el dolor de Paloma era culpa mía. Había encontrado el punto más débil de mi cuerpo y se dispuso a asestar el último golpe.

—Lo destierro de San Isidro —dijo con frialdad—. Si vuelvo a verlo aquí en contra de mi voluntad o me entero de que ha enviado mensajes o traído las supersticiones indias a este lugar de cualquier otra manera, entregaré a Paloma a la Inquisición.

La petulancia de su voz me golpeó como un puño.

—Vete, Andrés —suplicó Paloma—. Vete.

Salí a la oscuridad del jardín de la cocina, atónito, y después me di la vuelta y me fui. Le había causado dolor a Paloma y ahora no podía protegerla ni arreglar el daño que había provocado.

Había intentado hacer lo que hacía Titi, pero fallé. Había puesto a Paloma en peligro. No había ayudado a Mariana. Las había fallado a todas.

Empezó a caer una lluvia suave que resbaló por mis mejillas ardientes como el hielo y se mezcló con las lágrimas de rabia que ya las empapaban. Una figura cubierta con una capucha entró en el patio de la cocina cuando yo salía: doña Juana, la hija del viejo Solórzano, se quitó la capucha y me miró con el ceño fruncido bajo la lluvia.

—¿Villalobos? —dijo con genuina sorpresa en la voz.

El apellido me escoció en ese momento; así llamaba el viejo

Solórzano a mi padre cuando era el capataz de San Isidro. Y así nos llamaba él a mí y a mis hermanos: «el chico de Villalobos». Como si no tuviéramos otra identidad que el legado del capataz español que había violado a una criada de la hacienda y luego le habían obligado a casarse con ella. Ese apellido era una cicatriz viviente y palpitante del dominio que los criollos tenían en esas tierras. En momentos como ese quería arrancármelo de mi cuerpo como si fuera un trozo de mi carne y quemarlo.

—¿Qué hace aquí a esta hora? —preguntó Juana.

Sentí, más que vi, que ella me miraba de arriba abajo, desde el ceño tormentoso hasta los puños cerrados.

Mi familia había vivido en esas tierras mucho más tiempo del que los Solórzano llevaban en Nueva España. Que me desterraran de mi casa y me prohibieran contactar con mi familia...

Empujé a Juana para pasar a su lado sin responderle. No tenía paciencia para tratar con los Solórzano en ese momento. Esa noche no, porque el odio me arañaba las costillas mientras caminaba en medio de la noche. Odio por los Solórzano, odio por doña Catalina. Por mí, por poner a Paloma en peligro.

Paloma no estaba a salvo allí. No con esos monstruos.

Encontraría la forma de volver junto a ella, a ese lugar, aunque fuera lo último que hiciera. Ningún Solórzano podría mantenerme lejos de mi hogar. Mi dolor convirtió el pensamiento en una oración blanca y ardiente que se grabó en mis huesos como una promesa.

«Volveré, con la ayuda de Dios».

26

BEATRIZ

El presente

Esperé con Paloma en el estudio que había junto a mi habitación, porque en ella había una cantidad de gente que creí que nunca vería: el padre Andrés, José Mendoza y el caudillo Victoriano Román, que era el oficial militar local a cargo de mantener el orden en el distrito de Tulancingo. Él y sus hombres habían llegado con una celeridad sorprendente, dada la hora a la que los mandamos a buscar. Ahora los hombres de Román estaban registrando los terrenos, en busca de pruebas de la presencia de bandoleros.

También habíamos llamado al médico, pero no estaba en la ciudad. Su mujer le dijo a nuestro mensajero que estaba en la hacienda Alcantarilla, a casi un día a caballo, atendiendo a la hija embarazada del hacendado que tenía unas fiebres. Vendría a la casa lo antes posible.

Paloma estaba de pie en el umbral. Ante su insistencia, me había puesto la ropa que llevaba, pero no me había hecho nada en el pelo ni me había puesto zapatos ni medias: caminaba por la alfombra con los pies todavía sucios por el barro del patio.

—Doña Solórzano —me llamó Román para que entrara en la habitación.

Levanté la vista, sobresaltada. Paloma tenía el ceño fruncido por la preocupación.

—La reclaman —susurró.

Me había dado cuenta, pero dudé. No quería cruzar la puerta de mi dormitorio, pero tenía que hacerlo.

Me tragué el terror que me atenazaba la garganta y entré.

Andrés y José Mendoza estaban cerca de la puerta, junto a mi tocador. Román estaba frente a ellos, pero en el otro extremo. Señaló la pared con un gesto brusco y autoritario.

—¿Normalmente dejan esta ventana abierta por la noche, doña?

No quería apartar los ojos de él. Me esforcé todo lo que pude. Pero se dirigieron a la cama contra mi voluntad, como si los atrajera la gravedad o el peso del horror.

Rodolfo estaba tumbado bocarriba sobre las sábanas revueltas. Tenía la cara pálida, los ojos abiertos, vidriosos y paralizados por el horror, igual que los de Ana Luisa.

Y, también como Ana Luisa, estaba muerto.

Pero ahí acababan las similitudes.

La sangre le empapaba el camisón y las sábanas, ennegrecida y truculenta a la luz del día. Llegaba hasta los pies de la cama y goteaba en el suelo. Incluso había salpicado el muro de estuco que había bajo la ventana junto a la que estaba Román, esperando mi respuesta.

Le habían cortado la garganta de lado a lado, como si fuera una oveja sacrificada. Los bordes rojos del corte resultaban casi blasfemos a la luz del día, pero yo no podía apartar la vista.

No podía.

Ni siquiera cuando la cabeza de Rodolfo cayó hacia un lado con un movimiento brusco como el de un ave; sus ojos se movieron de un lado a otro, revisándolo todo, y se posaron en los míos. Su bella cabeza coronada de bronce cayó sobre la almohada cuando su espalda se arqueó, como si lo hubiera elevado un hilo que tuviera atado a las costillas.

Tenía los ojos fijos en mí, pero no veían nada. Estaban vidriosos y vacíos.

Entonces habló.

O más bien algo le agitó los labios con movimientos rígidos, como a tirones. La voz que salió de ellos no era la suya, ni siquiera era la de un hombre. Era la de una chica, una mujer joven, muy aguda por la ira.

—Responde, bruja.

El silencio resonó en mis oídos. Aparté los ojos de Rodolfo y miré a Andrés llena de miedo. Después a José Mendoza. A Román. Todos me miraban a mí con expectación.

No habían oído la voz que había salido de Rodolfo. Tampoco le habían visto mover la cabeza de esa forma tan brusca que hizo que los dos extremos de su garganta cortada se deslizaran uno sobre otro, como los labios de una boca monstruosa.

—¡Responde!

Volví a mirar a Rodolfo. Esa voz. Esos movimientos que perturbaban lo que debería ser una cara rígida, muerta, que desplazaban las facciones de mi marido con sacudidas irregulares que parecían espasmos.

—¡Dile la verdad!

La oscuridad asomó por la periferia de mi visión.

A lo lejos oí las palabras «se va a desmayar» y al segundo siguiente Andrés estaba a mi lado, me agarraba del brazo y me sacaba de la habitación.

—¡Dile la verdad!

Nadie más había oído esa voz ni había visto el movimiento, aunque se había producido delante de sus ojos, bajo la fría luz de la mañana.

Fue Paloma quien bajó conmigo las escaleras y me sacó por la puerta principal lo más rápido que pude y la que se arrodilló a mi lado cuando yo caí de rodillas y vomité en un parterre mustio que había al lado de las escaleras de la entrada.

Me sacudí violentamente hasta que el ácido hizo que me escociera la nariz y me ardieron los ojos. Paloma sacó un pañuelo de un bolsillo oculto y me limpió la cara. La suya estaba serena y seria. Me volvió a llevar hasta los escalones y me sentó a su lado, sujetándome erguida con la mano firme y tranquilizadora que tenía en mi brazo.

—Lo siento —dije arrugando el pañuelo al cerrar el puño con fuerza.

Paloma me soltó el brazo y me frotó la espalda con una mano igualmente firme.

«Ahora es una de nosotros. Está atrapada en San Isidro, como el resto de nosotros», me había dicho.

Y lo que yo más quería en el mundo era estar en cualquier sitio menos en San Isidro. Quería volver a la capital a destrozarme las manos y el orgullo con el agua caliente con el que lavaba la ropa interior sucia de la tía Fernanda. Al menos allí tenía a mamá a mi lado. Allí podía dormir profundamente. Y allí cuando la gente se moría, no dejaba de estar muerta.

Se me llenaron los ojos de lágrimas. Cuánto había menospreciado a mi madre por insistir en que debería casarme por amor. Qué convencida estaba de que tenía razón al ser práctica y sacrificar una unión por amor, como la de papá y ella, por una hacienda en el campo y la seguridad financiera.

Pero ¿qué había conseguido con mi sacrificio?

La hacienda San Isidro. La locura y el tormento. Ese lugar no podía ser un hogar para mi madre, por mucho que yo me esforzara en arreglarlo, por mucha porcelana y cristal que trajera desde la capital. No importaba cuántos exorcismos probara para sacar al demonio de sus entrañas. Mamá nunca plantaría flores en ese jardín, ni naranjos, aves del paraíso o los olivos que los hacendados hablaron de introducir en sus terrenos durante la cena.

Era un lugar maldito.

Nunca podría ser un hogar.

Ni para ella ni para mí.

—Quiero irme de aquí —susurré con la cara entre las manos—. Quiero irme y no volver nunca.

Paloma volvió a frotarme la espalda.

—¿Y adónde iría?

—No tengo adónde ir. —Darme cuenta de eso me abrió el pecho, como el machete de un tlachiquero abría el corazón del maguey. Con un solo golpe certero sesgó una parte de mí que yo no sabía que estaba ahí: la esperanza de que podría convencer a mamá de que todo iba a salir bien al final.

—¿Está segura de que su familia no la aceptaría? —preguntó Paloma con voz suave.

Negué con la cabeza. Mamá no aceptaba ni mis cartas, mucho menos a mí.

Tal vez ella lo interpretó como un no, no podía estar segura, porque siguió hablando. Sus palabras encerraban un peso reconfortante. Tal vez la cualidad relajante y magnética de la voz de Andrés no era una característica de sus poderes de brujo, sino de su familia.

—La familia es lo único que nos queda cuando las cosas se desmoronan —dijo Paloma—. Yo me alegro de que Andrés esté aquí. Como estuvo fuera tanto tiempo..., ya sabe. —Pasó un minuto lleno de palabras sin pronunciar. Yo sorbí por la nariz y me la limpié con el pañuelo—. Ha sido una suerte que usted lo trajera de vuelta con nosotros. Lo necesitamos.

—Lo sé —reconocí con un tono nasal provocado por las lágrimas.

—Al traerlo de vuelta, usted ganó con creces el respeto del pueblo —añadió Paloma—. Y no es fácil. No le tenemos mucho cariño a los Solórzano, y menos a las esposas que traen de la capital. Sobre todo teniendo en cuenta que la última desterró a Andrés.

—¿Qué ocurrió para que lo desterrara de estas tierras? —pregunté, agradecida por tener algo en lo que concentrarme. Cualquier cosa menos pensar en mi madre rechazando una de mis cartas tras otra.

Paloma miró hacia el jardín. La niebla se había levantado, pero el día estaba gris y con esa luz, los parterres parecían especialmente mustios y descuidados.

Aunque era una criada y yo la mujer del patrón, eso no significaba que yo tuviera más derecho a conocer lo que sabía que ella a ser consciente de mis problemas. En cualquier otro momento, me habría contenido y habría respetado el dolor que la envolvía como un sudario.

Pero una profunda intuición me dijo que tenía que saberlo. O tal vez el terror, o quizá incluso el miedo.

—¿Qué ocurrió?

Ella inspiró hondo por la nariz y la presa se rompió.

—Le dije que había oído rumores de que el patrón había violado a alguien que trabajaba en la casa. Pero era mentira. Mariana me contó lo que había pasado y después me dijo que estaba embarazada. Tenía miedo. Le pedí ayuda a Andrés. Titi..., quiero decir, mi abuela conocía muchos remedios y yo sabía que le había enseñado a él cómo acabar con un embarazo. Acababa de volver de Guadalajara. Creo que tuvo algún roce con la Inquisición allí... Él tenía miedo, pero yo lo obligué a hacerlo. Doña Catalina lo vio cuando vino a traerme el remedio. Lo amenazó y lo desterró. Y después se cebó conmigo. —Respiraba entrecortadamente porque hablaba muy rápido—. Nosotros nos cuidábamos el uno al otro. Así logramos sobrevivir. Pero yo... —Su respiración se aceleró y las lágrimas le llenaron los ojos, que reflejaron vidriosos la luz grisácea de la mañana—. Ella era cruel. Me dijo que no iba a tolerar que hubiera bastardos por ahí y no dejó de pegarme hasta que le dije para quién era el remedio. Mariana no se lo habría dicho. Ella era más fuerte que yo. Pero me rendí y una semana después Mariana estaba muerta. Doña Catalina le ordenó que subiera los candelabros a la cornisa del comedor de gala, aunque nunca teníamos invitados y nadie usaba esa habitación. Y allí solo estaba doña Catalina cuando Mariana se cayó... —Se le quebró la voz—. Doña Catalina la mató, estoy segura, pero todo es culpa mía.

Los sollozos la hicieron estremecer. Se apoyó en mí y yo le rodeé los hombros con el brazo y la apreté con fuerza. Las nubes no se abrieron, pero el cielo estaba escuchando. Levanté la cabeza hacia él. Quería que nos llevara a las dos lejos, que nos elevara y nos condujera a alguna parte, a cualquier lugar menos allí.

Pero no había sitio adonde ir, ni donde buscar refugio ni paz.

Poco a poco Paloma fue recuperando el aliento y sorbió por la nariz.

—Esa bruja recibió lo que se merecía —susurró.

Me tensé.

—Creía que había muerto de tifus —contesté despacio, con la voz lejana mientras repetía las palabras que tía Fernanda había fingido maliciosamente susurrar a mis espaldas.

Paloma levantó la cabeza.

—¿Y quién empareda en un muro a alguien que ha muerto de tifus? —exclamó.

«Juana, Juana...».

Desde la pared desmoronada del ala norte, la calavera me sonrió, burlándose de mí con esa sonrisa demasiado grande y el cuello roto y torcido en un ángulo antinatural. Pensé en cuando Juana se burló de mí por pensar que había alguien enterrado en ese muro y luego me soltó para que cayera dentro de la oscuridad fría del ala norte.

«Como desee, doña Beatriz. Su palabra es la del patrón».

Juana me odiaba porque yo era una amenaza para su autoridad. Era la esposa de su hermano, un freno para su poder sobre el reino de San Isidro. También debió de odiar a María Catalina porque ella también era un símbolo de Rodolfo, de cómo la vida de privilegios y libertad de Juana no era más que una mentira. Que podrían arrebatárselo todo en un segundo.

Porque Juana era bastarda.

Rodolfo lo había mantenido en secreto. Por una lealtad equivocada hacia ella o por su propio orgullo, pero no se lo había contado a nadie. Ni siquiera a mí. Y cuando amenazó con tratarla como creía que se merecía, con desheredarla...

No fue la casa lo que mató a Rodolfo, no como había pasado con Ana Luisa. Él nunca había sentido el frío, había visto las apariciones ni había oído las carcajadas discordantes porque a la casa —a María Catalina— le gustaba Rodolfo.

Pero ¿Juana?

Juana lo había matado.

Y debió de matar a María Catalina también, por las mismas razones. Ella fue quien la emparedó en el muro para ocultar las pruebas de su crimen mientras le enseñaba a su hermano la tumba detrás de la capilla.

Unos gritos y pasos apresurados resonaron al otro lado de las puertas del patio. Paloma y yo levantamos la vista y vimos aparecer a Juana en la entrada, flanqueada por dos soldados de Román.

—¡Ahí está! —chilló con la voz aguda por el llanto. Era la perfecta imagen del dolor, con el pelo sucio y alborotado rodeándole la cara cubierta de lágrimas. Los hombres echaron a correr hacia donde estábamos Paloma y yo.

Fue como si el mundo se ralentizara y se quedara en silencio cuando lo comprendí. Por eso el caudillo y sus hombres habían llegado tan rápido: ya venían de camino. Juana los había mandado llamar.

Paloma dio un respingo y se puso de pie. Pero ¿adónde íbamos a huir?

Las faldas limpias del vestido de trabajo de Juana le envolvieron las piernas cuando dejó de caminar. Entonces levantó un dedo y me señaló.

Yo me quedé petrificada en el sitio, incluso cuando Paloma me cogió del brazo e intentó que me levantara. Porque cuando Juana me miró a los ojos, se me heló la sangre: la dureza de su expresión me atravesó como una bayoneta.

Lo había planeado todo.

—Esa es la bruja que ha matado a mi hermano —declaró.

27

ANDRÉS

Caminaba sin parar arriba y abajo por el salón de la casa de José Mendoza. Aunque la zona de delante de la chimenea solo tenía unos cuatro pasos de ancho, los recorrí una y otra vez, desesperado, como si eso por sí solo pudiera resolver nuestros problemas.

Mendoza y Paloma estaban sentados en unas sillas de madera junto a la mesa, contemplando cómo me empeñaba en desgastar las losas del suelo. Se miraron con una expresión que no logré identificar. Paloma y Mendoza se conocían bien. Paloma no solo era amiga de las hijas del capataz, sino que se había convertido en su mano derecha en todos los aspectos cuando el patrón estaba en la capital, aunque no oficialmente. Yo me alegraba de que le hubiera ofrecido un sitio para quedarse, porque ella todavía estaba demasiado alterada por la repentina muerte de la tía Ana Luisa para quedarse sola en su casa. Me volví hacia él buscando su firmeza y su sabiduría ahora que la marea había cambiado y el mundo se había puesto patas arriba.

Doña Juana había acusado a Beatriz de matar a Rodolfo y había hecho que la pusieran en arresto domiciliario. El caudillo Victoriano Román le dejó las llaves de la casa a Juana y dos de sus hombres de guardia, y él regresó a Apan. Tenía que supervisar el estado de la cárcel, dijo. Durante la guerra la pequeña prisión a las afueras de Apan no era más que un sitio de paso para los insurgentes capturados, que solo pasaban unas horas bajo su techo antes de ser sacados a rastras de las celdas y fusilados delante de los muros de estuco al amanecer. Ahora estaba llena de borrachos de la ciudad y algún que otro bandolero; aparentemente no era apropiado meter a un miembro de la clase de los hacendados entre esa chusma, aunque esa persona estuviera acusada de asesinato.

La furia me inundó cuando lo oí. Lo que «no era apropiado» eran esas acusaciones monstruosas contra una mujer inocente.

—Ella no lo hizo —dije por quinta vez—. Estuvo en la capilla toda la noche. Lo sé. Yo estuve con ella.

Al oír esto, Mendoza y Paloma se miraron de nuevo. Me detuve en seco y me volví para atravesarlos a ambos con una mirada que encerraba toda la indignación que pude reunir, una habilidad que practicaban y perfeccionaban mucho los hombres con sotana. Y yo había aprendido de los mejores.

—Estuvimos rezando. Huyó de la casa llorando, así que nos pusimos a rezar. Toda la noche. Y después, como ya ha dicho Paloma, nos vio volver a la casa al amanecer.

Mendoza dejó el sombrero en la mesa entre mi prima y yo y se pasó una mano por la cara curtida.

—Le creo, padre —dijo.

Era muy raro oírle llamarme así. Mendoza era brusco, pero no cruel; su principal forma de expresarle su cariño a los niños del pueblo era llamarlos malcriados. Durante toda mi vida, antes de irme al seminario, él siempre me llamó «chamaco». Y una parte de mí todavía esperaba que siguiera llamándome así.

—Pero ¿no pudo matarlo antes de ir la capilla? —preguntó.

Contuve la necesidad de estremecerme al recordar la escena del dormitorio.

—Ya vio la cantidad de sangre que había —repuse—. Tendría que haber estado empapada con ella. ¡Y la ropa que llevaba era blanca! —exclamé—. Un camisón blanco. Tenía barro del patio, pero no sangre. Paloma lo vio. ¿No la has ayudado a quitárselo cuando Mendoza se fue a la ciudad? —continué, demasiado acelerado para esperar una respuesta—. Si uno de nosotros pudiera colarse sin que se enteren los guardias y traer el camisón, eso sería una prueba de su inocencia.

—Padre, eso no cambiaría lo que ya ha pasado —contestó Mendoza, masajeándose las sienes.

—Pero ¿cómo puede decir eso? —Le había prometido a Beatriz que la mantendría a salvo y no iba a parar hasta conseguirlo. La oscuridad que tenía bien atada en lo más profundo de mi pecho bullía y tiraba de sus cadenas, intentando cumplirlo—. Ha dicho que vio a alguien salir corriendo de la casa anoche. No tenía sangre encima, estuve con ella toda la noche y volvimos juntos por la mañana a la casa. ¡Tenemos testigos! ¡Tenemos pruebas!

Mendoza levantó la cabeza.

—Pero es nuestra palabra contra la de doña Juana —dijo—. Y, perdóneme por decirlo, padre, pero para ellos... su palabra vale tanto como la nuestra.

«Para ellos». El caudillo, el juez, los hacendados... Todos me miraban con superioridad, nos examinaban a mí, a mi prima y a mi amigo. Juzgaban quiénes éramos. Lo que éramos. Se había abolido el sistema de castas, sí, pero los juzgados de fuera de la capital seguían haciendo las cosas como siempre: legalmente, la palabra de una criolla como Juana todavía valía más que la de dos indios en un tribunal. ¿La palabra de los trabajadores de una hacienda contra la de una hacendada? No valía nada. ¿La palabra de un cura mestizo y sin ningún cargo como yo?

No valía lo suficiente.

—Voy a salir en su defensa de todas formas —aseguré.

Pero nada más decirlo, pensé en Juana. Ella no había esperado que hubiera pruebas. Estaba claro que había decidido aprovecharse de la tragedia y así librarse de Beatriz.

¿O lo habría planeado todo?

«Bastarda» era lo que le había llamado Rodolfo la noche anterior. La amenazó con dejarla sin nada. Y ahora estaba muerto. Y la mujer que heredaría sus propiedades, acusada de su asesinato. ¿Quién se beneficiaba de la sangre que se había derramado en San Isidro?

—¿Sabía que doña Juana es bastarda? —le pregunté a Mendoza sin previo aviso.

Paloma dio un respingo. Mendoza levantó la vista con los ojos muy abiertos.

—Discúlpeme por lo que voy a decir, padre, pero ¿de qué demonios habla?

—Oí a Rodolfo discutir con ella anoche.

—¿Cuándo? —preguntó Paloma—. Yo no lo oí.

—Junto al salón verde, después de la cena —contesté—. Ya te habrías ido. Le dijo que era una bastarda y le gritó por decir que su padre era el mismo que el de él. Después la amenazó con que si no se comportaba como era debido, no heredaría nada de lo que tenía el viejo Solórzano. Y ahora... —Dejé la frase sin terminar para que cada uno sacara sus conclusiones.

El silencio envolvió la habitación con un sudario.

Mendoza soltó un juramento entre dientes.

—Chantaje —sugirió Paloma con mucha convicción—. Podemos chantajearla. Hacer que retire la acusación o le diremos a todos los hacendados que es bastarda. Seguro que tiene algún primo en alguna parte que vendrá encantado para arrebatarle sus tierras.

—No es una mala idea, Palomita —dijo Mendoza—, pero necesitamos pruebas y el hombre que sabía la verdad está muerto. Si pudiera revisar los documentos del viejo Solórzano...

«Que Dios nos perdone», pensé, pasándome una mano por la mandíbula. Allí estábamos, hablando de chantaje y de robarle documentos a un muerto.

—Estarán todos en la casa —aseguré.

—Carajo —exclamó Paloma y después ignoró mi mirada reprobadora.

—Entraré en la casa esta noche —me ofrecí—. Encontraré los papeles y me quedaré hasta el amanecer.

—Pero ¿está loco, chamaco? ¿En esa casa? —gritó Mendoza y se santiguó.

No había necesidad de explicar lo que quería decir. Había visto a los habitantes del pueblo evitar la casa todo lo que podían. Lo sentían. Lo sabían. Se santiguaban solo con mencionarla y había rumores de que la razón por la que Juana había salido de allí no era solo por el dinero, la guerra ni la falta de invitados y familiares en la propiedad. Sabían que le había hecho algo a ella. Juana siempre había sido tozuda, casi maleducada, pero había en ella algo salvaje que indicaba que tenía algo roto en su interior.

Ella oía cosas, tal vez las veía. Lo noté en su forma de beber la noche anterior. Así bebía mi padre cuando oía las voces.

La crueldad de doña Catalina se había quedado atrapada entre las vigas de la casa, unida a sus muros por el odio que sentía. Su esencia era la enfermedad y la casa se estaba infectando, pudriéndose con ella de dentro hacia fuera, envenenando los cimientos y extendiéndose como una afección. Lo que emanaba de esas paredes era una tormenta a punto de estallar, alimentada con fuerza y veneno. Cuando se liberaba... cualquiera que estuviera entre esos muros podía sufrir daños.

—Tengo miedo... —Inspiré hondo y después resoplé—. Tengo miedo de que la casa intente matar a doña Beatriz.

—Y tienes razón en tenerlo —comentó Paloma—. Pero hay una cosa que no has tenido en cuenta.

—¿El qué?

Me miró fijamente con los labios apretados.

—Que tal vez la mate Juana primero.

28

BEATRIZ

Me encerraron en una bodega mientras sacaban el cuerpo de Rodolfo de mi habitación. Tenía las muñecas atadas con una cuerda. Me deslicé hasta el suelo, acerqué las rodillas al pecho y empecé a mecerme en la oscuridad. Tenía un hambre que me roía el estómago; no había comido en todo el día ni había bebido nada aparte del vaso de agua que Andrés me dio en la capilla. La falta de alimento hacía que me sintiera mareada y que me temblaran las manos.

La casa se enroscó a mi alrededor con la suavidad de una serpiente de cascabel. Su aliento rancio me subió por los brazos y me rodeó el cuello. Demasiado cerca. Me faltaba el aire.

Las visiones se colaron en mi mente. Al principio me empujaron como las manos que atraviesan unas cortinas: una docena de ellas o más se abrieron paso y curiosearon, con un ritmo tan impredecible como el golpe atronador de los puños en la puerta de mi dormitorio. Pero su capacidad para arrastrarme quedó repelida por la gruesa tela.

A las manos les salieron garras. Unas garras largas de color carne que desgarraron las cortinas y la barrera que había entre «eso» y yo, haciendo jirones mis defensas. Después se hundieron en mi carne, introduciendo unas visiones que no estaban en mi mente:

La cara de Juana se cernía sobre mí, blanca como una calavera, los pasos suaves como los de un puma que aparece en medio de la oscuridad. Noté el olor ardiente del alcohol en la nariz. El ritmo constante de la lluvia sobre el tejado. Volutas de humo y la cara de Juana desapareciendo. Me sentí rodeada por ella, atrapada. Sabía que no le gustaba, que me guardaba rencor, que nuestra discusión de aquella noche fue fuerte, pero esto...

El brillo del acero en la oscuridad. Una vez, dos. Otra vez. Un dolor que surgía en mi garganta y en mi pecho. Una oleada amarga de vértigo. La sensación de caer. Un crujido aterrador. La oscuridad rota solo por el repiqueteo atronador de la lluvia.

Intenté apartarlas. Esos recuerdos no eran míos. Tenían el sabor metálico del miedo de alguien. «Expúlsalos», me había dicho Andrés. Pero las garras de la casa me retenían con demasiada fuerza, sus agujas se clavaban como colmillos en la carne de mi garganta, agrietaban el frágil recubrimiento de mi mente y se hundían más y más...

La voz de Ana Luisa resonó en la oscuridad.

«Has actuado demasiado pronto, Juana —decía—. Ese no era el plan».

A lo lejos su cara apareció sobre mí, con el asco claramente visible en cada arruga de su cara. Me odiaba, lo sabía.

«No podemos cavar con las inundaciones —dijo—. Es imposible. ¿Dónde la vamos a esconder?».

Juana se materializó en la oscuridad con el halo dorado de su pelo y una salpicadura de un rojo vivo en la mejilla.

«El muro que se ha caído en el ala norte —dijo sin emoción, pero con decisión—. He estado arreglándolo hoy —añadió—. El mortero aún está húmedo».

A lo lejos vi que Ana Luisa asentía brevemente y oí su voz, pero no pude distinguir las palabras porque caía y caía...

Me golpeé contra la piedra. Me arrastraban dos personas, tirando cada una de un brazo, y las losas me arrancaban la piel de la mejilla. Jadeaban con fuerza mientras un ladrillo rozaba contra otro. Un ladrillo tras otro, y otro...

Juana, Juana. Sé quién eres, Juana. Sé que has matado salvajemente a Rodolfo, Juana. Te voy a desgarrar la garganta con los dientes. Te voy a abrir como si fueras la cáscara de un huevo. Y destrozaré tus malditos huesos con mis mandíbulas. Después te arrancaré la carne a tiras. Juana, Juana...

Seguí meciéndome y sollozando en silencio. Estaba alucinando, a plena luz del día. Estaba perdiendo la cabeza. Cuando las sombras se alargaran y se pusiera el sol... No sabía si tendría la fuerza para sobrevivir a otra noche en esa casa.

Unas voces resonaron en la penumbra. Voces de hombre. Voces reales, mortales, con cadencias que subían y bajaban con la respiración, con ecos que comenzaban y después se detenían.

Y la voz de Juana.

Todo se inundó de repente de una luz que me cegó. Me aparté de ella, sorprendida. Como no podía apoyarme bien para levantarme con las manos atadas, estuve a punto de perder el equilibrio. Los hombres del caudillo habían abierto la puerta. Uno me cogió por las muñecas y me hizo ponerme de pie. Si vieron mi cara manchada por las lágrimas o cómo temblaba por el terror, no dieron señales de que les importara. Me llevaron por el pasillo en dirección al frío del ala norte, acercándonos cada vez más. El corazón me latía con fuerza contra las costillas. Dios mío, si me llevaban allí, sería mejor que les suplicara que me dispararan ya, porque no podía enfrentarme a ese frío, al brillo rojo en la oscuridad...

Giraron hacia las escaleras.

Planté los pies en el suelo con todas mis fuerzas, pero ellos tiraron de mí hacia delante. El dolor hizo que me ardieran los brazos y los hombros.

—¿Adónde me llevan? —pregunté.

No respondieron. Pero lo descubrí pronto: Juana me esperaba junto a la puerta del estudio, con mi llavero en la mano. Estaba dando golpecitos con el pie en el suelo, impaciente.

—Sabe que yo no lo hice.

—No quiero oír ni una palabra más —respondió—. No voy a tolerar que siga insultando la memoria de mi hermano.

Hizo un gesto, como si se enjugara una lágrima, y se volvió hacia los hombres del caudillo.

—Está loca —dijo con una voz tan dulce que no me hubiera creído que era la suya si no la hubiera visto mover los labios—. Pregúntenle al padre Vicente, él sabe la verdad. Ella cree que la casa está poseída.

No podían creerse esa pantomima. ¿Es que no conocían a Juana Solórzano? Ella no era la víctima. Estaba podrida, tanto como ese demonio que ennegrecía esta casa.

—Será mejor que se aparte, doña Juana —dijo uno de los hombres, con tono de preocupación.

Juana obedeció mientras se metía un mechón rizado tras la oreja. Tenía el pelo sucio, pero la ropa muy limpia.

Aunque la puerta que daba al dormitorio estaba cerrada, noté el olor de la carnicería. En mi mente solo veía sangre que manchaba el suelo, las paredes, las sábanas. Mi incensario de copal y las velas estaban ahí; eran cosas que iba a necesitar para la noche que tenía por delante, pero no me atrevía a ir a buscarlas. Intenté controlar el miedo o terminaría vomitando otra vez.

Juana era un monstruo. Un monstruo dorado con mis llaves colgadas de la cintura que me miraba con una expresión beatífica mientras los hombres del caudillo se daban la vuelta para salir de la habitación.

Le sostuve la mirada hasta que se cerró la puerta y me la imaginé cubierta de rojo, con la sangre de Rodolfo goteándole por la cara y salpicándole la ropa. Quise gritar.

Un portazo.

Me encogí. Echaron el cerrojo. Oí tintinear las llaves y el sonido de pasos que bajaban por la escalera.

Estaba sola.

Había un plato de tortillas frías en la mesa. Me rugió el estómago. Pero ¿y si estaban envenenadas? Aunque no lo estuvieran, no era capaz de pensar en comer tan cerca de donde había muerto Rodolfo. Imposible con el olor de la sangre aún en el aire que me llegaba desde la otra habitación.

Fui al otro extremo del estudio, lejos de la puerta del dormitorio. Noté la alfombra húmeda bajo los pies descalzos. Esa mañana no lo estaba; entonces también iba descalza, así que lo habría notado.

Examiné el techo. ¿Habría una gotera? Si la había, tenía que ser importante porque la alfombra estaba empapada y el suelo de ese lado de la habitación estaba oscuro y resbaladizo...

Inspiré hondo y arrugué la nariz por el fuerte olor. Era alcohol. Me recordó la noche en que Juana y yo bebimos mezcal y me desperté con un dolor de cabeza terrible y la convicción de que algo malo pasaba en esa casa.

Parecía que había pasado mucho tiempo desde entonces.

Fruncí el ceño. Rodolfo no bebía mezcal, al menos hasta donde yo sabía. Aunque, claro, la verdad es que no lo sabía con seguridad.

Y tampoco lo sabría nunca.

Porque ya no estaba.

Me resultó raro darme cuenta de eso. No lo había pensado esa mañana, cuando lo encontré, ni en ningún momento durante el día hasta entonces. Por el color de la luz que entraba por las ventanas que daban al oeste, era última hora de la tarde. Habían pasado muchas horas. Pero aun así...

Rodolfo estaba muerto.

Lo apreciaba cuando nos conocimos. Y estaba deseosa de tenerlo a él y todo lo que representaba. Ese deseo se había estropeado hasta convertirse en miedo y asco durante las últimas semanas, cuando descubrí su crueldad y su hipocresía, pero estaba muerto. Tan muerto como mi sueño de tener un hogar.

¿Y qué me esperaba a mí ahora? ¿La cárcel? ¿Un manicomio? ¿La ejecución por mi supuesto crimen? Se me aceleró el corazón al pensarlo. Los vapores del alcohol que empapaba el suelo me hacían sentir un poco mareada, aunque al menos enmascaraban el olor de la muerte de Rodolfo.

Su pecho elevándose y la cabeza que se volvía. Las sacudidas de sus labios y los movimientos bruscos de sus ojos vidriosos... Los tenía grabados a fuego en la mente, más aterradores que cualquier pesadilla. Andrés, el caudillo y José Mendoza mirándome y yo totalmente incapaz de ver u oír.

«Dile la verdad», había dicho esa voz estrangulada.

La verdad era que Juana lo había matado, que había acabado con todos los que se interponían en su camino. Y había ganado. Con sus lágrimas de cocodrilo y su autoridad como hija del hacendado, había ganado. Y les había dicho a esos hombres que yo estaba loca.

Y la verdad era que lo estaba.

Andrés había llegado demasiado tarde. La casa se había colado en mi cabeza, haciéndola añicos como si fuera de porcelana antes de que se enterara de que él existía, antes de que supiera que un brujo podía purgar la casa de su maldad.

«Expúlsala».

No podía, ahora no. Tal vez nunca había podido. Era vulnerable y fácil de influenciar, así que estuve condenada desde la primera vez que vi el rojo en la oscuridad. La casa supo que yo era su presa en el mismo momento en que crucé el umbral y ahora me iba a devorar.

Levanté la vista y vi el mapa de mi padre en la pared. Lo había colgado sobre el escritorio semanas antes, el día que Rodolfo volvió a la capital. Estaba tan ocupada con el ala norte y el salón verde que no había pensado mucho en esa habitación, al menos no desde que descubrí mi ropa de seda cubierta de sangre. Ese fue el único momento en el que Juana y yo pasamos algo de tiempo juntas.

Aparentemente fue suficiente para convencerla de que tenía que librarse de mí.

Se me llenaron los ojos de lágrimas. ¿Qué había hecho mal? Nada. ¿Qué podía haber hecho bien? Nada. Me casé con Rodolfo y presumiblemente le daría herederos que le arrebatarían la propiedad a Juana. Tal vez yo ni siquiera era una persona de carne y hueso para ella, solo era un símbolo de cómo su hermano le iba a arrebatar lo que quería, lo que creía que era suyo.

¿Y no había yo deseado lo mismo? ¿No era eso lo que una hacienda representaba para mí? El dinero de Rodolfo era una liberación del reinado de humillación de la tía Fernanda, de una dependencia desesperada en la amabilidad voluble de unos parientes que yo apenas conocía. Había sacrificado cualquier esperanza de tener amor en mi matrimonio para asegurarme la autonomía.

Juana había sacrificado a María Catalina. Y a su hermano. Y no tenía duda de que derramaría mi sangre si creía que eso podía beneficiarla.

Y yo tenía que plantarle cara.

Yo no era mi madre, dispuesta a rendirse cuando se derramó sangre y vio el cañón de los mosquetes. No. Yo era la hija de un general.

Pero estaba muy cansada, muchísimo.

Recorrí la alfombra húmeda hasta llegar al escritorio y aparté la silla con un pie. Me senté bajo el mapa de mi padre y apoyé los codos en la mesa. Me dolían los brazos y las muñecas. Notaba el regusto de la bilis en la garganta y tenía un mal sabor en la boca. Solo quería apoyar la cabeza en la mesa. Pero eso tampoco me ayudaría; tenía las manos atadas y empezaba a perder la sensación en los dedos.

Las sombras de la habitación empezaban a alargarse y volvieron a llenárseme los ojos de lágrimas.

Apoyé la cabeza en las manos, en una postura tan parecida a la de la oración que me trajo a la mente la imagen de Andrés en la capilla la noche anterior.

¿Cuántas veces había oído a los sacerdotes dar sermones sobre la oración desde los púlpitos y había dejado que las palabras me resbalaran, sin creerme ninguna? Nunca había confiado en ellos. Ni tampoco en la existencia de Dios, en realidad. Pero unas semanas atrás habría dicho que tampoco creía en la existencia de los espíritus.

Ni en los brujos.

«Ayúdame. Dame fuerza para pelear», pedí en una oración.

Empecé a rezar el rosario. Construí una barrera para protegerme con palabras, colocando capas a mi alrededor como si formara una falda impenetrable, como si fueran piedras, cualquier cosa que pudiera mantener la casa a raya. Cada vez que no sabía por dónde iba, pensaba en la voz de Andrés empezando el siguiente avemaría. Era un engaño de mi mente, lo sabía, pero seguí, susurrando cuando la voz se me volvió áspera e irregular. Cuando acabé, empecé otra vez.

Durante todo el rosario siguiente la casa estuvo en silencio.

Se puso el sol y su luz agonizante se coló entre las nubes oscuras de tormenta. La oscuridad se hizo más profunda y pasó de azul a gris hasta acabar en negro. Se oyó un trueno lejano.

Oí el frío antes de sentirlo. Arañaba las tablas del suelo como si tuviera garras y el sonido vibraba en mis dientes más que en mis oídos. Era como metal sobre metal, cristal contra cristal.

Levanté la cabeza.

La sangre me abandonó. No me llegaba el riego a las manos y no las sentía. El hambre me provocaba mareos y me dejaba las piernas sin fuerzas y temblando.

El frío empezó a subirme por los tobillos y a enroscarse por las pantorrillas.

Me levanté de un salto. La alfombra estaba pegajosa y casi chapoteaba por ella. Sin saber de dónde venía esa visión, la vi empapada de sangre, como las sábanas de mi dormitorio esa mañana.

«Beatriz». Un susurro, juguetón y alegre.

«Expúlsala».

La oscuridad llenó la habitación, crepitante y erizada de energía. Era como un montón de astillas a punto de prender.

Luz. Las velas estaban en mi cuarto, lo sabía. Y también el copal.

Pero tendría que entrar en mi cuarto.

El corazón se me encogió al pensarlo. No podía.

En algún lugar de la casa resonó un portazo.

—No —murmuré—. No, estoy muy cansada.

Se me quebró la voz. Pasaron unos minutos. Tenía los hombros muy tensos, como una cuerda. Me preparé, lista para el siguiente portazo.

Pero no llegó.

En vez de eso empezó un golpeteo. Primero era tenue, lejano, y llegaba desde el otro extremo de la casa. Sonaba tan distante que pensé que era otro trueno. Pero no paraba. Era un golpeteo sobre el suelo, como si miles de dedos pesados lo golpearan en una sucesión rápida y violenta. El sonido iba hacia el lado norte de la casa, creciendo y aumentando de volumen cada vez, tanto que resonó en mis huesos. No podía taparme las orejas ni utilizar los brazos para protegerme.

Se acercaba cada vez más y de repente se detuvo en la puerta del estudio. Ahí el golpeteo se volvió irregular y se hizo más alto, frenético, tan fuerte que la puerta se estremecía en su marco.

El golpeteo paró.

El sudor me corría por las sienes y me empapaba las palmas.

Estaba ahí, al otro lado de la puerta, y no había copal para detenerla. Ni velas. Ni Andrés.

Un destello rojo apareció en la oscuridad y después se desvaneció.

«No».

Estaba aquí.

Los ojos rojos aparecieron junto a la puerta oscura que llevaba al dormitorio y al segundo siguiente ya no estaban.

Se estaba acercando. El corazón me martilleaba en el pecho con un ritmo tan desesperado e irregular que me dolía. ¿Se manifestaría y me dejaría rígida y con los ojos muy abiertos como a Ana Luisa? ¿Ahí era donde terminaba todo?

Unas manos me agarraron la falda, que rozaba en suelo. Tres o cuatro manos heladas y de dedos largos. No veía nada en la oscuridad, pero su carne demasiado blanda me agarró de los tobillos y tiró.

Chillé y eché a correr.

—¡No me toques! —grité.

Una risa femenina y cantarina llegó desde algún lugar de las vigas del techo. Se estaba burlando de mí. Lo estaba disfrutando. La ira surgió en mi pecho. Levanté la barbilla y examiné la oscuridad buscando algo desesperadamente, cualquier cosa a la que poder dirigir mi furia. La risa ahora llegaba desde mi cuarto y yo me volví con brusquedad para enfrentarme a ella.

Ya había sido suficiente.

—¿Qué quieres? —grité.

Un par de manos heladas me empujaron los hombros con fuerza y me tiraron al suelo. Como no podía utilizar las manos para parar el golpe, aterricé en la alfombra de cabeza y se oyó un golpe seco.

Noté una oleada de náuseas que surgía en mi pecho y llegaba hasta el cráneo magullado. Rodé para ponerme de costado. La alfombra me mojaba la mejilla y me asaltó el olor a alcohol destilado.

Tosí e intentando contener las ganas de vomitar, me obligué a ponerme de rodillas. Después me puse de pie como pude; la cabeza me daba vueltas y mi respiración salía en jadeos entrecortados. Un relámpago iluminó la habitación durante un segundo y después se sumió en la oscuridad de nuevo.

—Yo no te hice daño —exclamé—. No te conocía. Déjame en paz.

Noté que lanzaba algo contra mí en medio de la oscuridad. Actuando por instinto, me agaché.

Oí un cristal haciéndose añicos contra la pared que había justo detrás de mí y algunas esquirlas salieron volando. Unas cuantas se me clavaron en la espalda y el resto llenaron el suelo. ¿Un jarrón? No importaba lo que hubiera sido, estaba descalza y ciega. Si me movía me destrozaría los pies.

—Ya veo que estás enfadada —dije dirigiéndome hacia la oscuridad. Tanteé poco a poco la mesa, porque sabía que había un jarrón de cristal. Lo cogí con las dos manos y miré hacia donde había oído por última vez esa risita irritante—. ¡Pues yo también lo estoy! —grité. Me dolió la garganta por el esfuerzo, pero tiré el jarrón lo mejor que pude con las muñecas atadas. Se hizo añicos contra la pared opuesta—. ¡Yo también quería cosas! Quería estar a salvo. Quería un hogar. Y lo que me he encontrado es a ti.

La oscuridad bufó como un gato, pero con una profundidad que dejaba claro que ninguna criatura mortal podría hacer un ruido como ese. Después sonó un gruñido inhumano que me puso el vello de los brazos de punta.

Los ojos rojos aparecieron en la oscuridad, brillando mucho más que nunca. No podía huir. Estaba arrinconada y descalza en medio de una marea de cristales. Y me pregunté si podría abrir la puerta con las manos atadas.

—Sé que quieres venganza —continué, obligándome a decir las palabras con firmeza, evitando que me temblara la voz.

Los ojos se acercaron. La oscuridad se cerró sobre mí, apretándome el pecho con un peso que solo había sentido en mis pesadillas. Me costaba respirar. Pero no me rendí. Aunque el corazón se quejaba bajo mis costillas, me latían la cabeza y los hombros y me temblaban las piernas, clavé los talones en la alfombra húmeda y miré al demonio a los ojos.

No estaba dispuesta a dejar de luchar.

—¿Eso es lo que quieres? ¿Venganza? Pues ve a conseguirla —dije—. Matarme a mí no te servirá.

Otro gruñido. Una fría oleada de miedo me recorrió la piel. Era un reto. Un desafío.

La oscuridad siguió apretándome el pecho y la garganta. Boqueé para respirar, como un pez fuera del agua.

—Si me matas —conseguí decir con una voz estrangulada y casi sin aliento, pero llena de inquina—, yo también me quedaré atrapada aquí, igual que tú. —Aire, necesitaba aire—. Y te juro sobre la tumba de mi padre que me dedicaré a hacerte la existencia imposible.

La oscuridad me soltó. Inspiré hondo y me dolieron los pulmones al expandirse. Caí de rodillas y los trozos de cristal atravesaron el vestido y se me clavaron en las rodillas, pero no me importó. Inspiré y exhalé.

La atención de la oscuridad ahora se había centrado en las vigas. Fruncí el ceño. Oí unos pasos en el tejado. Pasos de un mortal. Pasos conocidos. Se detuvieron justo encima. Se oyó el ruido de una teja contra otra cuando alguien las arrancó del tejado y las apiló. Entonces se oyó el ruido de metal contra madera. Una vez, dos, y el techo empezó a astillarse.

Alguien estaba atravesando el tejado con un machete.

—¿Andrés? —intenté gritar su nombre, pero solo me salió un susurro. ¿Había venido a rescatarme? ¿Iba a acabar mi tormento?

Una bota atravesó el techo para ensanchar el agujero que había hecho el machete.

Un líquido cayó en el interior de la habitación desde el techo en un torrente breve y rápido, como si lo echaran con un cubo. Unas gotas me salpicaron el vestido y la cara y me quemó cuando tocó mis labios y mis ojos.

Ese olor... era alcohol. Puro y destilado. Como el de la alfombra. Como el mezcal, pero todavía más fuerte.

Desde arriba oí el ruido de una cerilla al encenderse y una antorcha cobró vida.

Su luz iluminó la cara de la mujer: pelo de color bronce, labios finos y la oscuridad destacando unos pómulos característicos, tan marcados que parecían los de una calavera.

Juana tenía los labios apretados y una expresión desapasionada en el rostro mientras contemplaba mi desesperación.

En un segundo recordé un momento en la capital, cuando vi que se llevaban a papá a punta de bayoneta y después los soldados que quedaban bañaron la casa con aceite y la prendieron con antorchas. Las ventanas estallaron y el calor salía en oleadas. El olor acre del humo y los ojos llorosos que me escocían.

Me inundó el miedo y me olvidé de cualquier dolor. Todos los nervios de mi cuerpo estaban centrados en esa antorcha y en el fuego que se agitaba, bailaba y provocaba unas sombras juguetonas sobre la cara de Juana.

Ah, no. Así no.

—No. Sácame de aquí —le supliqué a Juana. Tenía la garganta en carne viva y las palabras salieron entre sollozos—. Mentiré. Te cubriré. Te dejaré aquí y no volveré nunca. Te juro que no volveré.

Algo cruzó la cara de Juana. Tal vez fue un efecto de la luz o mi propia desesperación, que me engañó para que pensara que se lo estaba pensando.

Pero no.

Sin decir ni una palabra, Juana tiró la antorcha en el centro de la habitación.

29

ANDRÉS

Esa tarde Rodolfo Solórzano fue enterrado con prisas y poca ceremonia en una tumba detrás de la capilla, al lado del ataúd vacío de doña María Catalina. Después de realizar la breve ceremonia, a la que no asistió nadie más que José Mendoza, unos cuantos habitantes del pueblo —Juana había desaparecido sin dejar rastro— y yo, me retiré a la capilla.

Entré y me arrodillé en el banco que estaba más cerca de la puerta. Uní las manos y pensé en Mariana, la víctima de los intentos de Paloma y míos de ayudarla. Recé para que me perdonara y para que encontrara la paz en los brazos de nuestro Creador. Me obligué a buscar en el fondo de mi corazón para encontrar la poca misericordia que sentía por el hombre que había enterrado ese día, un hombre al que nunca quise y que representaba todo lo que yo odiaba.

Y recé por su esposa.

Pensé en la casa mientras rezaba, enviándole a Beatriz consuelo y fuerza. Le prometí que estaría a salvo. Y me prometí a mí mismo que sanaría esa morada y liberaría mi hogar de su podredumbre. Esos objetivos ahora se habían unido para convertirse en uno solo y no había más que una única forma de conseguirlo.

Recé al Señor para que me perdonara por lo que estaba a punto de hacer.

Un trueno me sacó de lo más profundo de mi mente. Salí del banco, hice una genuflexión ante el altar y miré el crucifijo.

«Líbranos del mal», decía el padrenuestro. Al final de nuestros días Jesucristo nos libraría del mal. Yo tenía fe en eso y también miedo. Fuera cual fuera el fin que le esperaba a la creación en el apocalipsis, era lo que ordenaría Dios y sería Su mano la que separaría los fieles de los pecadores para toda la eternidad.

Pero la humanidad ya había visto mucha maldad de la que no le habían librado. Y seguiría viendo mucho dolor entre este momento y el del Juicio Final.

Hice la señal de la cruz. Sí, el Señor era mi salvador. Pero había pasado años en medio del silencio de las oraciones no respondidas, un silencio que me había enseñado que yo también tenía que aprender a salvar. La pregunta que me había perseguido todo el tiempo era: ¿cómo?

«Las oraciones no son más que palabras vacías. Ella necesita ayuda».

No era suficiente ser sacerdote. Pero mi insistencia arrogante en intentar replicar el camino que había seguido Titi solo les había producido daño a Mariana y a Paloma.

«Debes encontrar tu propia forma de hacer las cosas».

Mi hogar y Beatriz estaban en peligro. ¿Qué otra cosa podía hacer que no fuera utilizar las herramientas que tenía para librarla del mal?

En lo más profundo de mi pecho esa caja bien cerrada vibró y tembló por la expectación.

«Perdóname», supliqué.

Y entonces me levanté, me di la vuelta y fui directo a la puerta de la capilla. Para bien o para mal, había elegido mi camino. No sabía lo que iba a sacrificar por él ni qué castigo me esperaría al final de mis días.

Pero no había tiempo que perder.

Fui a la casa de Ana Luisa y Paloma en medio de una luz decreciente. Sus ventanas se veían oscuras, hambrientas y vacías en medio del atardecer. La puerta estaba abierta de par en par.

Cuando crucé el umbral, noté que algo en la casa me invitaba a entrar y me atraía, como una llama a una polilla.

Estaba ahí, sospeché. Mi legado. Lo que me pertenecía por nacimiento.

Tanteé en la oscuridad buscando un pedernal y una vela. Cuando la luz de la llama pálida iluminó la habitación, me volví para mirar las camas que había contra la pared.

Seguro que Ana Luisa revisó las pertenencias de Titi tras su muerte y lo encontró. ¿Cómo explicar si no las marcas de carboncillo que había en el umbral de la cocina de la casa principal? ¿Cómo podía explicar el instinto que me hizo ponerme de rodillas al lado de la cama fría de Ana Luisa para encontrar una cajita bajo su cabecero? La última vez que estuve allí, la mañana en que Paloma encontró a mi pobre tía muerta de terror, yo estaba demasiado mal por el golpe en la cabeza para pensar con claridad. Las náuseas me embotaban los sentidos y no noté la atracción vertiginosa que ahora dirigió mis manos hacia la caja. Me puse de rodillas y levanté la tapa.

Ahí estaba. Los papeles que me había dejado la hermana de mi padre.

Unas manchas que no reconocí ensuciaban algunas de las páginas. Noté una punzada de dolor en el corazón. Cuando la podredumbre inundó la casa, cuando el veneno de la ira de doña María Catalina empezó a expandirse, Ana Luisa había tenido miedo. Y buscó ayuda allí. Debería haber recurrido a mí. ¿Por qué no lo hizo?

Orgullo, tal vez.

Pensé en el día que Paloma me habló por primera vez de los problemas de la casa, el día que habló conmigo a la salida de la iglesia de Apan.

«Doña Juana oculta algo. Mi madre también. Algo terrible».

¿Cuántas veces me había dicho Paloma que Ana Luisa odiaba a la primera esposa del patrón? Si Juana quería librarse de doña Catalina, ¿no habría buscado la ayuda de Ana Luisa como su cómplice?

¿La habría ayudado mi tía?

Entonces tal vez... tal vez fue la culpa lo que evitó que buscara mi ayuda cuando la casa se volvió contra ella con sus dedos fríos y letales. Tal vez sabía que si yo volvía a San Isidro, los dones de Titi o los míos más oscuros acabarían revelándome la verdad.

—Que Dios te perdone, tía —murmuré.

Y me puse manos a la obra.

Hojeé los papeles. Aunque hacía casi una década que no los tenía en mis manos, mis dedos recorrieron los caminos más que conocidos de sus páginas, guiado por la memoria, mientras buscaba el exorcismo más poderoso que había en ellos, aquel que Titi había señalado con el índice y sobre el que dijo: «Todavía no. No eres lo bastante fuerte para este».

Mientras buscaba, vi los ojos como la pólvora de la hermana de mi padre mirándome fijamente por encima de esos caracteres. El terror que sentí la primera vez que contemplé su chispa oscura. Vi asco en la cara de mi padre y oí el eco de su voz detrás de mí como si estuviera a solo unos metros, en la oscuridad de la casa de Ana Luisa. «Queman a la gente como tú».

Arder, arder, arder. Tal vez era eso lo que me esperaba tras la muerte.

Pero en vida tenía intención de luchar para salvar el alma de San Isidro y a la mujer que estaba atrapada entre sus muros malvados, porque eso era «lo correcto». Lo supe como si lo llevara marcado a fuego en la piel cuando encontré los caracteres que buscaba. Sentía que era lo correcto con tal certeza que tenía que ser pecado.

La caja oscura de mi pecho tembló mientras revisaba la página. Sentí su anticipación como el sabor del azúcar puro de caña en la lengua.

«Cálmate», le ordené. Había elegido recurrir a esa parte de mí, iba a tener que sujetar las riendas con manos firmes. Sabía con exactitud qué rituales y encantamientos combinar con los caracteres y los seguiría con el máximo cuidado. No había margen de error. Ni tampoco tiempo para cuestionarme *a posteriori*.

Levanté la vista para mirar a la ventana que había encima de la cama de Ana Luisa. Ya había llegado la oscuridad total.

Era la hora.

El aire crepitaba por la anticipación cuando cerré la puerta de la casa de Ana Luisa, con los papeles bajo el brazo. Una tormenta se cernía sobre las montañas, burlándose del valle con la seguridad que dan las piedras. En el aire notaba el sabor de que no iba a tener respiro esta noche: el viento tenía otros planes y se llevaba las nubes lejos, hacia el sureste y el lejano mar.

Llamé con suavidad en la oscuridad; la noche se instaló en mis hombros como una capa. Invisible para los ojos de los hombres, crucé sin hacer ruido las puertas del patio.

El corazón me latía con fuerza contra las costillas; la oscuridad de mi interior intentaba salir con todas sus fuerzas ahora que sabía que iba a recurrir a ella. Tenía que mantenerla bajo control. La seguridad de Beatriz dependía de mi éxito. Iba a entrar y descubrir dónde estaba, exorcizar la casa y quedarme con ella hasta el amanecer, cuando demostraríamos su inocencia. Era sencillo. Lo único que tenía que hacer era actuar según el plan.

Los dos hombres del caudillo estaban apostados en la puerta principal de la casa, la que estaba más cerca de la capilla. Uno dormía mientras el otro montaba guardia. Aunque no habían encendido antorchas para tener luz, el guardia que estaba despierto examinaba la noche, alerta ante cualquiera que se acercara sin hacer ruido, tal vez consciente, como los animales, de la presencia de un depredador.

Sí, yo estaba ahí.

Subí por los escalones, rodeé al hombre y un segundo después ya estaba detrás de él. Solo necesité un momento para recitarle al oído la oración que mi abuela utilizaba para sedar a los pacientes. Él cayó sobre mí.

Cuando se deslizó al suelo, a la derecha de la puerta, le cogí el arma, solo para que no hiciera ruido al estrellarse contra las losas. La dejé a su lado y después hice lo mismo con su compañero dormido, por si acaso. No les envidiaba el dolor de cabeza que tendrían cuando se despertaran, ya con el sol bien alto en el cielo.

Había llegado el momento de entrar en la casa.

Intenté utilizar el picaporte. Estaba cerrado, por supuesto, pero había aprendido a que los cerrojos me obedecieran antes de que se me cayera mi primer diente.

«Ábrete», ordené.

La casa se resistió. Hizo que retrocediera unos pasos, pero mantuve el terreno. Volví hasta la puerta. Agarré el picaporte de nuevo y después aparté la mano con un grito ahogado: estaba frío como el hielo, tanto que me había quemado la palma.

Coloqué la palma que me escocía sobre la puerta y apoyé el peso en la madera de cedro.

—Sí, soy yo —dije con los dientes apretados—. Ya sé que me odias. Y no me importa. Obedéceme.

Esta vez levanté una rendija de la tapa de la caja que tenía dentro, lo justo para que un hilito de oscuridad acompañara a mi orden susurrada.

Después agarré el pomo, ignorando el frío que hizo que se me quedaran rígidas las articulaciones. Me preparé para tener que forzar a la puerta para que se abriera.

Desde algún lugar del bosquecillo que había detrás del pueblo me llegó el ulular de un búho.

Me detuve. Ladeé la cabeza y escuché. Me estaba llamando a mí. Una vez, dos, una pausa... y una tercera llamada. Era una advertencia.

Solté el picaporte y bajé los escalones de un salto. Cuando tuve los pies sobre la tierra, me centré e hice que mi consciencia recorriera el perímetro de la casa. Todos mis sentidos estaban en alerta, agudizados por la oscuridad que se despertaba en mi interior y por el sabor del miedo que notaba en la noche.

Algo iba muy mal. Se me puso la piel de gallina.

Actué por instinto: me aparté de la entrada de la casa y crucé el jardín hacia el ala sur, primero andando rápido y después corriendo. Atravesé la vegetación y salí cerca del gallinero que había detrás de la cocina. El corazón me latía con fuerza en la garganta cuando giré la esquina y me paré en seco. La larga terraza que iba de lado a lado en la parte trasera de la casa apareció ante mis ojos.

Había una escalera apoyada en un lateral, pero no fue eso lo que hizo que me detuviera de esa manera.

Fue otro sabor, penetrante como el del metal. «Humo».

Una figura oscura estaba subida en el tejado. Una columna de humo negro se elevaba a su lado, casi invisible con el cielo oscuro de fondo. Miré la ventana del estudio que había encima del salón: estaba iluminada desde dentro y se veía el parpadeo del fuego. Su brillo penetrante destacaba en la noche.

«Tal vez Juana la mate primero».

Di un paso atrás, con la mente totalmente en blanco. Mis extremidades se habían vuelto de plomo por la conmoción.

Juana había prendido fuego a la casa. En pocos minutos Beatriz estaría muerta, por el humo, por las llamas o de alguna otra forma violenta que hubiera utilizado Juana.

El corazón me latía con fuerza en los oídos. Me temblaba la mano cuando fui a coger los papeles y entonces me quedé petrificado. No tenía tiempo para buscar los caracteres adecuados, diseñarlos, dibujarlos y hacer el encantamiento. Si no actuaba ahora...

Tenía que llegar adonde estaba Beatriz. Por la cocina, subiendo las escaleras... Y si la habitación ya estaba en llamas, ¿qué? Titi podía cruzar las llamas a voluntad; una vez había sacado a un niño de una casa ardiendo y ella salió ilesa, aunque iba descalza y con la cabeza descubierta. No sabía si yo era capaz de hacer lo mismo, pero Beatriz seguro que no. Tenía que luchar en dos frentes y pelear con dos enemigos al mismo tiempo: extinguir el fuego y sacarla de ahí.

Y tenía que ser rápido.

Dejé caer los papeles, di varios pasos atrás, miré al cielo levantando los brazos y busqué, busqué, busqué como hacía Titi cuando el valle estaba muy reseco.

Las nubes negras rozaban el lado más alejado de las montañas, cargadas de lluvia.

«Vosotras, obedecedme», ordené.

Las nubes no volvieron sus cabezas de color acero. El viento que las arrastraba, firme como un pastor, me arrastró como si fuera una mosca en una corriente.

No era lo bastante fuerte. Era un hombre dividido, débil, inseguro. No era tan fuerte como Titi. No tenía su convicción, ni su dominio de los cielos. El viento no tenía dueño, ni le rendía pleitesía a ningún poder. Cualquier otra noche lo habría aceptado. Habría reconocido que no tenía la fuerza necesaria. Cualquier otra noche me habría retirado. Buscado otra solución. Elegido un camino más seguro.

Pero Beatriz estaba en la casa.

Sus palabras resonaron en mi cabeza: «¿Hay algo para lo que no hagan falta palabras? Algo en lo que puedas actuar por instinto, improvisar...».

Aunque ella veía las partes más oscuras de mí, me miraba con bondad. Había fallado, estaba condenado y aun así ella me miraba como si fuera una persona en la que merecía la pena tener fe.

No podía dejar que muriera. No iba a permitir que un Solórzano le hiciera daño a una persona que me importaba otra vez.

Recurrí a la caja de mi interior. La oscuridad salía lentamente de debajo de la tapa, como si fuera humo, y ya estaba intentando reventar la cerradura. Sin prepararme, sin cuestionar esa decisión, sin pensarlo un segundo, hice lo que había jurado que no iba a hacer nunca.

La abrí de par en par.

La oscuridad me inundó como una riada. Me arrastró por dentro y por fuera, con un poder ensordecedor que se fusionó para formar una tormenta oscura en mi pecho que bullía, llena de vida. Temblaba como el ruido de mil caballos al galope y con la fuerza de un volcán que lleva mucho tiempo dormido y que ha cobrado vida con el fuego, el trueno y el azufre del diablo.

Liberé todo eso en las nubes.

—¡Soy el brujo del valle! —rugí—. ¡Obedecedme!

Resonó un trueno. Yo era la furia y la ira que aumentaban en mi pecho hasta llegar a mi cabeza y salían por la coronilla para llegar muy alto, restallando como el relámpago contra las nubes bajas y cargadas de lluvia. Ese relámpago liberó toda su fuerza una vez, dos, con un color verde brillante.

Agarré a las nubes con todas mis fuerzas y las arrastré hacia San Isidro. Se resistieron, pero yo clavé los talones en el suelo y tiré más fuerte.

«Venid. Aquí», ordené.

Las nubes respondieron con truenos, pero yo seguía tirando de ellas hasta que, rezongando, cambiaron de rumbo. Pasaron por encima de las montañas y se extendieron por el valle, de camino a San Isidro.

Contuve la respiración. De repente ya no estaba metido en medio del vasto cielo negro, sino dentro de mí. Con los pies en el suelo, en la parte de atrás de la cocina. Me caían gotas de sudor desde el pelo y por la espalda. Toda mi piel vibraba por ese poder oscuro y notaba un hormigueo por todo el cuerpo. Y en una sola respiración estaba fuera y dentro de mi cuerpo. Estaba vivo.

Las nubes se abrieron y cortinas de una lluvia implacable cayeron sobre San Isidro. El aguacero me empapó la cara y el pelo. Mis huesos la recibieron con alegría. Había llegado mi aliada para luchar contra el fuego.

Ahora había llegado el momento de ir a buscar a Beatriz.

Cogí los papeles de donde los había dejado caer en el suelo y crucé el jardín en tres pasos. Entré como una tromba en la cocina y los extendí sobre la mesa. No tenía incensario, ni copal. Ni plan, aparte de ir hasta la puerta y arrancarla con mi poder.

Yo era la tormenta. Los relámpagos del hechizo me hormigueaban en los nudillos; aunque me quemó la piel, no sentí ningún dolor cuando puse la mano en la puerta cerrada.

«Ábrete».

Salió volando, arrancada de las bisagras, y aterrizó en el suelo con un fuerte crujido.

La oscuridad que había al otro lado se volvió hacia mí. Bullía por la rabia y se puso más furiosa cuando se dio cuenta de quién —o más bien qué— tenía en sus entrañas.

—Sí, soy yo —anuncié, con una sonrisa feroz que me estiraba los labios. Cambié el peso de un pie a otro y, con la fuerza de mi voluntad, me hice con esa oscuridad y la dominé—. Apártate de mi camino.

30

BEATRIZ

La antorcha cayó. La alfombra estaba empapada. El suelo resbaladizo. La puerta que daba al pasillo estaba en el otro extremo
de la habitación y además estaba cerrada.

El dormitorio.

Ya no me importaba la sangre de Rodolfo. Tenía que alejarme de la antorcha.

Salí corriendo.

Con cada uno de mis pasos, la antorcha se acercaba más al
suelo. Llegué al otro lado de la alfombra, a unas tablas que estaban secas y me encontré de bruces con el olor a...

La antorcha tocó la alfombra.

Un estallido de llamas azules y blancas, como un relámpago.
Devoraron la alfombra y alcanzaron a toda velocidad los lados
de la habitación, envolviéndola en segundos. Cuando llegó al
baúl donde guardaba mis vestidos de seda, estos se prendieron
en llamas y se consumieron uno tras otro. Los jarrones de cristal que quedaban estallaron por la fuerza del fuego.

Me tiré el suelo y me hice un ovillo para protegerme como
podía con los brazos atados.

Desde arriba cayó otro cubo de alcohol en la habitación.
Juana lo ladeó para que cayera sobre la puerta cerrada que daba
al pasillo y a las escaleras, mi única vía de escape. Chillé porque
un poco me salpicó el pelo.

Las llamas que habían consumido la alfombra hicieron que
también se incendiaran las tablas del suelo y el fuego avanzó ha-

cia la puerta. En el otro extremo de la habitación, el escritorio empezó a crujir por el calor. A través del aire caliente contemplé cómo los bordes del mapa de mi padre se enroscaban, se ennegrecían y ardía.

Estaba vez mamá no estaba gritando mi nombre. Y no había ningún sitio adonde huir.

No había escapatoria.

Iba a morir en esa casa.

Un humo negro de olor fuerte se colaba en la habitación, hacía que me escocieran los ojos y me cegaba. Tosí, pero con cada respiración notaba el aire más caliente que en la anterior. Me revolví, intentando respirar, y me obligué a ponerme en pie. El aire se ondulaba, las tablas del suelo me quemaban las plantas de los pies mientras me acercaba cada vez más a la puerta del dormitorio.

Agarré el picaporte y di un respingo cuando me quemó la mano, pero me obligué a intentar abrirla.

Estaba cerrada con llave.

Estrellé el puño contra la puerta, frustrada, llevada por el pánico. Oí un portazo en alguna parte de la casa, como si me respondiera. La oscuridad que me rodeaba se sacudía y aullaba, el viento avivaba las llamas, cada vez más altas. El calor me quemó las mejillas y cerré los ojos ante su avance.

Maldita casa. Iba a hacer crecer las llamas hasta que todo se convirtiera en un infierno que nos comiera vivas a las dos. Yo sería la primera y sufriría mucho más dolor; el suelo cedería y yo caería y quedaría enterrada entre pilas de escombros en llamas, si no me rompía antes el cuello.

—¿Quieres venganza? —le grité a la casa—. Pues ahí la tienes. Ella te mató, ¿no?

—Cállate —gritó Juana.

Un crujido sobre mi cabeza me indicó que se estaba apartando del agujero en el techo. Se retiraba; con fuego de por medio o no, todavía temía el poder malvado de la casa.

Porque sabía lo que había hecho y por qué la casa estaba llena de rabia. Por qué la oscuridad repetía «Juana, Juana, Juana».

Por qué esa oscuridad había ido a buscar a Ana Luisa, su cómplice, por la noche y la había asustado tanto que se le paró el corazón de puro terror.

Golpeé la puerta de nuevo.

—La tienes ahí. Véngate.

La casa se estremeció con un ruido atronador. ¿Era un trueno? ¿Era que el calor, el humo y la locura estaban alterando mis sentidos?

Con un crujido aterrador, el tejado cedió.

Juana chilló.

Y cayó en el centro de las llamas. Se oyó un crujido húmedo que hizo que me diera un vuelco el estómago porque, en cuanto lo oí supe no eran tejas ni vigas rompiéndose, sino huesos haciéndose pedazos.

Ella se revolvió y se puso de pie, pero se estremeció y cayó de nuevo. Me llegó un tintineo de metal desde su cintura.

Las llaves. Tenía las llaves.

—¡Juana! —grité, pero un ataque de tos me ahogó. Las dos íbamos a morir sin esas llaves.

Las llamas habían acabado con todo lo que se podía quemar sobre la alfombra; había una especie de camino abierto hasta donde estaba Juana, desmadejada, entre maderas rotas y tejas destrozadas.

No paraban de llorarme los ojos por el humo cuando me agaché y cogí un trozo de cristal roto. Me corté un trozo del dobladillo del vestido con él y después, con las manos atadas y temblorosas, hice unas tiras con la tela para envolverme los pies. Trabajaba con movimientos torpes y lentos, sin dejar de toser mientras el humo negro seguía llenando la habitación. Ese humo me iba a matar antes que las llamas.

«Va a morir aquí, como el resto de nosotros».

No. «Esta noche no».

Caminé hacia ella, utilizando las manos atadas para cubrirme la boca con el último trozo de la tela que había cortado, rezando para que mi falda ahora fuera lo bastante corta para no prenderse con las ascuas que había por todo el suelo.

Oh, por favor, Dios mío, no dejes que el suelo ceda.

Juana parecía una muñeca rota incluso cuando se puso de rodillas, sin parar de toser. Tenía hollín en la cara y un tobillo doblado en un ángulo extraño, obviamente roto.

El corazón me latía con fuerza cuando la miré. Había invocado a la casa para que me ayudara a vencerla, pero no podía dejarla morir allí. No podría soportar dejar que otro ser humano se quemara vivo. Simplemente no podía.

—Levántate —dije con la voz ronca por la tos—. Las llaves. Dámelas.

Y le tendí una mano.

Ella me miró, jadeando, con la cara contorsionada por una furia descontrolada. Vi un destello, pero el movimiento fue tan rápido que no supe lo que había pasado hasta que un dolor agudo me llegó desde las costillas.

El machete con el que había abierto el agujero en el tejado había caído a su lado y lo había cogido para apuñalarme con él. Ahora de su hoja goteaba sangre con un brillo naranja a la luz del fuego.

Mi sangre.

Otro destello, pero esta vez lo esquivé. Me aparté trastabillando, tropezando con los trapos con los que me había envuelto los pies. Conseguí recuperar el equilibrio justo antes de caer sobre el baúl con los vestidos de seda ardiendo.

Ella se puso de pie, tambaleándose, pero con el machete en la mano.

—Esta es mi casa. Es culpa vuestra. —Un ataque de tos hizo que tuviera que interrumpirse—. Porque habéis intentado arrebatármela. Catalina y tú. —El calor ondulaba el aire que había entre nosotras cuando ella dio un paso tambaleante hacia mí—. ¿Crees que puedes venir aquí y quitarme lo que es mío? Vete al infierno.

La casa se estremeció a nuestro alrededor. Como no podía utilizar los brazos para apoyarme, caí. El hombro aterrizó sobre trozos de cristal y la cabeza empezó a darme vueltas por el humo. Miré al techo; estaba ardiendo todavía.

Iba a caer sobre nosotras.

Ese era el fin. Había luchado, pero no lo había conseguido. ¿Estaría papá esperándome al otro lado de esa agonía?

Un portazo.

«Malditas puertas», pensé mientras tosía. Mi visión empezó a oscurecerse. Las sombras se movían, unas sombras que se parecían a las piernas de alguien cruzando las llamas...

—¡Beatriz!

Andrés. Estaba aquí. Unas manos, sus manos, me levantaron y me apoyaron en mis pies doloridos. La consciencia entró en una espiral por el fuego y el calor cuando me cogió en brazos.

Un crujido terrible resonó en el aire caliente sobre nuestras cabezas. Las tejas se rompieron al caer una sobre otra. Las vigas gimieron y se partieron.

Y el techo cedió.

—Carajo.

Andrés agachó la cabeza y salió corriendo. En vez de intentar detenernos o asfixiarnos, la atención de la casa —de María Catalina— estaba centrada en otra parte. Se dedicó a hacer arder a Juana en ese infierno y nos dejó escapar a nosotros sin molestarnos.

Hubo una explosión de chispas y calor, pero quedaba detrás de mí, de nosotros. El aire frío me refrescó la cara. Andrés estaba bajando las escaleras de dos en dos, apoyándose en el pasamanos para mantener el equilibrio y utilizando el peso de los dos para llegar más rápido a la puerta.

Unos susurros que no había oído nunca llegaban hasta nosotros desde los muros de la casa. Leves como una telaraña nos empujaban hacia delante y nos ayudaban a bajar las escaleras, a cruzar las losas del suelo, hasta llegar a la puerta principal.

Se abrió sola.

Andrés bajó los escalones hasta el patio. Unas cortinas de lluvia fría empezaron a caer sobre nosotros cuando él cayó de rodillas, sujetándome con fuerza entre sus brazos y apretándome contra su pecho como si fuera una niña. Me di cuenta vagamente de que me estaba hablando con la respiración entrecortada como si estuviera llorando, pero todo lo que me rodeaba se emborronó y llegó la oscuridad.

El silencio.

31

La oscuridad se redujo. Había voces cerca, suaves y profundas. Entre ellas estaba la voz de Andrés, levemente áspera, que se abría paso en la espesa niebla que embotaba mi mente.

—Paloma, ¿puedes escribir lo que ha dicho el doctor?

—Chisss, se está despertando —advirtió la voz de Paloma.

Abrí los ojos.

Sobre mi cabeza había unas vigas de madera de un techo bajo. Una manta de lana me cubría la parte inferior del cuerpo y las piernas, pero notaba el aire frío a la altura del estómago. Un hombre con bigote blanco que se parecía vagamente al padre Guillermo me estaba examinando el costado. Noté el contacto de algo caliente que me escoció y di un respingo, más de sorpresa que de dolor.

—Cuidado, doctor. —En la voz de Andrés se oía una advertencia oscura.

—Padre, por última vez. Estese tranquilo o salga de la habitación. —El hombre mayor que me estaba examinando carraspeó, pero no irritado—. Sabiondo metomentodo —añadió entre dientes mientras me aplicaba más cataplasma en la herida de las costillas.

Volví la cabeza. Paloma estaba sentada a mi lado, mordiéndose el labio y escribiendo a toda prisa en una hoja de papel las instrucciones del médico.

Andrés estaba delante de la chimenea, contemplando el fuego. Tenía las manos envueltas en unas gruesas vendas blancas y unidas como si estuviera rezando, con las puntas de los dedos apoyadas contra los labios. ¿Estaba bien? ¿Qué había pasado?

¿Había sobrevivido Juana?

Andrés miró por encima del hombro, como si hubiera oído que mi ansiedad aumentaba, y me miró a los ojos.

«Descansa». No habló, pero lo oí tan claramente como si hubiera movido los labios. Fuera lo que fuera lo que había pasado, había terminado. Y yo podía dormir.

Así que me dejé llevar de nuevo por una inconsciencia suave y gris.

Cuando me desperté de nuevo un poco más tarde, oí a alguien cortar verduras.

El sol iluminaba las mantas que me cubrían. Volteé la cabeza. Había una silla al lado del camastro donde estaba yo. Estaba vacía, en ella solo había un montón de cartas. Más allá había una puerta abierta y Paloma estaba fuera, trabajando en lo que parecía una cocina al aire libre. El olor de las cebollas al freírse me despertó del todo. Estaba famélica.

Aparté las mantas e hice una mueca de dolor cuando me incorporé para sentarme y poner los pies en el suelo. Las vendas que me cubrían el torso eran blancas y recientes y el dolor de las costillas se había reducido a una leve punzada.

Miré a la silla. Había una sola carta abierta sobre el montón de sobres. La había firmado Victoriano Román y en ella me absolvía del asesinato de Rodolfo. La cogí, pero al instante me quedé sin aliento.

Los sobres. Estaban dirigidos a doña Beatriz Solórzano, claro, pero era la letra de mi madre.

Se me olvidó el dolor en el costado cuando estiré la mano para cogerlas. Había seis u ocho. Tenía los ojos empañados cuando abrí el primero.

Mamá había vuelto a Cuernavaca. La matriarca de la gran familia de papá había muerto y le había dejado en herencia a mamá una pequeña casa de piedra en el terreno donde yo me crie. La veía con total claridad mientras leía, como si estuviera en la misma habitación que ella: mamá sentada en su pequeña cocina, escribiéndome rodeada de jarrones de flores, el perfume de estas mezclándose con el aroma del chocolate que se calentaba en el hogar. Su delantal de jardinería, manchado de tierra, colgado de un gancho en la puerta. Y la luz de la mañana colándose en la habitación a través de las vides enroscadas que cubrían, rebeldes, la ventana.

Mamá me invitaba a ir a visitarla, quería arreglar las cosas, quería... me quería a mí. Era evidente en sus cartas que le preocupaba que yo no le hubiera respondido, pero que entendía mi obstinación y rezaba para que pudiera perdonarla.

Un rato después, cuando ya las había leído todas y me obligué a dejar de sollozar porque hacía que me doliera el costado, fui cojeando hasta la puerta.

El viento había cambiado y el humo de la hoguera venía hacia mí. Me estremecí. Paloma levantó la vista de la olla de pozole que estaba calentando en el fuego.

Le enseñé la carta que tenía en la mano, demasiado aturdida para hablar.

La cara de Paloma cambió y se llenó de lástima. Dejó la cuchara a un lado y se limpió las manos en el delantal.

—Las encontré entre las cosas del patrón —explicó con suavidad.

Sacudí la carta, todavía sin poder hablar. «Me mintió».

—Mi madre... —Me costaba encontrar las palabras—. Quiere que vaya con ella.

—¿Y usted quiere ir?

Asentí. Tenía la voz ronca por la falta de uso. ¿Sería capaz de pronunciar una frase entera?

—Tengo que ir. No puedo quedarme aquí —dije.

Paloma me tendió los brazos y yo lloré abrazada a ella como una niña.

—Ya está bien —dijo trascurrido un par de minutos, agarrándome de los hombros para apartarme—. Si llora más se le abrirá la herida del costado y Andrés se enfadará conmigo.

Sorbí y miré alrededor. Estábamos en el pueblo. Las casitas estaban pegadas unas a otras, como gorriones para protegerse del viento frío del invierno. Unos cuantos curiosos nos miraron, pero en cuanto vieron que los observaba, rápidamente apartaron la vista o se metieron en sus casas.

—¿Dónde está?

Paloma se encogió de hombros y volvió a su pozole.

—Ha vuelto a la casa. A intentar que lo obedezca —anunció—. Al final se cansará. Y cuando lo haga, ya sabe dónde encontrarnos.

32

ANDRÉS

Tras todo un día y una noche junto a la cama de Beatriz, utilizando los dones de mi abuela para que su recuperación fuera perfecta y rápida, Paloma me echó sin contemplaciones de su casa.

—Ella no puede descansar bien si no la dejas en paz. Ve a hacer algo útil a otra parte —ordenó y señaló con la cabeza inequívocamente la puerta de la casa principal—. Ya sabes lo que quiero decir.

Sí, lo sabía.

La mañana se había levantado gris y con niebla. Crucé el patio hasta la casa, con los papeles de mi tía Inés en la mano. Las páginas habían quedado dañadas por la lluvia, pero los caracteres habían sobrevivido sin emborronarse. Sospechaba que había algo más fuerte que la tinta uniéndolos a esas hojas.

La casa me observó acercarme, en silencio y algo inquieta. El estuco ahora estaba manchado de hollín por el humo, pero el fuego había dañado básicamente el otro extremo de la casa. Por delante estaba igual que siempre; faltaban unas cuantas tejas del tejado, la buganvilla estaba un poco mustia y los parterres estaban secos y abandonados.

Casi pude sentirla entornar los ojos invisibles al examinarme; igual que ella, yo parecía el mismo de antes de la noche del incendio. Pero un hombre diferente abrió la puerta principal y entró en su silencio cavernoso. Olía a lluvia y a madera mojada. El regusto del humo se notaba en medio de la niebla que se colaba en las ruinas del comedor y, en la planta superior, en el estudio de Beatriz y su dormitorio.

La noche del incendio el tejado cayó sobre Juana. Mendoza y yo fuimos a buscar el cuerpo a la mañana siguiente y lo encontramos en el comedor de gala, abrasado y destrozado. El suelo de la habitación había cedido y caído al piso de abajo antes de que le diera tiempo a la lluvia a extinguir las llamas.

Enterramos a Juana en el cementerio de los Solórzano con menos pompa incluso que cuando lo hicimos con su hermano... Y lo más lejos de él que pudimos. El caudillo, Victoriano Román, abandonó la investigación contra Beatriz cuando Paloma le presentó un cuchillo manchado de sangre seca y el vestido de Juana que había sacado de su habitación. Las pruebas quedaron apoyadas por el incendio provocado por Juana y su intento evidente de matar también a Beatriz.

Aparté el recuerdo del momento en que la encontré rodeada por las llamas. Me perseguía como si fuera mi sombra. En las breves horas de sueño que había disfrutado tras esa noche, lo único que veía era su silueta con la furia del infierno de fondo. En mis sueños yo no podía moverme. Gritaba, pero no tenía voz. Me pesaban mucho los pies, no tenía fuerza en los brazos y no podía moverme aunque viera cómo la devoraba el fuego mientras sus gritos para que la ayudara avivaban aún más y más las llamas.

Me despertaba cubierto de sudor y con su nombre atravesado en la garganta.

Nunca más iba a permitir que soportara una amenaza así. Había jurado que ella no volvería a sufrir daño bajo ese techo. Y había ido allí esa mañana para asegurarme de que así fuera.

Pero ¿sería suficiente?

Paloma me dijo que Mendoza y ella habían encontrado un montón de cartas dirigidas a Beatriz entre los papeles de Rodolfo y que sospechaba que eran de su madre.

«Quiere irse, Cuervito. Y tienes que dejarla», había dicho.

Quise estremecerme ante la dulzura de su voz. La brusquedad de mi querida prima me resultaba fortificante. Echaba de menos sus aristas y sus respuestas rotundas. Recibir compasión por su parte me hacía temer que veía demasiado, que veía con más claridad que yo lo fuerte que era mi deseo de que Beatriz se quedara.

Pero si yo fuera Beatriz, ¿querría quedarme? Muchos Solórzano habían muerto en esa casa a lo largo de los años. Algunos de forma violenta y otros no. Sus voces siempre poblarían los muros de la casa, igual que los recuerdos de cientos de personas de mi familia que los habían servido. Esas casas eran lo que eran. No podía arrancarle esas voces, como tampoco podía quitarle los cimientos. Algunas personas vivían en esas casas completamente ajenas a la compañía que tenían. Pero para otras, los muros casi sentían y era tan difícil vivir con ello como con un pariente demasiado molesto.

Pero sí que había una fuerza que necesitaba liberar. Un cuerpo que había que llevar al cementerio cuando su espíritu se hubiera ido.

Y solo podía esperar que eso fuera suficiente para convencer a Beatriz de que se quedara.

La maldad se agitaba en las sombras de la casa, de un negro como la tinta antinatural. Recorrió los pasillos detrás de mí hasta que entré en el salón verde. Dejé la puerta abierta, para invitarla a seguirme, mientras yo continuaba hasta el centro de la habitación. Empecé a mover muebles y enrollé la alfombra verde con movimientos regulares y deliberados. Después saqué un trozo de carboncillo del bolsillo y lo acerqué a la piedra para dibujar el primer trazo de un carácter del exorcismo.

La puerta se cerró de golpe detrás de mí.

El corazón me dio un vuelco, pero después se calmó mientras yo abría y cerraba las manos. Las palmas estaban cicatrizando bajo el vendaje que me rodeaba los nudillos, heridos por las quemaduras de los relámpagos.

Yo no era el mismo hombre que se había enfrentado a esa oscuridad antes.

Seguí dibujando los caracteres correctos bajo la mirada atenta de la oscuridad con mano firme, aunque se me erizó el vello de la nuca. Un poder recién encontrado no significaba que ya no fuera una presa. Podía oler mi miedo creciente, metálico y dulce.

Ella estaba ahí.

Claro que estaba ahí. No le iba a dar la satisfacción de que viera que le tenía miedo. Inspiré hondo, pasé una página y seguí trabajando durante varios minutos, en silencio, hasta que cerré el círculo.

Después me levanté, entré en él y me enfrenté a las sombras.

—Buenos días, señora —saludé.

Un siseo leve, como el de una serpiente de cascabel, pero más profundo. El siseo de una depredadora.

—Basta —dije con voz de reprimenda—. Ya es la hora.

Tenía los brazos relajados junto a los costados y volví las palmas hacia las sombras.

Ese simple gesto fue todo lo que necesité. Estaba lleno de poder oscuro, como un arroyo desbordado por la riada. Las partes más oscuras de mí ya no estaban encadenadas ni confinadas en la caja. Ya no suponían un peso en mi pecho ni me agobiaban con la vergüenza, el odio por mí mismo y el miedo a lo que me esperaba después de la muerte. Se extendía por mis extremidades con la ligereza del rocío y me proporcionaban una comodidad duradera. Y yo las lucía con facilidad, como si fueran mi propia sombra, incluso cuando recurría a los dones de mi abuela, cuando celebraba misa y dirigía a las gentes de San Isidro en la oración.

La oscuridad aulló y me envolvió con la electricidad creciente de una tormenta.

«Debes encontrar tu propia forma de hacer las cosas», me decía siempre Titi.

Si seguía por el camino que sabía que era el correcto, algún día encontraría el equilibrio. Mi propia forma. Mi llamada.

Extendí las manos hacia la oscuridad, agarré al espíritu de doña María Catalina y lo apreté en mi puño. Lanzó todo su peso contra mí, luchando por liberarse con toda la fuerza de su voluntad mientras los encantamientos de Titi iban saliendo de mis labios.

—Basta —repetí en castellano.

Y tiré con todas mis fuerzas.

Un ruido como el de una cuerda al romperse quebró la oscuridad. La rebelión tormentosa de la casa cesó.

El espíritu de doña María Catalina entró en el salón, tan real como cuando la vi en esa misma habitación años atrás. Parpadeaba como si fuera un espejismo cuando la llevé al interior del círculo. Era tan delicada y estaba tan emperifollada como cuando la vi en la plaza de armas de Apan años atrás, vestida de gris y con el pelo sedoso del color del maíz en un recogido alto y elaborado. La enemistad que sentía por mí en vida, y que dirigía hacia mí a través de la casa, era evidente en sus facciones cuando cruzó los brazos sobre el pecho.

Un odio como el suyo era peor que un cáncer. Ya era hora de que los extirpara de mi hogar de una vez por todas.

—Creo que ya sabe lo que he venido a hacer —anuncié.

Su boca se torció en una mueca elegante.

«Espero que llegues a arder. Arder. Arder. Arder», espetó.

El sonido de su voz me llegó a los oídos como un golpeteo. Como el pulso del fuego profano que iluminaba mis sueños.

«Queman a la gente como tú».

Cuánto tiempo llevaban esas palabras haciéndome daño.

Miré a doña Catalina con la mejor de mis sonrisas. Sí, todavía temía que me descubriera el padre Vicente o alguien peor. Sí, y temía lo que vendría después. Era un pecador. Y un brujo. Había pecado y volvería a pecar, como todos los hombres. Pero fueran cuales fueran mis decisiones en cuanto a la vida después de la muerte, quedaban entre el Señor y yo. Lo único que podía hacer era servir a mi hogar y a la gente que quería utilizando el don con el que nací.

Me enfrenté a la aparición de doña Catalina.

Ya era hora de que ella se presentara ante el Señor. Tanto ella como yo lo sabíamos y una expresión de resignación le oscureció las facciones cuando levanté la voz para recitar los encantamientos y mi poder se fue enroscando a su alrededor. Dentro de un momento la separaría de la casa y la enviaría a la eternidad. Si tenía miedo de lo que la esperaba al otro lado, no lo parecía.

—Solo hay Uno que decide quién arde y quién no —le dije.

Y con un ruido como si un papel se rasgase, la aparición de doña Catalina se convirtió en cenizas. Permaneció en el aire un momento y después cayó despacio y en silencio sobre los caracteres de carboncillo del suelo. Ahí se enroscaron sobre sí mismas, como un papel al quemarse y luego se redujeron y desaparecieron.

Hice la señal de la cruz.

—Que se haga la voluntad de Dios —sentencié.

33

BEATRIZ

Aunque el sol brillaba con fuerza en el cielo azul, yo me envolvía los hombros con un chal grueso de lana cuando Andrés me acompañó a la casa. Había conseguido sanarla varios días atrás. Ahora era lo bastante segura para que Paloma hubiera podido salvar parte de mi ropa del desastre del incendio. Me contó que el comedor tenía daños, porque estaba debajo de mi estudio, pero aparte de eso, la mayor parte de la casa estaba intacta. Aunque mis pertenencias no habían corrido la misma suerte. El humo había estropeado lo que no se había quemado, pero no me importaba.

Me iba a la mañana siguiente. Iba a aceptar la invitación de mamá de ir a Cuernavaca, donde pasaría una larga temporada. O tal vez me quedara para siempre.

Una parte de mí no las tenía todas consigo. ¿Sería Cuernavaca la solución a mi añoranza de un hogar? Eso mismo había pensado cuando vine a San Isidro.

Tal vez no lo fuera.

Pero sabía que volver con mi madre sí lo era.

Se oía el canto de los pájaros sobre nuestras cabezas cuando entramos en el patio y nos acercamos a la casa. Las golondrinas planeaban sobre las tejas agujereadas del tejado y habían hecho nidos en los huecos que había debajo.

Me detuve delante de la puerta, con el corazón acelerado.

Andrés subió los escalones que llevaban a la puerta de dos en dos y cogió el picaporte antes de darse cuenta de mi reticencia y de lo pálida que estaba. No me habría sorprendido que pudiera oír el latido lleno de pánico de mi corazón tras mis costillas.

—No pasa nada —dijo con voz suave—. Ya no está. La casa ha vuelto a ser la que era.

La casa se veía igual, pero sentí —no sabía cómo, pero lo percibía a través de los pies, que pisaban el suelo, y el sabor del aire— que estaba diciendo la verdad. La energía de la casa se había suavizado. Su atención se había vuelto hacia dentro, hacia sí misma. Ya no estaba centrada en mí. Yo ya no era un ratón entrando en las fauces de un gato.

Andrés volvió a bajar los escalones y me tendió una mano.

—Ahora es completamente habitable. Es segura.

Durante un momento dudé mientras le miraba la palma extendida. Tal vez debería entrar, aunque solo fuera para ver con mis propios ojos que lo que decía era cierto, que la había sanado.

Una imagen del alcohol prendiéndose apareció en mi mente. El destello de un machete. La certidumbre del calor, la inevitabilidad de las llamas...

—No. —Se me hizo un nudo en la garganta. Todavía notaba el olor acre del humo, oía el grito de Juana al caer y el crujido húmedo de los huesos. No, no podía entrar. Ahora no—. Es demasiado.

—Beatriz. —Todavía tenía la mano extendida y habló con voz muy suave—. He pasado la noche aquí, sin copal, para asegurarme. Está muy tranquila.

Lo miré con reticencia. ¿Por qué tenía tantas ganas de enseñármelo? ¿Por qué sentía que necesitaba demostrarme que tenía razón? ¿Es que no lo entendía?

Cuando lo miré a los ojos, apareció ante mí la respuesta, clara como el tañido de la campana de la capilla.

«Porque quiere que te quedes».

Pero no podía.

Una vez había dicho que esa casa que teníamos delante era mía. Llegué a su umbral con la confianza de un conquistador, un general, preparada para sofocar cualquier rebelión y hacer que se cumpliera mi voluntad. Pero me equivoqué. San Isidro nunca habría podido ser mía y nunca lo sería. Tampoco había sido de Juana. Ni de Rodolfo, ni de ninguno de los Solórzano.

Si le pertenecía a alguien, era a la gente que vivía allí, como Paloma, Ana Luisa y Mendoza. Y Andrés. O tal vez no le pertenecía a nadie y siempre sería un dominio propio antiguo y obstinado. Un gigante de estuco blanco profundamente dormido en su valle, con sus altos muros destacando sobre los campos de maguey, siempre vigilantes.

Para mí siempre sería un lugar de recuerdos dolorosos y del miedo permanente que envolvía el lugar como un sudario. Sabía que si me quedaba, me asfixiaría bajo su peso.

—No puedo quedarme —jadeé—. Me voy.

Andrés bajó la mano.

—A Cuernavaca.

—Tienes que entenderlo. Esta casa, el dinero... No me importa nada, solo mamá. Se ha disculpado en sus cartas y yo... —Dejé la frase sin terminar porque me tembló la voz, a punto de quebrarse—. Tengo que ir con ella.

Las arrugas de su cara se hicieron más profundas y su respiración cambió.

—Lo sé.

Nos fuimos a dar un largo paseo, el último vistazo a la propiedad antes de irme al día siguiente. Subimos a la colina desde la que se veían las hileras perfectas de maguey y nos quedamos un rato allí para recuperar el aliento. O para que lo recuperara yo, más bien; igual que la primera vez que lo vi subir la colina que llevaba a San Isidro, Andrés escaló con una facilidad exasperante, como si no necesitara más energía en sus largas piernas que para cruzar cualquier salón.

El viento había cambiado y se estaban juntando unas nubes sobre el fondo azul del cielo. Me envolví mejor en el chal que me rodeaba los hombros. Seguí el horizonte del valle que teníamos delante de nosotros, con las oscuras laderas ondulantes de las montañas que había más allá. La brisa agitaba las hierbas altas doradas y traía algo del frío del invierno. A lo lejos un niño le silbaba a su perro mientras ambos seguían a un rebaño de ovejas blancas como nubes que trotaban por el valle.

—¿Volverá alguna vez?

Me volví hacia Andrés. Tenía las manos junto a los costados. Había notado que unas extrañas cicatrices nuevas le recorrían el dorso. No le había preguntado por ellas, pero ahora tampoco era el momento.

Me miró con una expresión que supe inmediatamente que era una máscara, porque era demasiado serena y perfectamente controlada para que fuera natural.

—No me mire así —pedí—. Diga lo que tenga que decir.

Pasó un rato en el que solo habló el viento. Arreció y susurró entre las hierbas, llevando las habladurías del valle hasta la cima de la colina.

Aparté la mirada y me fijé en el pastor con su rebaño a lo lejos. Había hablado de más. No debería haberme quedado a solas con él, no así, no cuando estaba tan vulnerable. No cuando me dolían las costillas con una dulzura que no provenía de mis heridas mortales.

El suave contacto de sus dedos en mi muñeca.

Levanté la vista cuando me cogió la mano suavemente. Me quedé sin aliento cuando se la llevó a la boca y me besó los nudillos.

Ahora sus emociones se veían claramente en su rostro: las cejas unidas y una sinceridad triste en los ojos de color avellana que hacía que el corazón se me acelerara.

«No te vayas», decía esa mirada.

Me palpitaba el corazón en los oídos. La brisa me refrescaba las mejillas, que ardían con un fuerte rubor mientras estábamos allí de pie, con las miradas inseparables durante muchos latidos, inmóviles como las figuras de un cuadro.

Él no dijo nada.

¿Qué podía decir? Había demasiado. El camino en el que estábamos no llevaba a ningún lado, solo a la separación.

En algún lugar sobre las montañas se oyó el rugido del trueno.

Andrés miró al cielo. En su cara se veía una leve contrariedad, como si estuviera enfadado con el cielo por interrumpir.

—¿Va a llover? —pregunté en un susurro.

Él todavía tenía mi mano junto a sus labios. Casi pude sentir su indecisión contra mi piel. Claro que iba a llover. Siempre llovía en esa época del año. Pero la lluvia significaba que tenía que volver y volver significaba...

—No lo creo. —Su aliento sobre mis nudillos me hizo estremecer.

El viento me tiró de la falda. En la mejilla me cayó una gota fría y después otra.

—Mentiroso —respondí y tiré de mi mano.

Él la soltó, pero su expresión no cambió.

Yo me di la vuelta. No podía soportar mirarlo. Era mejor despedirse y acabar con eso en vez de permanecer allí más tiempo con él. Mejor no pensar en que tal vez él se sentía tan solo como yo. En que tal vez notaba la tensión entre nosotros, igual que yo, y la veía como algo viviente, que respiraba. Una criatura formada por una levísima necesidad nos unía, pero había demostrado ser tan frágil como la niebla al amanecer. Tal vez él tenía miedo de que mi partida significara perderla para siempre.

Porque así sería.

Y así debía ser.

Me lo repetía una y otra vez a mí misma mientras caminaba poniendo un pie delante del otro. Iba delante de Andrés, para no tener que mirarlo y poder llenarme con una firme determinación. Así debía ser. La soledad ya había formado parte de mi vida antes y tal vez volvería a hacerlo, pero no era algo que nos fuera a matar a ninguno de los dos.

Pero había dejado de notar el peso sobre mis hombros cuando dormí a su lado en la capilla. Cuando nos sentamos, con los hombros rozándose, para enfrentarnos a la oscuridad juntos. La alegría de saber que no estabas solo era algo que se te subía a la cabeza, peor que el mezcal y su forma de hacer que esta te diera vueltas.

Todavía quedaba medio kilómetro hasta el pueblo cuando

las nubes se abrieron. Las lluvias en el valle nunca empezaban poco a poco; era como si los cielos hubieran ido a un pozo y después dejaran caer un cubo tras otro sobre el valle con un desenfreno ruidoso.

Al principio intenté correr para escapar, cubriéndome la cabeza con el chal en un vano intento por no mojarme, pero después me detuve en seco. Respiraba con demasiada dificultad y me dolía un poco la herida. Andrés apareció a mi lado y me reí al verlo a la vez que extendía ambos brazos hacia el cielo.

—Me rindo —le dije a las nubes—. Vosotras ganáis.

Llegamos a la capilla frente al pueblo. Para entonces el agua caía en cortinas tan densas que el suelo ya resbalaba por el barro y el estuco de las paredes de la capilla se veía de color gris.

—Entra —dijo Andrés levantando la voz para que pudiera oírlo por encima del estruendo.

Lo seguí hasta su habitación junto a la capilla. Se golpeó la cabeza con el dintel bajo por enésima vez y soltó una curiosa maldición. Yo me eché a reír casi sin aliento y lo seguí, temblando por el frío y por haber corrido bajo la lluvia.

Él cerró la puerta cuando entré. Tenía el pelo mojado pegado a la frente y la chaqueta completamente empapada. Me quité el chal y lo extendí delante de mí; vi cómo caía una buena cantidad de agua de él y mojaba el suelo.

—Lo siento —dije entre carcajadas—. No quería...

No terminé la frase y la carcajada se quedó atravesada en mi garganta. Él había dado un paso hacia mí. Notaba el latido del corazón en la garganta cuando metió un rizo detrás de la oreja y, con mucha delicadeza, me cogía la cara entre las manos. Me ardían las mejillas y el roce de sus pulgares me supuso un fresco alivio.

Me miró a los ojos y vio allí todas las respuestas que necesitaba.

Me besó.

No hubo dudas. Ni timideces. Solo necesidad.

Dejé caer el chal. Me apoyé en él y le devolví el beso, rodeándole con mis brazos. Acercándome a su calor. Fugazmente pensé en que Rodolfo era la única persona que había besado y que esto no tenía nada que ver con eso. Perdí completamente la noción del tiempo; en ese momento no había nada que meditar, ni pensamientos dispersos. Estaba aquí, sin aliento, pero aquí, arrastrada por una sensación de mareo que hizo que me aferrara a Andrés como si fuera lo único que me mantuviera unida a la tierra. Como si no hubiera nada en el mundo aparte de Andrés, el olor de la lluvia en su piel, sus labios sobre la piel sensible de mi garganta, sus manos recorriéndome la espalda y apretándome contra él con una fuerza que no sabía que tenía.

Enterré los dedos en su espalda. Con fuerza.

Oí una leve exclamación contra mi cuello:

—Beatriz...

Y entonces su boca se unió con la mía, con decisión y una necesidad profunda y ardiente.

Supe en ese momento que no iba a mirar atrás. Ni hacia delante.

Solo estaba el ahora, el arrancarnos la ropa empapada de la piel ardiente y el crujido profundo de su camastro cuando se sentó sobre él y tiró de mí para colocarme bruscamente sobre su regazo. Solo estaba el ahora, la piel de su pecho contra la mía, recorrerle el pelo mojado con los dedos mientras él me besaba el cuello y los pechos, abrazándome tan fuerte contra él que casi no podía respirar.

Soltó un leve gruñido cuando me mecí sobre él.

—No te vayas. —Había una nota de desesperación en su voz, una súplica, una oración.

—Ven conmigo —dije contra su pelo—. A Cuernavaca. Deja todo esto atrás.

Él levantó la cabeza y me miró.

«Todo esto».

Durante un breve momento sus ojos miraron más allá de mí, adonde sabía que estaba la cruz colgada de la pared. Un destello de aprensión cruzó su cara y noté un leve tono de pánico en su voz cuando volvió a centrar su atención en mí.

—No puedo pensar en eso ahora. No puedo.

—Chsss.

Le cogí la cara entre las manos y le acaricié las mejillas con los pulgares. Quería memorizar la sensación de su barba contra mis palmas, la forma de sus labios separados, sus pestañas oscuras que rodeaban unos ojos que me miraban con una confianza total. Con una necesidad tan clara y tan profunda que noté una punzada en el corazón.

Nada de mirar atrás. Ni adelante.

—Entonces no lo pienses. —Acerqué mi cara a la suya—. Solo quédate conmigo, aquí, ahora —susurré contra sus labios—. Aquí.

34

A la mañana siguiente Paloma y José Mendoza me ayudaron a subir mis baúles al coche de caballos. Mendoza tenía el sombrero en la mano, incómodo, mientras Paloma y yo nos abrazábamos, llorando y prometiendo que nos escribiríamos.

Después los vi volver y cruzar las puertas de San Isidro.

Con Mendoza como intermediario había vendido la tierra a nuestro vecino de la hacienda San Cristóbal, que la codiciaba tanto. Hice a Mendoza y a Paloma responsables de la propiedad en mi ausencia y planifiqué con ellos cómo utilizar e invertir los ingresos. Quise que se reabriera la tienda de la hacienda por primera vez desde la muerte del viejo Solórzano, con todas las deudas que los habitantes del pueblo arrastraban desde hacía generaciones saldadas. También que se construyera una escuela para los niños. Todo eso era la comidilla del pueblo, que pasaba de mano a mano como las hogazas de pan de muerto mientras las familias se preparaban para el primero de noviembre y se reunían en el cementerio que había detrás de la capilla para intercambiar noticias alrededor del crepitar de pequeñas fogatas.

Yo pasé la noche del festivo en casa con Paloma. Esparcimos bonitos pétalos de cempasúchil alrededor de una pequeña ofrenda dedicada a su madre, pero ella no quiso ir al cementerio. Y yo tampoco tenía ganas de entrar allí a hacerle ofrendas a los Solórzano. Algunas heridas estaban demasiado recientes. Tal vez sanarían, cuando todos estuviéramos preparados. Así que lo que hicimos fue sentarnos junto al fuego y hablar hasta altas horas de la madrugada, con la conversación salpicada de carcajadas y risas y por el humo azul del copal que había junto a la puerta.

La iba a echar de menos; su brusquedad, su sentido del humor malicioso la mayoría de las veces. Pero sabía que ella y yo nos escribiríamos con regularidad. La había nombrado oficialmente heredera del puesto de capataz de Mendoza. Ella se ocuparía de que repararan y limpiaran la casa, cubriría los muebles con sábanas y mantendría vivo el jardín. Y si mis descendientes o yo necesitábamos la casa alguna vez, Paloma se ocuparía de que estuviera lista, esperándonos. Si algún día llego a sanar lo bastante como para volver.

Si...

—¿Está lista, doña Beatriz? —me preguntó el cochero.

—Unos minutos más —pedí. Todavía había una persona de la que no me había despedido.

Andrés estaba a un lado del coche, con los hombros tensos. Él también miraba hacia las puertas por las que habían desaparecido Paloma y Mendoza y no me miró a mí hasta que solo nos separaron unos pasos y me detuve delante de él.

Entonces por fin nuestros ojos se encontraron.

Ninguno de los dos dijo nada durante varios minutos.

—Podrías venir conmigo —dije por fin.

Todavía había tiempo. El coche podía esperar mientras recogíamos sus escasas posesiones de la habitación junto a la capilla. Podíamos irnos juntos, empezar una nueva vida. Una intacta y perfecta y...

Él miró al suelo y volvió la cara, apartando la vista.

El alma se me cayó a los pies.

—No puedo —reconoció con voz quebrada—. Esto es quien soy. Es mi hogar.

Andrés, el sacerdote. Andrés, el brujo. Era una criatura fracturada, dividida entre la oscuridad y la luz. Pertenecía a ese lugar de formas que yo nunca comprendería y había elegido seguir perteneciendo al pueblo, a su familia, a la Iglesia y a su tierra.

—Lo sé —contesté casi en un susurro.

Pero no me disculpé por lo que había dicho. Era lo que una parte de mí, profunda y egoísta, quería: quería llevármelo de allí y hacerlo mío. Quería mantenerlo siempre a mi lado, con su mano unida a la mía, cálida y fuerte. Lo quería cerca de mí con un deseo tan profundo que me llegaba hasta los huesos.

Y entendía que no era posible.

Cuando di un paso atrás, él levantó la cabeza. Durante un segundo pensé en su rostro de la noche anterior, cómo la oscuridad suavizaba sus arrugas. Cómo se le cerraron los ojos cuando nuestras respiraciones acompasadas nos fueron empujando despacio hacia el sueño. Qué joven parecía. Y qué en paz.

Ahora tenía los ojos inyectados en sangre y la boca apretada en una mueca dura que delataba cuánto se estaba esforzando para mantener la compostura.

Si pudiera hablar. Si pudiera decirle algo que aliviara su dolor y el mío, pero no podía. Había una tempestad en mi interior, pensamientos que se arremolinaban y luchaban por que los liberara. Podría decirle que lo llevaría siempre en mi corazón, que me había salvado la vida y que estaría siempre en deuda con él.

Cómo deseaba que él me eligiera a mí. Y lo que me enfadaba que no estuviera dispuesto a dejarlo todo atrás por mí.

Y lo ardientemente que deseaba que nunca cambiara, jamás.

Pero no tenía palabras para decir todo eso.

En ese momento éramos dos personas de pie, frente a frente, en el camino. Lo habíamos recorrido juntos, apoyándonos el uno al otro en la oscuridad, pero ahora nuestros caminos se separaban. El suyo llevaba en una dirección, de vuelta al pueblo, a su familia, a San Isidro.

El mío se dirigía a otra parte: a Cuernavaca, hacia mi madre. A la libertad que me daba ser una viuda rica, una libertad tan aterradoramente mía que casi no sabía cómo controlarla.

Pero aprendería. Aprendería a forjarme mi futuro para ser lo que yo quisiera.

Y tenía que darle las gracias a Andrés, por creer en mí cuando yo no podía, por entrar en una pesadilla y arrastrarme hasta el amanecer.

Pero ahora la niebla gris del alba se había desvanecido y el día que teníamos por delante estaba totalmente despejado. Me había dado una nueva oportunidad en la vida. Y la única forma que tenía de pagarle por ello era vivir. Sabía que la única forma de sanar, de volver a vivir plenamente, era dejar atrás San Isidro.

—Siempre confiaré en ti —murmuré—. Adiós.

Y le di la espalda a Andrés, a la hacienda San Isidro y subí al coche.

35

ANDRÉS

El coche se había ido y yo estaba arrodillado sobre el polvo del camino, mirando al horizonte vacío.

«Aprenderás a sentirlo. Cuando llegue el momento, sabrás qué es lo que debe ser», esas fueron las últimas palabras que le dijo Titi antes de que me fuera al seminario en Guadalajara.

Había sentido que tener a Beatriz en mis brazos era lo que debía ser. Y claudicar, perderme en su pelo oscuro, el calor de su cuerpo y el roce de sus labios sobre mi piel... también sentí que era lo que debía ser.

Y aun así... sentía que esto también lo era.

Todo este tiempo había creído que saber lo que debía ser me proporcionaría paz o satisfacción. En vez de eso, el dolor era como un peso de plomo sobre mis hombros mientras miraba el horizonte vacío, deseando con cada fibra de mi cuerpo que el coche diera la vuelta.

Pero que Beatriz se fuera era lo que debía ser.

Necesitaba sanar profundamente y yo sabía que no podría conseguirlo bajo el techo de San Isidro. Sí, había purgado la casa de su maldad y limpiado su energía. Pero cuando vi el miedo que había en sus ojos cuando miraba la casa, supe que no podía hacer nada. Merecía tener una vida libre de un miedo como ese.

Tenía que dejarla ir.

La partida de Beatriz de San Isidro también le daría a la hacienda el espacio que necesitaba para sanar. Cuando la conocí, sentí que ella no era como los otros Solórzano y no me equivoqué, pero no todos los que habían vivido en esas tierras la conocían y confiaban en ella como yo. Mientras permaneciera allí, sería un símbolo de la familia que había provocado tanto daño a esa tierra y a sus gentes. Durante demasiadas generaciones había habido un Solórzano que temer en la casa principal de esa hacienda. Demasiadas generaciones de dolor. Si la gente que poseía la tierra sobre el papel nunca volvía a vivir allí, yo solo vislumbraba un futuro de paz para mi familia y los demás que allí habitaban.

Pero se me formó un gran nudo en la garganta al pensar que Beatriz no iba a volver nunca. Egoístamente no soportaba la idea. Su presencia en mi vida durante las últimas semanas había puesto mi mundo patas arriba, me había arrancado del resentimiento enconado por los Solórzano y me había empujado a la acción. Había sido su intercesión la que había acabado con mi destierro y me había traído de vuelta a casa. Sin ella, quién sabía cuánto tiempo habrían sufrido San Isidro y mi familia la maldición de la casa y de los hacendados.

Me levanté despacio. Tenía las extremidades rígidas y me dolía la cabeza porque no había dormido mucho. Me ardían los ojos por las lágrimas que había derramado y por las que no y por el polvo que había levantado el coche cuando se fue.

Que Beatriz se fuera era lo que debía ser. Igual que lo era que yo me quedara ahí, en esta tierra, con la gente que más me necesitaba.

Pero eso no significaba que decir adiós fuera fácil.

En las semanas posteriores a la partida de Beatriz, fui muchas veces a buscar consuelo a la casa. Durante las horas de la siesta, cuando sabía que Paloma y Mendoza no estarían por sus dominios —un pequeño saloncito que había junto a la cocina de la casa principal que habían reconvertido para hacer ahí las cuentas y para otros usos—, recorría el camino que cruzaba el jardín delantero, subía los escalones y entraba en la sombra del umbral.

Un día, seis semanas después de la partida de Beatriz, entré en la casa y sentí que algo me llamaba la atención desde las vigas. Cerré la puerta y examiné el vestíbulo en penumbra con los ojos entornados.

La puerta del salón verde se abrió con un leve chirrido. Una invitación. Una llamada silenciosa.

La casa quería que entrara en esa habitación. Sin doña Catalina allí, había pasado por fases de sueño profundo y consciencia, estas últimas francas y cándidas, aunque de vez en cuando con tendencia a las travesuras. No sentí miedo cuando me dirigí al salón verde y crucé la puerta abierta.

Había un sobre blanco en la alfombra en el centro de la habitación. Su colocación intencionada y el contraste del papel sobre el verde oscuro me llamaron la atención.

Qué raro. A Paloma y a Mendoza no les gustaba esa estancia y por eso era poco probable que se hubieran dejado algún papel de las cuentas ahí. En las semanas que habían pasado desde la noche del exorcismo fallido, cuando la oscuridad liberó toda su furia contra mí, los muros de esa habitación seguían zumbando cuando los tocaba. Los recuerdos inundaron mi mente mientras me acercaba: Juana tirada en esa butaca, ignorando a los hacendados; doña Catalina resplandeciendo como un demonio a la luz del fuego. Mariana encogiéndose al verme. Beatriz sentada en las losas del suelo cuando no había muebles, con la cara enmarcada por sus rizos oscuros e iluminada por la luz de las velas y con una expresión franca y sin miedo.

«Eres un brujo».

Saboreé el recuerdo de su voz, la manera en que esa forma de susurrar ejercía un poder exquisito, profano, sobre mí, cómo su contacto podía hacer que un estremecimiento casi doloroso me recorriera la espalda.

Cuando estuve lo bastante cerca para ver el nombre escrito con una letra fina y con muchas florituras, me quedé helado.

Iba dirigida a mí.

Fui vagamente consciente de que el corazón me daba un vuelco, sorprendido por una repentina bocanada de esperanza.

Cuando cogí la carta, no reconocí la letra, pero al darle la vuelta vi el inconfundible sello de los Solórzano incrustado en cera verde.

«Beatriz».

Sabía que Paloma tenía su dirección, porque había mencionado una noche durante la cena que se escribían. Cuando ya no pude resistirme más, la busqué. Sin pedirle permiso —por miedo a levantar sus sospechas si lo hacía—, me colé en los dominios que compartía con Mendoza.

Cómo le iba a confesar ese pecado al padre Guillermo era una cuestión peliaguda. Y qué decir de confesarle la razón por la que quería escribir a Beatriz. Aparté ese pensamiento en cuanto cruzó por mi mente. Guardaba los recuerdos de su última noche en San Isidro con celo, protegiéndolos de la dura luz de la realidad. No estaba preparado para arrepentirme. Ni para dejarlos ir.

Tal vez debería haber respetado la irrevocabilidad de la despedida y dejado que nuestros caminos siguieran direcciones diferentes. Pero era débil. Le escribí una carta y la envié. No tardó en seguirle una segunda, escrita en un arrebato cuando la ansiedad me mantenía despierto a altas horas de la noche. Era más breve, formal, y me disculpaba por asumir que ella quería saber de mí y por el contenido de la primera carta, que era claramente... poco refinado. Tal vez inapropiado. Y sin duda estúpido.

Pero no me había permitido esperar una respuesta. ¿Cómo podría? ¿Y si la esperaba y la respuesta nunca llegaba? ¿Y si respondía? No sabía qué haría entonces.

Ahora que había ocurrido, descubrí que me temblaban las manos.

La casa cambió a mi alrededor. ¿Podría interpretar ese crujido como autosatisfacción? ¿Que estaba orgullosa de sí misma? Tal vez había sacado esa carta de la habitación que usaban Paloma y Mendoza para las cuentas. Tal vez, durante mis visitas silenciosas, había sentido que yo también tenía un vacío en mí y que también estaba sanando algunas heridas.

Tal vez también sintió cuál era el motivo. Una presencia curiosa llamó mi atención desde arriba. No oí palabras —las casas que habían sanado como aquella no podían hablar—, pero entendí la pregunta.

«¿Dónde? ¿Dónde está ella?», se preguntaba.

Y supe a qué «ella» se refería. No a María Catalina; se sentía aliviada de haberse librado de ella. Se refería a la «ella» que había ayudado a salvar al empujarnos por las escaleras y por la puerta la noche del incendio. Ella, que se había ido con la intención de no volver nunca. Ella, cuya carta me había metido en el bolsillo.

—Lejos —susurré—. Ahora solo quedamos tú y yo.

Fui hasta el umbral y le di una palmadita al cruzarlo, como a un caballo tras un viaje largo y agotador.

En algún lugar del piso de arriba, se oyó un portazo.

Me sobresalté y aparté la mano con una maldición.

Oí unas carcajadas bajitas por encima de mi cabeza. Miré hacia las vigas, con el corazón latiéndome con fuerza en el pecho. No era la risa aguda y femenina que nos persiguió a Beatriz y a mí durante semanas, no; esta era una armonía de diferentes voces, algunas las más roncas y antiguas que había oído.

Obligué a mi corazón a que se calmara y miré hacia las vigas.

La casa se estaba riendo de mí.

—Cielo santo —exclamé, pero una sonrisa de cariño elevó la comisura de mi boca cuando me volví hacia la puerta principal.

La hacienda San Isidro estaba sanando sus heridas.

Salí a la luz del sol y saqué la carta de Beatriz del bolsillo. Recorrí con las yemas de los dedos mi nombre escrito con su letra y la cera verde con la que había sellado la carta, como un ladrón que disfruta de su tesoro robado.

Con el tiempo, si Dios quería, yo también sanaría. Pero no estaba preparado. Todavía no.

Abrí la carta.

NOTA DE LA AUTORA

Todo empezó porque le tengo miedo a la oscuridad.

Durante los primeros dieciocho años de mi vida, mi familia vivió en nueve casas diferentes. Para cuando nos mudamos a la cuarta, yo ya había aprendido que no todas las casas eran iguales. Algunas son silenciosas. Vacías y calladas. Otras tienen recuerdos muy antiguos que cuelgan con pesadez, como unas cortinas, y tan densos que puedes saborear su amargura en cuanto cruzas el umbral.

«Tengo una teoría sobre las casas», dice Andrés en el libro.

Desde que tenía trece años, cuando mi familia se mudó a la octava casa, la sensación de sentirme observada me ha resultado siempre insoportable. Empecé a dormir con las luces encendidas y durante años he soportado bromas por parte de mis hermanas. Todavía le tengo miedo a los horrores íntimos que las casas ven y guardan, los rencores que se almacenan durante décadas y las manchas en las paredes que se supone que son daños provocados por el agua.

Pero no es más que una teoría, al fin y al cabo.

Una teoría que plantó la semilla de una idea.

Como lectora mexicoestadounidense joven, me ha resultado muy difícil verme representada en la ficción de género. Es que simplemente no existe. Me aferraba a cualquier morena que salía en las páginas, desesperada por encontrar un personaje que reflejara mi experiencia de sentirme fuera de lugar en sitios en los que debería sentirme como en casa.

Desde los primeros esbozos de esta idea supe que este libro —un sacrificio sobre el altar de los miedos de mi infancia y un homenaje a Shirley Jackson y Daphne du Maurier— tendría personajes que se parecieran a mí y a mi familia y que actuarían y sonarían como nosotros. También supe que quería que la historia se desarrollara tras la Guerra de la Independencia de México, un periodo histórico que me ha fascinado durante años.

Soy historiadora de formación, así que me lancé a investigar esa época complicada y crucial que siguió a la Guerra de la Independencia de México. Un periodo histórico es más que las fechas de sus batallas y los nombres de los políticos que se disputaban el poder en las capitales ricas. Es la suma de miles de pinceladas de un artista loco: sus sequías y sus inundaciones, sus leyes nuevas sobre las herencias, el hecho de que las telas o los materiales de construcción fueran más caros o más baratos, los impuestos que se pagaban o se ignoraban, la forma de otorgarle privilegios a un idioma por encima de otro. Es el ritmo de la vida diaria en las ciudades que queda silenciado, los espíritus que se mueven en las sombras proyectados por los libros de historia de los conquistadores.

Sabía que en el año 1823, dos años después del fin de la devastadora Guerra de la Independencia, el dinero escaseaba. También sabía que quería que la novela tuviera la forma de las aventuras góticas clásicas en una gran casa antigua y que hubiera un marido misterioso. Rebusqué entre las cenizas de la Guerra de la Independencia para encontrar el escenario adecuado y decidí seguir el dinero.

Y ese rastro me llevó al pulque.

Y a una hacienda.

Y en cuanto empecé a escribir el libro, empezaron a surgir los temas más desagradables de ese periodo: el sistema de castas tan racista, la dinámica racial y socioeconómica de una hacienda y de la propiedad de la tierra, el colonialismo y la opresión de la religión.

La novela fue evolucionando. Se convirtió en algo más que la historia de una casa porque, en esa época, una casa como la hacienda San Isidro era más que cuatro paredes, más que un hogar.

Significaba poder.

Este libro es una historia sobre las cosas terribles que la gente es capaz de hacer para aferrarse al poder. Una historia sobre la capacidad de recuperación y resistencia ante un mundo que quiere arrebatártelo. Una historia sobre la lucha de una joven mestiza con una casa y todo lo que representa. Una casa maldita, tanto por su parte sobrenatural como por su historia colonial.

Este libro no pretende ser una fuente fiable para el estudio de este periodo de la historia mexicana. En el fondo es una novela de terror, una historia de suspense sobre brujería, romances prohibidos y cosas que solo salen por la noche. Estoy dejando a un lado mi parte académica para dedicarme de lleno a ser novelista, una profesión que me exige que cierre los libros de historia y me dedique a darle color a los hechos por el bien de la trama y sus personajes.

Por ejemplo, el sistema de creencias del padre Andrés es ficticio. Quería construir toda una visión del mundo para ese personaje que respetara, y a la vez se basara, en las creencias populares que yo aprendí de mi madre y otros familiares, pero que incluyera también la influencia del contexto colonial específico del México del siglo xix y su sincretismo religioso. Estoy en deuda con algunos textos básicos en este sentido y su análisis posterior, entre ellos *Local Religion in Colonial Mexico*, de Martin Austin Nesvig, *Nahua and Maya Catholicisms: Texts and Religion in Colonial Central Mexico and Yucatan*, de Mark Christensen y *The Witches of Abiquiu: The Governor, the Priest, the Genízaro Indians, and the Devil*, de Malcolm Ebright y Rick Hendricks.

Animo a los lectores que tengan interés en este periodo a

echarles un vistazo a textos más generales como *Everyday Life and Politics in Nineteenth Century Mexico: Men, Women, and War*, de Mark Wasserman y *The Women of Mexico City, 1790-1857*, de Silvia Marina Arrom.

Si leer este libro os ha empujado a acercaros a alguno de estos textos u otros, espero que descubráis lo mismo que yo: que las casas como la hacienda San Isidro estaban malditas por razones que no tenían que ver con lo sobrenatural.

El colonialismo llenó los paisajes de nuestras casas de fantasmas y ha dejado heridas abiertas que todavía sangran.

Leer ficción histórica nos enseña cosas sobre mundos que hace tiempo que no existen, pero que deben inspirarnos a reflexionar sobre el presente. Como historiadora, mujer mexicoestadounidense y lectora, espero que esta novela inspire el coraje, la ira y la compasión que todos necesitamos para enfrentarnos a los fantasmas del colonialismo que todavía permanecen en la actualidad.

AGRADECIMIENTOS

Primero debo darle las gracias a mi agente, la indomable Kari Sutherland, la defensora más apasionada de mi escritura y de mi carrera. No tengo palabras para describir lo agradecida que estoy de contar con alguien que lucha con tanta fuerza por mi trabajo, en cuya perspicacia empresarial y ojo editorial confío plenamente y que atiende amablemente mi necesidad de tener unos plazos completamente arbitrarios que intentar cumplir. Alzo mi copa por ti, por que haya muchos libros por venir.

Gracias a mi aguerrida adalid Jen Monroe, cuyos certeros comentarios editoriales me ayudaron a sacar lo mejor de mí y convertir esta novela en algo de lo que estoy verdaderamente orgullosa. He crecido mucho trabajando contigo. Estoy deseando saber lo alto que podemos llegar con el siguiente.

Al increíble equipo de Berkley, cuyo duro trabajo admiro y aprecio: Lauren Burnstein, Jennifer Myers, Christine Legon, Marianne Aguiar, Jessica Mangicaro y Daniela Riedlová. También al equipo de edición: Claire Zion, Craig Burke y Jeanne-Marie Hudson. Quiero dedicarles un agradecimiento especial a Vi-An Nguyen y Kristin del Rosario por hacer que mi primera novela cobrara vida. Hace mucho tiempo que sueño con tener este libro entre las manos y ahora estoy muy agradecida por el papel que habéis representado a la hora de hacerlo realidad.

Le estoy infinitamente agradecida a la clase de 2018 de Clarion West, pero sobre todo a B. Pladek y N. Theodoridou por sus críticas concienzudas, sus ánimos diarios, su responsabilidad y su amor por nuestro querido canal Slack. Y quiero darle las gracias a la nueva promoción de Berkley 2021-2022 (conocida como Berkletes), las compañeras que he tenido la grandísima suerte de conocer por internet (Tanvi Berwah, Rae Loverde) y mis brillantes hermanas agentes (sobre todo a Kelly Coon) por las risas, la frivolidad, la sabiduría y la conmiseración. Gracias a mis mentores de PitchWars, Monica Bustamente Wagner y Kerbie Addis, y a los escritores que he conocido a través de ese grupo, especialmente Hannah Whitten y Marilyn Chin: vuestros consejos y vuestras críticas han hecho real este libro. Gracias.

Teşekkür ederim, Hakan Karateke, por tu apoyo inicial y continuado mientras hacía malabarismos con la ficción para poder acabar mi tesina (que espero que esté terminada para cuando leáis esto, *inşallah*). Y a todos mis amigos de la universidad de Chicago (Sam, Annie, Kyle, Mohsin, Betül y Sarah L.), a los que aprecio muchísimo. A Mireille, que me animó durante mi primer NaNoWriMo y muchos manuscritos después de ese. A Christine y Liam, cuyo entusiasmo por leerme sirve para hacerme sentir renovada cada vez.

Algunos amigos se merecen un agradecimiento especial por haber sido mis pilares en estos años tan ajetreados. Debbie, por las carcajadas y la camaradería en los momentos de los rechazos y de los éxitos, pero sobre todo por abogar por los chicos malos en todos los libros. Erin, amiga querida, inspiración artística y confidente sin par durante los últimos trece años, y espero que muchos más. Kara, mi roca en esta aventura editorial, por tu lealtad incondicional, tu buen ojo para las historias, los problemas con los personajes, la planificación de mi carrera y los ánimos en los peores días.

Quiero darles las gracias a mis queridas cuñadas y cuñados, Mary, Michael y Alison, por el amor, la comida y los ánimos tras muchas rondas desesperantes de rechazos y por celebrar cada logro conseguido con mucho trabajo (Alison, te prometo que voy a reescribir, *Fang*, lo juro). Os adoro a todos.

Y le estoy infinitamente agradecida a mi familia alocada por su inspiración, sus ánimos, sus bromas cariñosas y por leer lo que escribo (aunque os dé miedo). Sois mi hogar. A Elvira Cañas y Arnulfo Flores: todos los libros que escribo son gracias a vosotros y por vosotros. Os amo mucho.

Les debo mucho a mis hermanos de camada por décadas, literalmente, de desenmarañar borradores, localizar y cubrir agujeros en la trama, darle forma al pasado de los personajes y señalar temas subyacentes que yo no habría detectado de otra forma. Gracias, Aurora, por ser mi primerísima lectora, pero especialmente por sufrir mis escritos horribles de juventud. Quiero darle las gracias especialmente a Honore, consejero apreciado en temas de violencia, por ayudarme a matar a personajes con (suficiente) precisión médica y aplomo sanguinario; a Pollisimo, por cuidar a mi querido hermano pequeño y enseñarnos lo que significa «superyuyu»; y a mi querida J: tú también eres mi hermana.

Y gracias a mi madre por criarme para ser muy trabajadora y, sin duda, muy soñadora, pero especialmente por hacerme caso cuando le supliqué que me sacara de la escuela pública. Por cultivar una educación en casa bastante audaz en la que corríamos descalzas por los libros y teníamos espacio para leer, soñar y sobre todo, escribir. Te quiero.

Y por último, pero no menos importante, gracias al hombre que me coge la mano en cada fracaso y en cada victoria y que me ha mostrado la compasión y la paciencia que me han hecho la escritora que soy y la que seré: Robert, no podría haberlo hecho sin ti.